汴京春深

卷·參

風波起

小麥 著

好評推薦

《汴京春深》是極少見的寫實又引人入勝的史話感世情小說，在這個繁雜時代難得能讓人沉下心去讀的作品，小麥以細膩真實筆觸描寫大宋汴京千年畫卷，讀來猶如生活其間，跟著書中人物經歷他們人生的喜怒哀樂，隨著他們的情緒而共鳴，起承轉合無不有著雋永氣息，令人感受大宋文化千年來經久不衰的魅力，手不釋卷，脈脈留香。

——晉江 S 級作者 聞檀

著有《良陳美錦》、《首輔養成手冊》、《嫡長孫》等多部古代言情小說現象級作品

這是我看小麥的第一本小說。我還記得當時欲罷不能，不眠不休看這本小說的感覺。小麥以老辣細緻的文筆娓娓道來，營造出一種濃厚的真實感，大到時代背景、文化民俗，小到普通百姓的生活百態，一群熱血少年的故事彷彿真的讓你置身在歷史洪流之中，隨著小九娘他們一起成長，一起進入小麥打造的那個波瀾壯闊的時代……。

——網路讀者 五月

《汴京春深》讀了三次，第一次讀言情，喜歡小兒女的萌動與成長，義氣與愛情。第二次讀歷史，重新理解北宋的文官體制與庶民社會的文明高度，忍不住拿出《蘇東坡新傳》與之對照，小說出入歷史虛實之間，十分巧妙。第三次讀人性與政治，如何在汙濁的朝堂爭鬥廝殺間，不忘利民報國初心？作者從小庶女的視角出發，編織出集合情愛、陰謀、黨爭、家國情懷的精彩小說。

——網路讀者 春始

《汴京春深》像一幅優美的畫卷，借作者如椽巨筆展現宋朝的生活、社會和文明，一讀再讀之下不由佩服小麥做功課之深，每個細節都經得起推敲。小說又像一首動聽的樂曲，九娘、六郎、太初等一眾出色的孩子，哪怕賣餛飩的凌娘子甚或只出場幾次的小丫頭，都各有各的精彩，最終編織成這恢宏篇章。最讓我感慨的是小說雖以古代為背景，表達的核心卻有難能可貴的現代性，九娘對自己的接納和她在城破時保護一方百姓的擔當，這二者所呈現的智慧不相上下，同樣令人欽佩。

——網路讀者 辛夷

《汴京春深》讓我喜歡的，不僅僅是裡面描寫的主角們跌宕起伏的愛情和親情，還有更多的友情。在小麥妙筆下，徐徐展開的汴京畫卷中，九娘和身邊少年少女們的共同成長，種瓜得瓜，更讓我掩卷長歎。

如果人類確實需要某種情感關係作為安全港，在我看來，友情是不可缺少的一種，有時甚至超過愛情和親情。愛情裡面有排他，有動物性，有本能，而友情它完全取決於一個人的自由意志和本質。沒錯，我說的是太初。

生命中能存在至少一個無條件希望你好、你也無條件希望對方好的朋友，你的自我肯定與自我價值感都會爆棚吧！說實話，我的第一反應是立刻把這本書推薦給正在青春期情緒激盪中的女兒。

——網路讀者 WendyLee

這是看小麥的第一本書，就是從這本書開始成為作者的粉絲！

《汴京春深》不但文字優美，情節清新，更是妙句橫生，讓人忍俊不禁。裡面的每一個角色都塑造得栩栩如生，有血有肉：重新面對自己的王玞，堅韌的六哥，清風明月一樣的太初……一一如同親見。

在歷史脈絡上的改編，巧妙避開了正史的局限，帶給讀者爽快的故事，讓我們輕鬆地在作者開展的闊美北宋歷史背景裡，偷窺那些或許存在過的人、事、物、情！推薦大家一定要看。

——網路讀者 下午茶

已經想不起是怎麼入了麥大的坑，從《汴京春深》追到《大城小春》再到如今的《萬春街》。猶記得久不追書的我那會兒經常半夜餵奶拍嗝時看更新了沒有，彼時初為人母，讀到九娘對蘇昉的舐犢之情感同身受，常忍不住濕了眼眶……。而後隨著九娘和六郎一對小兒女的成長，隨之展開的一整幅大宋江山圖，汴京兒女英雄夢，真的把大家帶入了那個波瀾壯闊的歷史畫卷與之同呼吸共命運。

——網路讀者 黎一凡

《汴京春深》是我唯一一本一刷再刷的古言重生文，每重刷一次都有新的感悟，文中每個人物都栩栩如生，常常讓我覺得自己就站在他們身邊，有時一臉姨母笑地看著他們成長，有時又為他們的遭遇熱淚盈眶，酸楚不已。

——網路讀者 清景無限

這麼多年看過不少歷史古言。私以為一個小說作者，發表多少作品和發表形式其實不是關鍵，最重要的是當梳理宋朝背景作品的時候，這位原作者的作品是不是必須被提及，無法被繞過或者被一筆帶過。自看過《汴京春深》以來，我越來越認同這個觀點。

——網路讀者 凱羅

自序

七年前，作為一個賦閒在家的家庭主婦，我終於決定實現學童時期閃閃發亮的夢想：寫一本小說。

之所以選擇以北宋為小說背景時代，是希望吸引更多大陸的年輕人去瞭解那個時代。曾經受歷史課影響，我也認為宋朝乃積弱之朝。所謂的大宋與西夏、遼、金等諸強並存，完全不大也不強，不復大唐萬國來朝的磅礡氣象，更有歲貢之辱靖康之恥，莫須有罪名殺岳飛，奸臣一籮筐昏君無數，想想就來氣。隨著年歲漸長，我卻越來越喜歡宋朝。

起因十分好笑，論壇上有一個穿越帖，詢問大家如果穿越你選擇穿越去哪個朝代？我想來想去選擇了宋仁宗時期。為何？毫無疑問，那是歷史長河裡中國最接近民主憲政和工業革命的時代。戶籍遷移自由、女性財產繼承權、取消宵禁、商業和個體經營的極度發達、銀行業的雛形、科舉考試資格取消出身限制、出版與新聞自由、國民私有財產受到保護、老幼福利慈善制度、王在法下……以上種種都讓我心生感歎：原來中國人類文明曾經抵達過那樣的高點。

這個高點，並不是指國家或軍事力量強大，而是一種自視與包容。宋朝清醒地認識到自己這個帝國不是世界的中心，只是世界的一員，於周邊諸國的外交政策無法高高在上頤指氣使，於國內的治理上倚重士大夫集團，向三權分立靠攏，限制皇權。例如北宋的皇宮是歷朝歷代裡占地面積最小建築成本最低的，屢次擴張計畫都因為拆遷會擾民而擱置。

文明的構建基礎離不開文化，毫無疑問，宋朝的高度文明也催生出了無數自由的靈魂，在詩詞文學、書法繪畫、瓷器刺繡、飲食建築、科技醫療等全方位抵達了中國歷史的巔峰。

文化沒有高下之分，只有差異之別，但文明卻有落後與先進的鴻溝。宋朝滅亡於鐵騎之下，不只是農耕文明敗與遊牧文明，也是文明被野蠻摧毀的過程。在此之後，元、明、清，都是極為鮮明的中央集權時代。元、清是殖民時代，無論從國民的個人權益還是女性的權益來看，無論從法制還是風俗的角度去考量，都在全方位地退步。這是人類文明的落後。

這就是《汴京春深》誕生的重要緣由之一，希望讀者能喜歡我展現的北宋生活畫卷，從而對宋朝產生興趣。

其次我很想呈現一群少年的成長歷程，以及重生的女主角如何重新認知自我，如何敢於接受一段實力相當彼此滋養的愛情。出於已婚已育婦女的小心眼，我從蘇軾髮妻王弗和元祐太后孟氏身上得到了塑造女主角的靈感，但當故事開始後，角色獲得了獨立的生命，開啟了他們自己的故事，我不再是創造者而是敘述者。簡中連載兩年，經歷了國際搬家，不免有創作上的小遺憾，好在最後順利完結，也獲得了許多讀者的認可和喜歡，更多人因此購買了《東京夢華錄》等我推薦的書籍，可謂意外之喜。

寫作《汴京春深》的過程對我而言也是一場難得的學習體驗，因為追求背景的立體和真實，經常需要參考各種參考書籍，有時糾結於某個細節六七個小時，終於釋疑，在文中卻只不過用了短短十幾個字甚至一個字也沒用上，而整個探索的過程如同蜘蛛結網，從點到線到面，不得不閱讀更多的書籍，最後自己也沉迷其中，獲得了書寫以外更大的快樂和滿足。

《汴京春深》連載到第四個月時，突然登上了晉江金榜第一，二〇二一年底交由上海讀客文化在各大電子閱讀平臺上出版，二〇二二年在沒有人宣傳推廣的情況下，陸續登上了各大榜單，在番茄小說的總榜、古言榜、出版榜蟬聯冠軍超過半年之久，在微信讀書、掌閱、咪咕、七貓等平臺上均取得了不俗的成績，並於年底授權了影視版權。二〇二三年喜馬拉雅上架了《汴京春深》的有聲小說，上架兩週，前五十集便登上了小說榜第十一名。

非常高興能與時報出版合作，希望臺灣的讀者能喜歡《汴京春深》。

小麥

二〇二三年一月三十日

• 服飾參考書籍：《中國古代服飾史》周錫保 著。

• 地理參考書籍：《中國歷史地圖集》譚其驤 主編；《汴京遺蹟志》等等。

• 文民俗禮儀生活參考書籍：《東京夢華錄》、《夢粱錄》、《武林舊事》、《江南野史：南唐書》、《老學庵筆記》、《蘇東坡集》、《東坡志林》、《蘇東坡傳》（林語堂 著）、《蘇東坡新傳》（李一冰 著）、《宋遼西夏金社會生活史》、《宋朝人的吃喝》（汪曾祺 著）、《唐宋茶業經濟》（孫洪升 著）等等。

• 官職參考書籍：《宋代科舉與文學》（祝尚書 著）、《資治通鑑》、《宋史》、《宋會要》、《宋會要輯稿》、《宋代蔭補制度研究》（游彪 著）、《宋樞密院制度》（梁天錫 著）等等。

• 戰爭參考書籍：《武經總要》（曾公亮、丁度 等撰）、《中國城池史》（張馭寰 著）、《中國兵器史》（周緯 著）、《北宋武將群體與相關問題研究》（陳峰 著）等等。

• 朝政參考書籍：《北宋中央日常政務運行研究》（周佳 著）、《宋代女性法律地位研究》（王揚 著）、《宋代的政治空間：皇帝與臣僚交流方式的變化》（日本平田茂樹 著）、《祖宗之法——北宋前期政治述略》（鄧小南 著）、《宋代司法制度》（王雲海 主編）。

第九十章

後罩房裡還沒收拾過，靠著牆角四五個匣子翻在地上，一些泥塑碎濺開來。九娘將燈放好，細細看了看。陳太初最早送的內造黃胖和趙栩每年七夕送來的磨喝樂都摔壞了。九娘撿起那個趙栩親手做的小燈籠，在燈下看了看，幸好這個倒沒摔壞。她將燈籠收到荷包裡，將地上的匣子一個個擺回櫥上。

四個磨喝樂，都是胖嘟嘟的小娘子，梳著丫髻，姨娘和慈姑都說像她。現在都缺胳膊少腿了，有一個胖臉蛋也摔裂開來，原來自己小時候真的很胖啊。

九娘蹲在地上，手指掠過這些碎開的彩泥，這些都是她極喜愛的。可有人一念之間，就毀了它們。姨娘的臉，是姨娘極珍愛的，那麼美的一張面容，可有人舉手之間，就毀了她。而這樣的一念惡意，卻源自滿心的愛意。由愛故生憂，由愛故生怖，她們兩個卻甘願糾纏在這上頭，害己，甚至害人。

前世也是這樣啊。

有些嬸娘，會背後嘀咕她娘親善妒，害得王氏嫡系無子。還有些堂姊，會說她目下無人。有些堂妹堂弟拿著她送的糖果蜜餞回家，會被嬸娘扔在地上。她們恨她，只是因為她是青神王氏的嫡長女。他們恨爹爹，只是因為他是青神王氏唯一的嫡長子。她們嫉恨娘親，是因為娘親有著她們一輩子也得不到的夫君一心一意的愛。

那些人的恨，只是因為你有，他沒有而已。

他們用祖宗來壓爹爹，用家法來壓爹爹，用全宗族的力量來壓爹爹。他們要謀長房的子嗣，要謀長房的財產。即便爹爹讓出族長的位子，還不夠。他們活在泥裡，看不得別人乾淨，看不得別人任何地方比他們好。這不只是自私和嫉妒，這就是壞啊。

爹爹說得對，這世界上，除了聰明人和蠢人之分，還有好人和壞人之分。那些平時看起來像好人的壞人，才是最可惡的。因為來不及防範，來不及躲閃。所以娘才會不能再生養，所以娘才會自請下堂，所以爹爹才會放棄做族長，甚至寧願長房絕戶。爹爹臨終的時候告訴她：「阿玞，為了大義，爹爹這也是不擇手段了，恐怕對阿昉不利，還請你不要怪爹爹。你以後不要擔負青神王氏這四個字了，你好好地過自己的日子去。」

爹爹的大義，是對和錯，是與非，清與濁，黑與白。

她捨不得，也因爲她是青神王氏唯一的嫡長女。青神王氏，不只有那些活在泥裡的人，還是有那些慈祥的小婆婆們疼愛她爹娘，憐愛她，每次過年都給她和爹娘送來親手做的鞋子。還是有那田莊裡的十五翁、十九翁、十六叔、二十七叔，教她辨認各種作物，帶她下河摸魚捉蝦。還是有那收到她送去的字帖和紙筆愛不釋手的族弟族妹，他們會悄悄地裝一籃子擦得很乾淨的雞蛋、鴨蛋、鴿蛋、鵝蛋，送到書院門口。還是有許多的善意伴隨過她，同樣也是青神王氏啊。爹爹也一定是因為他們，才沒有離開宗族，才沒有離開青神吧。

所以她還是願意珍惜王氏家族裡任何一點點的善意，所以她待二叔、二嬸和十七娘真心誠意。可是她有蘇瞻，十七娘沒有。所以她最終還是只能失望了。

那些人所做的，只是因為你有的，她沒有而已。

爹爹一直在捨棄，在退讓，就算是最後的抗爭，還是捨棄，捨棄了整個長房。她自己呢？她兩世都和爹爹一樣。君子何嘗去小人，小人如草去還生。但令鼓舞心歸化，不必區區務力爭。君子之德風，小人之德草，草上之風必偃。這些，根深蒂固，在她心裡，沒法去除。

倘若爹爹知道她和蘇瞻夫妻情分不過那樣，會不會一早就放棄了蘇王嫡系聯姻之約，帶著娘和她離開宗族，會不會一家三口就是海闊天空了呢？

爹爹因為她，才退守書院，為她營造一方平安地一方快樂地。爹爹和娘都做到了。她要是想守護姨娘，守護十一郎，又能退到哪裡去？

九娘細細將碎片都撿起來放到匣子裡，又將那些被隨意翻開的蓋子一一蓋好。原來趙栩和陳太初這五年裡送了這許多東西給自己，她很少來細看，來也是翻找字帖或經書。

這些心意她無以為報，但珍惜點滴。為了大義，當然可以不擇手段。她的大義也是對和錯，是與非，清與濁，黑與白。她重活一世，已經多了她要守護的人了，不只是阿昉。

慈姑和玉簪辦好事回到東暖閣，卻不見九娘的蹤影，問了侍女才知道她獨自去了後罩房，又見綠綺閣六娘體貼地讓人送了她的夕食過來。兩人就提了燈籠，往後罩房來找九娘，正遇到九娘在鎖門。

「六娘子將飯菜都送過來了，今晚在房裡用還是？」玉簪問九娘。

九娘笑著說：「拿去東小院，好像好些日子都沒和姨娘、十一弟一起用飯了。」

慈姑接過九娘手裡的燈：「明日再來清理吧。」

九娘點點頭，垂首往外走去。

慈姑跟在後頭舉起了燈，只疑心自己看錯了。九娘自從送走痘娘娘後，就從來沒哭過，五年前從木樨院回東暖閣的春夜裡，廡廊下那雙水潤盈盈的眼睛，似乎方才又有波光蕩漾。

九娘進了房，逕自到床上枕邊，捧出那越發舊了的盒子，打開來，舊舊的少了一隻手臂卻穿著新衣服的黃胖邊上，躺著一隻傀儡兒。它們倆中間，是一隻流光四溢的喜鵲登梅翡翠釵。

燈下的銅鏡中，少女微微側過芙蓉面，抬起手，將釵子斜斜插入髮髻。她定定地看著鏡中半晌，才悠然轉身離去。

銅鏡默然，翡翠藻輕花，流蘇媚浮影。它只管記著浮光掠影而已，至於何時風隨少女至，虹共美人歸，就不是它的事了。

慈姑上前扣響家廟院門上的黑油鐵環。

「錢婆婆安好。」九娘屈膝行禮：「我來看看七姊。」

錢婆婆屈膝還了半禮：「不可帶吃食。」

九娘點頭應是。

中元節祭祖時的熱鬧早已不復在，夜間略顯得陰森，遠遠看見一個人跪在正堂上。

錢婆婆引路到院子裡就問：「你可是要和她說話？給你一刻鐘可夠？」

九娘屈膝謝過，讓慈姑和玉簪在外候著。

七娘聽見腳步聲，轉過頭一看，又羞又慚又悔又恨。

九娘走到她身邊，恭恭敬敬地給祖宗牌位先上了香。

「九娘——？」七娘低聲下氣地輕聲喚她：「我真的是一時糊塗，真的是不小心的——」

九娘在蒲團上自顧自磕完頭，站起身來，看著七娘。

七娘抬頭說：「九娘，我真的不是故意打你姨娘的——你頭上插的是——？」

九娘略微偏過頭給她看真切：「你是為了這個才闖庫傷人的，現在看見了嗎？」

「你？」七娘一時回不過神，只盯著那髮釵盡頭雕琢得極美的綠萼梅發呆。

九娘歎了口氣：「七姊，我且問你，若殿下這禮是送給六姊的，你可敢去綠綺閣私闖六姊的庫房？可敢傷了六姊的乳母和女使？若殿下這禮是送給張蕊珠的，你可敢去張蕊珠家裡翻騰，可敢傷了她的家人？就是這禮是送去聽香閣西暖閣的，你可又敢去闖四姊的庫房，可敢傷了阮姨娘？」

九娘一句比一句問得重，口氣越來越嚴厲，直敲在七娘耳中和心裡。

七娘看著她髮髻上的翡翠釵，喃喃地說不出話，哭不出來。

九娘淡淡地道：「你不過仗著自己是三房的嫡女，不過仗著我是林姨娘所出，沒人在我們身後撐著罷了。你不過仗著我平日待你和善罷了。你欺軟怕硬，不過是自以為有爹爹娘親疼愛你，我拿你沒法子罷了。你這等行徑，不只是面目可憎，更是可恥可恨啊。禮義廉恥你都不要了，倒還想著能得到燕王殿下的青睞？」

七娘頭一次見到九娘言辭如刀，一層層被她剖開來，羞憤交加，無地自容，偏偏一句也駁不回，只淚眼模糊地死命掐著自己的手，咬著牙，身子不受控制地顫抖起來。

九娘笑了笑：「四姊喜歡陳太初，你喜歡燕王。只因他們和我親近些，他們對我好，你們就要恨我？若是我也喜歡他們中的哪一個，你們是不是要置我於死地呢？在你們心中，原本就沒有姊妹，沒有情義，沒有骨肉吧，你們只想著逞一己私欲。你們這樣的人，又怎麼配得上清風明月般的他們？你們竟然也配姓孟!?」

七娘拚命搖著頭，不是的，不是的，她只是一時糊塗而已！

九娘歎了口氣：「你是不是想說你只是一時糊塗錯信了四姊？是不是還覺得我會幫你去向婆婆求情？七姊，我對你們好，是因為我們三房已經太糟糕，再姊妹互鬥，實在難看至極，只會連累孟家清名，連累婆婆辛苦。可是以德報怨，何以報德？壞也好，蠢也罷，反正你都不會覺得自己是錯的。婆婆既然已經罰了你，我就來說個清楚，憑你是誰，也不能傷我姨娘和十一郎，也不能干涉我喜歡誰不喜歡誰。你且記下了，記清楚了。」

七娘背上涼颼颼的，心裡慌得不行，伸出手要拉九娘：「阿妧！阿妧！你別生氣！我不是——」

忽地臉上一涼，七娘垂目一看，頓時嚇得魂飛魄散。那喜鵲登梅釵的釵尾壓在了她臉上，生疼生疼，周邊的肌膚頓時起了一圈雞皮疙瘩。

案上的燭火忽地也搖曳起來，明明暗暗。七娘只覺得背對燭火的九娘毫無表情的面容似羅剎般可怕，她止不住淚，又怕得不行，手指都是僵的，不能動彈。

九娘搖了搖頭，淡然道：「啊呀，我一不小心，我不是故意的，我一時糊塗，我一生氣，我一著急，手一抖，你的臉就毀了！」她壓了壓釵尾。

七娘尖叫起來，整個人軟癱下去。

九娘輕輕將釵子插回鬢邊，緩緩直起身子：「我再跟你說一聲對不住，有用嗎？」

燭火漸明，七娘蜷縮成一團拚命摸著自己的臉，有眼淚有鼻涕，沒有血。

九娘跨出門檻，迎面錢婆婆帶著一個人進了院子。

九娘停下腳，靜靜地看著她身後那人。

「原來是四姊啊。」

第九十一章

七月底的夜風，全無燥意，四娘看著家廟正堂門前的九娘，頓時覺得風一吹一陣寒。

她在翠微堂被老夫人嚴訓一番，又要跪又要禁足，剛剛哭過，此時看見九娘，禁不住一縮。她只是早間看到張蕊珠的翡翠梅花釵有感而發，怎麼知道隨口一句話，七娘就會惹出這樣的大禍。

七夕前的那夜，她聽見九娘在東暖閣慘叫，想過去看看。可看見寶相在廊下和侍女們打趣說笑，忽然就不想進去了。東暖閣裡總是歡聲笑語，不像她房裡冷冷清清。她坐在小池塘邊發呆，看到木樨院的侍女捧那盒子過來。一問是淑慧公主送的，她一時好奇打開來一看。那個穿白裙的磨喝樂分明是九娘兒時的模樣，公主怎麼可能有心思送這個？還有那只翡翠釵，巧奪天工。她才明白，必然是燕王殿下借了公主的名義送給九娘的，還已經送了許多年。

她只是無意間提醒一聲七娘罷了，免得七娘跟自己一樣，還傻乎乎的，做著白日夢。她做錯什麼了!?

九娘靜靜地看著四娘走近。眼波如海，深不可測；眼波如冰，寒不可近；眼波如刀，利不可擋。四娘喃喃地低聲道：「對不住，我沒想到阿姍她——啊——！」

錢婆婆聽見「啪」的一聲脆響，頭也不回，逕自往家廟中添加燈油去了。七娘轉過身來，想說什麼，還是沒敢說。院子裡的慈姑和玉簪都嚇了一跳，先前聽見七娘尖叫，她們還猶豫著不敢去看發生了什麼，可眼前的的確確是九娘動手打了四娘！九娘子怎麼會動手打人!?九娘子竟然動手打人！

「疼嗎？」九娘的聲音，在院子裡格外清冷。

四娘捂著臉，竟說不出話來。這人，還是九娘嗎？

「你被我打一巴掌就覺得很疼了？我姨娘的臉有多疼你想過嗎？」九娘淡淡地問。

四娘委屈之極，七娘做的事憑什麼都要算在她身上！她們憑什麼都要怪她！她們憑什麼都敢摑自己這個姊姊！她們才是錯的！四娘舉起手想要打回去，她想打，可是看著眼前比自己還矮一點的九娘，寒星似的眸子淬著冰，她竟然只扶住了槅扇門，搖著頭啞聲道：「你瘋了！你姨娘的傷不關我的事！」她更氣自己沒用！

「你想說你只是好意提醒她是嗎？你真是可憐。你連自己都騙，你是不是還覺得自己是個好的？你是不是覺得很委屈？你不過是多一句話而已？」九娘直直看進四娘心底：「你明明知道七姊做事不過腦子，一點就著；你明明知道她會闖我的庫房翻找釵子；你明明知道我姨娘白日裡都在東暖閣做針線。你其實都知道，但是你心底巴不得她鬧騰，巴不得她鬧得越大越好越糟糕越好。所以你才會故意多一句話兩句話，還要自己騙自己你不是有意的。你自己都不願做你姨娘那樣的人，你也不肯相信你做了那樣的人，因為你心裡清楚那是亂家之女，類不正也！」

亂家之女，類不正也！

四娘眼前一黑，一塊大石壓得她胸口血氣翻騰，似乎有什麼最可怕的東西要湧了上來。她拚命抓住槅扇，漲紅了臉：「你！你胡說！你胡說！」她已經用盡了全身的力氣大聲喊出來，為何卻似乎只有自己聽得見那很輕很輕的聲音？

「你覺得人人都待你不公，人人都偏心我，善待我，明明我姨娘的出身卑微，我應該樣樣不如你，對嗎？你覺得因為你姨娘姓阮就連累你不受婆婆重視？我們三房和姓阮的能脫得開干係嗎？」九娘眼中泛起萬千星輝：「你不記得了？我原本是樣樣不如你。爹爹只喜歡你和七姊，從沒有多看過我一眼。我甚至連名字都沒有，進學也沒人管，成日穿你的舊衣裳，得了個金鐲子你也想法子奪過去。迎痘娘娘的時候只有慈姑一個人照料我，我死了都沒人知道。你習慣了要踩著別人才舒服，才覺得自己站得高。可是，四姊，人只有自己站直了才能堂堂正正地往高處走。我靠自己念書，靠坦坦蕩蕩一腔誠意待人接物，站直了走向高處，不是靠搬弄是非、逢迎諂媚、哭哭啼啼，踩在姊妹身上和指望靠在男人身上。」九娘緩緩地說道。

門檻裡面跪著的七娘無力地蜷縮在蒲團上，渾身發寒，不知為何又隱隱慶幸九娘對自己還是口下留情的。

四娘只覺得自己內心最隱蔽、最見不得人的那份心思，被九娘血淋淋地剝了出來，痛極，羞極，她搖著頭，翕了翕嘴唇：「我——我不是——我沒有——」

九娘看著她，一字一句地說：「你是，你有。你一直覺得我對你好是應該的嗎？你錯了。我對你好是因為我們是一個爹爹生的。你自己做不了主，攤上了一個心術不正的姨娘，不是你的錯，沒有人好好教導你，不是你的錯。我只盼著能如時雨化之，能補上你心裡頭缺的那一塊。我不過想讓你知道，就算你是阮姨娘生的，你和我一樣，我們都姓孟。可是你看，你心裡那塊就是填不滿，你就是要去姓阮，誰也攔不住你。」九娘冷冷地道：「七姊不過是蠢而已，可你是壞，你是真的壞掉了。」

四娘無力地靠在槅扇上，拚命搖著頭。這不是九娘！九娘最和氣不過的，這人說的話太可怕，不想聽不要聽！胸口的大石越來越重越來越重，她喘不過氣來了！她拚命壓住喉嚨口的腥甜氣，閉上眼，不要看不要聽就好了。

「阮玉郎要你給吳王做妾，就是看中你這亂家的本事吧。他真懂你，或者是你生母懂你，姨奶奶懂你。」九娘歎了口氣：「可惜，是我多管閒事了。更可惜的是陳太初竟然被你這樣品性的女子肖想，真是白白玷汙了他。」

四娘渾身發抖，胸口的翻騰終於壓不住，喉嚨口的腥甜猝然湧上來，一口壓抑許久的鬱鬱之血終於還是吐了出來。四娘垂目一望自己前襟，幾乎要暈了過去，她死死地抓住槅扇上的雕花，啞著聲音喊：「錢婆婆——錢婆婆！——」

竟然沒有人理她！四娘心中恐懼到了極限。

九娘慢慢取出帕子替她擦了擦唇邊的血跡：「四姊，你不用怕，氣急了吐這一小口血，傷肝而已，死不了，還能跪家廟的。可惜爹爹不在，翁翁不在，姨奶奶不在，流淚吐血都不頂用，你若要用自盡的苦肉計，還請演得像一些。」

四娘退無可退，臉都靠在涼涼的槅扇上頭，只哭著低訴：「別說了！你別說了——」

「還有四姊，以後你不用費心打探，不用暗中留心，你想知道什麼儘管來問我就是。對了。今日我們結了個桃源社，二哥、太初哥哥、阿昉哥哥、六郎，還有蘇家姊姊，六姊，我，和阿予。我們八個結社了。表叔母是社長，大伯娘是副社長。我們定下每個月初十、二十是社日，我們要去騎馬，吃喝，去瓦子，去茶坊，去夜市。」九娘不緊不慢地說道：「你趕緊進去告訴七姊吧，用盡你挑撥的本事，看看是不是要用什麼來劃傷我的臉，還是要推我下水、害我斷腿？甚至殺了我？你們儘管試試。」

七娘在裡面聲嘶力竭地哭喊起來：「阿妧！阿妧你進來——！你聽我說！我不會的！我不會了——！」

四娘哭著閉上眼直搖頭，死死地扒住槅扇才能讓自己不癱下去。這不是阿妧，這是修羅，比阮玉郎還可怕的修羅。

錢婆婆在門外的小杌子上坐下，看了看門檻裡案前跪著的兩個小娘子正哭得傷心欲絕，又看了看那個背挺得筆直，一步步向院門外而去的小娘子。

慈姑和玉簪朝錢婆婆行了禮，跟著九娘而去。

叮叮幾聲，三枚銅錢扔進竹籠之中。錢婆婆伸手拿起竹籠又搖了五次，想了想，皺起眉放下竹籠，歎了口氣，拿起手邊那本已經翻爛的《周易》，又放下了。

九娘到翠微堂的時候，程氏、呂氏和杜氏都還在。六娘正在給老夫人輕輕揉著肩頸。

老夫人待九娘行過禮，柔聲問道：「阿妧是覺得婆婆處置得太輕了嗎？」

程氏趕緊站起身要說話，老夫人卻抬手止住了她。杜氏和呂氏默默低下了頭。

九娘目不斜視，平靜地答道：「多謝婆婆秉公處置七姊和四姊，阿妧有事來求婆婆。」

老夫人歎了口氣：「好孩子，不管她們犯什麼錯，畢竟是你的姊姊。你一向心寬，就原諒她們這次吧。等錢婆婆去了木樨院，以後不會再有這種事的。」

九娘屈膝道：「孫女想見見阮姨奶奶，還請婆婆賜下翠微堂的對牌。」

杜氏、呂氏幾疑自己聽錯了，霍地抬起頭來。程氏目瞪口呆地看向九娘，連斥責的話都說不出口。六娘也停下了粉拳，擔憂地看向九娘。

老夫人靜了半晌後才喚道：「貞娘。」

「娘！——」杜氏三妯娌齊聲喚道。

「不用對牌，婆婆帶你去，六娘也一起來。我也該見一見她了。」老夫人平靜地道：「你們三個留在翠微堂等著。」

夜已深，池塘裡的蛙聲和樹叢裡的蟲鳴交織，木樨院和青玉堂之間的金魚池，靜靜的，廊燈下一陣微風掠過，池水似乎一絲漣漪都懶得起，白日裡成群結隊的魚兒們已經安分地藏到荷葉下頭。

被叫開門的婆子們一看竟然是翠微堂的老夫人帶著兩個小娘子來了，頓時亂作一團，進去報信的，出來迎接的，打燈籠的，侍女們在廡廊下穿梭開來，整個正院裡嘈雜起來。

九娘托著老夫人的肘彎，注意到各院的湘妃簾要等秋收後再換，青玉堂正堂門口卻早早地撤下了湘妃簾，換上了青紗門簾。忽然想起兒時的那個晚上，曾瞥見那人一眼，根本不記得她穿了什麼，看不清面容，卻寂寥如星，揮手之間，婉轉風流。那是她兩世見過最具魅惑風情的人，只一面，至今都忘不了，可想而知孟老太爺為何寧可致仕也要獨寵她一個了。

九娘心中有許多謎團，這位姨奶奶，是因為幾十年前的屈為妾侍才要亂孟家洩恨？是因為鬥不過婆婆被太后掌嘴才仇恨孟家？可是木樨院明明是她的血脈，和婆婆並無干係，她和阮玉郎為何要先亂木樨院？她從多年前程氏掌管的帳目上看出來的虧空和填補，會不會也和阮家有關係？還有四娘，明明是她最親的血脈，既是侄孫女，又是親孫女，為何要她去為人侍妾？阮玉郎，究竟是誰？

既然有惑，不如直解。

第九十二章

眾人浩浩蕩蕩進了青玉堂正院，女使稟報老太爺外出還未歸來。梁老夫人卻不去正堂，直接穿過西側垂花門進了後院。後院的侍女們和婆子們上前見禮。老夫人目不斜視，緩步前行。貞娘上前輕輕推開四直方格眼的槅扇門。

一進門，她們一眼看見那坐在東窗下鏡臺前的女子，正在燈下梳頭。連著九娘在內，不自覺地人人連呼吸都放輕了。

那女子背對著她們，長髮委地。她左手攏髮，右手執了一把玉梳正從上往下梳，皓腕比那白玉還白三分，寬寬的精白薄紗袖墜在肘下，聽到這許多人闖了進來，只是微微側耳聽了一下，並不曾回頭，也不曾停手。

六娘只看到那一頭烏黑油亮的秀髮，竟真如四娘所說，看不到半根白髮。照說阮姨奶奶也已經快六十歲了吧，真是奇怪。

九娘只覺得清輝玉臂寒，心想難怪太后娘娘當年要派宦官來行刑，若是普通男子，恐怕路都走不動了，哪裡還忍心掌她的嘴呢。

老夫人停了一停，緩緩在羅漢榻上坐定，屏退了閒雜人等，歎了口氣道：「幾十年不見，眉娘還是這般風華絕代。」

鏡臺前的女子放下玉梳，站起身，很隨意地轉了過來：「眉娘不過東施效顰罷了。」她似笑非笑，聲音暗啞，有金鐵之聲：「我被困在此地，生不如死。若要來取我性命，倒也正合我意。」

九娘看著眼前的阮姨奶奶，就想起阮玉郎的風姿，兩人面容並不相似，可這神韻卻如出一轍，這就是面旋落花風蕩漾吧。

阮姨奶奶的眼波瀲柔如春水，輕掠過六娘和九娘的面容，再看向老夫人，忽然就笑了起來。六娘和九娘竟都情不自禁心神一蕩。四娘說得沒錯，她眉眼分得太開，嘴略大，唇稍厚，可這一笑，真是花動一山春色，讓人不知南北。

「阿梁，看來你真是老了啊。」阮姨奶奶的聲音暗啞：「這就是六娘和九娘吧，是她們兩個要進宮？」

六娘吃了一驚，看向老夫人。

老夫人卻毫不驚訝，只轉向九娘道：「這位就是阮姨奶奶，你有什麼事就和她說吧。」

九娘屈了屈膝，上前幾步，凝視著面帶笑容的阮姨奶奶。雖然沒有白頭髮，可眼角唇角的細紋還是顯示出了年紀。

「九娘見過姨奶奶。」這位是爹爹的生母，名為庶祖母，實際是親祖母。九娘端正地行了跪拜大禮。

阮姨奶奶含笑受了禮，上上下下打量著九娘。

「九娘有幾件事不明白，特來請教姨奶奶。」九娘沉靜自若，緩緩地道：「還請姨奶奶不吝釋疑。」

「真是個膽大的孩子，你且說說看。」阮姨奶奶笑著望向老夫人：「這孩子可不像你啊。」

九娘屈膝問道：「請問姨奶奶究竟是恨孟家，還是恨婆婆？請問我爹爹可是姨奶奶親生的骨肉？請問阮玉郎又是何人？」

老夫人雖早有準備，依然被九娘這三句話問得一震，貞娘也抬起低垂的眉眼，掃了九娘一眼。六娘更是完全驚呆了。

阮姨奶奶微微揚起下巴，細細看著九娘的小臉。

一雙美眸，如老井，如古潭，如深淵。彷彿她所問的三句話和她自身絲毫無關。

阮姨奶奶點了點頭，略帶遺憾地歎道：「年紀不大，看得倒遠。三郎和程氏可養不出你來，阿梁恐怕也養不出你來，孟家也養不出你來。你又到底是何人？」

六娘全然不明白她們話語中的機鋒，卻已出了一身的雞皮疙瘩。

九娘沉聲道：「託痘娘娘的福，九娘先死而後生，略微開了些竅罷了。」

阮姨奶奶綻開笑顏：「有趣。」她看向老夫人：「她既然敢問，那我可就要答了。對了，老定王還沒薨吧？」

九娘頭皮一麻，完全沒想到會在這裡，會從她口中聽到定王兩個字。大宗正司的定王？太后娘娘也要稱一聲皇叔的定王！

不好，她錯了，她料錯了！阮孟兩姓不只是後宅恩怨，妻妾恩怨，嫡庶恩怨！只怕牽扯太大，牽扯太深，牽扯太廣！九娘立時決定打退堂鼓，剛轉過半個身子，卻聽見背後老夫人緩緩道：「放心，你儘管說就是。你們也別怕，總要告訴你們倆個的。」後半句卻是對六娘、九娘說的。

老夫人輕輕握住六娘顫抖的手，放在自己手臂上蓋住，拍了幾拍。

阮姨奶奶轉過身走到鏡臺前面，看著鏡中的九娘，帶著三分笑意：「好孩子，你聽仔細了。我呢，自然是最恨孟家，才會來到孟家。至於你婆婆，我也恨過，不過如今不恨了，倒是很可憐她。你爹爹，若不是我生的，又是誰生的？只是他不曾叫過我一聲娘而已。」

九娘凝神注視著她依然窈窕綽約的背影。

阮姨奶奶輕聲道：「玉郎啊？他自然是琴娘的哥哥，我的侄子啊。」

九娘轉身看著老夫人。梁老夫人點點頭：「不要緊，阿妧想說什麼就說什麼。」

九娘屈膝一禮後，想了想才說道：「既然姨奶奶認識定王殿下，想來您也是宮中的舊人。可是阮姨娘嫁進來的時候，從沒有哥哥來過。納妾文書上面，阮家也只有一個老母親，沒有哥哥。這位郎君，雖然五官和姨娘很相似，可所作所為，卻不是姨娘的哥哥會做的事。」

「哦？你為何這麼說？」

九娘眼神清澈，輕聲道：「若他是姨娘的哥哥，早就該露面了，有孟家在，不至於去做伶人。若他是姨娘的哥哥，又只是伶人，不會有那樣的手段能將鶯素安插進家裡來。若他是姨娘的哥哥，骨肉相親，他不會送四姊給吳王以結交蔡相，還不怕四姊告發他，甚至他就是要四姊告訴婆婆。若他是姨娘的哥哥，更不會結交程家，控制程大郎，損害九郎、十郎的前程。姨娘的一個哥哥，為何要謀財謀權呢？他到底要的是什麼？九娘想不出，所以，還是得問個明白：他既然不是姨娘的哥哥，究竟和我們孟家有什麼深仇大恨？為何又只盯著木樨院呢？

阮姨奶奶意味深長地笑道：「小九啊，我的玉郎，怎麼會看得上小小的木樨院，小小的孟家呢？孟家算什麼？他才不放在心上。」她偏過頭看了看老夫人，眯了眯眼：「原來太后娘娘看中的是這個聰明孩子啊？」她掩嘴輕笑了兩聲，咳了起來，歇了片刻又笑道：「不對，高氏最恨長得美的女子，看來，她還是選了六娘？」

老夫人喝了一聲：「眉娘慎言！」

阮姨奶奶理了理精白寬袖，瞥了貞娘一眼：「怎麼？是又要掌我的嘴？還是又要以大不敬為由賜我鴆酒？老定王殿下可還看著吧？」

六娘、九娘都怔住了。九娘心念急轉，大不敬？賜鴆？定王？一些宮中舊事秘聞浮現，忽然隱隱有了個極可怕的念頭冒了出來，卻連她都不敢深想下去。

外間傳來幾聲悶雷，跟著就是沙沙細雨聲。立了秋以後，一陣雨，一陣涼。屋子內卻毫無清涼之意，九娘背上沁出一層細汗。

阮姨奶奶隨意地來回走了幾步，似乎是在雲中飄過一般輕盈無聲，又似貓一般慵懶隨意。

屋內靜悄悄的。

九娘看著梁老夫人鼓勵的眼神，咬了咬牙，又朝阮姨奶奶福了一福：「不管他是誰，不管為了什麼。姨奶奶，木樨院和阮家也割不斷一份血緣親情。還請姨奶奶衡量再三，莫給孟家帶來滅頂之災。」

阮姨奶奶在妝臺前停下來，拿起玉梳，輕聲笑道：「小九你真是有心。現在後悔了嗎？阿梁，玉郎讓你害怕了吧？高氏是不是也害怕了？」

貞娘立時跨上前一步。老夫人抬起手：「眉娘，我們相識多年，當年你救了我兒二郎一命，我也救了你一命。我和你互不相欠。你若再不迷途知返，為了孟家，我也只好斷尾求生了。」

貞娘默默退了回來。六娘手心裡全是汗，既想知道得更多些，又害怕知道。

阮姨奶奶咳嗽了幾聲，歎了口氣：「是啊，你我當年也算是有緣人。造化弄人，殊途同歸。你是為了孟家？還是為了高氏？斷尾求生？可惜殺了我也未必有用。你對高氏忠心耿耿到把孟二、孟三兩條命賠上了，還把自己一輩子都賠上了，我很可憐你，早就不恨你了。你我都不過是盡忠而已。可是，阿梁，欠的債總要還的。」

老夫人心口一窒，合了合眼。六娘趕緊扶住老夫人。

阮姨奶奶又歎了口氣：「那些陳年舊事，早已經腐爛不堪，誰還記得？誰還敢記得？不過提一次恨一次罷了。只是高氏用足你一輩子還不夠，連孫女們也要用上。若是玉真當年有她一半的狠——」

九娘立刻朗聲打斷了她：「還請姨奶奶轉告阮郎君：我四姊不是個聰明人，到了吳王身邊怕派不上用處，還請他高抬貴手。眉州程氏和我表舅蘇家雖有宿怨，但也有可化解的法子，若是蘇相願意點頭和解，程家總會靠向血緣至親。如今官家已醒，太后垂簾，儲位未定，蔡相日漸式微已是定局。孟氏、太尉府、蘇相府和眉州程氏四家互通姻親，同氣連枝，一損俱損，只需順藤摸瓜，不難斷了阮郎君的意圖。時勢瞬息萬變，無人能一手掌控。若是美色、財力和權勢全沒了通路，阮郎君便是有翻雲覆雨之能，也巧婦難為無米之炊。還請他及時收手，回頭是岸。」

阮姨奶奶咳了幾聲，眯起眼看著九娘，緩緩收起了笑容。

九娘屈膝一禮：「棄我去者，昨日之日不可留；亂我心者，今日之日多煩憂。既然舊事已腐，何必任由腐肉生蛆再剜肉見骨？還請姨奶奶三思。」她不再多言，回身扶起老夫人：「婆婆，咱們回吧。」

貞娘打開槅扇門，四人正要出去。阮姨奶奶卻笑了起來：「阿梁，你去告訴高氏，她怕了三十幾年的那份遺詔，自然是有的。」

門口四人只覺得驚雷四起，耳中嗡嗡震動。九娘霍然轉過身，那人卻已安坐在妝臺前又開始梳頭，一下，一下，再一下。

七月新秋風露早，萬葉敲聲涼乍到。九娘只覺得心驚肉跳。

第九十三章

當天夜裡，林氏發起了高熱。許大夫冒雨來看診，開了退熱的藥。九娘細細詢問了後，用了些玫瑰花油給她止痛，柔聲給林姨娘說些市井裡的笑話，等姨娘睡著了，又把剛才翠微堂裡聽到的郭貴妃和崇王的往事細細思量了一番，既知之，則安之，索性就守在了東小院裡看了一夜的書。

秋風秋雨沒有愁煞九娘，倒愁煞了孟建和程氏兩夫妻。

程氏夜裡冒雨去了兩回家廟，給四娘、七娘送了些蜜水喝，告訴她們林姨娘的情形不太好，叮囑她們乖乖跪到早上，安安分分地回房舒緩膝蓋。七娘嚇得哭都哭不出來了，四娘也不敢提自己被罵到吐了一口血的事。程氏心裡焦灼，竟然也沒留意她衣襟上的痕跡。

孟建愁得比程氏還厲害。財大氣粗的大舅子一早就去衙門等著他，說完事情拍拍屁股輕鬆走人了。他擔了一整天的心事，回家來看到這般情形，彷彿又回到了五年前九娘走失，木樨院大亂的那夜，太陽穴死個勁地跳，實在對著程氏開不了口。他去東小院看望林氏，嚇了一跳，看她傷痕猙獰，人已燒糊塗了，只一個勁哼哼唧唧。問了許大夫幾句話，他有心想寬慰寬慰九娘，一看到她那澄清冰涼的眸子，就噎住了，好像是他害了林氏一樣，心裡直發虛，原本還想替七娘、四娘說幾句好話的，也全給憋了回去。

好在第二天凌晨，林姨娘的高熱就退了許多，人也睡安穩了。九娘這才鬆了一口氣，回到東暖閣，讓玉簪磨了墨，照著前世的習慣，打開劄記，細細寫下昨日的事情，可惜婆婆告知的資訊也太少，她對郭貴妃所知更少，最後只能把阮玉郎歸在了崇王和郭貴妃那一列上。郭家、阮家、孟家圍繞著皇家，程家、陳家和蘇家，又都和孟家連在了一起。七姓之間有的結親，有的結仇，恩怨交加。幾十年前隱藏的種子，如今枝蔓叢生，沒有婆婆那一輩人的釋疑，根本無處下手。可婆婆，卻似乎又必須要掩藏著什麼。

合上劄記，九娘這才覺得疲憊不堪，想起前世自己的那幾十本劄記，不知道是在阿昉那裡，還是被收在那個雜物間的箱子裡了。若是找得回來最後兩年的幾本，興許對照現在的情形，能找出些蛛絲馬跡。翻來覆去，才略睡了一會兒。

待玉簪喚醒她時，已近午時。

「舅老爺程大官人來了，帶了好些禮，堆滿了木樨院的院子。」玉簪一邊替她梳頭，一邊小聲說：「程大郎也來了。四娘、七娘都在正屋裡見禮呢。」

九娘伸手指了指那根喜鵲登梅釵：「還插這個就好。」

玉簪輕輕替她插上：「娘子說姨娘還沒醒，您就不用去前頭見禮了。」

「爹爹他上衙去了嗎？」

慈姑捧過銅鏡給九娘照了照後面：「郎君今日告了假，也在正屋裡陪著舅老爺說話呢，稍後該去翠微堂見老夫人了。十一郎今日學裡也告了假，剛剛見過了舅老爺，在東小院裡守著呢。」

「二哥呢？今日可上值去了？」

玉簪回道：「修竹苑卯時來了人，說昨夜信就送去太尉府了，回話說今日肯定能送藥來。一早二郎也已經入宮去了，晚些就應該有音信，您別急，姨娘退了燒，就沒什麼大礙了。」

九娘舒了口氣，略用了些慈姑留好的湯水，就去了東小院。

不多時林姨娘也醒了，只覺得臉上也沒那麼疼痛難當了，肚子倒咕嚕咕嚕響了起來。

「餓了？真是有其女必有其——」十一郎孟羽歎了口氣，搖了搖依然很大的腦袋。九歲的他搬去修竹苑兩年了，已經習慣掉些不倫不類的書袋，身子已經開始竄高，臉上還胖嘟嘟的，倒和九娘小時候很像。一句話沒說完就被九娘一巴掌擼在腦殼上。

「又想背書是不是？」

「不想！」十一郎趕緊喊：「寶相姊姊，把那烏鱧湯快端進來，九姊要餵我姨娘喝湯了。」他轉過臉對林姨娘抱怨：「姨娘，等你能說話了，得好好勸勸九姊，我都被她打笨了！我堂堂男子漢小丈夫，這頭能隨便碰嗎？」

九娘笑著摸摸他的大腦門：「阿羽說得對，九姊錯了，對不住！」

十一郎退開兩步：「你認錯最快，屢說不改，我才不信你。」

林氏看著姊弟兩個在自己面前耍寶賣乖變著法子讓自己安心，也知道自己昨夜算是鬼門關走了一趟，越想越後怕，眼淚撲簌撲簌往下掉。九娘扶她起來，給她擦了眼淚：「可不能哭啊，眼淚是鹹的，傷口上撒鹽可疼了，還不容易結疤。」嚇得她趕緊收了淚。

九娘餵林氏吃了碗火鴨絲軟麵，喝了碗烏鱧湯。跟著指點寶相怎麼用極軟的紗布替林氏刷牙淨面，怎麼敷玫瑰花油。

收拾妥當了，九娘拿了本《世說新語》，讓十一郎講講〈容止篇〉。十一郎講了兩篇，心下疑惑，雖說姨娘愛漂亮，難不成聽著美男子的故事還能療傷止痛？可看到姨娘專注地盯著自己，手也不往臉上摸了，就接著說起「看殺衛玠」來。

她們這邊三個關起東小院的門不聞窗外事，木樨院裡的程氏卻懷疑自己耳朵出毛病了。

「大哥你說要替大郎求娶誰？」

程大官人笑眯眯地又說了一遍：「自然是我嫡親的外甥女阿姍啊。」

程大郎眨了眨眼睛，想起四娘，又想起九娘，就覺得臉上被打過的地方又開始疼。這次還會不會被打？他偷眼看看姑母。

程氏也在看著他，下眼瞼直跳。

孟建看看妻子，再看看大舅子，勉強笑了笑：「對了，其實阿姍和蘇二表哥家已經在議親——」

程大官人沉下臉來：「怎麼？我這個哥哥比不上表哥親？還是你們兩口子嫌棄程家是商戶之家？」

程氏自然搖頭不已，心中哀叫真是禍事成雙來。程之才這小王八蛋什麼時候打上阿姍的主意了！

「爹爹和娘也說，這許多年沒見過阿姍了，若咱們程家、孟家能親上加親，是最好不過的，乾脆舉家也遷入汴京來。哥哥我已經給開封府進納了五萬束稈草，大郎過了中秋好歹也是開封府的主簿，從八品的官員。他又是我程家以後的當家人和一族之長。阿姍從小就能寫會算，性子也潑辣，又在汴京和那些官宦家的小娘子們從小一起長大的，日後也能給大郎做個賢內助。這可不是天作之合？」程大官人端起茶盞，悠然地喝了一口。

程之才一想到這幾年難得遇見幾次七娘，她都是橫眉豎眼的母夜叉模樣，賢內助？爹您最大，您說什麼就是什麼。但還是忍不住縮了縮脖子。

屏風後頭忽地跳出一個人來，幾步衝上來抱著程氏大哭起來：「娘！我不要嫁給表哥！我不要！」

七娘哪裡管舅舅的什麼面子和臉色，轉過頭對著程之才喊道：「你明明是喜歡四姊的，快跟大舅說實話！」

程大官人砰地一聲放下茶盞，喝道：「大郎，竟有此事？你怎不早說！」

屏風後的四娘如墮冰窖，驚素的話似乎在耳旁迴響，只覺得一張密不透風的大網迎頭罩下。婆婆，誰來救救我，阿妧，阿妧？你定有法子的！

翠微堂的侍女敲開東小院的門：「來了位貴客，要見九娘子。老夫人請九娘子過去呢。」

九娘剛給林姨娘又塗了些玫瑰花油，猜想怕是陳太初送藥來了，趕緊叮囑了十一郎幾句，匆匆帶著玉簪跟著侍女而行。

等進了翠微堂的正院，侍女卻穿過院子，繼續往西邊擷芳園而行。九娘一愣，看看翠微堂廊下只有畫眉鳥唱了幾嗓子，侍女們閒閒的模樣也不似正堂有客。那引路的侍女轉身笑道：「貴客在擷芳園裡等著呢。九娘子這邊請。」

擷芳園前後是長房和二房的院落，九娘平時甚少來。進了園子，眼前一亮。不同於積翠園的翠綠一片，此時夏末，園中的池塘兩側七月芙蓉生翠水，矮處卻密密麻麻鋪滿了金黃的秋海棠，正合了紅樹間疏黃，流水淡，碧天長。

隔了十幾步，九娘就聽到杜氏的聲音，一抬頭看見她正站在芙蓉樹下，指著樹上說些什麼，身邊一個少年應聲高高舉起花剪。

一旁的侍女們挽著花籃，都看著木芙蓉樹下的少年郎掩嘴輕笑。幾個穿著青色襴衫的男子站得遠遠的，垂目靜立。

九娘疑惑地走近去，福了福：「大伯娘？」

杜氏一轉頭，笑說：「說曹操，曹操到。」

「哢嚓」一聲，少年探手接住墜下的粉色芙蓉花枝，含笑轉過頭來，霞觴熏冷豔，秀眉嫋纖枝。

「怎麼是你!?」九娘吃了一驚。

玉簪也嚇了一跳，趕緊退了幾步，這可是位沒人惹得起的祖宗！

還穿著宗正寺少卿官服的趙栩手持花剪，長身玉立，收了笑容，上下看了看九娘：「早上二哥和太初和我在東華門遇上了，說了你家裡的事。我今日下衙早，順路把藥送過來。聽叔母說你姨娘夜裡不大好，現在可好些了？你自己沒事吧？」

杜氏咳了兩聲忍住笑。這位殿下明明是絕頂聰明的人，偏偏說起胡話騙小娘子不用腦子。您五寺三監在皇城東南邊，這翰林巷在內城東南邊，您是要去東水門才能順路吧。唉，這些個小孩子啊！到底還是小孩子。

九娘給趙栩見了禮，又謝謝趙栩：「謝謝六哥特地跑一趟，我沒事。姨娘早上也退了燒。」

趙栩將手上的花剪遞給杜氏：「叔母，我有些話要同阿妧說。」

杜氏看九娘並無不豫之色，就點點頭：「你們就在這裡說吧，我在邊上剪些花兒。」

看著杜氏帶著侍女們緩緩去了花樹中，時不時借著剪花枝看看他們，趙栩不禁笑了：「這位叔母真是個齊全人。」

第九十四章

一池碧水，漂著些被吹落的粉色嬌花，浮沉不定。

趙栩和九娘在池塘邊花樹下的兩塊大石上坐了下來，看著眼前芙蓉照水，靜默了會兒。

「六哥要同我說什麼？」九娘輕聲問他。

趙栩早留意到她髮髻上插著的喜鵲登梅釵，心裡歡喜得很，又見她眼下烏青，面有倦色，從袖中取出兩個白玉盒子遞給九娘，輕聲道：「你姨娘的事我都知道了，你別太擔心。這是御醫院的方紹樸新配的祛疤藥膏，我爹爹那毒瘡都能消得差不離。塗抹的時候輕一些，應該不會留疤。」

九娘接過來，握在手心，白玉沁涼。看著趙栩一臉坦蕩，倒有些慚愧，便輕聲謝道：「謝謝六哥。」

趙栩想了想就問她：「還記得那天福田院我們同你說過的話嗎？」

九娘點點頭，他們都是為了她好，她當然記得清楚。

「有些人，不是你對她好就能息事寧人的。」趙栩看著碧水花影：「最早四郎欺負我，我也記著我娘說的，忍一忍熬過去就好了。可是沒用。他這次高興了，得逞了，下次還會欺負得更厲害。」

九娘看了看他，又看向水中，隨手撿起一塊小石頭丟了過去，水中的芙蓉花影碎了，抖得厲害，漾起一圈圈波紋，擴散開來。

是，趙栩的處境和自己很相似，他還要艱難很多。

趙栩轉了轉手中剛剪下的芙蓉花枝：「你家祖宗孟子有言：人無有不善，水無有不下。可是我卻覺得人無有不惡。」

九娘一怔，轉頭看向趙栩。

趙栩對她笑了笑：「如果真的是人無有不善，又何須教化？何須律法？正因心都有惡念，才須靠教化馴服，靠律法約束。可即便這樣，惡還是難免會跑出來犯事。有些人，看著你不如他，心中才暢快，踩你欺你，他就更暢快；有些人，看著他有的你竟然也有，心中不暢快，更要踩你欺你；若是你有的他沒有，這種人就更加寢食難安了，非要你一無所有才肯甘休。難道我們為了向善，就得任人宰割不成？」

九娘心中一陣激盪，從沒想過趙栩竟然把自己心裡所想都說了出來，想起前世的爹爹娘親，她鼻子一酸，趕緊彎腰又撿了幾塊卵石，用力投擲出去，花影片片碎，水波紋路也亂做一團。

趙栩見九娘小臉上有悲憤抑鬱之色，就道：「退讓、容忍、煎熬，我幼時試過好些年，並沒有用。以暴制暴，以惡制惡，我也不喜歡，可有時候沒得選。趙檀被滎國夫人打了一頓以後，收斂多了。我才明白有些手段，未必好，未必是我們想要的，甚至是我們心裡頭很厭惡的，可是卻很合適。」

九娘停下手來，看著水面漸漸平復，轉過來看著趙栩，忽然輕聲道：「其實——我昨夜以幼犯長，罵了人，把她罵得氣到吐血，甚至還動手打了人。我覺得這法子不好，很不好。可我也想不出還有什麼法子能讓自己好過一點，舒服一點。」

這個趙栩倒不知道，聞言一愣，看著九娘緊蹙的眉頭和眸中難得一見的猶疑，忽地哈哈大笑起來：「罵得好！打得好！這才是我認識的阿妧。你本來就很凶，今年見到你，倒覺得不像真正的你了，一副老成的大人臉。」可不是，咬過他，罵過他，撞過他，打過他的那個阿妧，才是真正的阿妧！

九娘怔了片刻，不免有些難為情，回過頭來看著水面。自己本來很凶嗎？

趙栩柔聲問：「你是不是罵完打完以後心裡就舒服多了？或者覺得這般行徑不像你自己了？還是懊惱自己沒別的法子對付她們？」

九娘認真想了想：「是覺得不像我自己了。懊惱倒沒有，法子自然很多，可我不想那麼做。但是心裡頭的確舒服多了，至少覺得看著姨娘的時候才安心一點。」九娘歎了口氣：「我會想，是不是我一直不理會她們，反倒是縱容了她們？如果早點罵了打了，是不是姨娘昨天就不會遭殃？我在想自己以前是不是做錯了……」

趙栩笑著搖頭：「你以前並沒做錯。你是家裡最小的，又是庶出的女兒，難道跟我一樣，遇事就用拳頭說話？何況你們女兒家，若不是趙瓔珞那般喪心病狂的東西，哪來那麼多由頭能動手的？就是趙瓔珞，我還尋不著時機打她呢。再說什麼嫡庶、長幼、閨名清名之類的，你們世家大族向來比我們宗室還要看得重些。」

九娘吁出一口氣，心底鬆快了許多。

趙栩笑道：「我頭一次打老四，也是因為我娘。他在背後詆毀我娘。我那時早就想著要打他一次試試，可惜個子比他矮很多，拳頭也沒什麼力氣，只能打在他嘴上，本來想打鼻子的。結果他實在沒用，一看自己流血，就倒在地上瞎嘰歪。哈哈哈，我趁機就把他那胖臉打開了花。反正為了皇家的和睦、宗室的臉面，娘娘和爹爹也不會拿我怎麼樣，最多罰跪吃板子而已。阿妧你知道嗎？其實他們作惡的時候也是仗著這個。」還是拳頭有用，趙檀從此都不敢再說狐媚兩個字。

九娘若有所思，是，趙栩說得有道理，為善者所顧忌的恰恰是為惡者的倚仗。

趙栩笑道：「你知道嗎？蠢人從來不覺得自己蠢，惡人也從來不覺得自己惡，但是他們怕一個人，卻會一直記在心裡。所以呢，對這些蠢人惡人，最有用的還得是讓他怕你。」

九娘對他這幾句話倒是深有體會，想一想，趙檀和趙棣，倒和七娘、四娘有些相似之處，忍不住笑出了聲。

趙栩看她笑了，也笑了起來：「不過，你也有做錯的地方。」

九娘一愣。

「你是個小娘子，又不是男兒身，為什麼要把自己當成男子對待？」趙栩早就想和她好好說道說道這個：「你這麼小的年紀，家中還有那麼多兄弟，可你做什麼事，花的時間用的力氣都遠遠多過別人。你什麼都想知道，國事家事樣樣事你都不放心，都想要操心。你究竟在擔心什麼？才把自己逼成這樣？其實你用不著什麼都要做到最好，也用不著想那麼多，你這個年紀的小娘子應該多吃多睡多玩才是，你這般不愛惜自己，就不太對。」

這幾句話驀地平地起雷，炸在九娘耳邊。

九娘茫然地看著趙栩。兩世她從來沒想過這個，更沒有人這樣問過她。爹爹勸過她別太辛苦。可是，對啊，她究竟在擔心什麼？她為什麼總在擔心？在趙栩眼裡，她是在逼迫自己嗎？不是的，她就是不放心，想要知道得更多，然後呢？

「阿妧？阿妧？」趙栩看她臉色不太對，喊了她兩聲。

「我沒覺得累，也沒覺得苦。我沒逼自己。」九娘想了想，輕聲道：「我——我就是習慣了，我就是喜歡知道得多一些，懂得透徹一些，做得好一些，萬一——」

九娘剩下的話都堵住了，說不出口。她是一直在擔心，她在擔心什麼？害怕什麼？前世她也有過多吃多喝多睡多玩的日子。是從弟弟沒能活著來到世上開始？是從母親被大夫宣布不能生養了開始？是從母親自請下堂開始？是從她遇險獲救開始？是從爹爹退守書院開始？她恨不得自己是男兒身，恨不得自己是長房的嫡長子，甚至不允許自己人前落淚，甚至學男子走路說笑的模樣。然後學得越多，越覺得不夠？做得越多，越覺得還可以做到更好？遇到的越多，就越覺得需要有備無患？她不自覺背負著的，是不是從來不只是嫡長女的責任？所以爹爹才會那麼擔心她……然後這世呢？她原本想著有機會能做個普通女子了，怎麼又回到那條路了？她不是王玞了，可怎麼好像還是在做面面俱到的王玞？甚至擔心的人擔心的事更多了……

趙栩目不轉睛，看著九娘一張小臉上瞬息萬變的神情，似乎有說不出的困惑和哀傷，不由得擔心起來：「阿妧？」

九娘回過神來，豁然開朗，深深注目趙栩：「六哥，多謝你了。可我，恐怕改不了。」一語驚醒夢中人，奈何此身不由己。

趙栩皺了皺眉：「你在害怕什麼？害怕自己不夠好就沒人看重你？害怕沒人看重你在意的人？還是害怕自己不夠好，幫不了你在意的人？」

九娘心中一熱，點了點頭：「是的，我是很羨慕你們男兒郎。我恐怕是把自己當成男子在活了。我的確是害怕沒有人護得住我在意的人。我想自己護住他們，幫到他們。可是我不累，也不苦，真的。我閒不住，停不下來。我看到書上的字就高興，認認真真想些事情的時候才安心。你放心，我會好好愛惜自己，吃多一些，睡早一些。」

九娘笑了：「不過我再吃再睡，六哥你也沒機會再罵我胖冬瓜了！」

趙栩一頓：「啊——？我那不是罵你。」

九娘哈哈笑起來：「我知道，你只是看見比你醜的都忍不住損上幾句。」

趙栩一時語塞，看著她沿著池邊輕快地走開，揚聲道：「你不醜，從小就不醜，小時候比現在還好看，小孩子胖一點才好看，真的。」

九娘笑了朝他擺擺手，彎腰選了片扁平的石頭，側過身屈膝彎腰，揮手而出。那石片在水上跳了十幾下，直到池塘中心才沉沒下去。趙栩留意她小臉上已經舒展開來，就放了心。

「小時候你那最後一棒原來是從這個來的？」趙栩訝然。

「是的，我厲害嗎？」九娘轉過臉問，一臉快誇我的神情。

趙栩一愣，阿妧也會想要被誇獎？還要當面誇獎？

「厲害！厲害極了！我頭一次見到那麼厲害的捶丸！」趙栩不假思索，不遺餘力地誇她：「原來我還想指點你的，看了你那一棒，幸好沒開口，不然我可沒臉極了。」他彎腰也撿起一塊扁平的石片，學著九娘的樣子丟出去。

石片落入水中，悄聲無息地沉了下去。

趙栩咦了一聲，彎腰又選了兩片，想了想，再揮出去，最後那片在水面上跳了三下，依然沉了下去。

趙栩一怔：「咦，竟然有我不會的事情？」

九娘看著他一臉難以置信的表情，哈哈大笑起來。

趙栩臉一紅：「我出三包蜜煎，換阿妧的秘訣！」

九娘笑著撿起石片，示範給他看：「一言為定！六哥，你得再壓低一些，石片才能貼著水面滑行，這樣用拇指和中指捏著，出手的時候食指得撥一下，石片會轉得很快，不能用腕力，要用臂力。這樣——」

她半蹲下來，身體後傾，揮手。

趙栩看著那石片在水面上跳了二十來下才沒入池塘中心，撫掌道：「厲害！」

九娘彎腰細細替他選了五六個扁平、兩頭上翹的石片：「這種會跳得多些。」

趙栩接過石片，想了想再試了兩次，果然石片在水面上跳了七八下才入水。

趙栩粲然一笑，側頭問九娘：「怎樣？我厲害嗎？」

九娘忍俊不禁：「厲害！你也厲害！」

趙栩將剩下幾片收入懷裡，笑道：「這幾個我帶回去教教阿予，還能賺幾包蜜煎。」

九娘眨巴眨巴眼睛，趙六你！自己為什麼會覺得趙六剛才已經是個很成熟的大人了呢……

趙栩笑著拿起放在石頭上的芙蓉花枝，做了個捶丸揮棒的姿勢：「不過阿妧，咱們桃源社這汴京第一捶丸社的名號可跑不了。」

九娘大笑起來：「不錯！」她胸中豪氣頓生：「明年汴京要是再有捶丸賽，我們去拿個魁首回來！」既然讓沒有用，退沒有路，顧忌也沒有用，那就壓倒雜草，無畏前行好了。

趙栩忍著笑點頭：「好！」

九娘轉頭問他：「六哥你呢？以後什麼打算？太尉班師回朝後，情勢只怕會更難吧？」

趙栩不知為什麼也不想隱瞞她，便坦然告訴九娘：「我以前不想爭也不願爭，我志不在此，也怕給舅舅給娘帶來禍事。可不爭，也不見得沒有禍事，舅舅還是會被忌憚猜疑。我說我不爭，也沒人信。再荒唐玩心再重，他們還是不信。只要我不肯被他們踩在腳底，他們就不放心。」

這個九娘深有體會，她關切地看著趙栩。

趙栩負手走到水邊，躍上一塊大石，看向遠方，忽地轉過身笑道：「阿妧，不知道你懂不懂，我其實做親王也好，做郡王也罷，哪怕做個庶民，都無所謂。我趙六憑一枝筆，就已經能一輩子不愁吃穿。可是，他們要想辱我欺我踩我，我卻不能忍。」

九娘看著他直立水邊傲睨俯峭壁的神態，微笑著點點頭：「我懂，傲骨不隨歲月除，縱成枯骨也無悔。不能忍，就不忍。」這才是真正的君子。

趙栩揚聲大笑：「傲骨不隨歲月除，說得好！」他笑著跳下來，想起張子厚的話，拍拍身上的少卿公服：「這身官服，換做以前，我是無論如何也不會穿的。有人跟我說為了大義，有時也要不擇手段。我覺得也有道理。」

九娘霍地捏緊了手中的石片，片刻後點了點頭：「那人說得不錯，但是前路險峻，六哥你可要倍加小心了。」

趙栩看著她笑起來：「你也是。若是打不過，記得你還有哥哥們呢，可別自己撐著。」

九娘笑著點頭，想了想：「昨夜還有個事，你知道了總沒壞處。不過你可不要怪我又多事多想了。我凡事不弄個清楚明白，總覺得頭上懸了把利劍，不安心。」九娘將昨夜所聞還有後來老夫人私下告訴她和六娘有關郭貴妃和崇王的往事，全盤說給了趙栩聽。

趙栩雖說絕頂聰明的人，聽了也一呆。

思忖了片刻後問：「阮氏竟然是郭真人身邊的人？阮玉郎不是她侄子？還有遺詔？難道你們擔心阮玉郎其實是我三叔崇王趙瑜？」

九娘點了點頭：「只有當年有奪嫡宮變一事才說得通這些疑點。可惜婆婆不肯說宮變的事，也不肯說今上登基的事。若不是奪嫡，那遺詔如何解釋？」

趙栩皺起眉頭：「倘若真有遺詔，當年就可以拿出來，何必耽誤那些年？又何必耽擱到現在？還有只要是寫了詔書用了印，翰林學士院和二府必然有人在場，內侍省也不會不知道，必然要有一張副本留存。我倒覺得遺詔未必是真的，也許你說破了阮玉郎的事，她嚇唬你們罷了。」

九娘也疑惑：「那在契丹的崇王會不會是假的呢？會不會當年去契丹的就不是崇王殿下？會不會其實崇王早就偷偷回到了大趙？」

趙栩搖頭：「野史雜記那種傳奇不可信，哪有什麼狸貓就能換太子。三叔去契丹的時候應該是九歲，每年聖壽賜宴、宴對蕃使，眾皇子都在。若說宮女有不認識皇子的倒有可能，可契丹使臣卻不可能認錯人。偷偷回大趙，應該也不會，如果三叔自己偷偷回到大趙，那在契丹的三叔又是誰？郭真人也不會臨終求爹爹接回三叔。」

九娘默然，哪有闊別幾十年的兒子逃回來不見親娘的呢。

趙栩想了想：「不要緊，請迎三叔的國書前日已經送去契丹了。爹爹想派我去契丹接回三叔。等我去上京，看一看就知道了。有什麼疑問，光想是沒有用的。你也別想太多，這種大事，已經不只是你孟家的事了。」

九娘一怔：「你要去契丹迎崇王殿下？要去上京!?」

第九十五章

上京，汴梁，千里之遙。

趙栩點點頭：「嗯，不錯，趁著如今大趙和契丹邦交還算過得去，爹爹想快點把三叔接回來。」

看到九娘擔憂的神色，趙栩趕緊說：「你別擔心，自從太宗朝以來，大趙和契丹互通行市，雖有些小摩擦，卻還算友邦。他們也有一位四皇子在汴京住了快二十年了。」

九娘也知道互為質子是大趙和契丹百多年來的習慣，仔細想了想兩世以來搜集到的契丹資訊，一股腦兒告訴趙栩：「就阿妧所知，契丹如今的壽昌帝，在位四十年，向來仰慕大趙，不願和大趙為敵。只是他為人昏庸，當年寵幸權相佞臣耶律興，冤殺了宣懿皇后和昭懷太子。如今他老了，篤姓佛教，廣修佛寺，勞民傷財，契丹國力已經大不如以前。哦，對了，還有，壽昌帝喜愛書法繪畫，尤其愛作詩，善待有才華的人。你若見了他，從這上面著手，恐怕能事半功倍。只是皇太孫耶律延熹這兩年才被接入皇宮撫養，外間對他的習性所知甚少。」

趙栩和陳太初這兩年關注邊境和鄰國，也沒少搜集各國資訊，又知曉樞密院的各種機密要聞。可聽見九娘竟然對契丹也如數家珍，真是又驚又喜又氣又說不出的心疼。

九娘一看他的表情，想起剛才的談話，就有點心虛：「我，我就是愛好這些市井傳聞，皇家秘史而已。若是背大經我也要讀個四五遍，這些我看過聽過一遍，不知道為什麼自然而然就記住了，全不費功夫，不費神，真的。」

趙栩看著她一臉請你相信我的表情，只能歎了口氣：「你！你還真是改不了!?」

九娘抿唇笑了：「當年耶律興企圖刺殺皇孫事敗後，被壽昌帝廢黜一字王爵，他舉家攜帶私兵和武器逃來大趙。這個六哥肯定知道吧？」

趙栩點點頭：「這個我看過記載，二十多年前耶律興一族七十多人是在大名府被捉拿後，再遣送回契丹伏誅的，當時爹爹還未親政呢。」

九娘笑道：「你可知道蔡相是當年大名府的權知府事？他就是因捉拿耶律興一族於兩國邦交有大功，才調入中書省官拜副相的。」前世兩黨相爭，蘇瞻和她對楊相、蔡相一黨眾多官員的升遷路熟悉無比。

趙栩一愣，露出深思之色：「我倒沒有留意過蔡佑的升遷之路。怪不得每年契丹的使臣待蔡相特別親熱。」

九娘點點頭：「蔡相既然擁立吳王，恐怕會在你出使契丹的事情上做些手腳。到時候你記得看看禮部隨行的人員，儘量避開蔡相的門生。還有——」

趙栩見她又不自覺開始籌謀，搖搖頭，想敲敲她的腦袋，看到那喜鵲登梅釵，又鬆開了手指：「停！你別再多想啦，不然我還不如直接把你裝在麻袋裡帶去契丹呢。」

九娘一呆，是啊，自己還真是改不了這脾氣性子。

趙栩趕緊說回阮玉郎的事：「當務之急，還是先弄清楚阮家和孟家之間的事。阮玉郎看來絕對不是趨炎附勢只為了升官發財的人，就算他不是三叔，我看也和郭真人脫不了干係。整件事，恐怕還是要從郭真人身上著手。」

九娘皺起眉，三十多年前的事了，知情人又都不肯說，如何著手呢？

趙栩忽然眼睛一亮：「我回宗正寺再好好翻翻舊檔，看看能不能找到郭真人的什麼線索。宮裡面應該還有些老人伺候過她的，還有瑤華宮裡的宮女也可以問些她平時都做些什麼。這些應該不難。」

九娘也覺得一團迷霧似乎有了一條路，趕緊提醒他：「當年的一些老宮人恐怕都被貶在掖庭做事。宮裡你要小心一些，太后娘娘十分忌諱旁人打聽這個。」當年她是無意遇到一位掖庭的老宮人，才知道太后娘娘怒打郭貴妃的往事的。

趙栩點頭讓她放心，又說：「等初十的社日，咱們索性把這個事說開來，讓太初、阿昉幾個也一起想想辦法。這也不是你們孟家一家的事。還有你千萬記得，遇到什麼事要說出來，讓我們知道，大家一起商量，別一個人費神。」

九娘笑著點頭答應了。

趙栩彎腰從靴子裡拔出一物遞給她：「對了，我和太初總疑心那夜沒找到的刺客和蔡相府有關，那日刺客又見到了你，雖然現在悄無聲息，但防人之心不可無。還有你道破了阮玉郎居心和目的，也要防一防。這個給你帶著防身，就是鋒利了些，削鐵如泥，千萬別用在你兩個姊姊身上，嚇唬她們是可以的。」

九娘笑出聲來，接過短劍，拔劍出鞘，見秋水一汪，疑似州西瓦子趙栩用來砍斷刺客兵器的利器，不由得看向趙栩：「這不是你的防身短劍嗎？」

趙栩臉微微一熱：「我有兩柄，一長一短。這個我用太短了些，原本就不趁手。」

九娘想到那兩個女刺客的本事，背脊一涼，回劍入鞘，試著插進袖袋中，長短正合適，就也不和他客氣：「多謝六哥。我收著了。」

趙栩鬆了口氣，又將不遠處的隨從喚過來，讓他拿出兩根短管。

「還有這個你也拿著。是我專用的，翠綠色這個是殿前司的信號，橙黃這個是內城禁軍的信號。萬一遇到險事，一拉引線就好，火摺子都不用，白天也很顯眼。」

九娘想了想，也不再言謝，一概收了下來。

天色已暗，空中晚霞濃麗。曉妝如玉暮如霞的木芙蓉，花色漸漸從嬌嫩淡粉轉成了濃豔紫色。池塘水面倒映著晚霞和花影更是一片豔色。

趙栩從懷裡取出那枝白玉牡丹釵，花心已經改了火玉，在他手中綻放著。他抬起眼，笑道：「你看看，是不是改成火玉更好看些？」

九娘見他眼中一泓湖光瀲灩明，臉騰地就燒紅了，正要說話，就聽見不遠處杜氏笑著說：「你們那水漂打得真好！」

趙栩一翻手，將牡丹釵收回袖中，笑道：「是阿妧打得好，我才剛入門。」

杜氏走近將一朵木芙蓉簪在九娘衣襟上：「那就給阿妧簪朵花，若有打水漂狀元，咱們阿妧還能騎馬遊街呢。」

三人都笑了起來。趙栩道；「打水漂沒有狀元，捶丸有魁首。阿妧說了，明年咱們桃源社要參加汴京的捶丸賽，摘個頭魁，贏得頭彩。讓我想想，那咱們可以三四年不用繳社費了。」

杜氏笑道：「這個主意好！」又遞給九娘一籃子木芙蓉和秋海棠：「這些你帶回去木樨院插瓶吧。」

三人漫步出了擷芳園，杜氏和九娘送趙栩出了二門，才各自回去。

回到木樨院，程大官人帶著程之才早走了。

孟建和程氏心不在焉，案几上的草帖子壓得兩個人心頭沉甸甸地。

九娘行了禮就待告退。程氏忽地開口問她：「阿妧，昨夜你和姨奶奶說什麼了？」昨夜老夫人什麼也沒告訴她們三妯娌，反而留兩姊妹說了半天話，真是奇怪。

九娘看了一眼她手邊的草帖子：「說了阮玉郎的事。婆婆昨夜告訴我們，那個阮玉郎要對孟家不利。如果舅舅現在和他走得近，有朝一日怕會受連累。娘要是有什麼為難的事，不如去翠微堂找婆婆。」再說多了，程氏恐怕會受不住。

程氏和孟建對視了一眼。自從知道阮玉郎拿捏程之才以後，他們也一直憂心忡忡，私下問過阮氏好幾次，卻問不出什麼。阮氏只知道哥哥現在很有錢，是蔡相府上的座上賓。

看著九娘走後，程氏歎了口氣：「好在程之才明天就搬走了。你趕緊把九郎、十郎的骨頭好好收拾收拾吧。不管青玉堂怎麼說，過了年，我就把十一郎記到我名下來，三房也就只有他念書還像個樣。」

孟建拿起草帖子點點頭：「好，我再去和爹說說。」真是奇怪，自己這三房裡讀書最好的，竟然都是草包阿林生養的。難道程氏、琴娘其實只是看著聰明，實際連阿林都比不上？但好歹有九娘和十一郎在，可以肯定問題不在自己身上，孟建還是暗暗慶幸了一下。

夫妻倆沉默下來，各懷心思，各懷憂懼。

夜裡，九娘依然守在東小院。

孟彥弼遣了侍女送來兩盒藥。九娘看著和趙栩拿來的一樣，估摸著是陳太初送來的。那侍女已經笑著說今日二郎在宮中值夜，陳衙內來了，宿在修竹苑二郎屋裡。

九娘便寫了封道謝信，讓她帶回去交給陳太初。玉簪特意細細叮嚀了，又給了那侍女五文錢，送她出去，跟著就迎了六娘進來。

六娘過來探望林氏，帶了老夫人特意賜下的二兩東爪哇金絲燕窩，細細問了問今日林姨娘的傷勢。林姨娘又一陣激動，比劃著表示傷口已經不疼了。十一郎笑著說：「可不是！這傷啊也欺軟怕硬，畏懼權貴著呢。一看是宮裡官家用的藥，全消停了！」

林姨娘要笑又不敢笑。九娘不免又給貧嘴的十一郎吃了個毛栗子。

兩姊妹去到外間坐下來喝茶。九娘把昨夜打了四娘的事說了。六娘一怔，隨即握住九娘的手：

「你別自責，其實上回在福田院，我也以幼犯長，打了四姊一次。她在表叔母和太初哥哥面前說你和蘇昉，我很生氣，很生氣。她一直不甘心不如你，樣樣要同你比，可她做的事實在——」

九娘一怔，眼中一澀，怪不得那天她們怪怪的。六姊為了護住自己，竟然動手了。

六娘歎氣道：「她們兩個這次吃了苦頭，若知道收斂知道反省就是好事。不然以後嫁人了，日子只會越過越糟。還有你姨娘會好的，不會留疤的，別擔心。」

九娘把下午趙栩關於遺詔和崇王的話說了，將短劍也取了出來給六娘看過。

六娘笑著說：「阿妧，六哥想得真是周到。我們可得好好謝謝他！那做靴子的鹿皮送到了翠微堂，我娘已經讓針線房的人開始替我們做靴子了。」

九娘一怔，鹿皮的事，趙栩提也沒提。

「現在這樣的情形，我們還去學騎馬嗎？」九娘擔心婆婆會說什麼。

六娘抿唇笑了：「婆婆說當然要去，她和娘給我們選好了料子，騎馬服也開始做了。婆婆還要我告訴你，越是這樣，我們越是要開開心心的，可不能被那些鬼蜮伎倆給嚇到了，不然正合了阮玉郎的心意呢。婆婆還特地讓大伯娘帶多些部曲護送我們。就是每次都要他們四個陪著，真是辛苦他們了！」說起騎馬，六娘就忍不住高興起來。

九娘笑道：「依六哥的性子，那鹿皮肯定給得多，不如我們給他們四個人縫製幾副手套？正好我看二哥去年冬天射箭用的皮手套也舊了。」趙栩要是去上京，正好也能用來禦寒。

六娘眼睛一亮：「好主意！我們也略表心意。」

兩姊妹商量了一下，決定長的五指手套和短的半截手套各縫製一副，又說了會體己話才殷殷道別。

第九十六章

莫羨三春桃與李，桂花成實向秋榮。

不幾日，眼看著就要秋社了。汴京城也鬧哄哄起來，御街兩邊八月桂花香，一陣風一層金。高枝上的寒蟬憋足了勁最後一唱大鳴大放，卻無人顧得上牠們的淒涼。

這幾天皇榜前面唱榜人高高興興地說著太尉揮軍南下，會合了江南東路和淮南東路的十萬大軍，已順利收復了湖州，不日就要收復杭州，剿滅房十三一夥指日可待。來往士庶更是喜形於色。那因為戰禍滯留汴京的兩浙百姓，更盼著重陽節前能回鄉。

街上行人手中都提著社糕、社酒。那酒家食店，也紛紛擺出了各色社飯，有豬羊肉切片的，有嬭房鋪陳的，有肚肺或鴨餅切片的，蓋在飯上，那些家中懶得親自做的婦人們，買了現成的社飯，請客備用。

各大寺廟庵堂還有素食的社飯，茹素信佛的人家覺著這是開了光的，紛紛排隊去買。富貴人家更是早早地訂下了京中各色傀儡戲、影戲、雜劇和南戲班子，等著秋收這天招待外甥們上門。

孟府裡也忙得不行。宗族裡眾多長輩家中，都要送上社飯、社糕和社酒。七月裡納民進來的民眾們雖然走得七七八八，還剩下的七八戶人家，也要備齊這些時令物。

按習俗秋收日裡，婦女都要歸寧外家，杜府、呂府都按往年的習慣早早地送了請歸的帖子。杜氏和呂氏都要帶著小郎君們、小娘子們去外家拜會，一應時令物和禮品也都不能少。

程大官人八月頭上就送了帖子上門，讓程氏帶著兒女去舅舅家玩耍。程氏硬著頭皮回稟了翠微堂。

梁老夫人笑了：「你怕什麼，只管去就是，孩子們哪有不進舅家門的道理？這大趙幾百年，沒有強娶強聘的道理。你不點頭，怎麼，你哥哥還能把咱們家的女孩兒留在程家了？」

程氏猶豫著，她心頭壓的事又說不出口。偏偏呂氏笑著問：「難不成如今三弟妹也是官夫人了，就不願認娘家了？」

程氏胸悶得很，只能回木樨院準備去了。

黃昏時分，木樨院的花園裡，金桂、銀桂、丹桂各色十多個品種開得正盛，整個孟府帶著隔壁第一甜水巷都聞著甜香甜香的。

六娘和九娘帶著玉簪和幾個侍女正在打桂花，在樹底下鋪了白紗，用那竹竿輕輕敲在花枝上，金風叢桂香滿袖，不多時，白紗上頭就薄薄一層桂花鋪滿了。

林姨娘已經能說話了，臉上的傷疤結了紫黑色的痂，她站在廡廊下，沒戴小帷帽，手中捧著一個汝窯天青水仙盆，裡面已經裝了半盆碎金，眼巴巴地看著九娘。

寶相歎了口氣：「姨娘，讓奴拿吧，您好省些力氣。」

林姨娘搖搖頭，自己拿著心裡多踏實，也讓九娘子看看自己也是賣了力氣的。今夜才好讓她再給自己做那個醪糟桂花浮丸子❶。一想到九娘每年做的這個甜湯，林姨娘不由自主地開始口水嗒滴。

寶相慢慢轉開眼，默默歎了口氣：「姨娘是想吃浮丸子了吧？」

林姨娘眨巴眨巴了幾下大眼，牽了牽嘴角。九娘子總說什麼「近豬者吃」，靠近豬當然只會想吃，這靠近桂花當然想著吃桂花浮丸子了。

四娘靠在西暖閣正房的窗口，透過隱約的花樹，默默看著池塘那邊園子裡的熱鬧情形。往年秋收前後，她們總跟著九娘打金桂，一起細細挑揀，用心清洗，親手用乾紗布吸乾水分，攤晾在聽香閣裡。那幾十個小罈子裡，一層霜糖一層桂花一層霜糖一層桂花細細鋪滿，最後澆上濃濃的蜂蜜。為了讓十一郎搗擷芳園的蜂巢，九娘還給他做了一件罩到手的怪帷帽。她們在擷芳園山坡上的涼亭裡看著十一郎哇哇亂叫，笑得不行。還有七娘總是鋪一層忍不住挖一口吃，引得她們笑著追著撕她的嘴。

那幾十罈桂花蜜，女學的館長也讚好，宗族的族長也讚好，就連蘇昉兄妹、陳太初，宮裡趙栩兄妹年年也都會得上幾罈子。人人都讚她們四姊妹心靈手巧。可這些，其實都是九娘帶著她們做的。往年，她一想到陳太初吃的桂花蜜也有她親手做的，就說不出的甜在心頭。

四娘捂住嘴，眼淚止也止不住。她不明白，事情怎麼就一步步變成了這樣。這些日子，九娘的話像詛咒一樣，時時出現在她耳邊。她只要一停下來，似乎就聽見那刀劍一般的言辭，割得她生疼。她想到了千句萬句反駁的話，可當時竟然一句也說不出口。她不是亂家之女，她不是存心使壞，可似乎連她自己都不敢深想下去。

她想回到從前，回到她們身邊，一起打桂花，做桂花蜜。她們會挖出以前做的桂花蜜和醪糟，一起在木樨院的小廚房裡做醪糟桂花浮丸子送給各房。這也是九娘教她們的，說是從明州傳來的做法。七娘每次都把糯米粉弄得滿臉滿頭，九娘也會調皮地把那豬油和霜糖拌的黑芝麻糊抹在唇邊充鬍子。以前她總是嫌棄地躲開，冷言冷語地嘲諷九娘。可她現在想回到以前了。她不會再那樣了，她也願意做白娘子，哪怕弄得一頭一臉的白糯米粉，也願意抹黑鬍子了，每次婆婆見到都會笑得不行。前幾年的木樨院，她喜歡的，她其實真的喜歡，可是她再也回不去了。她現在連個說話的人都沒有，其實從來都沒有能和她說話的人。

西暖閣的侍女們都避到了廡廊下，這些天，四娘子哭了歇，歇了哭，日也哭夜也哭。眾人也都習慣了，取雞蛋的取雞蛋，取冰銀匙的取冰銀匙，打水的打水。木樨院今年風水不好，府裡的人都知道，這七月裡，被禁足了三個，連家廟老供奉錢婆婆都被請到了木樨院，肯定是為了壓邪的。

七娘一聽說要去程家，就想上前抱著程氏鬧騰，被錢婆婆眯著眼看了一看，嚇得趕緊站好了。不過短短十來天，七娘嘗夠了錢婆婆的厲害。每日裡要讀的書要寫的字要背的規矩，壓得她喘

❶ 浮丸子：即湯圓，據傳起源於宋朝，當時明州（也就是現今浙江寧波）興起吃一種新奇食品，即用黑芝麻、豬油、少許白砂糖做餡，外面用糯米粉搓成球，煮熟後吃起來香甜可口，饒有風趣。因為這種糯米球煮在鍋裡又浮又沉，所以又稱「浮元子」。

不過氣來。比起女學裡的尚儀娘子，錢婆婆是戒尺不離手，規矩不離口。如今的木樨院，白日裡總是靜悄悄的。現在明知道九娘、六娘在後院花園裡打金桂，可是她也不敢去找她們。

夜裡，九娘和六娘在木樨院小廚房裡，帶著玉簪幾個，做了近百個黑芝麻餡的浮丸子。小廚房的燒火娘子在大鍋裡煮熟了，用竹笊籬撈出來，放入一碗碗醪糟裡。

六娘看著一個大碗中泡著的紅色小果子，往年沒見到過，問九娘：「這是枸杞？」

九娘正讓玉簪幫她理一理襻膊，聞言笑道：「是表叔母前幾日送來的甘州枸杞。前兩年她放在醪糟裡配著吃，大夫說枸杞能養肝滋腎潤肺，配著活血祛瘀潤膚的醪糟，特別好。今年我也試試這麼搭配著吃。」

六娘看著她往小碗裡撒幾粒朱紅枸杞，再配上金色桂花蜜，笑道：「這白的白，紅的紅，金的金，格外喜氣好看。再咬一口軟糯糯甜滋滋香噴噴的浮丸子，呀，我都忍不住要流口水了！先給你姨娘送吧？她肯定眼巴巴地等得芙蓉花都要謝了吧？」

正巧寶相拎著食籃進了廚房：「九娘子！姨娘等不及了，讓奴自己來取呢。」

廚房裡的眾人都大笑起來。六娘笑得倒在九娘身上，見眉不見眼。廚房裡的掌事娘子趕忙安排把各房的食籃都一一送了出去。

九娘將六娘送出木樨院，回轉東小院時，看見四娘和七娘在東廡廊下垂首站著，身前一個矮矮的老婆婆正在說些什麼。

慈姑輕聲道：「那是家廟的供奉錢婆婆。」

她剛要問，慈姑已推開東小院的門，輕聲道：「錢婆婆以前是曹太后殿內的尚宮娘子，當年高太后和老夫人都是由錢婆婆負責教導的。她是和老夫人一起出宮的，後來老夫人請她來家廟做供奉，如今該有七十歲了。」

九娘腳下一滯，她前世的箚記裡，那位掖庭裡的老宮人說起過，高太后怒打郭貴妃時，就是因為有這位錢尚宮同在，福寧殿裡竟然無人敢攔阻！

慈姑輕輕關上東小院的門，扶住九娘：「錢婆婆的父親和祖父，以前都是司天監的監事，可惜到了她這一輩，只有她一個嫡女，不能進司天監，才入了宮的。」

九娘暗暗歎了口氣，恐怕又是一位和郭貴妃相關的舊人。婆婆將她請出家廟，請到木樨院壓陣，恐怕不只是為了教導四娘和七娘。

外間圓桌邊，林姨娘看著自己面前空空的小碗，眼巴巴地看著食籃裡另外兩碗，還蓋著碗蓋。她咽了咽口水，看了看漏刻，問裡間的寶相：「寶相，都快亥時了，十一郎不會過來了吧？」

正在鋪床的寶相吸了口氣，大聲道：「十一郎早間特地交待了千萬千萬要留著他的那碗浮丸子，說那是他的、是他的、是他的！說了三遍呢！」

九娘進門笑道：「姨娘你可不能再吃了，前夜的藕餅你多吃了三個，難受了一夜呢。這糯米浮丸子看著小，可會脹開來的。」

林姨娘從來沒覺得自己受傷原來是件大好事，這十幾天裡，九娘子變著法子做了許多好吃的，她一吃就忘記自己臉上有傷了。九娘自己一碗吃了幾口，實在看不得林姨娘那小眼神，分了一些到她碗裡：「就這些了！不能再多了。」

門口就傳來十一郎的聲音：「姨娘，我看你不像是九姊的姨娘，九姊倒像是你的娘。我的那碗你沒動吧？」慈姑和玉簪都笑了起來，如今的十一郎，說一句就能讓人笑半天，聽著還真有理。

三人圍著圓桌吃丸子，十一郎就說起秋收要去程家的事：「九郎、十郎都高興得很，他們已經去過了。說舅舅在報慈寺街買的大宅子極好，還請了戲班子。聽說程家的表哥要求娶七姊呢。」

林姨娘嚇了一跳：「不是說要求娶四娘子嗎？」

十一郎搖搖大腦袋，滿臉不屑：「程之才不是好東西，誰嫁誰倒楣。」不過無論四姊還是七姊，誰嫁誰活該。這話他沒敢說，怕挨九姊拍腦袋。

林姨娘點點頭：「你剛進族學的時候，就是他帶著九郎、十郎欺負你吧？你每天才帶十文錢，他們也要搶，你九姊縫的書袋他們也要踩！都是壞東西！」

十一郎啊嗚一口吞下一個浮丸子：「要我說啊，九姊你早就該動手收拾四姊和七姊了，你以前幫我打九郎、十郎的時候那個爽利！啊——」

九娘拍了十一郎一巴掌，看著目瞪口呆的林姨娘笑嘻嘻：「他發瘋說胡話呢，姨娘你什麼都沒聽見。」

林姨娘嘴唇翕了翕，低頭刮了刮空碗：「老夫人最厭惡動手打人了——」又抬起頭來輕聲叮囑姊弟兩個：「你們要是打了人被告到老夫人那裡去，千萬別承認！還有啊，擰這兒最疼還看不出！」她伸出手在十一郎胳膊內側的軟肉上一擰：「諾，記得就是這裡！」

十一郎哀嚎起來：「姨娘！你真擰啊你！」

等十一郎哇哇叫著去請安告退了，九娘也要去正屋裡請安。床上的林姨娘忽然拉住她的手：「九娘子——」九娘一愣，坐了下來，柔聲問她：「姨娘？」

林氏想了想，輕聲問：「你庫房裡的，真的很多都是燕王殿下送的？還有你頭上這個釵子——？」

九娘笑道：「燕王殿下沒說過，就都是淑慧公主殿下所賜，姨娘到底想說什麼？」

林氏鬆了口氣：「九娘子，姨娘不會說話，你聽了別生氣啊。」她看了看一邊的慈姑，輕聲說：「你自然是千好萬好的小娘子，長得好，學問好，人也好，誰能不喜歡你呢？可是你命不好，託生在奴肚子裡頭了，是個庶出的命。三郎君又是庶出的，咱們怎麼也攀不上宗室親王。要是燕王殿下萬一真喜歡你，你可千萬別答應他什麼。老夫人的話總歸是對的，孟家的小娘子，不管嫡庶，總歸要做正頭娘子的。你現在看著還小，可再過兩年娘子也要給你訂親事了。你千萬把老夫人的話記在心裡頭，別想著親王府——啊！」

九娘一頭扎進她懷裡，抱住她：「我知道的，姨娘，你放心，我年紀小，人可不糊塗。你放心就是。」這大概是林姨娘至今說過的最正經的話了吧。

慈姑眼中濕濕的，誰能想到有一天草包阿林也長了腦子看得這麼長遠了呢，真是近朱者赤！

第九十七章

秋收這日，朝陽初升，汴京城各條大道上人來車往，熱鬧非凡。

報慈寺街在大內西右掖門外，貼著襖廟❶，過去就是開封府、西尚書省和御史臺。報慈寺街往南有都進奏院，更有京中第一的萬家饅頭店，西邊還有殿前司，可謂寸土寸金。住在這裡的，非大富即大貴。

程府的四扇黑漆大門緊閉，角門大開。門口一水的各色社糕、社酒、社飯任街坊鄰居過往行人享用。大門兩邊的石獅子披了紅綢。門子下人頭戴烏帽，身穿嶄新的皂衫，肅立在車馬處，等著程家的姑奶奶和小郎君小娘子們來。

程氏一行人的肩輿從角門進去，足足走了一刻鐘才到了二門。雖然知道娘家有錢，但有錢到這個地步，還是讓程氏有些心驚肉跳。這裡的宅子，光有錢可也買不著。

程之才穿了一身瓔珞紋油綠襴衫，頭戴翠紗帽，臉上敷了粉，膚白唇紅，等在二門處忐忑不安，再三提醒自己，不能看九娘，不能看九娘！那次中元節莫名其妙被人從車上弄下去打得厲害，除了那汴京城裡霸王祖宗，還有誰那麼無法無天？

看到程氏帶著三個小娘子下了肩輿，程大官人的妾侍黃氏趕緊帶著後宅管事的媳婦上前行禮。

程氏一看卻是舊識，便讓小娘子們行禮稱呼她一聲二娘。

程之才規規矩矩問了安，目不斜視地引著三個表弟往前廳去。

程家正廳裡富麗堂皇，色彩斑斕。程大官人受了外甥、外甥女們的禮，問了幾句功課，給她們一人一個鼓囊囊的荷包。黃氏帶著女眷們去裡間喝茶說話。九娘掃過幾眼，詫異這位正牌的舅舅除了有錢，還是位好唐風的。四尺高的六扇鳥毛立女屏風上畫著樹下仕女。不設羅漢榻，卻設了赤漆胡床，兩邊放了魏晉時候的八腿壺門獨坐榻。

程氏咋舌不已的是兩側曲足香案上的四株三尺高的紅珊瑚，邊上的撇腳案上還有兩尺多的三彩雙峰駱駝。四娘和七娘看著案几上的蔓草鴛鴦紋金碗裡，堆滿了各色瓜果。一應器具非金即銀，卻不流俗，處處也是大家風範，不由得對這商戶舅舅家刮目相看起來。

這一日，喝茶吃飯用點心，無一不考究精緻，更有眉州的不少特色菜肴。飯後眾人在花園裡，戲臺子隔水而搭，上頭白素貞正唱著：「雖然是叫斷橋橋何曾斷，橋亭上過遊人兩兩三三。對這等好湖山我愁眉盡展，也不枉下峨嵋走這一番……」

黃氏笑著給程氏斟茶：「這園子緊靠著就是開封府的後牆，若不是過節，平時還不好聽戲呢。」

程氏隨意問起這宅子的事情。黃氏也很是得意：「這宅子原先是端明殿王學士的宅子，聽郎君說，還是蔡相使人打了招呼才買下來的。雖是淺窄了些，待娘子和家裡人搬來，也還勉強住得。」

❶ 祆廟：祆教祭祀火神的寺院。

七娘問：「我外婆和外翁要來汴京了嗎？」

黃氏殷勤地答道：「年後就要來的。到時候七娘子可記得多來走動走動。」

九娘聽著，猜測程家這兩年怕是通過阮玉郎和蔡相親近了起來，便笑著問：「我看舅舅家裡許多物事不似咱們大趙的，稀奇得很，也不知道都從哪裡弄來的珍奇異寶。」

黃氏掩嘴笑了：「九娘子年紀小見識倒廣。這幾年家裡在廣州做海上生意，你們看到的不少東西都是大食、爪哇來的，還有什麼安南、真臘、暹羅也有些能看的。那些個珍珠瑪瑙水晶珊瑚，咱們看著值錢，在那邊都是按斤兩算，用些茶葉瓷器就換了回來。」

九娘指著黃氏頭上的黃金花冠問：「二娘這個也稀奇，莫不是也用茶葉換來的？」

黃氏笑得不行：「這可不是，這是西夏那邊來的，說是黨項族的花冠，重得很。」

九娘瞪大眼：「舅舅還在西夏那邊也有生意？」

黃氏捂了嘴：「如今河東路和陝西路的榷場❷，你舅舅跺一跺腳，榷場也得都抖三抖。」她轉向程氏討好道：「你哥哥給你們又備了不少禮，這幾天西夏那邊新到的好皮子，那白駱駝皮做的白氈最是難得，還有好些藥材，都包好了。還有你家裡阿姑妯娌什麼的，各備了兩張沙狐皮子和兩包藥材。郎君也都讓奴準備妥當了。」

戲臺上白素貞已經唱到：「俺、俺、俺、俺盜仙草受盡艱苦，卻、卻、卻、卻為何聽信那讒言誣告？將、將、將、將一個紅粉妻輕易相拋！……」

不一會兒，侍女來請程氏，說大官人在花廳等著。程氏的眼皮跳了幾下，叮囑小娘子們不要亂走動，帶著梅姑去了。四娘和七娘都緊張得很，看看九娘。九娘卻專心看著戲臺。

花廳裡，程氏說得口乾舌燥，一看坐在上首的兄長全無反應，不由得發愁。她自小在眉州能橫著走，全因為爹爹和幾個兄長尤其這位大哥格外寵溺她。

「大哥，我阿姑說了，那阮玉郎要對孟家不利，大郎又和他走得近，家裡實在擔心。你說他是阮氏的哥哥，為何不來找他妹妹，卻找上大郎？沒有什麼圖謀誰信？這幾年大郎和九郎、十郎在汴京城裡——」

程大官人笑了起來：「年少輕狂？有什麼要緊？等大郎進了開封府做官，他就是想輕狂，後面還有臺諫盯著呢。倒是阮郎君，正因為他是阮氏的哥哥，才想著要幫妹夫一把。你們這些年巴著蘇瞻不放，得到什麼好處了？名還是利？妹夫這個年紀了，還在戶部倉部司做個八品的小官，怎麼，等你家老太爺老夫人一走，你三房六個子女就靠你那點嫁妝吃一輩子？」

程氏一時語塞。

「阮郎君是個有本事的，他年少就去了南方，不知道妹妹糊里糊塗竟然做了妾，這才恥於上你家的門，這親戚不算親戚，下人不算下人的，叫人家遞什麼名帖好？」程大官人歎了口氣：「你不懂，他替蔡相經營的東西多著呢，他哪裡用得著找上大郎圖謀什麼？要不是他在賭場裡正好聽見大郎說起孟家，實在看不下去他被人坑，順手拉了大郎一把，大郎在開封早被坑死了。你們做姑母姑父的

❷ 榷場：宋、遼、金、元各朝代於邊境設立的互市市場，各民族可以在此互通有無。

可有替哥哥看住過他？要不是他想看著點妹夫和外甥們，就憑大郎，能結交得上他？你們以為他真是唱戲的伶人？好些個宗室子弟看見他還不都畢恭畢敬的？就你們孟家，又有什麼值得他操心對付的？真是坐井觀天！」

程氏腦子也不糊塗，立刻說道：「哥哥！你可是在替蔡相做事？蔡相和表哥可是從來都不對付的！咱們家做生意摻和到朝堂去可不是好事！」

程大官人拈了拈自己的美髯：「婦道人家你懂什麼？沒有阮郎君的引見，沒有蔡相的面子和手段，這兩年海上和榷場和我程家能有什麼干係？」他指了指自己腳下：「這種小宅子，也要三百萬貫。我買下來不過給大郎成親用的。」

程氏一呆，娘家豪富她知道，可豪富到這個程度就不免讓她心驚肉跳了。

程大官人端起茶盞：「你給孟家做牛做馬半輩子，可有人心疼過你？爹爹給你的十萬貫嫁妝，如今還剩了多少？蘇瞻和蔡相不對付，現在還不都是擁立吳王殿下的。你聽哥哥的不會錯。要不是爹娘心疼你和阿姍，我會放下這老臉找你？將來大郎手頭不說千萬家產，分到他手上百萬家產總有吧？以後還不都在阿姍手裡，你覺著該是誰求誰？」

程氏心中一酸，低了頭：「爹爹和哥哥待我好，我自然是知道的。只是上個月真的在和蘇家二表嫂議親了，就等重陽節要相看——」

「你還想著和蘇家議親？」程大官人放下茶盞，皺起眉頭：「當年蘇五娘和蘇瞻要私奔，可是你去告訴姑母的！要是哪一天姑母開口告訴了蘇瞻呢？你還真是糊塗了！還有五娘和蘇瞻的事，王九娘也問過你吧？你是怎麼說的？你倒是忘得快！可要我好好提醒你？」

程氏眼前一黑，打了個寒顫，肝膽俱裂，下意識地喃喃道：「我那時年紀小不懂事，不關我的事，表哥不是沒去嗎？九娘，九娘——她問我，我只是說了實話而已。」

程大官人看著妹妹蒼白的臉色，歎了口氣：「你是不懂事還是因為別的，我們兄妹倆就不用多說了。你姓程，一輩子都姓程。哥哥也總會護著你的。我實話告訴你，孟建你是靠不住的，家裡嬌妻美妾，兒女成群，外頭還養著外室，兒子都兩歲多了，只瞞著你們而已。你和阿姍，只能靠著程家。」

程氏幾疑聽錯，抬起頭問：「哥哥說什麼？誰養著外室？誰的兒子？」聲音破碎開來，幾乎她自己都聽不清。

程大官人沉聲道：「你的好丈夫我的好妹夫孟建，五年前從青神回汴京沒多久，王家五房就送了個娘子過來，一直養在曲院街的外宅裡。」

程氏顫顫巍巍地站了起來，看了看兄長，一語不發往外走。梅姑一把攙扶住她：「娘子！」

程大官人喝了一聲：「回來！你可是眉州程家的女兒！坐下！」

到了晚間，用完夕食，程大官人又按汴京習俗給她們都備了葫蘆兒、棗兒，花籃裡頭裝滿了瓜果社糕，親自帶著程之才將她們送到角門外。門外已經多了兩輛牛車，裝滿了禮物。

程氏告別兄長，上了牛車，腿一軟幾乎栽倒在車裡。梅姑趕緊將她扶住，才覺得程氏全身在發抖。

翌日是桃源社的社日。

太尉府的馬廄比正院還大，幾十匹馬兒各有各的馬舍，乾草堆疊。天才濛濛亮，十分乾淨整潔。七八個馬夫忐忑不安地看著面前的少主人，今天出什麼事了？怎麼剩下的這幾匹馬不用他們幹活？難道自己活幹不好要被退回樞密院？

十幾個部曲捧著箭袋、弓、劍、銀槍也在邊上發呆。這二十來號大漢被陳太初支開到廊下偏房裡時都有些心驚膽戰，可看看少主人笑眯眯的臉，好吧，僕從主令。

不一會兒，垂花門處嘰嘰喳喳的聲音傳來。陳太初眼前一亮，幾個小娘子興高采烈地跟著魏氏、杜氏進來了。趙栩、蘇昉和孟彥弼緊隨在後。二十幾個女使、侍女、部曲跟著，這寬敞的院子裡立刻人滿為患起來。

早就收到魏氏的囑咐，九娘她們四個都穿著粗布衣褲，布巾包頭，腳蹬木屐，像四個小村姑，就是這樣，也掩不住張張小臉春花般嬌嫩。

九娘一見陳太初，愣了愣，綻開了笑顏。六娘和蘇昕也圍著他看了又看，笑不可抑。她們都見過陳太初一身直裰溫雅如玉，也見過他一身軍中紫衫英姿颯爽，更知道就算七月暑天裡，陳太初也從來不穿寬敞隨意的涼衫道袍之類，還曾被孟彥弼笑說他是冰肌玉骨自清涼無汗。今早陳太初卻穿著天青色的短衣長褲，一條靛青色長布圍束腰，打了綁腿，穿了雙蒲鞋，袖子直挽到胳膊上，除了依舊膚白如玉，身姿如松，真和那虹橋碼頭搬貨拉車的小工一樣了。

連趙栩幾個都圍著他轉了幾圈，嘖嘖稱讚。

「要是虹橋碼頭上的小工都長成太初這樣，那些個麻袋恐怕能自己從船上跳去車上！」孟彥弼哈哈大笑起來。

陳太初紅著臉咳了兩聲，對著四個妹妹正色道：「若是真要學好騎馬，得先和自己的馬好生互相熟悉。給馬刷毛、餵食、清理蹄子、處理馬糞，都是次次要做，還要自己套馬嚼、裝馬鞍。若是妹妹們怕髒怕苦，我家的馬夫們就在一旁候著，他們做就行。」

四個小娘子異口同聲笑道：「不怕不怕！」

「六哥送了馬給我們，那就是我們的馬了，應該要好好熟悉才是！」蘇昕高興得很。

趙栩看看趙淺予一臉的興致勃勃，呵呵了兩聲，轉去廊下欄杆上坐著搖起了摺扇。

「阿予年幼，能做這些嗎？」蘇昉問他，趙淺予看起來個頭不矮，但人卻極為纖瘦。

「太初兩歲就做這些了，」趙栩一臉不以為然，「無妨，這不還有我們做哥哥的嗎？」他看著九娘，想著這傢伙在自己後院裡種花椒是不是也穿這樣，還蠻好看的，竟然連種樹種菜都會，還真是……

魏氏和杜氏也都穿了粗衣布衫，笑著牽出了自己的馬。

九娘好奇地問：「大伯娘，這就是您在娘家時騎的那匹馬？」

杜氏感慨地拍拍面前的棗紅老馬：「是啊，牠叫『將軍』。昨日才送來表嫂這裡，恐怕會有些不習慣。牠已經三十歲啦。當年我是看著牠出生的。現在牠可是馬爺爺了！」

六娘和九娘驚叫起來：「大伯娘！牠在吃您的頭髮！」

這馬爺爺兩下就把杜氏包著頭髮的頭巾給拱鬆了，蹭著她的頭就嚼起了頭髮來。

偏房裡的漢子們都轟然大笑起來，小娘子們哪裡知道馬爺爺們的脾氣都怪得很呢！

杜氏笑著將自己的頭髮拽出來，親熱地摸了摸馬鼻子，眼中濕濕的：「牠在生我的氣呢，以前二郎小時候學騎馬也是騎的牠，我們這幾年沒好好陪牠。」這馬爺爺噴了個響鼻，毫不客氣地流了她一手鼻涕。

孟彥弼趕緊遞上巾帕給她，順手接過「將軍」說：「馬爺爺，還是二郎我來伺候您！您吃草行不行？別吃我頭髮啊，頭髮您吃了拉出來還是頭髮。白吃！」

眾人笑得直打跌。

第九十八章

太尉府的院子裡被旭日照得一片金光。提水的小廝來回跑得歡，偏房裡的漢子們一邊看熱鬧一邊說著笑話，女使和侍女們不時發出驚呼和笑聲，部曲們無事可幹，索性在廊下擦拭起了朴刀、長槍，有人索性把箭袋裡的箭拿出來擦拭。水聲笑聲跑動聲吆喝聲還有馬兒嘶鳴的聲音，和馬廄外牆街道上的叫賣聲、車馬聲混雜在一起，生機勃勃。

杜氏笑著接過孟彥弼手裡的長毛刷：「好了，二郎你去教阿嬋。你們四個哥哥啊，各人照顧好自己的妹妹。阿昉和阿昕跟著我們做。六郎！你可不能丟下阿予不管，她年紀最小呢！還有太初，阿妧就託給你了。」

馬兒們都已經牽到了木欄裡面，等著被主人們細心伺候。

「這個長毛刷用來刷馬身上的汗漬和泥土，」陳太初溫和地教九娘，「對，可以快一些刷，順著毛刷，牠會很舒服。」

九娘刷到馬腰處，抬頭好奇地問：「馬會怕癢嗎？」

陳太初看著她不經意地皺皺小鼻子，模樣實在太可愛，本來想搖頭的，卻伸出手去撓了撓她刷子邊上的「馬腰」。兩個人盯著馬兒看了片刻，對視了一眼搖搖頭，都笑出聲來。

看著九娘刷了一會兒，陳太初伸手替九娘將馬尾上打結的地方梳理開來：「現在可以換那個中毛刷，這個要仔細一些刷遍馬全身。還要記得梳理馬鬃和馬尾。」

理完後，陳太初順手拍了一下馬屁股。馬兒輕輕甩了甩馬尾，似乎在謝謝他。

「原來馬屁還真的能拍啊。」九娘忍俊不禁。又是順毛，又是拍馬屁，這馬兒能和主人感情不好嗎？

陳太初也笑了，洗了洗手，遞給九娘一塊乾淨的布帕。九娘一怔，才覺得自己刷完馬已滿頭大汗，她接過布帕，抬手就要往額頭上擦汗。陳太初極力忍著笑伸手攔住，提起水桶：「這個是用來替馬洗眼睛、鼻孔和嘴的。」

九娘眨眨眼，手停在半空，一回神不由得紅著臉笑出了聲。陳太初從懷裡遞給她自己的帕子：「你用這個擦汗。」他轉過頭悶笑著喊道：「廊下備了乾淨的帕子和清水，你們要是累了，可以去歇一歇洗一洗。」

九娘擦完汗，用那塊大布帕沾了水，細細替馬清洗。馬兒被九娘洗到鼻孔，就噴了個響鼻，不少口水鼻涕流了下來。九娘駭笑著問：「馬都這麼多鼻涕嗎？」

陳太初看她並無嫌棄的神色，遞給她另一塊濕帕子：「嗯，還會吐口水，另外有些調皮的馬，很愛放屁。」

他看到九娘瞪圓了雙眼，忍不住笑起來：「馬兒也很愛偷懶，還愛撞人、撞欄杆，你別害怕，必要的時候記得凶一凶牠。大多數馬也會和人一樣欺軟怕硬。你一凶，牠就老實了。」

九娘聽出他言下之意，笑道：「我先溫柔一點，牠要是還不聽話，我再凶牠。不過我可不會學則天女皇用鐵鞭、鐵檛和匕首。」

陳太初笑著點頭：「那也太狠了一些，真是烈性馬，寧死也不會認主的。對了，想好你的馬叫什麼名字了嗎？」

九娘看著自己的這匹馬，馬毛滑順光亮，毛色和陳太初的衣裳一樣是天青色，濕漉漉的大眼睛正看著自己，笑道：「水綠天青不起塵，風光和暖勝三秦。牠就叫塵光好了，我也盼著能和其光，同其塵。」

陳太初眼睛一亮：「和光同塵？好名字。你記得多喚喚牠的名字，好讓牠認主。」

趙栩正仔細指點著趙淺予刷馬毛，在一旁聽到這個，笑道：「和光同塵好，合適阿妧。阿予，你的馬兒要叫什麼名字？」

趙淺予看看自己這匹棕色馬，歪了歪頭：「我的馬兒就叫大象好了。爹爹總不讓我騎象，我就當牠是象。大象——大象——你要認得我阿予是你的主人！」

趙栩停下手，走到馬兒前面：「大象？你就是臉長而已，哪裡鼻子長了？」

九娘和六娘還有蘇昕都笑著過來看「大象」。

「大音希聲，大象無形。」九娘笑著捏捏趙淺予氣鼓鼓的小臉：「我看阿予這個名字取得妙！」

蘇昉笑道：「道隱無名，阿予這個名字真取得好！你們一個和光同塵，一個大象無形。阿昕和六娘要給馬兒取什麼名字？」

「和光同塵，與時舒卷；戢鱗潛翼，思屬風雲。」六娘笑著說：「我和九娘是姊妹，她的馬兒叫塵光，我的就叫潛翼吧。」

趙栩長舒了口氣：「啊呀，你的馬兒真是走運，終於能有一個像樣的名字了！」他看看一臉無辜的「大象」，替牠擦了擦鼻孔：「你鼻子也不短啊。」

「大象」噴了個響鼻，趙栩看著自己一手的馬鼻涕，臉黑得跟鍋底似的。

趙淺予原地蹦了起來，哈哈大笑：「六哥！大象可真喜歡你啊！」

一旁的蘇昉忍著笑將水桶拎了起來：「來，快洗一下手。」

眾人笑得不行，又去問蘇昕。蘇昕說：「我偷個懶，跟著六娘，就叫風雲好了。」

九娘、六娘拍手稱好。趙淺予想了想，悄聲問蘇昉：「阿昉哥哥，我的大象真的好嗎？」看到蘇昉認真地點點頭，她才心滿意足地去嘲笑還在洗手的親哥哥了。

魏氏笑道：「好名字！你們這四匹馬的名字都好！我的小灰肯定很羨慕。告訴你們啊，我們剛回汴京時，我不懂騎馬，給太初買了匹小馬，太初給牠取名叫小魚！」

院子裡剎那靜了片刻，孟彥弼拍著陳太初的肩膀，笑得捂住肚子：「一匹馬你管牠叫魚？」

陳太初冷不防被親娘賣了，一時竟不知道說什麼好，乾脆紅著臉走到九娘的塵光側邊上，抬起塵光的馬蹄，用蹄鉤替牠仔細清理起蹄丫來。

九娘倒覺得兒時的陳太初可愛又溫柔，她一邊認真看他清理蹄丫的手勢，一邊好奇地低聲問他：「為什麼表叔母說不懂騎馬才會買小馬？」

陳太初點頭道：「是我爹爹說的，再小的孩子，學騎馬也不能用小馬，就得從大馬開始學著伺候馬，互相熟悉，讓馬認主，才能騎得好，日子久了才能人馬合一。」

蘇昉感歎：「太尉果然是內行，真正精於此道。」

九娘若有所思。魏氏笑道：「後來那小馬送給了阿予，阿予還記得嗎？」

趙栩哈哈笑起來：「說到那匹小魚啊！我告訴你們，被阿予——」趙淺予立刻撲了上去，一把從背後捂住了他的嘴：「不許說！不許說！六哥你敢說？把從我這裡搶走的桂花蜜還給我！還有蜜餞！還有醪糟！通通還給我！」

趙栩一彎腰，背起趙淺予原地轉了好幾個圈，反手彈了她一臉的水。惹得眾人都笑個不停。

杜氏拍著「將軍」的腦袋笑道：「老將軍，看看他們，是不是連我們也回到幾十年前了？」

九娘暗歎了口氣。前世是她被爹娘去世傷到了，不曾定心留意，若是後來能好好請教一下高似，應該就不會給阿昉用小馬學騎馬，最可惜的是若能陪著阿昉一起給馬刷毛洗澡，該多有趣啊！

蘇昉輕吁了口氣，伸手替蘇昕的風雲洗了洗眼睛，笑道：「可惜我娘也不太懂騎馬還有這樣的秘訣，要不她一定會陪著我給馬刷毛洗澡餵食。」

趙淺予擦乾淨臉，聞言湊過來仰起小臉輕聲說：「一定會的！阿昉哥哥，你有全天下最好玩的娘親，不過你要小心，她說不定也會像六哥那樣甩你一臉水哦。」

蘇昉一怔，面上忽然一涼，側頭一看，卻是九娘笑嘻嘻地甩了他半臉的水：「阿昉——哥哥！我甩你半臉就好了！」

蘇昉呆了一呆，彎腰往木桶裡一撈，揚手甩了回去：「好你個阿妧！讓你見識見識我的暗器！」九娘哈哈笑著躲到陳太初身後。陳太初強忍住要躲閃的本能反應，硬生生被蘇昉灑了一臉的水。

九娘正笑得高興，一隻濕手卻從背後抹了她一把：「阿妧，我也只抹你半臉！」卻是蘇昕為兄報仇來了。

蘇昕躲到蘇昉身後，看著滿臉滴水的九娘和陳太初笑得前俯後仰，冷不防又被六娘悄悄從後面甩了一頭的水。院子裡頓時亂了套，你追我趕，嬌呼尖叫大笑不止。連剛剛刷好毛的馬兒們也長嘶起來湊熱鬧。

趙栩看著在勸和，卻把九娘護在身後。六娘牽著九娘的手，笑得頭巾都歪了。趙淺予和蘇昕躲在蘇昉身後，盯著趙栩一頓胡亂甩水。陳太初一個人東拉西勸哭笑不得。唯恐天下不亂的孟彥弼卻趁亂盯著陳太初，不停朝他身上臉上亂灑水，一邊還扯著嗓子唱：「陳太初——今日他——冰肌玉骨——啊呀——好清涼全是水！汴京的小娘子們，快來看！快來看！五文錢看一看！買定就能看！——啊呀親娘啊——」

卻是他被杜氏一巴掌拍在腦袋上。院子裡那些女使侍女們部曲們都已經忍笑忍得肚子都痛了。魏氏抱著小灰的頭，只覺得臉都笑抽了。就連她這個做娘的，也是頭一次看見陳太初有這麼狼狽的模樣。

可她的太初啊，怎麼看，還是那麼好看。

笑著鬧了好一會兒，眾人才一身濕答答地去給馬清理蹄子，又給馬兒們餵草。虧得八月秋日裡，太陽曬著，也沒人覺得冷。等馬兒們吃飽了，魏氏和杜氏趕緊催她們都去後院洗浴換衣裳。

等四個小娘子收拾停當，換了騎裝和馬靴回到馬廄。院子裡的人都一呆，紛雜的聲音立刻靜了下來。連蘇昉都覺得她們實在太耀眼了。趙淺予一身火紅騎裝，蘇昕一身鵝黃，六娘一身青翠，三人都是鮮亮的顏色。只有九娘一身丁香色，跟小小紫丁香一般，嬌柔淡雅。

孟彥弼兩隻手搭在趙栩和陳太初肩膀上，問蘇昉：「阿昉，你要有這樣的四個妹妹，能放心嗎？簡直要為她們操碎了心啊！」

蘇昉笑著說：「二哥家裡好像還有兩個妹妹吧？你的心可得小心嘍。」

孟彥弼歎了口氣，湊近陳太初笑著問：「哎，太初啊，要不分你一個兩個，幫幫二哥？」

陳太初含笑點頭：「好！」

魏氏笑著招手：「來這邊，拿你們的漂亮馬鞍。有點重，哥哥們也過來，幫上一幫。」

趙栩看著九娘，覺得替她挑的這套鎏銀鏨牡丹花紋馬鞍，和她穿的騎裝很襯，又想起那白玉牡丹釵，忍不住勾起唇角，笑了開來。

第九十九章

從太尉府出來，出順天門的時候，城門口的唱榜人剛剛開始高聲重複唱榜：「太尉已攻下杭州！房十三一眾反賊逃向歙州和衢州！太尉攻下杭州！房十三……」

牛車裡的小娘子們大喜，趕緊掀開車簾。魏氏和陳太初等人已下馬，匆匆前往皇榜下觀看。原來樞密院今早收到急腳遞的金字牌軍情文書，秋收前一日陳青率軍已攻下杭州。都進奏院趕著印製了諸多皇榜，剛剛張貼了開始唱榜。

趙栩又驚又喜：「爹爹竟然給了舅舅金字牌！」這個金字牌向來是御前往前線發出，中書門下和尚書三省以及樞密院都沒有的。官家能直接將金字牌交給陳青，可見毫無猜疑顧忌之心。

陳太初也高興地點點頭：「官家還是很信任爹爹的，爹爹恐怕也想要快點回京。」

杜氏高興地說：「趕得早不如趕得巧。表哥征途順利，你和太初中秋重陽也就安心多了。」

魏氏笑著告訴車裡的趙淺予：「是的，你舅舅又勝了，已收復杭州。」眾人頓時沸騰起來，高興極了。

一出順天門，孟彥弼在馬上就高聲唱了起來：「白馬飾金羈，連翩西北馳。借問誰家子，幽並游俠兒。——」那順天門口把守的一眾禁軍見他一身紫寬衫，黃義襴，頭勒紫繡抹額，戴著長腳樸頭。顯然是皇城上八班招箭班的人物，紛紛朝他拱手招呼。再見到汴京聞名的陳太初竟然也在，更是大聲呼喊起來：「太尉安康！早日凱旋！太尉安康！早日凱旋！太尉安康！」

陳太初在馬上笑著一一拱手還禮。路邊的行人百姓知道這就是陳太尉的兒子，更是駐足大喊起來：「太尉安康！早日凱旋！」又見他隨著牛車緩行，認定了牛車裡都是太尉的家眷，更加熱情地高呼起來，有些老嫗甚至走上前來，將手中竹籃裡的菜蔬水果舉起來給陳太初，顫聲道：「太尉安康！」

陳太初連聲道謝不迭。

前邊孟彥弼已高聲唱到：「棄身鋒刃端，性命安可懷？父母且不顧，何言子與妻！」歌聲裡卻又多了蘇昉清朗的聲音，還有趙栩激越的聲音。

車內的四個小娘子異口同聲跟著他們低吟道：「名編壯士籍，不得中顧私。捐軀赴國難，視死忽如歸！」四個人互相看看，胸口起伏，忍不住熱淚盈眶起來，又忍不住歡喜地笑，笑中有淚，淚中帶笑。

隨著趙栩一聲清嘯，牛車周圍的近百部曲隨從也高聲喊道：「太尉安康！早日凱旋！」

車夫眼看出城上了大道，揮動鞭子：「得——駕！」

四個男兒郎並排比肩相視而笑，紛紛伸出馬鞭探身相碰喊道：「凱旋！」

秋天的金明池又和春日不同，因不對士庶開放，清淨了許多。即便如此，因為平時不少宗室子弟也愛呼朋喚友，來金明池賞景喝酒行樂。車內的小娘子們掀開車簾，看到東門也是人車不絕。

門口的一些郎君，見到趙栩和陳太初，紛紛上來行禮。還有些來自南京應天府和西京洛陽的宗室子弟，知道是六皇子趙栩，認識不認識的，都紛紛上來打招呼。趙栩在宗正寺擔了少卿，少不得和他們寒暄幾句。眾人車馬便在東門處停了下來。

路邊停著的牛車裡，不少宗室貴女帶著要好的女伴們來遊玩，聽到聲音，掀開車簾，發現和趙栩在一起的竟然有陳太初和蘇昉，紛紛笑著喊了起來：「陳二郎——！小蘇郎——！」也有和孟彥弼在勾欄瓦舍常遇到的貴女肆無忌憚地大聲喊起來：「孟二！別娶范家的小娘子！——」

孟彥弼嚇得趕緊離親娘遠一點。

汴京貴女們向來不矜持，又知道陳太初和蘇昉是絕不會和宗室聯姻的，更加肆無忌憚地朝馬上的他們投擲荷包香包，好些個直接砸在了他們身上。

趙淺予大怒，探出半個身子就要罵人，被九娘、蘇昕笑著拖住了。

九娘看著蘇昉和陳太初習以為常，一邊躲避這些物事，一邊溫和地向那些貴女們拱手行禮道謝，心底十分得意，公子如玉世上有雙！又不免奇怪：「怎麼沒人朝六哥拋卻一番好意和青眼？」畢竟論美色，外面馬上四人，趙栩當之無愧是最美的一個。

蘇昕笑了：「這個我曉得！六哥和陳太尉是汴京城最不解風情的男子呢。誰朝他拋青眼，得的全是白眼，那些物事還會被當眾丟回去，可不羞死人了？」

趙淺予卻咬著唇，她不喜歡蘇昉和陳太初對那些女子和氣的樣子：「阿昉哥哥和太初哥哥就應該和我六哥一樣才好！」

蘇昕笑得不行：「六哥素來特立獨行，猖狂名士作派，這般無情倒也算了。我哥哥他們兩個性子溫和，若也變成這樣，這汴京城裡大半小娘子們可要傷心死了。太初社和東閣社的小娘子們怕能哭倒開寶寺的鐵塔呢。」

九娘看著趙栩窗外挺直的背影，不知怎麼想起前世，那時候汴京蘇郎的名頭天下聞名，就算帶著她和阿昉一同出入，也會被那些熱情膽大的小娘子們故意投擲私物。他也總是儘量避開，拱手謝過。是不是只有陳青和趙栩這樣性格的人呢，才會肆無忌憚將自己真正所想表現在外呢？

進了金明池，眾人牽了馬沿著東岸往南岸走。池上秋水連波，波上雖然沒有寒煙翠，襯著碧雲天和岸邊黃葉地，一樣令人心曠神怡。

一早池中已經有些輕舟漂浮，遠遠的能看到西岸已有人在垂釣。東岸依舊有不少酒家，門半掩，社酒罈子堆在門口，顯示出秋社日金明池裡的熱鬧非凡。

到了南岸，穿過一片樹林，就是金明池的射殿。每年春天，官家都會駕幸射殿射弓。招箭班的孟彥弼駕輕就熟，帶著眾人牽了馬繞過射殿到了騎馬場。騎馬場地勢開闊，綠草茵茵，不遠處就是綿延開的山丘，山丘下面也有供射箭用的一排垛子，山丘上松柏聳立。

守衛的禁軍早得了消息，小跑過來給趙栩等人行禮問安。部曲們按部就班地去各處守衛著。侍女們抱著一應物事，跟著射殿的內侍去偏房準備熱水茶點浴桶熏香去了。玉簪跟著趙淺予的兩位女史，帶著其他女使在場外候著。她們心裡比進去的小娘子們緊張多了，就怕萬一誰摔下來。

隨著日頭漸中，騎馬場裡依然充斥著大呼小叫和笑鬧聲。

六娘和九娘都各摔下馬一次，幸虧謹記著哥哥們的叮囑只能從左邊滾下馬，還必須屁股先著地，兩人都是平沙落雁，沒被馬鐙掛住。

六娘是在走圈的時候重心不穩，歪著歪著就滑了下來。孟彥弼一手把她拉了起來，上下看看，大大咧咧地笑：「哪有學游水的不喝水？學騎馬的不摔？咱們招箭班被箭插過的不知道多少人呢！沒事沒事，這裡的地鬆軟得很。來，繼續學！」六娘咬咬牙，又爬上了馬。

九娘學起坐倒是學得很快，騎感也好，半個時辰就求著陳太初放開轡繩，讓她跟著趙淺予和蘇昕轉大圈。不料塵光看著溫順，卻越走越快，直往前躥，最後竟小跑了起來，無論怎麼壓轡繩都不肯慢下來。九娘實在堅持不住，不得已從左邊滑下了馬，把趙栩和陳太初嚇得半死。

兩個人飛奔過去。九娘卻一骨碌爬起來，顧不得身上沾了碎草，擦了把汗，轉頭就朝他們大喊：「快！快！幫我停住塵光！」

趙栩和陳太初默默地看著她鼻子上和臉頰上被汗水黏著的幾根青草屑。

「阿妧，你動動腿揮揮手，走幾步，我們看看你有沒有摔傷。」趙栩柔聲道。

陳太初忍著笑：「別急，摔下馬記得先檢查自己，骨頭受傷的話就糟糕了。」

九娘愣了愣，原地跳了跳：「我沒事！看！」她對著趙栩揮揮手：「看！我手沒事腿沒事，能跑能跳。」

蘇昉替她把塵光牽了回來，看看九娘，伸手替她把臉上的草屑拿下來，笑道：「他們兩個在看你笑話呢，來，繼續上馬。罰他們輪流替你牽著韁繩。」

一個時辰後，八個人在草地上曬著太陽餵著馬，一邊說著方才的趣事。魏氏和杜氏策馬從他們身邊飛馳了過去，往那山丘上去了。遠遠地，傳來魏氏悠揚的歌聲：「言念君子，溫其在邑。方何為期？胡然我念之！」

九娘幾個小臉都曬得通紅，聽見魏氏的歌聲，不由得都出了神。

方何為期？胡然我念之！真是纏綿悱惻啊。九娘羨慕陳青夫妻毫不掩飾的恩愛和真情，心裡悵然不已。

待山坡上的魏氏和杜氏策馬回轉，就看見場中孟彥弼、陳太初和趙栩在策馬疾奔，人人手上一張弓，朝那垛子上連珠箭齊發。四個小娘子跟著蘇昉退到場外拍手鼓勁。那些外面的禁衛和部曲、女使們也紛紛叫好。一問蘇昉，四個女孩兒竟沒有一個拉得開五斗的弓，孟彥弼還得回去改訂四個三斗的弓，笑得魏氏和杜氏不行。孟彥弼厚著臉皮抱著杜氏的胳膊求親娘支援點銀錢，又挨了好幾個毛栗子。

日正當午，西北金耀門外的官道上，騎馬的少年神采飛揚，高歌不斷。牛車上的小娘子們嘻嘻哈哈間或也跟著哥哥們唱上幾句，後面的部曲侍女隨從們也都精神抖擻。

蘇昉當頭，領著眾人沿著官道向西拐上一條土路，又走了兩刻鐘，就進了一個小村莊裡，好些扛著農具回來吃飯的農夫農婦們和蘇昉打起了招呼。

「大郎回來啦！」

兩邊的農家瓦舍中紛紛走出來好些老人們，在門口笑著朝蘇昉揮手：「大郎——大郎安好！」也有好些孩子已經跑得飛快：「王翁翁！王婆婆——大郎哥哥來啦——！」

九娘掀開窗簾，一愣。這裡是她前世留給阿昉的小田莊啊！王翁翁？王婆婆？難道？

車馬最後慢慢停在曬穀場西邊的一堵土牆前面。

九娘下了牛車，一眼看見那大門口站著兩位神清氣爽的老人家，正是青神王氏長房的內外兩位老管家！他們身後的七八個僕婦部曲已經上前來替蘇昉他們牽馬，也都是長房的舊人。

蘇昉笑道：「翁翁，婆婆，我們來了。」他轉向魏氏她們：「六郎說今日有要事相商，最好找一個清淨的地方。正好我娘給我的這個小田莊離金明池不遠，所以就帶大家來吃些粗茶淡飯，還望叔母們妹妹們不要嫌棄。」

魏氏笑道：「是我們叨擾了兩位老人家才是，大郎莫要客套。」

趙淺予喊了起來：「好極了，這裡好！我從來沒來過田莊。阿昉哥哥，有雞鴨嗎？我想抓一隻雞玩。」她又皺起眉頭：「都怪二哥給我們用五斗的弓！弓沒拉開，我手臂疼得不行！啊呀，看！連阿妧都疼哭了！」

九娘拭了拭淚，笑道：「是的，很疼很疼，從來沒想過開弓這麼難！真疼！不過不怪二哥。」

趙栩等人下了馬，上前客氣地給兩位老人家見禮，見兩位老人家行止進退有禮有節，應答自如，安排這近百人的車馬隊也井井有條，不由得很是訝異。蘇昉笑著告訴他們：「五年前，表姑父去青神幫我外家辦理了絕戶，這些是青神王氏長房的老僕和部曲，因為放心不下我，都跟著表姑父來了京城，就落戶在此。」

眾人進了院子。這農家的院子裡沒有他們日常熟悉的花園假山池塘小橋，一條寬敞的青石路通向正屋，兩邊整整齊齊地種著各色瓜果蔬菜。六娘笑著指著院牆邊的一排已經結了果子的花椒樹：「看！阿妧！這裡竟然也有花椒樹！」

蘇昉笑著說：「那些還是我娘以前親手種的，我就只管澆水了。」

正屋前頭是寬敞的廣場，鋪了青磚地。東頭的井邊上搭著葡萄架。孟彥弼伸手摘了一顆大葡萄塞入嘴裡，囫圇不清地說：「阿昉，你家這個院子，倒和阿妧的小院子很像，她也種了葡萄，你們果然有緣，都只想著吃的！」

早有僕婦招呼魏氏、杜氏等人坐到葡萄架下，嘗那洗乾淨的紫寶石般的葡萄，還有金黃的甜瓜。

蘇昉笑著看向九娘，見到眼中淚光隱隱，恐怕是手臂酸疼之極，這些年難得看到她這麼嬌弱，倒是很意外。

蘇昕因來過兩回，熟門熟路，已經牽著尖叫的趙淺予直奔西邊去了。

六娘一看，也笑著輕呼道：「阿妧，快看那邊！」

第一百章

正屋西邊種著一棵汴京少見的大榕樹，枝丫繁茂，此時還是鬱鬱蔥蔥，不時傳來寒蟬的鳴叫聲。那高高的枝丫上頭吊著兩個鞦韆架，長長絲繩紫複碧，婳婳橫枝高十尺，正是引起趙淺予尖叫連連的好東西。

蘇昕用力將趙淺予推高。從後院跑出一大兩小三隻狗兒來，直奔鞦韆架下，偎著裙裾飛揚的趙淺予吠了起來，搖著毛茸茸的尾巴，又轉頭跑到蘇昉和九娘腳下嗅一嗅，歡快地轉個不停，蹭個不停。冷不防不知哪裡又跑出兩隻肥嘟嘟的花貓，也不怕生，湊到蘇昉面前，甩了甩尾巴，又懶洋洋走去正屋門檻下頭蜷縮著曬起大太陽來了。

趙淺予先是尖叫，跟著又大笑不已：「阿妧！六姊，快來一起盪鞦韆！」這時已經換了趙栩在用力推她，她飛得太高，幾乎要越過西邊的矮牆去了。

九娘站在原地，恍如隔世。前世她辦完爹爹的喪事回來開封後，買下這遭洪水淹過無人搭理的小莊子，免了三年的佃租，親自收拾打理，當時是不是也有一絲期盼？盼著得一知心人，孩子兩三個，貓貓狗狗團團繞，瓜果蔬菜不缺，鄉里鄉親淳樸，天天醉裡不知時節改，漫隨兒女打鞦韆。可是最後一年只帶著蘇昉來過兩回而已。此時毫無準備地驀然回來，心中熱潮翻滾，舊地，故人，阿昉，還有她以前抱回來的小狗都已經生下了小狗。

「阿昉——？」九娘哽咽著喚蘇昉，這一刻，她太想告訴阿昉，娘回來了，你帶著娘回來了。她想站起來，雙腿發軟，站不起來。

蘇昉卻已經挽起袖子，走向榕樹下的鞦韆架，並未聽見九娘輕聲的低喚。蘇昕笑著喊：「哥哥！哥哥快來！我也要飛得像阿予這麼高！」

陳太初走到九娘身邊，蹲下身子，柔聲問：「阿妧你怎麼了？身上哪裡疼嗎？」自從九娘下車，他就發現她有些不對勁，又知道她是很喜愛這些農家農事的，就擔心她是不是摔下馬還是受了內傷，好強不肯說出口。

九娘淚眼朦朧地轉過頭，看到陳太初關切的眼神，沒人問還好，一有人關心，她卻像崩斷的琴弦似的，立時止不住眼淚，喃喃道：「我——我沒事。」

忽地有人輕輕摟住了她：「沒事就好，想哭的話你哭一哭，哭一哭就好了。」卻是魏氏。她雖然不知道這孩子為何這麼傷心，可看著就心疼得很。

有時候，孩子只是需要人抱一抱，哭一哭就好了。太初，你真是不懂小娘子啊。

九娘被她一抱，實在忍不住，埋頭在她懷裡哭了起來。鞦韆架上的趙淺予和蘇昕嚇得趕緊下來，和六娘一起圍著她問長問短，又責怪孟彥弼思慮不周，肯定害得九娘傷了手臂。

趙栩定定地站在榕樹下，看著被一群人淹沒的九娘，任由鞦韆架晃悠著敲在他腿上，第一次心裡有種說不出滋味的虛空和酸脹，有些疼痛，不知道她發生了什麼，一時竟不知道自己該做什麼，也不知道該怎麼做。

鞦韆漸漸停了，趙栩和被擠到周邊的陳太初目光交會，兩個少年靜靜地互相對視。

被許多人圍著，九娘接過六娘的帕子擦了擦眼淚鼻涕，紅著臉抬頭對蘇昉說：「阿昉哥哥，我只是想起你娘了，小時候她抱過我幾回，對我很好。我來這裡想到她就有點傷心。」

眾人都靜了下來。蘇昉失笑道：「傻阿妧，我娘抱你的時候，你才生下來三天。我也抱過你的，你怎麼會記得？我只勉強記得自己兩三歲的事情，其他的都是爹爹娘親告訴我的。」

九娘破涕為笑道：「我週歲的時候，家裡頭沒人記得，你娘還來抱過我，送給我一個黃胖，我一直收得好好的，可惜被十一郎摔斷了一隻右手！」

蘇昉一愣：「你週歲的時候？我五歲，已經入學了，那次應該沒去你家。」

杜氏笑了起來：「她也記不得這些，都是慈姑說的吧。這孩子就是記著別人的好。」

正說著，王婆婆笑著出來招呼：「吃飯了！快進屋來吧。」

翠微堂裡，梁老夫人強壓著午後的犯睏，細細打起精神來看著程氏，疑惑道：「你怎麼突然要給阿姍訂親？」

程氏抿了抿唇：「娘，昨日我哥哥說了，已經給大郎進納了開封府陳留縣主簿的官職，雖是進納的，也是個正經的八品官。家裡怕他不安下心來好好做事，想給兩個孩子先定下親事。過個三年，看著他確實洗心革面好生過日子了，再行納徵請期之禮。」

程氏頓了頓：「正好我爹娘過了年也要來汴京，日後有他們照應阿姍，我也放心多了。」
梁老夫人沉默了會兒，摸了摸手中的數珠：「老三怎麼說？」
程氏垂目道：「昨夜和三郎商量了，他覺得先行納吉，三年後再納徵請期的法子蠻好。兩家本是至親，不對外張揚也沒人知道。萬一大郎實在不爭氣，三年後阿姍也才十六歲，大可以退親再議。再說阿姍這次闖了大禍，也是她心太大的緣故，現在定下來，她也就死心了，留在家裡我也好多陪陪她。」
梁老夫人一怔，歎了口氣：「你和娘家親上加親，本來也是件好事。只是如今有個阮玉郎摻和在裡頭，你哥哥未必知道裡頭的厲害，若是被他綁上了船，萬一以後有個——」
程氏恭謹地回道：「昨日媳婦和哥哥說了此事。哥哥說那阮玉郎對阿嫺做的事，不過是想費心討好蔡相，為的是西北要新開四個榷場的生意。家裡也只是和他有生意往來，並無別的往來。」
老夫人皺起眉：「朝廷要在西北新開榷場？」
程氏點了點頭：「就是表哥五年前就定下來的那些地方。這幾年一直拖著，聽說重陽前後就要開了。」
老夫人定定地看著程氏好一會兒，才淡淡地道：「既然你和老三都覺得好，就這麼辦吧。反正還能再好好看上三年。」
程氏又說：「還有三房嫡子的事也拖了這許多年，我和三郎商量定了，眼下也就十一郎讀書還像樣，就把十一郎記到我名下做三房的嫡子。就是青玉堂那邊——」

老夫人想了想：「既然老三能下定決心，我去請族長出面就是。你們想什麼時候辦？」

程氏思忖了片刻說：「冬至祭祖前如果能改名重入家譜就最好了。還有，我想把阿妧一起記到我名下來，以後和陳家結親，兩邊面子上都好看。」

老夫人暗暗吃驚：「這兩件都是大事，你想清楚了嗎？」多出一個嫡子一個嫡女，程氏的嫁妝原本是都給七娘的，現在要分成三份了。這阿程什麼時候這麼大方了？

程氏點了點頭：「其實也就是我那點嫁妝的事，不算什麼。三房就盼著十一郎以後讀書爭氣，能考個進士回來，好替阿姍撐腰。也想著阿林和阿妧別再記恨阿姍了。這些日子阿妧對阿姍不理不睬的，阿姍不知道一天要哭幾回，唉。」

老夫人沉吟了片刻：「把阿妧也記到你名下，自然是件好事，也是你心胸寬廣。最好她們姊妹幾個能和好如初。阿妧和十一郎日後也感念你這個嫡母的賢德，必定好生孝順你，也能照顧到阿姍。陳家再不懂人情世故，也會謝謝你這份心思的。」老夫人何嘗不知道程氏的打算，多了陳太初這個嫡親的連襟，程家再有錢，程之才也不敢在七娘跟前蹦躂。

老夫人喝了口熱茶：「阿嬋和我說了好多次，她捨不得阿妧也入宮，我也想著把阿妧留在家裡。我看不如這樣，等過了年開了春，把她們姊妹倆的親事一起定了。魏氏不是也等著回覆嗎？若是陳青家能等個四年，也同樣先納采問名納吉好了，這樣大家都避開明年的采選，定定心心。」

程氏想了想：「娘說得有理。媳婦就這麼回覆魏氏。」

「你也要和你哥哥說清楚，眉州程氏不只是和我孟家三房結親，也等於是和太尉府結了親。萬事需謹慎為先，若能和阮玉郎撇清關係的，早日撇清關係才好。我看阮玉郎不只是為了謀財討好蔡相。那四個榷場，是你表哥蘇瞻以前所提的，如今能重開，肯定也是他一力主張。你哥哥與其繞著彎子通過阮玉郎走蔡相的門路，還不如好好想辦法去和蘇瞻重修舊好，畢竟是骨肉至親，打斷骨頭還連著筋呢。總比那來歷不明的外人可靠。你也不妨試著兩邊牽牽線。」梁老夫人緩聲一一道來。

程氏站起身恭謹地應了：「是，我姑母也一直盼著蘇程兩家重新交好呢。」

一個時辰後，貞娘聽著老夫人還在床上翻來覆去，上前輕輕替她捶起腿來。

安息香雖然綿延悠長，老夫人還是心裡亂成了麻。

貞娘輕聲道：「您別太擔心了，若不先趁了他的意，又怎麼知道他還會做什麼呢。」

老夫人長長地歎了口氣：「老三家的啊，心裡頭藏著事呢，還是件大事。」

酒足飯飽後，王婆婆引著眾人進了後院。後院裡種著幾株木樨，沿著院牆種著果樹，石榴已經掛了果，還沒泛紅。

後院的東廂房三間是書房，沿牆的三排書架上堆滿了書。九娘一排排看過去。這些是前世爹爹收藏的書籍，跟著她從青神帶來開封的。如今，都是阿昉的了，真好。

臨窗的長案上，紙墨筆硯都已備齊。趙栩也不囉嗦，讓隨從將一幅長畫卷送進來鋪在長案上。眾人眼見屋外雁翅排列開幾十個帶著兵器的隨從，都心知茲事體大，上前細看。畫卷上面丹青水墨，一棵盤根錯節的大樹，樹根向上，分成三支，中間寫了一個「趙」字，左側那根寫了「高」，右側那根寫了「郭」。再往上枝丫交錯，有粗有細。

九娘站到案前，福了一福：「多謝六哥費心，這事情雖然是孟家的家事，卻眼看著要把各家牽扯進來，所以借著社日，一併告知，請各位哥哥姊姊們都心中有數，一同商議對策。」

九娘就把中元節第一次見到阮玉郎開始，直到昨日秋收在程家所見所聞，都細細告訴了眾人。也將趙栩和她上次的商討全盤托出。隨著她一步步的敘述，趙栩的描邊筆在各枝丫上添上了孟、程、阮、蘇和崇王、定王、蔡相、西夏、契丹等字。

待九娘說完，魏氏和杜氏及孟彥弼所知最少，三人大吃一驚，細細想來，不免心驚肉跳。趙淺予一臉迷茫，看著畫卷更加稀里糊塗。

孟彥弼霍地就往外走：「我去抓了那阮玉郎來，問個清楚！要敢不答，就好好嘗嘗我孟二郎的拳頭！」

杜氏喝了一聲：「糊塗！你難道還能去蔡相府上找人？」孟彥弼一愣幾步跨回書案前問杜氏：「娘？我孟家和阮家有什麼仇？姨奶奶和阮玉郎為何非要盯著三叔房裡？」杜氏搖頭不語。

蘇昉心思敏捷，立即指向樹根處的郭和阮：「這個阮玉郎的真正身份最是關鍵，他應該不是你家阮姨娘的親兄長，如果不是崇王，他和郭真人究竟是何關係呢？」

趙栩指著阮氏那裡：「我從宗正寺和尚書內省的舊檔裡查到，成宗登基那年，大阮氏是隨郭氏一起進宮的。奇怪的是郭氏當年入宮的時候只是正五品的才人，只一年，雖然臺諫三次諫言，她還是升成了正一品的貴妃。」

蘇昕咋舌不已：「她會不會——是因為生育了皇子？」可就算生育了皇子也不能這般升法啊，這是在明晃晃打皇后的臉。

趙栩搖頭：「她在這一年裡並沒有懷孕生子。而且宮中舊檔，只記載了她是代北應州金城人以及她爹爹的姓名。至於她怎麼入宮的，又怎麼能帶著自己的女使入宮的，一概沒有線索。從她入宮到瑤華宮內去世，郭家也從來無人遞摺子請見。甚至郭家沒有人加官進爵過，只有她爹爹追贈為太尉，她娘追贈為國夫人。」

六娘和九娘齊聲說道：「難道她和成宗以前就認識？」只有這樣才能解釋她為何能夠一入宮就寵冠後宮了。

陳太初指了指定王二字：「那麼郭真人的來歷也變得很關鍵了，會不會定王殿下和郭真人以前也認識？還有為什麼她一年裡升成貴妃，宗室和禮部都不說話？定王會維護大阮氏肯定也是因為郭真人。」

趙栩想了想：「從大阮氏的話來看，阮玉郎肯定和郭真人關係匪淺。無論他是不是我三叔，無論他有沒有遺詔。眼下我大膽猜測，他為的恐怕都是——」

孟彥弼脫口而出：「謀逆!?」

眾人都噤聲無語，不寒而慄。

九娘低聲道：「大趙立國以來，律法遠不如唐律嚴苛。《大趙刑統》卷十七賊盜律有言：諸謀反及大逆者皆斬，父子年十六以上皆絞。十五以下及母女妻妾、子妻妾亦同。祖孫兄弟姊妹若部曲資財田宅並沒官。」

眾人面面相覷苦笑起來。阮玉郎無論是不是崇王，事敗的話，看來都只會死他一個。他要是自己不怕死，還真幹得出謀逆這樣驚天動地的事情來。

第一百零一章

書房中氣氛凝重。孟彥弼在空地上來回兜著圈子，一會搓搓手，一會握握拳，看看親娘憂心忡忡的樣子，想要去安慰幾句又不敢上前。趙淺予靠著魏氏和杜氏，努力回想著在陳婕妤宮裡有哪些年紀很大的宮人。

陳太初和六娘、蘇昕靜靜地凝視著畫卷。蘇昉卻看著案頭的鈞窯三足筆洗和一邊的定窯葫蘆形筆覘出神。九娘的視線也落在這兩件物事上頭，這都是阿昉開蒙時，爹爹送的禮物，應該還有一件白玉子母螭鎮紙和一件哥窯筆筒。她思索著怎麼才能啟發他們找到線頭來梳理此事，轉頭一看，那鎮紙正在趙栩手中被細細把玩著，畫卷原先用鎮紙壓著的地方改壓了一個翡翠筆船。

趙栩見九娘的視線落在自己手中的鎮紙上，隨手就遞給了她：「阿昉家的寶貝真多，你要看這個？」

蘇昉看著九娘媲美白玉的手指在那子母螭上輪番點來點去，不自覺地伸出中指在書案上頭敲了幾下。篤，篤篤，篤，篤篤。九娘一怔，抬眼看向蘇昉，心裡酸酸的，阿昉這個敲書案的習慣和蘇瞻一模一樣。

蘇昉忽地眼睛一亮：「有母才有子，有因才有果！既然猜測到阮玉郎想做什麼，我們不如想想，如果他真的要想謀逆，最需要什麼？最先要做什麼？」

眾人聚攏過來，互相看看後，異口同聲道：「錢！」

蘇昉點點頭，又問：「阮玉郎既然是這幾年才和程家搭上的，那麼他以前通過誰弄錢？弄到的錢去哪裡了？會用在什麼地方？」

陳太初和趙栩對視一眼：「養私兵!?購兵器!?」

孟彥弼一拍腿：「養馬！」

六娘輕聲道：「還有養人也要錢。我家裡那些給他傳遞消息的人，七八個，人人一個月可領一貫錢呢。」

趙栩點頭：「不錯，皇城司之所以能確保爹爹對汴京的外城內城皇城瞭若指掌，是因為有近三千名元客❶。全皇城裡數皇城司開銷最大。阮玉郎手下刺探消息和所用之人也不會少。他通過程家弄來的錢，除此之外，最多就會用在——」

他們四個異口同聲指著「程」字道：「榷場！馬市！」

趙栩點頭：「他用程氏從海上賺來的錢，應該大部分用在榷場。兵器和戰馬只能從榷場進來！我們肯定能找出蛛絲馬跡。」

眾人一掃方才的疑慮和無措，振奮起來，想著要合力對抗這太后娘娘和梁老夫人都顧忌的人，都不禁熱血澎湃。孟彥弼更是摩拳擦掌。魏氏和杜氏看著桃源社這八個孩子，年紀最長的孟彥弼也不過才十九歲，現在個個臉上一副初生牛犢不怕虎躍躍欲試的模樣，真是後生可畏。

趙栩笑道：「阿昉你繼續說，九娘，請你把我們說的都記在紙上！咱們回頭再一條條梳理，看看怎麼擊破，現在他在明，我們桃源社在暗，肯定可以打他個措手不及！」

九娘看到蘇昉洞察力敏銳，條理清晰，很為他自豪。再看身邊人個個毫無懼色，心裡由衷地高興，接過六娘和蘇昕遞過來的紙筆，脆生生地應了聲：「好！」

蘇昕生性活潑大膽，又學了些花拳繡腿，能參與這樣的大事，更是興奮不已，索性在一邊磨起墨來。

魏氏和杜氏見他們已經有了章法，就牽了趙淺予坐到邊上的羅漢榻上。魏氏剝起了葡萄皮，才覺得手在抖，她朝趙淺予笑道：「別怕，天塌下來，有哥哥姊姊們頂著呢。」杜氏拍拍她的小手：「先有個子高的舅舅舅母頂著呢。」

蘇昉點了點「程」和「蔡」字：「阮玉郎用程家，就能打著程家的幌子私下運送兵器，甚至通過蔡佑的勢力，可以在榷場私購軍馬。所以蔡佑就是他選中的朝中人，方便他以權謀財。而且把蔡佑跟他牢牢捆在了一起，一旦他謀逆成功，朝中蔡佑怕是第一個會奉他為君的！這一招最是狠辣精準！」

趙栩笑道：「阿昉，我在福寧殿聽過你爹爹說蔡佑是那虹橋上的『五兩』。不錯。蔡佑此人毫無節操，貪財之極，阮玉郎必然處處迎合他，還會替他賺取許多銀錢。」

❶元客：宋代皇城司親從官下轄之兵員。

九娘想起四娘隱晦的話中意思，便略微暗示道：「對了，四姊說起那夜見到蔡相父子和阮玉郎的模樣，似乎那阮玉郎和蔡相的兒子有點怪怪的——」

趙栩、陳太初、蘇昉都一呆。孟彥弼已經跳了起來：「這個阮玉郎一定還賣屁股了！這——得多大仇啊！那他就算謀逆成了，也是——」還沒說完已經被陳太初紅著臉捂住了嘴：「二哥，有些事不用說，妹妹們都在呢。」孟彥弼那些軍營裡沒邊的葷話蹦出來，簡直能汙濁整條汴河。

杜氏氣得滿臉通紅，葡萄都捏碎在手裡，汁液直滴下來，恨不得撕了孟彥弼的嘴。

趙栩和蘇昉都不免臉上一紅。蘇昕大大咧咧地揮手道：「不就是斷袖分桃嘛，我們沒見過真人，可也讀過史，我知道漢哀帝和衛靈公！」

六娘羞紅了臉轉身去一旁的茶几上倒茶。九娘瞪大了美目看著眼前臉頰微紅的三個美少年，心底偷笑起來，哈哈，原來他們三個竟然會因為這個害羞啊！

趙栩抬眼看見她芙蓉面上兩顆黑水銀般的瞳孔轉來轉去，唇角還露出一絲壞笑，臉上更熱了，伸指就在她額頭上一彈：「想什麼呢你？不許想！」

九娘「嘶」了一聲，瞪了趙栩一眼就轉身去端茶，心裡卻嘀咕著自己怎麼就忽然開始罵不還口打不還手了，這忽然被西風壓倒的滋味不太好受，是不是太久沒讓趙栩吃癟了？

六娘嗔道：「阿妧莫調皮，你還小呢，不許聽二哥胡說！」

九娘趕緊點頭不迭。

眾人都喝了一盞茶，又精神抖擻地回到長案前面。

陳太初點了點畫卷：「阿妧剛才說到程家這兩年海上生意做得很大。你們還記得蔡佑罷相不就是因為泉州抵當所案嗎？泉州抵當所案，正是因為造船以及海運生意引發的。會不會是五年前泉州的被抓了，阮玉郎才改找了程家呢？」

九娘輕聲提醒：「他找程家會不會也有報復蘇家的意思？畢竟泉州案是表舅負責的。」

蘇昉略一思索，指著自家的蘇字那根分枝，沉聲說道：「六郎，太初，不瞞你們，我翁翁一直身體康健，六十歲還赤足在田間健步如飛，胃口也一向好得很。去世前半個月我們還收到他的平安信，他在信裡說自己走了十二里山路去看他一個老朋友一點都不累。所以我爹爹和二叔當初一直懷疑翁翁的死因。爹爹派高似帶著人在眉州查了三個月，還特地又去了成都、泉州等地，毫無線索。不知道會不會和這個阮玉郎有什麼關係。」

他一語即出，石破天驚。眾人齊齊看向蘇昉。九娘更是大吃一驚。

趙栩皺起眉頭：「如果真是阮玉郎所為，那真是一石三鳥。既報復了泉州一案，又害得你爹爹丁憂，更使得蔡佑順利起復！此人心機手段，實在深沉毒辣之極！而且就我所知，泉州案涉及兩億貫，最後繳回國庫的，不過一千多萬貫……」

陳太初也皺起了眉頭，露出些憂慮之色。

九娘看他們士氣又低落下來，便朗聲道：「智者千慮，必有一失。阮玉郎看來已經伺機而伏十數年，不惜賣身為優伶，勾結蔡佑，心機深沉，行事狠辣無度，就是泉州抵當所一案，若不是表舅，誰能想到那小小抵當所竟然能牽扯出億萬貫？可你們看，我們現在能從他逼嫁四姊到猜測他要謀逆，其實全因為我四姊不肯聽他擺布。自古以來，人心最難謀算。他敢在表舅和表叔面前帶四姊去見蔡相，可見他為人極其自大自傲，行事也愛大膽冒險。一步錯就會步步錯，阮玉郎肯定還會露出更多漏洞來。剛才六哥說的榷場是一個，程家也是一個，還有阮姨奶奶，也是一個漏洞。他利用的人越多，漏洞就越多！」

趙栩揚眉擊掌道：「阿妧說得對。來，阿昉，接著說。」

蘇昉沉聲道：「阿妧說得不錯，但阮玉郎如果是害死我翁翁之人，他就是一石四鳥，他還禍國殃民！」

眾人一凜，看向蘇昉。羅漢榻上的趙淺予更是星星眼閃爍，阿昉哥哥這汴京小蘇郎名不虛傳！

蘇昉面容沉重，緩緩道來：「熙寧六年初，爹爹成為首相後，四個月內推行了十二項變革舉措：整頓吏治；減輕賦稅；盤查各州庫銀；廢除差役法；廢除青苗法；廢除保甲法；全國重新清丈土地，按婺州的方法重造魚鱗圖冊❷；設置各州貢院，增設院試，選拔貢生；增設大理、西夏、契丹的四處榷場；增設明州、密州等地的四處市舶司；西北各路馬場擴大；和女真、吐蕃開通馬市。」

眾人細細咀嚼著這十二項變革，當時皇榜一經頒布，尤其是科舉上的變革，和精簡龐冗的各衙門等項，引來士庶歡呼，深覺大趙中興有望。

蘇昉扼腕道：「可惜因為翁翁的去世，爹爹不得不丁憂，蔡佑起復後，這十二項推行了不到一年，就幾乎被全盤推翻。隨後蔡佑鑄大錢，繼續推行差役法、保甲法、青苗法，增賦稅，關閉新開的榷場，倒行逆施，害得百姓流離失所者眾，私鑄大錢者眾，逃避差役法者眾，逃避強貸欠債者眾！甚至舉旗造反者眾！」

趙栩露出讚賞之色：「阿昉，你真不該去做什麼教書先生，實在大材小用了。你說得不錯。還有，蔡佑起復後，新設的榷場和馬市很有可能是因為他和阮玉郎的勢力插不進手，才索性強行關閉的。那次導致大趙和吐蕃、契丹、女真的關係十分緊張。阮玉郎既然是要謀逆，自然要先禍國！他想使我大趙越亂越好，最好民不聊生，他才能名正言順地跳出來救萬民於水火！幸虧當年有張子厚出使，大趙和吐蕃、羌族結盟了。」

陳太初皺起眉：「對了，張子厚也是蔡相的人。他上書擁立六郎你，會不會有什麼陰謀，會不會和阮玉郎有什麼關係？」

趙栩點頭：「張子厚上書前找過我。如果有陰謀，也無非是要我和老五鬥，最後阮玉郎好收漁翁之利。不過張子厚是個真小人，應該不至於如此。他說蔡佑這兩年十分貪財，處處伸手，背離了楊相公的變法之道。所以他和舊黨的一些人十分不滿。還有，他很看不上老五。」

聽出他語氣中還帶著些微孩子氣的得意，六娘和九娘幾個不禁偷笑了起來。

張子厚是真小人？難道趙栩心裡還有誰是偽君子不成？九娘暗暗嘀咕。

❷魚鱗圖冊：宋代記載田地形狀面積的地籍冊。按田畝方圓畫圖，編以字號，宛如魚鱗比次，故稱之。

第一百零二章

日頭漸漸往西去，院子裡的蟬聲越發尖厲，西邊的廚房上頭，有裊裊青煙飄上碧天。

趙栩想了想，將那寫著「阮」字的枝丫延了幾筆，和「蘇」字那根相交：「阿昉，阮玉郎要想亂我大趙，必定會與你爹爹為敵。」

陳太初對蘇昉說：「可惜張子厚和你爹爹素來不和，不然倒可以合力打壓蔡佑。不過我看阮玉郎拿捏眉州程家，除了錢財之外，恐怕也有利用程家要脅孟家、蘇家的意圖。阿妧問阮姨奶奶的那三件事，就可以肯定阮孟兩家有仇。」

孟彥弼和六娘、九娘都點了點頭。

趙栩看向九娘：「阿妧，你問阮氏的三個問題，有一點很奇怪：你為何會懷疑你爹爹不是阮氏所出？」

九娘無奈地道：「古有孟母三遷，徐母自絕，陶母剪髮斷柱。阿妧覺得為人母者，哪有萬事不為自己兒子的前程著想的？可是慈姑告訴我青玉堂以前十分寵溺我爹爹，還是婆婆搬出家法，硬把爹爹遷到外院，讓大伯、二伯帶著進學的。後來他們做主讓我爹爹和程家聯姻，又硬塞了小阮氏給爹爹，如今又想把四姊送人。爹爹這些年仕途上也一無所成，還是靠著表舅才謀了實缺，所以我總覺得怪怪的，就想問一問，看看她的反應。」

趙翃皺起眉：「我仔細琢磨過你和她的話。她答的是『你爹爹若不是我生的，又是誰生的？只是他不曾叫過我一聲娘而已。』這話乍聽上去是說你爹爹是她生的，但如果不是她生的也說得通，有些故弄玄虛的意思。」

蘇昉的手指在書案上敲了敲：「六郎說得對！我覺得大阮氏這樣的言辭，是在故布迷陣，若是我們像太后娘娘、梁老夫人那樣糾纏於阮玉郎的身份謎團，只會陷在幾十年前的往事裡。實際上幾十年前的事，無論阮玉郎的身份，還是表姑父是不是阮氏所出，除了阮氏和阮玉郎，根本無解。反而會讓我們忽略了他們的行事目的、行事手段。」

趙翃笑了笑：「不錯！我們根本不用管他到底是誰，反正他想要做什麼，我們不讓他得逞就是！兵來將擋，水來土掩！簡單、直接、粗暴，最是有效。」

眾人都笑了起來。

蘇昕疑惑地問六娘、九娘：「阿嬋、阿妧，我有一件事不明白。阮玉郎算計你家四娘，要把她嫁給程家，或是給吳王做妾，究竟是為什麼呢？難道就為了討好蔡佑？不說你家四娘心智堪憂，心眼小的像芝麻，做什麼砸什麼，就算她肯聽從擺布，你們孟家也不會因為這一個女孩兒就去謀逆吧？一旦事敗，程家肯定完了，只要你孟家不參與，雖然是妻族，若是將她一個庶出的女兒從族中除名，有太后娘娘在，應該也不至於被連累問罪。再說吳王總不至於做謀逆那種事吧？」

她指指畫卷上的「蘇」和「程」：「還有我們蘇家和程家是姻親，可我家婆婆是程家的出嫁女，程家出事，牽連不到蘇家。阮玉郎這樣，又怎麼要脅我們兩家？最多也就是我們兩家沒面子而已。」

九娘心中一動：「難道阮玉郎真正的目標其實是——？」

六娘想到的是：「三叔？」

蘇昉則脫口而出：「青神王氏!?」

如果阮玉郎掌控了孟建和青神王氏，那自然就會牽連到三族之內的孟家和蘇家。

陳太初皺起眉：「阮玉郎有了錢以後，所作所為都是要大趙越亂越好。阿妧，你爹爹是不是在戶部負責這次南征軍的糧草調配？」

九娘只覺得心驚肉跳，眼皮都猛跳了好幾下。眾人都靜默下來。

趙栩和陳太初不約而同地想起了那夜州西瓦子外面驚心動魄的刺殺。

九娘強壓著心頭的不安，搖頭道：「不會的，我爹爹雖然不聰明，可是絕不至於也不敢做出違背法理的事情。這點分寸他還是有的。何況眼下逼嫁未成，阮玉郎又拿什麼要脅我爹爹？」

趙栩問：「阿妧，你爹爹近日可有什麼特別之處？」

九娘細細思索了一番：「爹爹這幾年忙於打理庶務和榮國夫人的嫁妝鋪子田莊等事，早出晚歸。回戶部後，這兩個月回來得更晚了，有時還常去阿昉哥哥家裡和表舅說話，其他的並沒有什麼異常。」

蘇昉沉聲道：「不要緊，只要有跡可循，就能防患於未然，你細心留意著就是。」

趙栩點頭道：「我也會想辦法去戶部看看的。對了，說到阮玉郎的財物，我們得想辦法斷了他的入帳，查到他的出帳。只要是物，必然需要運送，順藤摸瓜肯定可以找到他藏匿的物資人馬。」

眾人都振奮起來。蘇昉笑道：「六郎說得對。斷源、截流，都能給他造成大麻煩。除了錢和物，還有一樣很重要：人！阮玉郎在朝中利用的就是蔡佑一黨，他搭上程家，無論為謀逆還是尋仇，都是要拖孟家和我們蘇家下水。只要我們盯住牽涉到的人，總能發現破綻，甚至能預先料到他要做什麼。還有，他既然和郭真人有關係，宮中會不會也有他的勢力？」

趙栩沉吟了片刻，說道：「那就分三條線盯人：蘇家、孟家還有程家是一條線，阮玉郎和蔡佑是一條線，宮裡是第三條線。我們可以分頭行事。阮玉郎的戲班子，我手下的人已經找到了，在汴京城他們就有三個落腳點，但這些天從沒見過阮玉郎出入。我來派人盯著阮玉郎、程家。宮裡也交給我！」

孟彥弼雄糾糾氣昂昂地嚷了起來：「哎！六郎！宮裡我行，殿前司、侍衛親軍、環衛官、三衛官、閣門、帶御器械，只有我不認識的人，沒有不認識我的！只要我有心打聽，這皇城裡飛進來的蚊子是公的還是母的，都知道得一清二楚。而且六郎你的身份放在那裡，反而不方便打聽下面的事，還是我來，放著我來！」他一開口，眾人又免不了一陣歡聲笑語。

趙淺予也快步過來，拉拉趙栩的袖子：「六哥！宮裡我也可以出力！我可以去聖人那裡打聽！還有娘的殿裡有一個老供奉，一直暗地裡維護娘和我們的，你還記得嗎？說不定他也能知道些什麼！」

趙栩笑著點了點她的鼻頭：「好，阿予裝傻賣乖最棒了。」

九娘趕緊叮嚀她：「阿予可千萬要小心，這是太后娘娘最為忌諱的事，你千萬別讓人察覺到你在追查此事。」

趙淺予心滿意足地點點頭，眼巴巴地看著蘇昉，又看看陳太初。

蘇昉和陳太初笑道：「阿予你最棒，但是千萬要小心。」

眾人都哈哈大笑起來。

九娘道：「我會倍加留意爹爹和木樨院、青玉堂的。」

六娘也點頭：「我和婆婆最親近，明年又要進宮在太后娘娘身邊做事，打聽到宮裡什麼消息的話，我就告訴二哥！」

「啊？」趙栩、陳太初幾個都吃了一驚。蘇昕更是抱住六娘的手：「怎麼會這樣!?什麼時候的事？為什麼要進宮？」問了一連串的話。

六娘笑著搖頭不語。

「阿妧呢？阿妧不能和你一起進宮嗎？」趙淺予這麼多年一直盼著九娘能進宮陪她，聽到六娘進宮倒是眼前一亮。

九娘笑道：「是的，太后娘娘仁慈，允許我一起進宮陪六姊幾年。」趙栩和陳太初又吃了一驚。

六娘笑道：「不行，我可不要你陪，你還小呢，好好再念幾年書。我早就和婆婆說過了。又不是上刀山下火海，哪需要人陪？」

蘇昉點點頭：「阿妧，能不進宮還是不要進宮的好。」

趙淺予嘟起小嘴：「阿昉哥哥！」蘇昉無奈地朝她笑笑。

趙栩內心已經轉了幾十個彎，不動聲色地繼續起方才的話題：「好，那孟家就交給阿妧和阿婵。蘇家呢，一是要請阿昉告知你爹爹，看看能不能從市舶司著手，截斷阮玉郎和程家海上的生意；二來內宅裡盯住王氏就行，要勞煩阿昕出力了。」

蘇昉拱手道：「昉義不容辭！」

蘇昕朗聲道：「放心！我本來就一直盯著她。七月裡她娘就經常來家裡。對了，還有八月頭上，青神王氏也來過一個娘子，還帶著個小男童。聽說是她的堂妹，也嫁到了東京。不過以前從來沒來往過。」

九娘皺起眉頭，十七娘的父親王傑，是二房的庶子，嫡母和生母都早亡，在青神王氏一族裡頗受欺壓。十二歲時得了爹爹的推薦，他離開青神，進了東京國子監讀書，二十五歲禮部會試後出仕，因爹爹託了人，就直接留京做了個小官。他結婚、生兒育女都在汴京，幾乎沒有回過青神。所以二房和青神王氏其他幾房向來不怎麼來往，這也是她婚後初到汴京後就和二房交往甚多的原因。但看來現在二房和其他幾房又恢復了來往，只是這個嫁到東京的不知道是哪一房的娘子了，又嫁給了什麼人。

陳太初當仁不讓地道：「程家的商隊和榷場就交給我來盯著吧。爹爹留給我的人裡，有好些退下來的軍中斥候。現在的榷場都在秦鳳路和永興軍路，接壤吐蕃、大理和西夏。我可以派人跟去榷場。」

魏氏在羅漢榻上已經剝了一大碗葡萄，插上了八根銀籤子，走過來擱到高几上頭，柔聲對陳太初說道：「太初，你哥哥在秦鳳軍中多年，他和府州折家軍、青澗城種家軍的將領們都十分熟悉，你也可以寫信讓元初幫忙留意。」

趙栩為之一振：「這就再好也不過了，西北馬、秦馬都是天下最好的軍馬，只要有大批的馬匹流動，肯定瞞不過西軍的眼睛。最好還要請元初表哥留意西軍裡有沒有人會和程家交往的。」

蘇昉點頭：「阮玉郎想要成事，天時地利人和，缺一不可。錢財、軍備、私兵、支持他的文臣武將都不能少，還必須出師有名，才能改朝換代！」

九娘點了點畫卷，疑惑道：「你們說他要是養私兵會養在哪裡呢？會不會在福建？」

陳太初笑著搖頭：「不會！我要是阮玉郎，養兵必定會養在西北！」

趙栩和他對視一眼，會心地同時說道：「西夏!?」

「西夏？」九娘皺起眉頭。

陳太初看著九娘幾個不解的神色，細心解說道：「福建號稱八山一水一分田，多是山丘和森林，只有六州和邵武、興化二軍。生人尤其是武人一多，極易暴露。何況若他要起事，福建無論走水路還是陸路，都離汴京城太過遙遠。而西北則不同，我大趙禁軍一分為三，最強的就是西軍、北軍和中央軍。西軍和北軍合計近十五萬人。而且西北各族混居，又接壤吐蕃、西夏和契丹，軍民都很彪悍。多上萬餘武人，根本沒有人會留意。」

趙栩從畫卷自上而下虛畫了一條線：「不錯，西北到汴梁，屏障極少，若從河東路出其不意地殺入，銀州到開封不足千里，輕騎兵一日一夜就能抵達汴京城下！」

眾人悚然而驚，背上都滲出一層冷汗來。

趙栩沉聲道：「前年我和太初去河北路勞軍，軍中貪腐之甚，比官場不遑多讓。軍馬和器械也都有問題。若是河東路也和河北路一般的話——」

書房中再次沉寂下來。

趙栩環視眾人：「不要緊，樞密院早就開始嚴查各路軍，待舅舅凱旋，我們把這件事告訴他，必然可以在河東路、秦鳳路以及河北路多加盤查和防範！如今阮玉郎現身人前，除了阿妧所說的狂傲自大愛冒險以外，我總覺得他還有什麼我們猜不到的用意。我會想辦法去探探定王的口風。等我出使契丹回來，他是不是我三叔也就揭曉了。」

九娘也笑道：「不錯，未知的猜測平白讓人更恐懼，只要已經知道了，就沒那麼可怕了！」

魏氏攬著九娘的肩頭笑道：「正是！你們幾個啊，可讓我大開眼界了，個個都了不起。別擔心，他走的都是歪門邪道，自古以來邪不壓正，你們肯定能破開他設的局！」

「二哥！你怎麼一個人就把這一大碗沒皮的葡萄都吃光了！」九娘突然大叫了起來。

書房裡笑鬧聲再起，還摻雜著孟彥弼不時的兩聲慘呼。

第一百零三章

王婆婆帶著兩個婦人提著四個食籃進了院子，聽見他們的笑鬧聲，也笑得合不攏嘴。這裡什麼都好，就是笑聲太少了。這些孩子啊，要能常來就好了，大郎就也能常來了。大郎今天看起來真是高興，胃口也比往常好，也沒有時間坐在鞦韆上發呆了。王婆婆笑著伸手敲了敲門。

蘇昉打開門，看見是王婆婆送點心來了，轉頭笑道：「多謝婆婆！來，一起嘗嘗婆婆的手藝。」

六娘揭開碗蓋，抿唇笑了：「醪糟桂花浮丸子！九娘每年都做的！」

九娘笑道：「這些桂花蜜、浮丸子、蜜餞、醃漬之類的，本來我就是按照阿昉哥哥給我的箚記上做的。」

趙栩好奇地問：「什麼箚記？」桂花蜜他每年都收到，還總捨不得吃，怎麼又和蘇昉有關係！

蘇昉笑了：「因為九娘最愛吃又愛動手做。我那時在修竹苑住的時候，覺得她自己做的那些糕點很好吃。就是可惜總被孟二哥搶去不少，太初和我只能分到一點點。」

陳太初笑著指了指孟彥弼搖頭道：「是啊，每次我和阿昉委婉地請二哥口下留情，他總說——」

孟彥弼眼睛一瞪：「怎麼？要不我吐出來還給你們？你們兩個秋後算帳是怎麼回事!?啊！妹妹你輕點輕點！啊啊啊——這胳膊裡頭的軟肉擰不得——啊！」

眾人不禁哈哈大笑起來。

蘇昉笑道：「後來我整理我娘的遺物，看到我娘以前有兩本劄記，專門記載了她的拿手菜和點心的做法，還有種樹種花種瓜果蔬菜的各種法子，放在我這裡也是浪費，就送給了九娘。她心靈手巧，做出來的還真的很像我娘的手藝。」

趙淺予拍掌笑道：「怪不得阿妧回給我的禮全是各種各樣好吃的！還有阿妧你抄給我的醃漬和蜜餞方子，也是阿昉哥哥娘親劄記上頭的嗎？」

看著九娘笑著點頭，蘇昉歎道：「從眉州老宅裡移送來汴京的花椒樹你也能種好，阿妧你和我娘還真是有緣分。」

趙栩垂目揭開碗蓋，白的丸子似玉，桂花蜜如金，好一個金玉滿堂。他默默地一口吞下一個浮丸子，不想竟然一個囫圇，一路滾燙，直燙到了心口，不由得倒吸了一口涼氣，燙得他鼻子都發酸了，擰著一對秀眉，咬牙切齒起來。他看看身邊的陳太初，正老神在在地舀起一個浮丸子。

九娘忍著笑遞給趙栩一杯冷茶：「浮丸子雖然小，可燙著呢，你們記得要小心些一口一口地吃。哦，對了，你們都會吃的，只有那太貪心的人哪，才會燙壞了嘴燙壞了肚皮！」

趙栩接過冷茶，怎麼聽這話怎麼不舒服啊，還是咕嚕咕嚕幾口喝了下去。

九娘不經意地問蘇昉：「對了，阿昉哥哥，我也學著你娘那樣記了幾年劄記，覺得深有所獲，有什麼想不起來的事，就去翻一翻。你娘以前難道天天記劄記嗎？」

蘇昉舀了一個浮丸子，正咬了一小口，裡頭豬油拌的黑芝麻餡兒流了出來，他趕緊吸了一小口，才笑道：「差不多天天記。整整兩大箱子的箚記，我都搬來了田莊，今年曬書日婆婆才幫我曬過的。」

九娘看著阿昉唇角殘餘的一絲黑芝麻糊，眼睛發澀，阿昉小時候總吃得滿嘴黑乎乎的，被她用手指畫出鬍子來玩得不亦樂乎。

趙淺予格格笑了起來：「阿昉哥哥，你嘴上有黑芝麻糊！」眾人都笑了起來，六娘和蘇昕又互相看自己嘴角有沒有沾到。

蘇昉愣了愣，臉一紅，取出帕子擦了擦，看向九娘：「阿妧你倒提醒了我，我娘最後兩年常進宮陪太后和聖人，和宮裡的不少女史十分熟悉，我去找一找那兩年的箚記，看看有沒有什麼線索。對了，她當年還在宮裡為了一個極好看的小娘子打過魯王呢——」

蘇昉看向趙淺予，心裡默默地想起有天深夜裡娘一邊寫摺子，一邊念叨，阿昉，娘在宮裡給你撿了個媳婦，那眼睛啊，什麼春水秋水都比不上，太好看了，是我這輩子見過的最好看的小娘子，可惜沒問出她的名字來。

那個小娘子，會不會是阿予呢？那時候，阿予才一歲？怎麼會有人捨得欺負她呢！

蘇昉忽然心一慌，看著趙淺予一直眨巴著眼睛盯著自己，臉更紅了，趕緊轉開視線。

小娘子!?對面的趙栩也滿臉通紅，恨不得把臉都貼在浮丸子上，看到九娘若有所思的神情，趕緊趁人不注意瞪了九娘一眼，伸手在脖子上橫著一拉，做了個兇惡的表情。

九娘啊嗚一口咬下去，啊呀，真甜！王婆婆還是和她前世小時候一樣，愛放兩倍的糖。阿昉竟然還記得這事！趙栩小娘子，你再兇惡，模樣還是很好看啊，什麼一江春水一泓秋水都比不上！哈哈哈。

金烏漸西，書房裡杜氏揪著孟彥弼的耳朵在訓話。被魏氏推出來的九娘，坐在鞦韆架上，緊握繩索，用力往前一盪，雙腿併直用力往下彎曲，一下一下，鞦韆漸漸地高了起來。

葡萄架下的趙淺予看著九娘越來越高，羨慕地說：「原來真的可以自己盪鞦韆啊，不用人推呢。」

蘇昉笑著說：「這個不難，多試試就會了。」

「阿昉哥哥，你也會嗎？」

「嗯，會，你肯定也行的。」

趙淺予忽然羨慕地說：「阿昉哥哥，你和阿妧好親近，好般配啊，真像一家人似的！」

她轉過頭，看到哥哥趙栩眯起了桃花眼瞥著自己。啊呀，這是很危險的信號！親哥哥啊，妹妹我是在幫你好嗎？剛才書房裡面阿昉哥哥簡直迷死人了，好想抱住他跳幾下。今天阿昉哥哥最帥了，比太初哥哥還帥，阿妧看他的眼睛閃閃亮，萬一阿妧喜歡阿昉哥哥呢？你搶我再多桂花蜜藏著，讓我送再多禮物也沒用啊。啊呀不好！哥哥站起來了！

趙淺予立刻站起身抱住六娘：「六姊，蘇姊姊！你們陪我去玩鞦韆吧！」三個人笑著翩然往樹下走去。

蘇昉呆了一呆，想要解釋什麼，卻沒來得及說出口，無奈地看向趙栩和陳太初，笑了笑：「我們本來就是一家人──」

趙栩看著樹下的九娘，揚起了下巴：「既然結社了，我們八個就都是一家人！」

陳太初笑著，繼續剝著葡萄皮，平時擺弄長劍弓箭的修長的手指，輕輕撕開紫色的葡萄皮，轉了一圈，瑩潤如水晶的葡萄直接掉落在青瓷大碗裡。

趙栩忽然轉過頭，看向蘇昉和陳太初：「我們都是一家人，但，阿妧是我的。」他唇角含笑，語氣溫柔。

蘇昉一怔。陳太初驀地停下了手，抬起眼。趙栩的眼中澄清一片，含著笑，似乎什麼都明白。

陳太初不禁也彎起了嘴角，柔聲道：「六郎，阿妧是她自己的。」

蘇昉看著他們兩個，並沒有火花四濺也沒有尷尬場面，他不擔心趙栩和陳太初會兄弟反目，他們兩個都是真君子。陳太初說得對，阿妧是她自己的，只可惜生在孟家三房，恐怕她自己也做不了主。暗歎口氣，蘇昉對趙栩說：「阿妧是我的妹妹，像親妹妹一樣。」

趙栩想了想，點點頭：「太初你說得也對。阿妧的確是她自己的，那麼，我是她的好了。」他笑顏綻開，璀璨光華流轉，美貌不可方物。

陳太初看著趙栩的笑容，不知為什麼，心裡似乎也放下了一塊大石頭。他沒有看錯六郎，六郎也沒有看錯自己。他們就是比親兄弟還親的兄弟。

「她高興就好。」陳太初笑道。

趙栩揚起眉：「那是當然，她高興才好。」

兩個少年，有一次目光交會，含笑對視，坦蕩蕩如黃鐘大呂，清潺潺有赤子之心。

他們喜愛的少女，想要守護的少女，正和姊妹們在鞦韆上歡聲笑語。

蘇昉微微歎了一口氣，搖了搖頭，不急，他們至少還得再等個四五年吧。再看到鞦韆上拚命蹬腿的趙淺予的嬌憨模樣，還是有一點想告訴她，自己和阿妧，就是親如兄妹的一家人而已，不知道趙栩會不會告訴她這句話。

誰在鞦韆，笑裡低低語。一片芳心千萬緒，人間沒個安排處。

直到晚霞漫天，桃源社眾人才依依不捨離開田莊。趙栩在馬上細細把玩著六娘、九娘上車前送的長鹿皮手套，朱紅的線縫密實精緻，十分精緻好看。腕口鑲嵌了一圈黑色狐裘毛，手背虎口處用朱色絲線繡著一朵熊熊火焰，燃燒正旺，灼如烈日。

其疾如風，其徐如林，侵掠如火，不動如山。

原來在阿妧心裡頭，自己是火，太初是山，孟二是，蘇昉是林。阿妧竟然連《孫子兵法》都看，這傢伙！

但是很好，火很好。摧枯拉朽，不可遏止。他抬起頭來，前面的孟彥弼正策馬來回轉圈，高舉著自己的領巾：「果然是風的樣子！哈哈。」領巾在風中飄拂如戰旗。

他們從晚霞漫天處緩緩進城，竟油然有一種闊別已久重回塵世的感覺。

第一百零四章

到了中秋節這日，老天不作美，竟淅瀝瀝下起雨來。汴京城裡的文人雅士們一片哀嚎，這月還怎麼賞！各家正店腳店酒家門口掛出去的新酒招旗，在秋雨裡也濕答答黏糊糊地打不起精神。楊樓、白礬樓這些數一數二的大酒店，幸虧前幾日就重新搭建了彩樓，花頭、畫竿和醉仙錦旗密密地排著。也有那些雨天不減興致的風雅人，撐著油紙傘，挨家挨店地試飲新酒。

等著中秋夜賞月、放水燈會情郎的娘子們在閨中也發起了愁，這撐著傘穿著木屐在汴河邊上放水燈，怎麼能金翠耀目，羅琦飄香？又怎麼能飄逸如嫦娥，宛轉如洛神？

翰林巷孟府翠微堂裡，呂氏也在愁，按風俗，家裡十二三歲的小娘子們都該在中秋這日換上成人服飾去汴河放水燈，以後就不再做女童男童打扮了。前年、去年的中秋都是那麼好的月亮，六娘卻要等九娘今年一起換衣。她看看面前已經換了娘子服飾的兩個女孩兒，又歎了口氣。

梁老夫人一貫地笑眯眯：「下雨也沒什麼，汴河下雨也好看。東水門離家近得很，你們去了，替婆婆也放上兩盞水燈。」

貞娘笑著遞給六娘兩盞琉璃菡萏燈。六娘福了一福接了，又對呂氏笑道：「娘，您放心，我們不去夜市了，就在東水門那邊玩一會就回來。不然您給我精心準備的衣裳都沒人看得見！」

呂氏細細看看女兒頭戴太后娘娘前幾日賜下的金絲花冠，藕色雙蝶穿花綾繡褙子，十二幅珠裙褶褶輕垂地，細腰嫋嫋，披帛和雙鸞帶隨裙垂落，面如皓月般高潔，眼若晨星般明亮，端莊高貴，不失嬌媚，心裡一酸，笑著點了頭：「好，你們好生跟著大伯娘，別走散了。若是有那登徒子來搭訕，讓你們二哥都打了去！」這一到年節，汴京城的狂蜂浪蝶全出動了，七夕中秋元宵，總有不少好人家的小娘子被騙了私奔而去。做娘的可不能掉以輕心！

杜氏笑著說：「弟妹且放心，我看著呢。」

九娘笑著挽起六娘的手臂：「二伯娘放心，二哥可是拳打南山斑斕虎、腳踢北海混江龍的人。」

老夫人在羅漢榻上笑著說：「你們幾個再不去啊，那二郎保管記得又要爬上樹做猴兒了，快去吧。」

看著姊妹兩個提著裙子出了門，呂氏問老夫人：「七娘也一直等著今天換娘子衣裳，娘？」

老夫人歎氣：「錢婆婆說了，不行。那兩個心思還沒扳過來，不能就這麼解了禁足。」

呂氏小心翼翼地問：「錢婆婆可替阿嬋算過了？」

老夫人垂下眼皮：「算了，說阿嬋是極貴重的命格。」

呂氏鬆了口氣，既然進宮躲不過去，總希望女兒能走到那高處。

老夫人默然不語，細細摩挲著手上的數珠。錢婆婆還有一句話：「斯人賢淑，惜福薄耳！異日國有事變，必此人當之。」

還有阿妧，錢婆婆算完卻只有一個字：「無」，再不肯多言。

夜幕中的汴水在秋雨中靜靜流淌，東水門沿岸燈火通明，那些撐著各色油紙傘的娘子們笑著將水燈推入河中，不斷地湊到一起說起悄悄話。隋堤上的密密垂柳下，一群群錦衣少年有朝著她們招手的，大笑的，也有和意中人含情脈脈相望的，天上無月可望，人間纏綿可賞。

雖然無月，汴河上的畫舫船隻依然不少，有身穿榴紅舞裙的歌姬樂舞，不顧細雨綿綿，在那高高的船頭伴著絲竹聲縱情歌舞。小船的船沿邊，偶爾也會探出一雙皓臂將那水燈輕輕放入汴河之中，順流而去。

「緩留絲竹醉韶華，可留春色在我家？」阮玉郎斜倚在畫舫的欄杆邊上，細雨浸濕了他的鬢角和眼睫，遠看似畫，近觀似仙。他橫過一管笛子，置於淡粉近白的唇邊，緩緩吹了起來。

這笛聲卻不是江南靡靡之音，也無婉轉纏綿風流，竟有千軍萬馬的氣勢，開闊高亢，忽地又停在一個長音上，不似在這汴河上，倒似在那無邊草原或沙漠之中。

船艙內忽地一陣琵琶聲跟著他的笛音攀援而上，急切如雨打芭蕉，激烈如金戈鐵馬。

不多時，汴河上再無其他絲竹之音，那輕歌曼舞的紅衣舞伎，逕自跟著這琵琶聲笛聲，大開大合，慢似雪落中原，急似旋風掃葉，旋轉極快時，岸上人只見一朵鮮紅盛放。

東水門這一片的遊人，早已靜了下來，神魂俱奪。

九娘幾個剛剛會合了趙淺予、蘇昕她們，正待將琉璃水燈推入河中，卻不禁被這雨中曲、舫上舞深深吸引住了。

趙淺予不擅樂曲，忍不住轉頭看向九娘。九娘壓低聲音，唯恐擾了樂聲：「那琵琶奏的是〈楚漢〉。笛子不似我們中原的笛子，有些怪。」

隨著琵琶聲越發激昂，笛聲越發高亢，岸邊傳來兩聲清嘯和劍吟，兩個青衣少年郎躍上一塊大石，拔劍起舞，瞬間戈劍星芒耀，魚龍雹策驅。

東水門的一眾人等紛紛看著劍舞，聽著樂聲，如癡如醉，連叫好聲都無，生怕驚擾了這難得的奇遇。

琵琶聲和笛聲交會，如兩軍決戰時聲動天地，岸邊眾人似乎聽到金聲、鼓聲、劍聲、弩聲、人馬辟易聲。大石上的劍影如雷電疾馳，裹住那兩道身影，大有一劍霜寒十四州之氣勢。忽地笛聲驟低，不絕如縷，琵琶俄而無聲。兩劍也遂蜿蜒，抽劍步霜月，拂劍照嚴霜，依稀可見兩個少年春花秋月，勝過汴水光華。

聞者剛剛要吁出一口氣，笛聲又漸起，琵琶聲渾厚如隔窗悶雷，有怨，似楚歌；有淒壯，似項王在悲歌慷慨；有婉轉，似依依不捨別姬聲。石上劍隨樂動，雙劍分離，頗有孤劍託知音之意。少時琵琶再急切起來，如陷大澤，有追騎聲直到烏江。那笛聲一高再高，直上雲霄，嘎然似有項王自刎聲。琵琶聲如雷動，餘騎蹂踐爭他頭顱聲。最終幽咽泉流冰下難，凝絕不通聲暫歇。眾人回過神來，石上少年卻已背向而立，各自以指彈劍，劍聲長吟如歎息。

趙栩和陳太初望向汴水之中，那小船已漸行，艙內響起幾聲琵琶音叮咚如泉水，船頭站起一白衣人，在雨中對著他們揚聲笑道：「劍好！少年郎也好！」

趙栩清嘯一聲，大笑道：「曲好，你也不錯！」

陳太初抱劍歎息一聲，和趙栩相視一眼，躍下大石。

九娘回過神來，看身邊眾人，都面有悲憤，隱有淚痕，不由得暗自歎息了一聲。她提著自己的羊皮小紅燈，走到最近水的地方，看到畫舫上那紅舞裙匍匐在船頭，不復飄搖之姿，再想去看那傳來天上曲的小船，綿延不絕的水燈中，只餘隱約的水紋。

身後忽然傳來趙栩的聲音：「阿嬋她自己想進宮嗎？」

九娘一怔，轉頭見趙栩和陳太初並肩而立，正看著汴河。她望向眼前汴河，河中點點光芒，如星辰倒掛。九娘蹲下身子將小紅燈放入水中，輕輕撥了撥水，黯然道：「這哪是想不想的事呢？」

陳太初柔聲道：「事在人為。若是不想，咱們就一起想法子。」

趙栩蹲下身幫著九娘撥水：「對，別忘記我們八個人可是做大事的！」

九娘被他的口氣逗得噗嗤笑出聲來：「好，你們可有什麼法子讓太后娘娘改變主意？」

趙栩看著那羊皮小燈飄走，吸了口氣：「西夏兵分兩路，往渭州去了。若是戰事一起，爹爹明年肯定不會選秀的。」

九娘一愣：「要打仗了嗎？」選秀是一回事，太子妃又是一回事，他們想得太簡單了。

陳太初點點頭：「夏乾帝狼子野心，這次十萬大軍前來進犯，必然不肯空手而歸。」

九娘長歎了口氣：「百姓何罪！」忽然明白方才為何他們按捺不住要隨著琵琶和笛聲舞劍了。他們倆是不是也想奔赴沙場保家衛國？

六娘帶著趙淺予她們也紛紛提著水燈走到他們身邊，七嘴八舌中，將水燈放入河中。

蘇昉走到趙淺予身後，輕聲叮囑：「你們都小心些，別離水太近了。」想到金明池的落水一事，他還心有餘悸呢。

趙淺予轉過頭，笑開了花：「嗯！阿昉哥哥，我放了兩盞水燈，一盞替我娘放的，一盞替你娘放的，當是謝謝你幫我做的孔明燈！」

蘇昉靜靜地看著她，不言不語。趙淺予看著他眸子中倒映著汴河裡的萬千燈火，呆了一呆，脫口而出：「阿昉哥哥真是好看啊。」語氣頗有垂涎欲滴之意。

蘇昉剛被她感動得厲害，一剎那又被她弄得哭笑不得。

杜氏在堤上大聲催促：「雨越來越大了，我們回家去了。」轉頭又劈手給了孟彥弼一巴掌：「好好的大禮，互送個衣裳而已！我讓你關住嘴巴，你去誇丈母娘好看作甚！白白落了個油嘴滑舌的名頭。」

孟彥弼不躲不閃：「娘，您回家拿馬鞭抽我吧！我錯了！我該打！」本來丈母娘答應范娘子今日隨妹妹們一起來放水燈的，結果他沒忍住多討好了幾句，丈母娘就沉下臉了。

眾人三三兩兩地走回堤岸上頭。雨果然越發細密了。

趙栩在九娘身後，看著她今夜只梳了雙螺髻，帶著一個珍珠髮冠，好不容易忍住了問她為何不穿新裙子，只輕輕地說了句：「我知道娘娘不會想要你六姊只做個女史，你放心就是。」

九娘腳下一停，竟然不知道答他什麼，側身微微福了一福，點了點頭，提起裙子，往岸上走去。

陳太初拍了拍趙栩：「看來你說得不錯。太后娘娘恐怕是那個打算。」

兩個少年郎低聲說著話，緩步上了堤岸。

汴水秋雨相交映，小船悠悠蕩蕩，伴著星河緩行。

「此曲只應天上有，好曲！好笛！好琵琶。」船內一人喟歎。他背著光，帶著竹笠，蓑衣未解。

鶯素放下琵琶，對他拜了一拜：「多謝郎君謬讚。」

阮玉郎隨手將笛子拋入河中，懶懶道：「好些年沒吹了，今夜倒也盡興。想不到這汴京城裡還有兩個少年倒是知音人。對了，陳青可是回京了？」

「在路上了，官家連發了六道金字牌急召他回京。」那人抬起手腕，喝了一碗酒：「汴京的新酒，還是蔡相家的酒好。好酒！」

鶯素奉上兩個小罈子：「我家郎君給您準備了兩罈子帶回去慢慢喝。」

「多謝。」

「多謝你才是，」阮玉郎仰頭就著酒罈喝了一大口，「西夏既然已兩路夾擊渭州，不如讓夏乾帝寫封信向大趙求和，就說想少進貢些夏馬和駱駝，只要官家把《大藏經》賜給他，即刻退兵。以趙璟的性子，肯定求之不得，只要大趙不出援兵，渭州唾手可得。」

「為何今年六月西夏獻了五百匹？加上三月獻了五百匹，今年已經獻了超過一千兩百匹馬了，難道是為了起兵？」那人低聲問道。

「哈哈哈。」阮玉郎大笑起來：「那都是我的馬啊，以幫助大趙修皇陵為名敬獻的，都在鞏義好好養著呢，真得好好謝謝趙璟啊。」

那人一怔：「明修棧道，暗渡陳倉。高！」

阮玉郎笑問：「女真幾時出兵寧江州？」

「下個月動手。天再冷一點才好，完顏家已經在淶流河集結了兩千五百人，才好打蕭達野一個措手不及。」那人朝阮玉郎遙遙舉起酒盞。

「是該動手了，我已經等了整整三十五年，不能再等下去了。」阮玉郎歎道：「你也等了二十年了吧？」

那人沉默了許久，仰頭飲盡：「二十四年。」

「仇人如果都善終了，我可不甘心啊。不等了！」阮玉郎笑了笑：「你我攜手，必然翻天覆地。有仇報仇有怨報怨，一個也逃不了。」

「那幾個孩子正盯著你，你還是要小心一些。」

「我放在百家巷蘇家的還有孟家外院裡的幾個人，連同程之才身邊的人，都準備交給他們玩，讓他們開心開心。程家用處也不大了，隨便他們盯著就是。不過小孩子要是這樣還不知足的話，就要給他們吃點苦頭了。」阮玉郎閒閒地說。

「不要動那兩個孩子。」那人的竹笠抬了起來，一雙眼精光閃閃，利芒四射。

阮玉郎一怔，哈哈大笑起來：「郎君還真是多情又長情啊。那我更要多謝你當年的不殺之恩了。」

那人站起身，幾乎頂到了船艙上頭：「你我各取所需而已，日後你若心太大，我認得你，手中的傢伙可認不得你。靠岸吧。」

小船輕輕靠近了岸邊，鶯素將木板搭上了岸。那人一步跨了上去：「你不要小看那些孩子。孟家的小九說得不錯，你這人過於自大自傲，又愛操弄人心，難免漏洞百出。別玩過火了壞了大事！」

「這排行第九的女子是不是都聰慧過人，過目不忘？」阮玉郎淡笑道。

那人身形一僵，轉瞬沒入岸邊的楊柳暗影之中。

鶯素笑著收回木板，剛一抬起，那木板卻從中斷裂開來。阮玉郎走近了看，那裂口處齊如刀砍，不由得呵呵笑了兩聲，搖搖頭回到船舷邊，濕著衣衫躺了下去。

天若有情天亦老，這男男女女之事，最是可惡。

第一百零五章

黃昏時分，自南往北，離大趙南京應天府最近的驛站不遠處，有一個茶寮，賣的茶水茶飯烝餅，比驛站裡的要便宜一些，不少往來的客商都愛在這裡歇個腳再往應天府去。

陳太初午後奉召入宮，接了官家旨意，持金字牌來應天府外等候父親。一路奔襲兩百里，才喝了杯茶湯，看這茶寮裡坐滿了八成客人，還以為有什麼口味獨到的吃食，現在靜靜坐在長條凳上，看著面前的一碗茶飯。那娘子喜愛他，生生挖了一勺豬油拌在裡面，此時漂浮著一層油花，已可照見桌邊少年初如青纈。

茶寮娘子看這個美少年微微皺起了眉頭並不動箸，趕緊走過來笑問：「小郎君，不合口味嗎？」

陳太初方一抬頭，遠遠看見官道前面塵土飛揚，幾十騎正飛奔而來。他從荷包裡取出二十文錢放在桌上，解開馬韁，難以抑制心中激動，縱身上馬迎了上去。茶寮娘子看著那碗倒映著自己臉龐的豬油茶飯，搖搖頭：「可惜了那勺好豬油！」

陳太初在驛站停了馬，靜候陳青。驛站的官員小吏們見他出示了金字牌，趕殷勤地牽了他的馬進去喝水餵草。那驛站的小官見他面容清冷，也不敢多搭訕，陪著他站於道旁。

片刻後，風塵僕僕一臉鬍子渣的陳青勒停了馬，高聲喊道：「太初!?」

陳太初笑著上前倒頭就拜：「爹爹安康！兒子見過爹爹！」

陳青躍下馬，將陳太初拉了起來，拍了拍他的肩膀：「可是官家命你來的？」

陳太初點了點頭，趕緊取出懷中的金字牌。陳青和身後眾人、驛站的官員和一應軍卒，趕緊都跪了下來：「吾皇萬歲萬歲萬萬歲！」

「傳吾口諭，太尉陳青，速至福寧殿見駕，沿途驛站不得怠慢！」陳太初傳完口諭，趕緊請爹爹進驛站稍作歇息。

驛站立刻忙活了起來，雖然還沒到飯點，廚下立刻開始生火做飯。幾十匹戰馬被軍卒們帶去後面刷馬餵草，清理馬蹄。

「兒子出宮的時候，二府各位相公、幾位宗室親王，還有各部重臣，都已經聚在福寧殿商議青州一事了。」陳太初低聲道。

陳青皺起眉：「青州怎麼了？」

「原本青州的反賊已經被招安了，不知為何，前幾日又拘押了張子厚，拒絕了朝廷招安。張子厚寫了信回來。」

陳青咕嚕咕嚕連喝了三碗茶，抹了抹嘴：「張子厚也會這麼倒楣？西夏如何？」

「我出來的時候，六郎特地等在宮門口，說夏乾帝上了書，請官家賜《大藏經》，減少他們進貢夏馬的數量，還要每年多賜給他五萬兩白銀，十萬絹帛，就願意撤兵。」陳太初皺起眉頭。

陳青冷笑了兩聲：「放屁！他想得美！」

陳太初低聲說：「爹爹，我們幾個發現蔡佑門下的阮玉郎——」

陳青擺了擺手：「這事我已經知道了，蘇瞻前些時特地派人送了秘信給我，還要問我借人。」

「借人？」

「他手下的人大概不夠用吧。」陳青幾口吃了一碗茶飯，讓陳太初也快點吃。

幾十人用完茶水粗飯，馬兒也都已經準備妥當送到了門外。陳青、陳太初輕聲說著話走出驛站大門，迎面來了十幾個商旅之人，其中不乏女人孩子。陳青一揮手，眾人同往邊上避讓，讓百姓先進。

那抱著孩子的女子走得很慢，藍布頭巾粗布衫，一手拍著還在大哭的嬰孩的背，一邊輕聲哄著。倏地劍光閃過，那女子的頭巾已被陳青斬落，一頭青絲披散下來。陳青已劈手搶過她懷中的嬰孩，遞給了陳太初：「接住！」

陳太初接過嬰孩，往右前方空地上飛奔出去，到了驛站軍卒之間，再回過頭看。

陳青一眾已經在驛站門口那方寸之地和十幾個刺客戰得難分難捨，不時就有尖叫聲，還有鮮血四濺在驛站門上牆上。

刺客雖然很彪悍，卻不敵陳青和貼身親軍，不多時就開始想退。

陳青冷聲道：「殺無赦——！」

「是——！殺——無——赦——！」

四十多名親軍倒先退後了七八步，紛紛飛身躍上驛站外牆上頭。所剩下的七八個刺客見勢不妙，往後速退。

陳青追出門外，抬手：「放——！」

牆上的親兵們齊刷刷一拉，剛才吃飯喝茶也不鬆開的斜背著的長包上的藍色布已經飄落在地。他們即刻反手抽出一物托在左手臂上。

陳太初眼睛一亮，喊道：「驛站人員全部退後！」袖弩！也是袖弩！以其人之道還治其人之身！

弩箭刺空聲不斷，慘呼聲不斷，刺客幾瞬已全部倒地。驛站軍卒裡膽小的，已經扶著馬屁股吐了起來，這血腥彌漫的修羅場，那殺無赦的冷凝喝聲，喊得人膽寒心悸。

陳青緩緩走至剛才還抱著嬰孩的女刺客身邊：「西夏梁氏連我大趙的小小嬰兒也要利用，你等死有餘辜！」

身中多弩箭的女刺客笑著抬起頭：「太尉——奴是梁氏芃芃！」突然她身前飛起一片寒光。

陳太初大喝：「爹爹小心！」他看著爹爹明明絕對可以躲閃開的，可陳青卻忽然慢了一刹，左手臂前擋，血光一現。

「爹爹！」陳太初大驚。

陳青已手起劍落，一顆青絲散亂的頭顱滾了幾滾，停在邊上一個驛站軍士的腳旁。那軍士臉色慘白，強忍住胃裡翻騰，不去看那頭顱。

陳太初將嬰孩放入驛站驛使懷中：「報至應天府去，好生尋找這孩子的爹娘。」

他疾步衝上前：「爹爹——!?」

陳青卻按住傷口，止住陳太初，輕聲對他說：「沒事，一點皮外傷，我故意的。」

陳太初一怔。

陳青拍拍他的肩膀：「官家性子柔和，不見血光，不會想戰。」陳太初默默看著父親，陳青笑著點點頭。

「來人——」陳青轉身吩咐：「收回弩箭！將刺客的兵器全部帶回東京，交應天府查驗屍體和來歷！回京——！」

這夜亥正已過，趙栩趕到福寧殿時，見蘇瞻、蔡佑、趙昪等二府各部重臣和幾位宗室親王也都在，個個臉色凝重，正在商議著什麼。只有老定王似老僧入定，閉目養神。

官家恢復了一個月有餘，雖然已能坐朝，精力還是不夠，面有倦色。太后因為一直沒撤簾，端著一盞燕窩坐在官家左下首仔細聽他們說話。

趙栩剛落座，趙棣也來了。

官家問蘇瞻：「你們商討了半天。既然房十三餘黨所剩無幾，就讓江南東路和兩浙的將領去剿滅。倒是張子厚被反賊拘押起來這事情，和重你看，該派誰去剿匪救他？」

趙栩垂下眼簾。

蘇瞻起身拱手道：「臣請陛下三思。如今西夏正要圍攻渭州，房十三還未盡滅，若是青州再起戰火，恐怕難以兼顧。不如另選一人前去招安。子厚來信也說了，這些盜匪原來也都是良民，只是怕招安後再遭刑罰，才再三猶豫搖擺不定的。」

蔡佑站了起來：「不妥！張子厚連吐蕃、羌族都能說服，可見他的口才和謀略決斷，已經是眾官員裡的佼佼者。青州的悍匪，出爾反爾，連天使都敢拘押！若沒有王兵雷霆之勢，只會白白再折進去一人，而且還會冷了朝臣們的心啊。陛下！既然太尉已經歸來，不如請太尉率兵前往青州滅匪！西夏一事，今日樞密院不是收到加急文書？夏乾帝說只求賜下《大藏經》，減少進貢馬匹，就會退兵。臣以為應當與西夏和談，青州當出兵！」

殿上眾臣立刻你一言我一語地爭辯了起來。

不多時，官家更覺得疲憊，他擺擺手：「好了，都先歇一歇。五郎、六郎，你們如今也都任了官職，說說你們心裡怎麼想的。」

趙棣站了起來：「臣以為，蔡相所言甚是。我大趙這十幾年沒有戰亂兵禍，百姓安居樂業，天下太平。西夏蠻夷，如果能賜經減馬就能換來西北太平，何樂而不為之？青州乃古九州之一，地處渤海和泰山之間，是京東東路的要塞，如今被盜賊所占，當重兵出擊，救回張子厚才是。」

官家點了點頭，看向趙栩。

趙栩上前三步，環視殿上眾人一番，朝御座上的官家拜倒：「臣願親往青州招安，救回張子厚，請陛下應允！」

老定王刷地抬起褶子重重的眼皮，混濁的眼神回復了幾分清明。高太后的燕窩盞也定在了手間。蘇瞻也一怔。

官家頗為意外：「六郎起來說話，你？你要去招安？可有把握？」

趙栩謝了恩，站了起來：「陛下，前幾日鏵子山的反賊接受了招安，結果到了濟南府，士卒被整編進了廂軍，原先允諾四個匪首的都監官職不僅沒有兌現，還直接被下了濟南府大獄。臣雖不懂主事之人為何食言，但青州的盜匪，肯定是因此唇亡齒寒，才會出爾反爾，扣押了張子厚。若是臣，臣也不敢接受這樣的招安之計策，又丟手下還丟性命啊。」

官家微微皺起眉看向蔡佑。蔡佑上前拱手道：「濟南府一事，全因那四個匪首嫌棄都監只有正八品，竟然肖想換成那從五品的團練使，這才先將那四人軟禁起來，待押送來京處置的。」

趙栩笑道：「團練使雖然是從五品，卻是虛銜、寄祿官，無職掌又不帶兵，還不在本州駐紮。倘若沒有都監、副都總管這樣的武職階官，只封一個團練使又有什麼用？那些個盜匪，只看品級卻不懂利害關係。為何主事之人不能好好說清楚呢？」他揚聲道：「陛下！若能先免除濟南府那四人的牢獄之災，賜下團練使的職銜。臣再以皇子之名前去青州招安，天下皆知朝廷誠意，何愁青州盜匪不識時務？」

第一百零六章

官家思忖了片刻：「眾愛卿意下如何？幾位相公怎麼看？」

蘇瞻立刻出列道：「燕王殿下所言有理，臣願舉薦殿下前往青州招安！」

高太后皺起眉頭正要發話。老定王咳了兩聲道：「老臣也願舉薦燕王往青州招安。」

殿上一靜。

官家點點頭：「那就這麼定了。和重你先和樞密院擬文，將濟南府的那四個人放出來。」

蘇瞻和樞密院支差房的副承旨站起身應了。

官家又問：「六郎，你怎麼看西夏一事？」

趙栩拱手道：「臣不敢妄言戰還是和談，只是夏乾帝這人弒母殺妻，生性殘暴，他現在求賜《大藏經》，是要向他生母懺悔？還是要超度元配？抑或他打算放下屠刀立地成佛？既然他想要成佛，那十萬大軍又是做什麼的？」

不等蔡佑開口，趙栩笑著走到趙棣身邊：「爹爹，臣前些時看著五哥缺錢，硬送給他一千兩銀子，畢竟做弟弟的還是要幫哥哥一把。現在臣不高興了，五哥您怎麼能問弟弟要了一千兩銀子呢？為了以後能少給點錢，臣還是先打五哥一頓吧！」

趙棣剛要說自己沒收過他一千兩銀子，見趙栩一拳飛了過來，立刻躲開了三步遠。

趙栩卻只是虛晃了下拳頭，朝官家說：「爹爹，請問這和西夏先主動進貢一千多匹馬，再出兵求減少進馬有什麼不同呢？」

殿上還無人應答，卻聽到定王哈哈大笑了起來。他緩緩從袖中掏出一方帕子，擦了擦老淚：「六郎原來不只會打人，還怪會說笑話的。好笑，好笑，真是好笑啊。」

蘇瞻上前道：「燕王殿下所言極是，往年西夏進馬，極少超過百匹，今年以援助我大趙修建皇陵為名進貢了近千匹夏馬，反常即為妖。再者，先帝在位時，西夏也幾次請賜經書，我大趙一直有求必應。何須圍城威脅？臣以為他的上書只是拖延之策，不可輕信。」

官家正要說話，外間的小黃門大聲唱道：「樞密院副使——太尉陳青到！」

官家精神一振：「快宣！」

殿上眾人都往外看去。

一身戎裝的陳青大步跨入殿內，倒頭就拜。

官家親自離座扶了陳青起來：「漢臣辛勞了，一路可好？」

陳青滿臉鬍子渣，雙眼卻依舊明亮犀利，含笑拱手道：「謝官家垂詢，臣返京路上兩次遇刺，兩個時辰前在應天府外第三次遇刺。」

滿殿的人都是一驚，官家更是失色：「漢臣可有受傷？」趙栩趕緊上前幾步細細端詳陳青有無受傷。

陳青朝趙栩微笑著點了點頭，拱手回稟道：「臣只是受了些許皮肉傷，已經包紮過了。那些刺客所用的都是夏劍，也的確來自西夏，都已當場全部殲滅。官家放心。」

官家這才覺得手上濕漉漉的，一看，剛剛扶起陳青的右手掌上沾了不少血。再看陳青的左手臂，甲冑之下正滲出血來，不由得勃然大怒：「李量元小兒竟敢狡猾如斯！」他疾步回到御座上，將西夏的上書一把掃落在地：「漢臣！西夏十萬人馬分兩路要進犯渭州，你怎麼看？」

陳青傲然喝道：「他要戰，那就戰！臣願出戰！」

高太后皺起眉頭：「試都不試試和談嗎？一將功成萬骨枯，如今征戰兩浙，耗費巨靡——」

官家臉色潮紅，大喝一聲：「好！戰就戰！太祖有言：臥榻之側，豈容他人鼾睡！我身為趙氏子孫，豈能退縮！」

高太后一噎，看向蘇瞻。蘇瞻微笑不語。

定王站了起來：「陛下英明！用肉餵豺狼，只能讓畜生更貪心。養兵千日用兵一時，我大趙西軍北軍也不是花架子。這十幾年沒打過仗，要打就打到底，乾脆打去興慶，端了李量元的老窩。」

殿上再無異議，高太后看官家和二府諸位相公開始調兵遣將，便起身先離去了。

三更梆子敲過去許久了，太尉府後院裡還亮著燈火。

魏氏在羅漢榻上縫著兒子們的冬衣，豎著耳朵聽外面的動靜。兩個從秦州剛到東京的小娘子，身著太尉府的侍女服，坐在旁邊做冬靴，笑著說：「我們秦州是塞外江南，也得到十一二月裡才會下雪，娘子這麼早就把大郎的冬衣冬靴寄了去，大郎收到肯定高興極了。」

魏氏才回了神，笑道：「其實我娘現在還硬要給大郎做棉衣呢。我不做的話我心裡也會難受。畢竟這麼多年都沒照顧到他——唉。」

兩個侍女笑了：「娘子放心！我們七月裡離開秦州的時候，大郎特地讓我們多陪陪您，讓您別多想呢。他好著呢！就是休沐日不怎麼敢出門，那些個小娘子成群結隊騎著馬在門口等著堵他！要和他比騎馬，還有要比射箭的，連要比喝酒的都有。聽說這三樣只要能有一樣贏了大郎，就能嫁給大郎呢。」

魏氏笑得合不攏嘴：「你們就會說這些哄我開心！」笑完又不免歎口氣，長子的親事也還沒個著落呢。

寂靜的院子裡傳來腳步聲，魏氏手一抖，針戳了手指，她趕緊含在嘴裡吮了一口，放下針線站起身來。

門簾一掀，陳青大步跨了進來：「我回來了。你怎麼這麼晚還在做針線？太傷眼睛了。」語氣輕鬆自在，彷彿他不是出征了一個月，只不過是去了樞密院一天而已。

魏氏趕緊讓兩個侍女去吩咐廚下備點吃的，淨房備好水。兩個侍女行了禮，笑著退出去了。

「太初呢？」魏氏問他。

「我讓他先回房歇息了，他說明日是你們桃源社的社日？」陳青已自己解開胸前的勒帛，搭在衣架上頭，轉身笑道：「阿魏來幫我解腰帶。」

魏氏走過去：「是，你都知道了？明日給他多睡會兒，我帶孩子們伺候馬兒就行。」她站在丈夫身前，彎腰低頭替他解開腰帶，再把抱肚、護腰、腹甲一層層卸了下來，雙手都快要拿不住了，卻不先放好，又去解腿甲。

陳青輕笑了一聲：「嗯，我陪你。」他垂眸看著妻子鴉青的烏髮有好幾縷掛在自己胸甲上，便出手替她理了出來，帶著薄繭的手指順勢伸到她頸後，摩挲了幾下，眼看著那一片雪白的肌膚在指下起了一粒粒的雞皮疙瘩，忍不住勾起嘴角。

魏氏一顫，滿手的鎧甲配件呼喇喇散了一地。自從回汴京後陳青就沒怎麼出征過，這次她實在是日夜憂心。

被魏氏一抱，正好壓在傷口上，陳青胳膊一抖。

魏氏趕緊鬆開他：「你受傷了？」

陳青讓她解開臂褠：「沒事，皮外傷，剛才在宮裡已經又包紮過了。」

夫妻二人四目對視。陳青又沉聲說了一句：「我沒事。」話音低沉，似有迴響。

近五更天的時分，內室裡徹夜的絮語才漸停，紙帳內的氣息纏繞，忽地曖昧起來，漸漸又響起低低的喘息聲。

女人輕呼了一聲：「哎！你的傷！」

「我沒事……」

「頭髮纏住了……」

「不管了。」男人忽地「嘶」了一聲：「嬌嬌，快把頭髮解開來──」

「嗯，啊！你別動啊……」

「那不行──」男人忍著笑。

後廚的雞舍裡，慢慢踱出一隻趾高氣昂的雄雞，抖了抖尾羽，上了一塊石頭，看了兩眼還黑黑的院子，扯起嗓子高唱了起來。

各大城門的守衛開始準備開城門，僧人們開始敲起鐵牌或木魚，蠟燭、火炬代替了星光，照亮了汴京的大街小巷，不少鋪子攤檔都開始賣粥飯點心，灌肺炒肝的香味慢慢彌漫開來，煎茶湯和煎藥的攤鋪也生起了火。

新的一天又開始了，正是桃源社第二次社日。眾人來到太尉府的馬廄，卻沒看到陳太初。魏氏笑著告訴他們：「太初昨日去應天府接他爹爹回京，今早才從宮裡回來。我讓他再睡一會兒。咱們先一起伺候這些馬兒可好？」

除了趙栩，眾人大喜，紛紛喊著：「太好了！」似乎上一次社日所有人的許願都得到了應驗，九娘心底一直擔憂著孟建的軍糧之事，聽到陳青安然歸來，這才真正鬆了一口氣。孟彥弼更是將馬鞭甩得劈里啪啦響，被杜氏的眼神鎮住了才沒來幾個後空翻。

九娘上前笑著問魏氏：「表叔可安好？」

魏氏點點頭：「他受了點輕傷，不礙事。來，咱們今天不只要給馬刷毛，還要給馬洗個澡。」

馬廄裡歡聲笑語。趙栩幫著趙淺予和九娘兩個給馬洗澡，一再警告她們：「天涼下來了，可不許再像上次那樣胡鬧！」

趙淺予放下正要圖謀不軌的小手，嘟起嘴：「哥哥你最沒勁了。」蘇昉笑著替趙栩說話：「六郎說得對，要是萬一著涼了，說不定下次社日沒得出來玩。」

趙淺予點點頭：「好吧，阿昉哥哥說得對，這樣可不划算。」趙栩瞪了她兩眼，她只裝作沒看見。

陳青披了件涼衫，從後院走進垂花門，乾脆斜斜靠在廊下，笑著看這群小兒女忙得熱火朝天。

孟彥弼見到陳青立刻跑了過來喊道：「表叔！我要去打西夏！你把我從招箭班弄出來吧。讓我和元初哥分到一起行不行？我也想去秦鳳軍！」這幾天皇榜都在說西夏進犯一事，汴京城人心惶惶。孟彥弼卻熱血沸騰，男子漢大丈夫，建功立業正當時。

陳青失笑：「我聽說你的婚事定在年底？你不想成親了？」

孟彥弼一愣，腦袋已被杜氏濕漉漉的手拍了一巴掌。杜氏從來沒覺得兒子這麼缺心眼，明明看起來挺聰明的一個人，真不愧是孟在親生的！

魏氏抬起頭，和丈夫相視而笑。

陳青揚聲問趙栩：「六郎，你不是要去青州招安？何時出發？」

九娘幾個都一愣，面面相覷。她們只知道趙栩要去契丹迎接崇王，怎麼又變成去青州了？

趙栩手下不停，舀起一瓢水澆在「塵光」身上：「明日一早就走，今日趁機再逍遙半天，午後還要回宗正寺一趟。」

陳青笑著點點頭：「記得多帶些人手，還有，今日你有空去給我買上幾隻鷹，要連著鷹奴一起買。西北行軍能用上。」這汴京城裡買什麼好東西，只有趙栩最清楚。

趙栩爽利地應了，轉頭看到九娘眸中的訝異，笑道：「阿妧想養鷹嗎？我給你也買一隻？」這主意太好了，自己北上契丹，應該能靠鷹和她互通消息吧。不然靠急腳遞，又慢又容易洩露行蹤。

九娘低聲問：「青州出事了嗎？前幾天皇榜上不是還說張子厚招安了反賊？」

趙栩將事情簡單說了說，略遺憾地說：「我今日就不能和你們吃午飯了，還得早點回去領旨領衣裳。我這次又做了個宣諭使，爹爹還賜給我一柄尚方寶劍。」

九娘想了想：「太初哥哥和你一起去嗎？」不知為什麼，似乎他們兩個在一起，什麼困難都難不倒。

趙栩搖頭：「太初恐怕會調入殿前司。」

「殿前司？那我大伯是要外調嗎？」九娘一驚，看向前方的杜氏。

身後陳太初沉靜的聲音響了起來：「你大伯要去北軍，任永興軍承宣使，戰西夏。」

永興軍承宣使，正四品。若能平安歸來，就是要往樞密院副使的位置走了。

九娘看向陳太初。陳太初點了點頭：「是蘇相舉薦的，若是你大伯回來，應該會進樞密院。我爹爹就打算辭官了。」

九娘一怔。蘇瞻！這是徹底站到高太后和吳王那邊去了嗎？非要解除陳青的軍權才放心吧！畢竟孟在是六娘的親大伯，又是陳青嫡親的表弟，他去樞密院，既能讓陳青讓賢，又能讓高太后放心。

陳太初似乎知道她想些什麼，笑著搖搖頭：「爹爹和蘇相應該商量過。」

他們三個看向陳青，陳青卻正在低頭陪魏氏清理馬蹄。

趙栩忽地低聲道：「舅舅是為了我嗎？」他想上前去問一問，腿上卻好像有千斤重。

陳太初拍了拍趙栩的肩膀：「不，爹爹是為了我們，為了我娘，也為了他自己。」

九娘看著他們兩個。陳太初接過她手裡的毛刷，笑著問：「阿妧今天可仔細一些，別再摔下來了。」

九娘用力點點頭：「嗯！我今天拍過塵光的馬屁了，牠會對我好一點吧？」她從荷包裡拿出一顆糖給塵光：「你會乖的吧？」

陳太初和趙栩都笑了。

陳青抬起頭，看著妻子和這群小兒女忙忙碌碌。要是四個兒子都在身邊，其實也不煩人吧。

第一百零七章

趙栩送他們出了城門，看著時辰還早，索性去了宗正寺。

自從九娘疑心阮玉郎是崇王趙瑜後，趙栩就開始翻閱厚厚幾大冊的舊檔。從來不和親王郡王多來往的他，現在遇到三十歲朝上的宗室就要隨口搭訕幾句。這幾日他都在翻閱《宗藩慶系錄》。宗正寺修纂牒、譜、圖、籍，各有不同規定。一歲進錄，三歲進圖，十歲才能進牒、譜、籍。他細細翻著這幾十年各親王的子孫圖錄，將稍有可疑之處的名字另行摘錄，那些早夭永遠停在圖、錄上的，更是特別註明，派人一一核實死因。

越查，趙栩自己都越來越有點怕。大趙至今已六世，自百餘年前太祖黃袍加身，繼而一統長江南北，豐功偉績自不用多說。到太宗弟繼兄位，朝堂百姓多有疑義，什麼夜闖禁宮、牽機藥、斧聲燭影，謠言紛紛。太祖一脈自此變成了宗室親王。太宗滅吳越，收漳、泉二州，亡北漢，雖然兩次北伐契丹失利，也算是戰功卓著。到了德宗無子的時候，朝上也有重臣勸諫過繼太祖一脈，然而被官家和太后嚴厲駁回，最後過繼了德宗堂弟濮王的兒子為太子，也就是後來的武宗皇帝，娶妻曹皇后。

武宗皇帝曾經三次入宮被作為皇子撫養，又兩次因德宗後宮生出了皇子而被遣返回濮王身邊。

若不是德宗兩位親子都不滿週歲而病故，還輪不到武宗做太子。在宮內磕磕碰碰長大的趙栩，略一想，就覺得這兩位皇子死得太是時候。作為武宗的親玄孫，他熟悉的是史官記載：武宗仁厚，哭著留在濮王府，不肯入宮登基為帝，是被二府的相公們綁著抬到宮裡，由太后給他親自戴了冠冕，這才勉強登基為帝的。

武宗皇帝登基時都已經三十多歲了，皇子眾多。可惜先是長子忽然發瘋，接著二子元禧太子又暴病而亡，才輪到娶了曹皇后姨侄女高氏的成宗帝當上太子。趙栩看著右邊厚厚一本記載著男女宗婦、族姓婚姻及官爵遷敘及其功罪、生死的《仙源類譜》，歎了口氣：自己的親翁翁成宗帝，運氣實在也太好了。

趙栩將成宗帝兩位命實在不好的兄長一脈的子孫名字一一抄錄，才發現，那位發瘋的兆王子孫倒很昌盛，而元禧太子一脈，竟然止於圖，沒有能活過十歲的。他搖搖頭，歎了口氣，將名單折了起來放入袖袋中，看了看漏刻，帶人走出宗正寺。自有那伺候的幾個小吏將他所用的圖錄一一歸置回原位，還忍不住議論一二：這《仙源類譜》、《宗藩慶系錄》、《仙源積慶圖》看的人可真不多。其他幾位少卿在任上，都只盯著玉牒鑽研，大不了看看各籍。燕王殿下真是盡責！

五寺三監走出來不遠，就是小甜水巷。趙栩沒走幾步，就覺得有人在跟著自己。他直往斜對面潘樓街路口那家鷹店而去，全汴京，這家鷹店排第二，沒人敢自稱第一的。

掌櫃的正在陪著兩個北方來的客商選鷹，小夥計跟著趙栩轉了一圈，看出來這位就是瞎轉轉，沒有買鷹的心思，也就自去收拾了。

趙栩走著走著，在一個大雕籠前停了下來。那裡頭放著一個大木盆，裡面還有零星的羊肉碎屑。籠子外掛著一個小木桶，裝著小半桶新鮮羊肉，插著一杆鐵夾子，看來是留給客人試著餵養。一隻老鷹正懶洋洋站在籠內的乾樹丫上，看見趙栩，傲氣不減，歪著腦袋睥睨著趙栩，似乎在說你愛餵不餵。

趙栩站定在雕籠前，和那鷹對視著彼此。旁邊有人輕聲喚他：「燕王殿下？」

趙栩側頭，看旁邊一個美人寶髻鬆鬆挽就，鉛華淡淡妝成，正含蓄有禮地看著自己。

趙栩瞥了她一眼，又轉頭看鷹，還是鷹更好看些。

那女子也不惱，朝他福了一福：「民女張蕊珠拜見燕王殿下，殿下萬福金安。」

趙栩揮手讓上來的幾個隨從退了下去，也不看張蕊珠，只問：「一路跟著我來的就是你吧？」

張蕊珠的確是早早就等在五寺三監門口，一路跟過來的，便點了點頭：「聽聞殿下將赴青州招安，家父身陷囹圄，還求殿下救家父於水火之中，蕊珠不勝感激。」

趙栩點點了頭，淡然道：「本王職責所在，自當盡力而為，無需客氣。」

張蕊珠又深深福了一福，面帶憂色，似有話要說卻思慮要不要說出口。

趙栩看著鷹：「你有信要帶給你爹爹，還是有話要本王轉告？」

張蕊珠泫然欲泣，咬了咬唇，看向趙栩：「還請殿下轉告爹爹，蕊珠在家日夜盼著爹爹平安歸來，請他保重自己。」

趙栩還沒來得及點頭，聽那婉轉嬌聲含著哽咽聲又道：「也請殿下此去珍重千金之體——」

趙栩一愣，微微側過頭去。

張蕊珠一雙眼中滿是淚光，似鼓勵，似擔憂，似多情，似含羞，凝視著趙栩，櫻唇半張，剩下的半句話含在口中又咽了回去。她對著鏡子練習過很多次，堪稱美目藏琥珀，玉音婉轉流，秀靨比花嬌，訴盡千萬種。

兩人默默對視了片刻。張蕊珠第一次發現燕王殿下傾國傾城貌的威力，被他一雙桃花眼似笑非笑地深深看著，面上不由得飛起一片嬌羞粉紅。

趙栩卻忽地噗嗤笑出聲來：「你說完了？」

張蕊珠一呆。

趙栩卻又笑了一聲：「你是不是自以為長得還不錯？」

張蕊珠一愣，笑容僵在臉上，微微皺了皺眉頭。這位燕王性子乖張暴戾，說起話來果然讓人不舒服……還從來沒有人對她這樣無禮過，簡直是市井粗漢！

結果就聽見趙栩說：「仗著一兩分姿色，就來大街上勾引男子。怪不得你爹爹都氣得留在青州不肯回來了。」

你！——張蕊珠眼前一黑，這才想起來趙棣說過他這六弟毒舌起來能氣死人。

趙栩走近了她，垂目俯視著張蕊珠，唇角慢慢地勾了起來：「有那漁人捕魚，只管先撒下大片漁網，坐等魚兒們撞進去。張娘子撒得一手好網，是想要逮住幾條魚？」

張蕊珠被他居高臨下地看著，只覺得遍體生寒。

「你在趙棣面前，想來是一副嬌怯怯受了委屈的模樣，說不定還要抱怨幾句被趙檀糾纏的事？肯定還得哭上一哭。趙棣一見美人垂淚，就恨不得掏心掏肺。是嗎？」趙栩笑了笑。

他身後的鷹籠裡的老鷹忽地盤旋了兩圈，又飛了回去。

張蕊珠好像被人當頭砸了一悶棍，竟有些頭暈眼花。

趙栩伸出玉雕般的修長手指，似乎要捏住張蕊珠的下巴。張蕊珠嚇了一跳，咬咬牙又忍住了，只斂目靜候，不知道他想要做什麼。

趙栩卻只是虛晃一招，似乎只是伸展了一下手臂而已，空中劃了個半圓，拿起那木桶中的鐵夾子，夾起幾塊羊肉，往籠子裡的木盆中放了。

你！——張蕊珠又羞又惱，她長這麼大，還從未遭受過這般羞辱。明明自己還比趙栩長上好幾歲，此刻卻完全不知道該怎麼應對了。

那老鷹卻不飛下來，抬了抬頭，看了看趙栩，又看了看木盆裡的羊肉，似乎在衡量一番。

趙栩笑著說：「對了，你在趙檀面前，必然又是一副貞靜淑女的模樣，凜然不可侵犯？他最愛豔若桃李又冷若冰霜的娘子了。」

你！——張蕊珠這時才想起爹爹再三交待過，絕不允許再接近幾位皇子，她後悔莫及，只想快快逃離此地，甚至覺得自己就像趙栩剛才鐵夾子上夾著的肉，鮮血淋淋。

趙栩看著她臉上一陣紅一陣白地轉身而去，背影還在發抖，搖了搖頭：「你爹爹心是大了些，手段也不光明，倒算是個真小人。怎麼生了個你這樣上不了檯面的女兒，奇怪啊。」

張蕊珠身軀一震，霍地轉過身來，滿面通紅地道：「蕊珠心念爹爹，來感謝殿下，卻遭殿下這般羞辱！殿下對待女子如此無禮，真枉費他人一片冰心！」

趙栩饒有意味地道：「你爹爹？他恐怕只會命令你不許再同幾位皇子接觸吧？張子厚可不是自作聰明之人。你以為你夜奔開寶寺私會吳王，太后娘娘會不知道？」

張蕊珠臉上血色瞬間褪得一乾二淨，嘴唇翕了翕，竟說不出話來。

趙栩呵呵一笑，看著那鷹盤旋了幾下，立到木盆邊，利爪一伸，已帶起幾塊肉飛回樹枝上，悠然自得地吃了起來。

趙栩看了看張蕊珠，疑惑道：「傳聞張子厚喪妻後廣納姬妾，卻連一個兒子都沒有，只有你一個女兒，難道你是抱養來的不成？」他點了點腦子：「諾，這裡實在不像親生的啊——」

趙栩的幾個隨從在鷹店門口看著一位小娘子掩面哭著奔了出來，互相看了一眼，點點頭。自從殿下來宗正寺就任後，五寺三監門口早晚總圍繞著不少小娘子，這樣哭著走的，還是頭一個。不過她還能和殿下說這麼久的話，算幸運的了。嘖嘖嘖。

過了半個時辰，趙栩才慢悠悠地從鷹店裡踱了出來，身後的掌櫃笑嘻嘻地跟著：「殿下請放心，這鷹啊，小民都是有專人伺候著的。明日早上一定連鷹奴和鷹一起送到太尉府上。」

桃源社眾人在馬場看完陳青指點蘇昉箭術，情緒高昂。六娘都暗歎，可惜孟彥弼的新弓還沒拿到，失去了極好的學射箭的機會。不過她們四個看著自己手上的虎骨韘，又開心起來，幾次三番地謝過陳太初。

眾人離開金明池還往蘇昉的莊子去吃飯歇息。孟彥弼和陳太初騎著馬在最後面押陣，因為陳青也在，兩人馬上的弓都上了弦，箭袋滿裝，各自掛了金槍、銀槍、長劍。

孟彥弼忽地靠近了一把搭上了陳太初的肩膀，酸溜溜地說：「她們四個弓都拉不開，白瞎了這麼好的韘！你可別把老婆本全花了啊？」

陳太初笑道：「那倒不至於，不過二哥你是藏慣了私房錢的。要不我和叔母說說，每個月多發給你些月錢？」

孟彥弼一把勒住他的脖子：「你敢！」他湊到陳太初耳邊輕聲笑道：「你偷偷送給阿妧一個人不就行了？傻子！」

陳太初扒開他的手，臉一紅：「那怎麼行！」

孟彥弼歎氣：「你啊！白白在軍營裡待了這麼多年，還這麼酸腐文人氣。君子頂個屁用！你這樣怎麼搶得過六郎呢？那就是隻狼啊！哎，二哥我可是站你的！我家阿妧可不能給親王做個什麼妾侍，呸！」

陳太初手上一勒韁繩，轉過頭正色道：「二哥你想錯了！六郎不會這麼待阿妧的。」

孟彥弼一愣：「你怎麼知道？」

陳太初坦然道：「我們談過此事了。二哥不用操心，還早呢，過幾年再說。倒是你的親事，請期了嗎？」

孟彥弼呵呵了兩聲：「過什麼幾年啊，我婆婆都和三嬸說了明年要給你和阿妧先訂親呢。」

陳太初一怔。

孟彥弼捅了捅他：「不是我偏心啊，宮裡啊宗室啊也太糟心了。就衝著表叔和表叔母，我家阿妧嫁給你，我當哥哥的都一百二十個放心。你可別犯傻啊。六郎又不是不講理的人，好好告訴他就行了。」

陳太初皺了皺眉，看向不遠處的牛車。車上依稀可聽到趙淺予和九娘歡快大笑的聲音。阿妧的心事，他們還不知道呢。六郎，又怎麼會是告訴他就行的人？

第一百零八章

前方的車隊轉了個彎，村莊就在眼前。

九娘挽著六娘的手，跟著眾人進了院子。

葡萄架下一人笑著站起身來拱手道：「漢臣兄！」他身穿青色寬袖道袍，身姿如松，豐神秀玉，宛如謫仙。

陳青笑著回禮：「和重！」

鞦韆架上一個小女童乍見到湧入這許多人進來，竟嚇得哭了起來。一旁的乳母趕緊抱了她下來見客。

蘇昉、蘇昕上前給蘇瞻見禮。蘇昉見乳母抱著的妹妹甚是瑟縮，心中暗歎了口氣。

蘇瞻微微皺了皺眉，他特地約了陳青在此一見，又想著唯一的嫡子和嫡女關係疏遠，便特意將五歲的女兒也帶來莊子上，想讓兩兄妹熟悉親近一二。卻沒想到蘇昉神色淡淡，毫無主動親近之意。而唯一的嫡女竟被王瓔教養得如此膽怯，想起阿昉五歲時的樣子，竟連歎氣都歎不出來。

他要給趙淺予行臣禮。趙淺予趕緊攔了，反行了子侄禮：「我隨阿妧稱呼蘇相您為表舅！」

眾人一一上前給蘇瞻行禮。

九娘看到王瓔和蘇瞻的女兒坐在自己的鞦韆架上，心裡隱隱有些不樂意。雖然知道自己這樣很是小氣，卻不免將這氣都記在蘇瞻頭上，只淺淺福了福，淡淡喊了聲「表舅安康」，又把那「舅」字囫圇滾了過去。

蘇瞻還是開寶寺見過九娘一面而已。他從蘇昉口中聽過九娘的聰慧和努力，知道他們幾個這幾年很是親近，也知道阮玉郎一事極為重要的幾處疑點，都是這個表外甥女發現的，卻沒想到小九娘竟會美貌至斯。他看了看兒子，若有所思，轉身不動聲色地攜了陳青，帶領眾人進了正屋落座喝茶。

不多時，高似將眾人的部曲隨從一一安置完畢，也進了正屋，悄然立在一邊。九娘默默抬眼瞟了他一眼，高似的目光立刻閃電一般跟了過來。九娘趕緊垂目安坐。

蘇瞻笑著細細打量了孟家的三個孩子和陳太初，歎道：「自古英雄出少年。果然不錯！」

陳青笑道：「你家大郎也是佼佼者，他日也必然是大趙國之棟樑。」

蘇瞻笑著搖頭道：「阿昉他無意仕途，我也不勉強他。倒是太初年方十六，這次調入殿前司，真是前途無量。」

他們倆也不避諱這些孩子，徑直說起兩浙房十三的戰事來。眾小聽得津津有味。

用完飯後，魏氏和杜氏留在前院。蘇昉帶著桃源社眾人去後院的偏房說話。九娘看著乳母將那小女童抱去偏房睡午覺。那女童不肯，掙扎了幾下，含著淚眼巴巴地看著蘇昉，極輕地喊了聲「哥哥——」，不見蘇昉有回音，就伏在乳母肩頭把極瘦的小臉藏了起來。九娘對著蘇瞻，已經沒什麼感慨，看到這女孩兒，卻不免想多了一些。她要是阿昉，對著這樣來的一個妹妹，大概也做不到好生關愛她，也不想親近她。可不知為何，想起那孩子吃飯時偶爾抬起忽閃的大眼，極小心地瞟一眼蘇昉又極快地低下頭去的模樣，竟然還是會心生憐意。對孩子，她硬不起心腸。

蘇昉看著九娘的神色，淡淡地道：「阿妧不用多想。我對她好，不免有人就想著要利用她，她以後會更難過。」

九娘一怔，細細咀嚼著阿昉的話。自己總想著面面俱到，未嘗不是粉飾太平。阿昉比自己，要果敢決斷多了。

「對了，有件奇怪的事。我發現我娘的劄記，少了最後兩本。」蘇昉給眾人的茶盞裡斟了茶。

蘇昉看著眾人吃驚的模樣，特意解釋道：「我娘習慣自己裝幀劄記，不論厚薄，每年四本。熙寧二年我娘病得厲害，沒有記劄記，所以最後兩本就是熙寧元年秋冬天的。」

九娘低聲問：「阿昉哥哥你可仔細找過了？」她明明記得秋天的那本還是她親手裝幀過的，還夾了好幾片紅似火的楓葉。

蘇昉點點頭：「絕對不會錯的，因為王婆婆今年曬書時數的劄記總數量和我這幾天點出來的一模一樣。所以應該是我搬來莊子前就丟了！」

孟彥弼趕緊問：「搬來之前放在哪裡的？」

蘇昉無奈地歎了口氣：「都和我娘的遺物堆放在一間後罩房裡。」他看看蘇昕和九娘：「對，就是我家暖房酒那天，你們躲著偷聽我姨母說話的那間。」

孟彥弼想到炭張家的事，立刻張嘴就問：「會不會你娘早就發現你姨母和你爹那個？記在了劄記上，所以才被害死了？箚記也被毀屍滅跡了？」陳太初尷尬地趕緊捂住他的嘴，向蘇昉致歉。趙淺予和六娘都目瞪口呆地看向蘇昉，又看向翻著白眼看天的蘇昕。

蘇昉面色蒼白，抿唇不語。

九娘心中一動，壓低聲音問蘇昉：「阿昉哥哥，你剛才說你娘最後幾個月病得厲害，沒有記箚記，那箚記是她自己裝幀的，還是別人幫她裝幀的？」

蘇昉一震。

「熙寧元年冬天，我娘陪著太后去鞏義祭掃皇陵了。我娘最後一本箚記，一直疊在她書案上頭。我爹爹給我畫的書袋花樣子蓋在上頭——那最後的一疊，是我娘去了以後，她的兩個女使收拾遺物時，代為裝幀的——」蘇昉口齒間都覺得艱澀起來。

陳太初霍然抬頭。

蘇昉看著陳太初，一字一字地說：「晚詩和晚詞兩位姊姊正是替我娘收拾遺物的人。」

「然後她們就被誣陷偷盜主家財物被趕出了蘇家？變為了賤籍？」陳太初接口道。

「那就肯定不是丟了，而是被偷了！」孟彥弼弓起身子低低地說：「阿昉，你娘一定記下了什麼了不得的大事或者什麼見不得人的事！」

蘇昉吸了口氣，勉強笑道：「算了，我娘過世已久，箚記也不是什麼大不了的事。」他已經想到娘的病和去世會不會也和這不翼而飛的兩本箚記有關了。還有被張子厚收留的晚詞，還在不在汴京？她們有沒有看到過什麼？但這不是桃源社的事，和阮玉郎案無關，無需拿出來和他們商討。

陳太初溫和地道：「阿昉，當初我們結識的第一天就遇到了你娘往日的女使。不只是孟家的事、阮玉郎的事才是事，二哥的親事也是我們的事，六郎的事也是我們的事。你的事、你娘的事，自然也是我們桃源社一眾兄弟姊妹的事。你要是有什麼猜度和線索，儘管說出來，我們人多，可以一起幫著你想。若是需要找那個晚詞或者張子厚，我和六郎也能幫得上忙。」

蘇昉看著陳太初片刻，用力點了點頭，想了會兒，忽地壓低了嗓子湊近陳太初說：「其實我有些懷疑高似——噓！他聽力極佳，我們輕點說。」

眾人大吃一驚，紛紛湊過頭來。

「當初我娘的藥，爹爹說不可能有問題，因為有高似暗中盯著。可我看姨母的神情，分明是極有問題的。所以我不相信高似。這次阮玉郎的事我告訴爹爹後，才知道高似五年前就在查阮玉郎這個人了，而且還查出了泉州案。可偏偏沒有什麼大的收穫。」蘇昉以更低的聲音道：「錢，主犯，都不見了。我總覺得我爹爹太過信任他了，我們都能想得到阮玉郎的錢流去何處，他那麼厲害的人，怎麼會五年裡毫無所察？」

陳太初想了想：「他當年就不讓你和晚詞接觸，在大相國寺攔過你！」

孟彥弼壓低了嗓子道：「小李廣高似啊——我恐怕打不過他。太初？我們兩個能把他拿下嗎？對了，趁著表叔在這裡，直接拿下審吧，太可疑了。萬一他再和阮玉郎有什麼關係，我們可被他一鍋端了！」

蘇昕看看這個孟二哥：「如果他和阮玉郎有關係，我大伯該死了一百次了吧!?」

蘇昉和陳太初面面相覷。蘇昕的話難聽，卻也有道理。

六娘和趙淺予屏息以待，幾乎不敢出聲，聽了蘇昕的話，都看向九娘。九娘卻在苦苦思索著，熙寧元年的秋冬天，她到底記下了什麼？秋天節日多，立秋、秋社、中秋、重陽、天寧節、太后壽辰，她常出入宮，受過趙栩娘親的特意感謝，也聽到了郭貴妃的秘事。然後冬天最大的事莫過於她陪著太后去鞏義祭掃皇陵，五帝六陵，十幾座皇后陵，百座親王宗室墓，名將勳臣墓，連著十多天，方圓六十里，車駕人馬不停，祭掃香火不斷，人人都精疲力竭。她有些什麼感慨，也只是稍作記錄而已，但她就是從鞏義回京後才生病的。這兩本箚記和她的病有無關係？和二房前來「幫忙」又有無關係？反正九娘現在絕不會認為那兩本箚記是「丟」了。

可是能看到她箚記的，只有家裡的人。

九娘轉過頭，想起剛才書房門口似鐵塔一般的高大身影。高似，當時已經是家裡的人吧？想起當年蘇瞻所說的高似入獄的原因，九娘柔聲問蘇昉：「阿昉哥哥，不知可方便讓阿妧翻閱一下表舅母的箚記？」

蘇昉略一思忖：「阿妧你隨我來。」

蘇瞻帶著陳青進了書房。陳青背著手，細細在書房裡轉了幾圈，點了點頭：「和重你還有這樣一個好地方，真是讓我羨慕不已。你這院子、僕從、這間書房，都剛剛好，待我解甲歸田，無非也就是想有一處桃花源而已。」

蘇瞻苦笑道：「慚愧，這裡都是阿昉他娘以前帶著人打理的，多虧了幾位忠僕得力。這些年我也只來過幾次。」

兩人落座後直奔主題。

「高似明日就出發去女真部幫忙，只要契丹一亂，無暇挑釁，漢臣兄你只需專注掌控西夏戰事即可。」蘇瞻坦然相告：「阮玉郎一案，太過驚世駭俗，高似暫時不在，還請漢臣兄派兩個親信可用之人給我。」

陳青點頭：「我有個可用之人，叫章叔夜，已經下令讓他從杭州趕回來。只是漢臣，你這般挑起女真和契丹的戰事，可千萬要謹慎，畢竟契丹是我大趙的盟國，這等毀諾之事——」

蘇瞻端起茶盞：「壽昌帝年歲已高，契丹南院大王、北院大王都是雄心勃勃之人。皇太孫雖然入宮撫養，卻始終未明確繼位之人。這兩年榷場爭端也多，為了契丹馬，出了好幾條人命，都硬壓下去了。虎狼在側，蘇某只能未雨綢繆不擇手段了。」

陳青歎了口氣：「阮玉郎的身份，待六郎去了上京，應該就能推斷出來了。」

「對了，高似明日北上，正好可以先護送燕王殿下去青州。」

陳青點點頭：「我也派了些親兵護送他，有高似在，自然更是穩妥。和重兄可想過和張子厚攜手——？」

蘇瞻笑著搖搖頭：「他和我，私怨頗深，如今政見也不同。但我自然還是希望燕王殿下能把他平安帶回來。不瞞漢臣兄，和重私心頗重，推薦孟在去北軍，建議你交出兵權，也是希望順遂了太后的心，緩解一下太后和官家兩宮之間最近越來越尖銳的矛盾。實際上，你退，燕王也才有一爭之力。」

陳青抬起眼，笑了：「我記得你是上書擁立吳王的。」

蘇瞻也笑了：「現在我也還是擁立吳王，以後也是。」

陳青不語。

「昔日太祖雪夜問策，太宗三請趙相，德宗對寇相，對包龍圖言聽計從。漢臣兄，吳王他日不會左右二府文武國策，可你外甥燕王，卻是眼高於頂桀驁不馴之人，」蘇瞻坦然相告，「今日和重雖和漢臣攜手相商，若漢臣執意要為燕王鋪路，他日難免各走各路。」

陳青站起身，撣了撣袖角，笑道：「無妨，且走且看，且想且定吧。也許有朝一日，你會變了主意。六郎的性子，若是你所說的這樣，那八個孩子恐怕結不成社。他是什麼樣的人，我清楚，你家大郎只怕也比你清楚。反正我陳漢臣是不可能改主意的。我這個人呢，愛護短，燕王是我外甥，他想做什麼就做，想爭什麼就爭，我這個舅舅總會幫他到底。今日我們叨擾了，告辭。」

蘇瞻沒想到陳青為了趙栩竟然一言不合就拔腿走人，剛要出言挽留。陳青卻已走到門口，笑著回頭道：「還有什麼事，咱們到都堂說就行。」

蘇瞻這才發現，陳青這人啊，真不好搞。

第一百零九章

陳太初等人雖然奇怪他二人怎麼這麼快就談完了，但看著兩個長輩面上還是和和氣氣的，只能等蘇昕去叫蘇昉和九娘。

九娘草草翻了幾本劄記，心中酸澀難當，看著自己前世的日子，即便只有草草幾行，也看得出她完全不肯讓自己停下來歇一歇，似乎有鞭子在身後趕著她不斷前行，恨不得填滿每時每刻，一天最多才睡兩三個時辰，人不生病才怪。她竟然糊塗到那種地步，還自詡活得通透，還自以為有些小聰明，這才是大愚若智吧，辜負了爹爹一片苦心，平白辜負了阿昉。

九娘微微抬起頭，西窗漏進來的日光，照得身側的阿昉臉上的肌膚隱隱有些透明。瞬間，從懷著阿昉到生下他到離開他，三千個日夜的點點滴滴驟然湧上心頭。阿昉他其實每天都在變啊，比起五年前大相國寺，比起碼頭送行，甚至比起州西瓦子裡的時候，他極細微的那些變化，她都會注意到。可是現在再也不能像幾年前那樣，借著年紀小還能靠近他了。

她多想再有機會替他梳頭束髮，多想摸摸阿昉的臉，摸摸他的鬢角，還有他若隱若現的小鬍茬。她想對他說對不起，娘錯了。時光太快，她離開阿昉的日子很快就要超過她陪著他的日子了。

他越長越大，越來越好。她就越來越不敢說出口。她不知道怎樣做是對，怎樣做是錯。前世她以為做自己做得很對，現在看來並不盡然。

告訴阿昉？不告訴阿昉？這是永遠不可能重新選擇一次的事。她在心裡無數次衡量無數次猜度，卻越來越懷疑自己，越來越膽怯。上次來這裡，她一時觸動無法抑制，想什麼都不管了告訴阿昉，可是回去後又慶幸並沒有說出口。阿昉知道後會如何處理這荒唐的錯著輩分的關係；阿昉知道後流露出母子親情被別人誤解了怎麼辦；阿昉知道後又怎麼和蘇瞻相處；日後她嫁人生子，阿昉該如何看待……想得越多，越害怕給阿昉帶來更多的困惑和麻煩，這些，都遠遠重要過她自己的牽掛。

蘇昉發現她停了下來，轉過頭問：「阿妧？」

「咦，看！阿妧，這上面就是高似當年入獄的原因！」蘇昉指著她手中說。

九娘低下頭，是，她當年簡略記下了：誤殺同僚。時隔這麼多年，同樣的話，同樣的事，她卻有了不同的想法。

門一開，蘇昕探頭進來，有些緊張地說：「太尉說要走了呢，看上去他和大伯好像談得不好！」

蘇昉笑著收起一桌子的箚記：「我們去看看，這麼早就走太可惜了。王婆婆還特地給你們準備了棗糕和藕餅，還有茄餅呢。可惜六郎今天沒有口福。」

九娘點了點頭。忽然想起這些長房的老僕寧願從青神祖宅遷來京城這樣一個小小田莊，青神王氏如今究竟變成了什麼樣子？

蘇昉到了院子裡，看了看站在周邊的高似，笑著對父親行過禮後，上前對陳青作揖：「表叔！

我們社長沒發話，您可不能就這麼走了！我大趙秦鳳軍的兩大傳奇人物難得都在，難道您二位都不想切磋一下，讓晚輩們見識一番？這可是百年不遇的好機會，昉只是想一想就已經熱血澎湃激動不已了！二哥你可想看？」

孟彥弼登時叫起好來：「好！好！表叔！比一比箭法！比上一比！」

陳青一怔，看向不遠處的高似。高似卻立刻退了一步，垂首斂目。蘇瞻看著蘇昉坦然自若含笑期盼的神情，似乎並無其他的意思。

九娘立刻附和蘇昉，對著蘇瞻笑道：「表舅！五年前就聽太初哥哥說過您身邊這位高郎君是軍中小李廣，還曾經是帶御器械！今天早上我們在金明池看到表叔的箭法，已經歎為觀止了，想不出小李廣究竟厲害到什麼程度！不如讓我們見識見識吧！」

蘇昕和趙淺予、六娘自然因為剛才議論過高似的事，自然跟著九娘起哄，圍著蘇瞻笑鬧起來。

陳太初湊近父親，悄聲說了幾句。

陳青微微捲起窄袖，不等蘇瞻應允，直接越過他，大踏步走到高似面前，一拱手：「高兄弟！」

高似一抬眼，雙目如電，隨即又垂下眼瞼，一拱手，單膝一屈就要跪倒：「不敢！太尉萬福金安！」

陳青一張冰山臉並無變化，卻立刻伸手扶住了他肘下：「你我軍中曾是同袍，何須如此客套。」

兩人一剎那僵在這個姿勢上。以陳太初、孟彥弼的習武眼光，自然看得出高似腰腿用力，直往下沉，陳青手上卻似有千鈞力不讓他跪。

兩人略一較量，就生出了惺惺相惜之感。高似順勢站直了，拱手笑道：「久聞太尉槍法絕世，橫掃西北，沒想到您箭法也如此厲害。高某佩服！」

陳青微微勾了勾嘴角：「當年你白羽沒石，才有小李廣之稱。可惜你我雖曾同場作戰過，卻無機緣相熟識。今日有緣相見，能夠切磋一二，陳青此生無憾！」不等高似推託，直接揮手道：「來人，外間曬穀場上設些草垛子出來，今日我陳青，要會一會小李廣！」落地有聲鏗鏘有力。

桃源社的孩子們立刻高聲歡呼起來，孟彥弼更是翻了幾個空心筋斗，一落地，比了個翻身向天仰射雲的姿勢，引得蘇昕、趙淺予尖叫連連。

九娘冷眼細細觀察高似，見他抿唇不語，但左手已握成了拳，右手放於身側，食指微有顫動，顯然已是心動。

天下能有資格和陳青切磋的，有幾個？

天下能贏陳青的，又有誰？但凡是習武之人，軍中將士，誰能抵抗陳青邀戰這樣的誘惑！

高似穩步走到蘇瞻前面，拱手行禮道：「還請郎君恕罪，高似想和太尉比上一比。」

蘇瞻搖頭笑道：「好！十幾年來，阿似你一共救過我七次命。我只見你用過一次箭！」他轉向歡呼雀躍的孩子們：「高似的箭法，在我看來也是神乎其技，要是太尉輸了，你們可不許哭鼻子啊。」

趙淺予立刻跳了出來：「我舅舅肯定贏！我舅舅天下第一厲害！」她轉身衝著高似皺起小鼻子，吐了吐舌頭，忽然想起萬一他是個壞人呢！啊呀！趕緊縮回蘇昉和陳太初身後去了。

高似見她這般天真爛漫，一直喜怒不形於色的臉上，竟對著趙淺予微微笑了一笑。

他看起來粗獷兇悍，笑起來倒也蠻好看的。趙淺予眨眨大眼睛，扯了扯蘇昉的袖子。這樣的人看起來可不像壞蛋啊……可是阿昉哥哥不喜歡他不相信他，那笑得好看也沒用！

「梁氏女昨夜搶了我的馬!?」阮玉郎抬起眼，寒冰淬鍊似的眼神如箭一樣穿透了面前兩人的身心，他手上的宣州紫毫筆直接哢嚓斷成了兩截。

「你們兩百多人都是死人嗎？」阮玉郎輕輕放下斷筆，走到兩個跪在地上微微發抖的屬下面前。

「她瘋了！郎君，她肯定是瘋了。夜裡趁我們不防備，殺了我們十三個兄弟，搶走了一百二十七匹夏馬！她帶來的人也多，五六十個——不！七八十個！可能還要多一些——」

阮玉郎強忍住憤怒，握手成拳，來回踱了幾步。

兩個屬下膽戰心驚地放低了聲音，小心翼翼地道：「昨夜我們細細盤查，發現她還悄悄偷走了——」

阮玉郎長吸了口氣：「兵器？」

兩個屬下的頭已經快碰到了地磚上：「四台神臂弩和兩台諸葛連弩——」

「砰」的一聲巨響，阮玉郎身前的楠木書案轟然翻倒在地。

書房內一片死寂。

良久，阮玉郎轉過身來，俊美無儔的面龐已恢復了平靜：「你們即刻回鞏義，雖然他們未必會發現鞏義的馬是我們的，為保萬無一失，三日裡分批把馬送到西京、南京和大名去，記得把死去的人都好生安葬了。對了，藏有兵器的陵墓都恢復原樣了嗎？」

「怕被守陵軍士發覺，昨夜已經恢復原樣了。」

「你們現在就走。告訴各大榷場的人，暫時不要再往鞏義送兵器了。」阮玉郎吸了口氣：「讓小五、小七和小九進來。」

不一會兒，進來三個平時在戲班子裡專門演些暖場的逗笑雜技的侏儒，此時三人輕手輕腳地進來，滿臉擔憂。

「即刻把我們在開封的人全撤去西京洛陽，現在就走。過幾日若是有陳青的死訊，我們再回來。」阮玉郎柔聲吩咐。

「那婆婆呢？」

「我不走。我陪著婆婆。你們走。」

「郎君！」

「我無妨。走吧。記得各處清理乾淨，趕在城門關閉前走。」

看著他們奉命去了，阮玉郎歎了口氣。女人易衝動，不顧大局壞了大事。現在只盼著她能善用神臂弩和諸葛連弩，真能殺死陳青倒也就算了。

想起自己特地改製的百矢連弩，和特製的箭矢，阮玉郎一陣心疼。要是萬一落在陳青手裡，自己的大事還不知道又要推後幾年！

申正剛過，日頭在西，曬穀場上一片明亮。一百多位親衛、部曲將曬穀場團團圍了起來，雖然忍住了不交頭接耳，人人臉上都藏不住的激動。

陳太尉！小李廣！竟然要在這鄉村田莊裡一較高下！

十二個草垛子整整齊齊排列在土牆邊上。

陳太初把父親馬上的角弓取了下來，重新上了弦，轉頭看到高似取出來的弓，心中一震。

曬谷場周圍響起一片驚呼。

高似單手持弓，弓長過六尺，比大趙任何一張弓都要更長。

孟彥弼滿臉震驚地打量著高似手中的長弓。

「高——高叔叔！」雖然叫得心不甘情不願，可孟彥弼還是忍不住問：「這是您自己做的弓？」

高似輕撫光滑的弓身，點了點頭。

陳青接過陳太初手中的弓，走到高似面前，仔細打量著他手中的弓：「高兄弟這弓並未使用角、筋複合而成，罕見！這是什麼木頭？」

高似坦然道：「這是以前一位長年流浪的朋友送給我的木頭，說是生於溫暖濕潤的藍色海邊，名喚紫杉木，還教給我做這種長弓的法子。試了好些，才做成了這一把，用得還算趁手。」

陳青伸手在弓身上彈了一彈，略一思索：「高兄在軍中並未用此弓？」

高似垂目點了點頭：「不曾。」

「此木堅硬又有彈性，能靠一根木頭彎成這樣的弧度，難得。」陳青眸色深沉：「若陳某猜測得不錯，此弓射程極遠，力度極大。能達百步？」

「不錯。」高似抬起眼，傲然道：「高某此弓百步外可透三寸重甲，以高某的手速，一刻鐘可射出三百箭。」

陳青瞳孔一縮。曬谷場周圍的眾親衛已經忍不住驚歎出聲！

小李廣！

陳青點點頭，指向百步外的一排草垛，吩咐親衛道：「加板！」

立刻有人飛奔而去，不多時就給每個草垛前後各加了厚厚的木板。

高似點點頭：「太尉請——」

陳青看到陳太初和妻子眼中露出的關切之意，點了點頭：「那陳某先拋磚引玉了！」

陳青穩步上前，手一撚，已是六枝箭架在弦上。

曬穀場周邊一片歡騰高呼，轉瞬寂靜下來，人人目不轉睛地看著陳青。

高似面無表情，手指在弓身上輕輕來回摩挲著。

一聲尖嘯，六箭齊發，直入木板，噗噗兩聲而已，在側邊守著的人已看見箭鏃露出了草垛後面捆著的厚木板，陽光之下精光閃閃。

場上響起了震天的叫好聲。九娘幾個見過陳青雨夜四箭四中，並無太過意外，紛紛看向高似。

高似微微躬了躬身子：「太尉好箭法！高某不才，獻醜了。」

他單手持長弓，眾人才驚覺此弓長到竟然豎立著能齊他眉心。

高似單箭上弦，嗍的一聲，一箭飛出。眾人未及反應，就聽見了第二聲，只見高似右手已快出了幻影。第一箭還未過中場，最後一箭已經射出。

一箭更比一箭快！十二箭在瞬間幾乎不分先後同時射穿了草垛，再射穿了木板，直入草垛後的土牆之中，只餘白色羽翎還在顫動。

現場鴉雀無聲，忽地，那十二個草垛呼喇喇散落一地。

陳青喟然驚歎：「陳某甘拜下風！高似，大趙的箭神，你當之無愧！」

高似單膝跪地：「高某不敢當，多謝太尉承讓了！」

陳青將弓交給陳太初，雙手扶了他起來：「我已盡力，你卻還有餘力，無需過謙。怪不得和重有你就夠了。」

蘇瞻笑道：「漢臣兄的箭法也是精妙之極，我頭一次見到一箭六發的。來來來，我們還是進去喝茶。」

第一百一十章

即將酉正時，蘇瞻再三懇切挽留眾人留下用了夕食再一起回城。

落日已到了金明池那頭，金輝四散。趙淺予流著口水對魏氏撒嬌：「舅母，我想在這裡用夕食！上次那個雞湯，雖然滾燙滾燙，可真是好喝。我還是頭一次看到雞原來長那個樣了！王婆婆說特地燉到現在呢！」

魏氏忍俊不禁，宮裡吃羊肉多，豬肉都很少吃，雞肉更少，送到她面前的，都是去了皮去了骨頭的肉塊，她還真是稀奇上了，盯著雞屁股也能看半天。

陳青放下茶盞：「那我們就再叨擾和重一頓夕食。」他研究了高似那長弓一個時辰，總覺得這弓也可以在軍中試行，又仔細請教了高似做弓的法子。高似倒也知無不言。

蘇瞻很是高興，他平日和趙昪一些同僚經常往來，連百家巷家裡都回去得甚少，難得看到蘇昉有這許多知交好友，樂在其中，他也想多陪陪阿昉。

蘇瞻拱手出了正屋，想去看看女兒在做什麼。

葡萄架下站著一個少女，背對著他，踩在一個小杌子上，正在仔細翻看著葡萄葉子。

「你在做什麼？」蘇瞻走過去幾步。

那少女手上一停，又繼續翻動起來：「葡萄好像生病了呢。」

蘇瞻失笑道：「葡萄不是人，怎麼會生病呢？」

葡萄好像生病了呢。

葡萄不是人，怎麼會生病呢？

這話，這場景，這背影，還有他自己，怎麼似乎發生過一樣？似乎此時此刻此情此景早已發生過一次。

可說話的人，明明應該是那個叫阿妧的小九娘啊。不可能是阿玞，阿玞早就不在了。她的這些葡萄，是很多年以前生過病的。

九娘皺著眉看著小粒的葡萄頂端生著像一個個小輪子一樣的黑點，而有些葡萄卻已經乾縮成硬邦邦的了。葡萄這個病，以前也生過，還只能燒毀病枝。

九娘歎了口氣，放下手中的病枝。她跳下小杌子，轉過身，和蘇瞻四目相對。

「你剛才說什麼？」蘇瞻輕輕上前幾步，有些恍神。

九娘一愣，想了想，指了指頭頂上的葡萄架：「葡萄啊，生病了。」年紀大了的男人，耳朵也會不好嗎？

蘇瞻搖了搖頭：「葡萄不是人，怎麼會生病呢？是有蟲？還是壞了？」

九娘靜靜立著，看著他高大修長的身軀越來越近。

葡萄不是人，怎麼會生病呢？這是蘇瞻以前不以為然地嘲笑過她的話啊。

蘇瞻垂首看著不遠處的少女，阿昉喜歡她，是因為她說話的口氣神態莫名地和他娘很像嗎？

九娘默然了片刻，忽地上前兩步，站到蘇瞻身前，不躲不讓，抬頭凝視著這個曾和自己夫妻十載的男子。她懂他，卻也不懂他，抑或曾經懂裝不懂，但終究已經和自己無關了。離蘇瞻越近，她竟然想到的是男子真是占便宜，算來他今年已經三十有五，比起年輕時卻更好看。而女子，過了三十歲，像魏氏那樣依然宛如少女的，萬眾都無其一吧。

蘇瞻一怔，略微後退了一些，心裡暗自苦笑。他來到這個院子裡，竟然滿心想的都是那短短的幾天時光。阿玞親自摘菜做飯；阿玞把門外嗚嗚叫小爪子不停拔門的小狗抱進來，讓阿昉摸摸牠的毛；阿玞抱著阿昉讓他摘葡萄；阿玞帶著阿昉盪鞦韆。明明她也沒有來過多少回，這裡的一切，卻和百家巷一樣，刻著她的點點滴滴。他當時在做什麼？在看書還是寫信？還是自己和自己手談？他在眉州住了十多年，對這樣的田莊生活並沒什麼興趣，也沒什麼感情，那時雖然陪著她來，更多的是因為對岳父母的歉意，對她的內疚。這次來，卻似乎某種東西，如洪水決堤，一發不可收拾了。

九娘裙裾不揚，卻又靠近了一步。她抬起頭來，原來蘇瞻竟然這麼高大，前世她從來沒覺得過。原來仰視一個人，是這種滋味。懷春少女，焉能不心動？

蘇瞻退開兩步，疑惑地看向這個已亭亭玉立的美豔少女，她一雙眼如秋水，如寒星，卻帶著三分戲謔，三分嘲弄，三分他所熟悉的靈動。這孩子，是要做什麼？她這是什麼意思？

九娘不由得唇角上揚起來，他這是在躲開自己嗎？當年對著十六七歲的妻妹，卻和顏悅色柔聲細語，不知避諱，又算什麼？

九娘又上前了一大步，幾乎要碰到蘇瞻。蘇瞻皺起眉剛要開口，九娘卻驟然低頭靠近了他肩側。蘇瞻頭一偏，嚇了一跳。

「敢問表舅一句，高似當年究竟是什麼原因入獄的？」九娘垂目看著蘇瞻肩頭，以極輕的聲音問道。

蘇瞻抬起眼，看著近在咫尺的如花面孔，結著冰，無半分親昵，無半分孺慕，甚至並沒有好奇。九娘轉過眼，沉靜和他對視，聲音宛如蚊蚋：「阿昉哥哥說了他不相信高似，而且表舅母最後兩本箚記不見了。我湊巧翻到她以前的箚記，寫著高似擔任帶御器械時因不慎誤殺同僚才入獄。他究竟誤殺了誰？怎麼殺的？又被誰發現了才入獄的？他，究竟又是誰？」

明明是個孩子，雙眸卻如寒潭一般。她這不是在問他。她在疑心什麼？阿玞的箚記丟了兩本？最後兩本？何時的？熙寧二年的春天，阿玞還有沒有記箚記？

蘇瞻忽然想起阿玞，給高似洗晦氣接風的時候，她也好奇地問過一句，以傳說中高似的身手，怎麼會誤殺他人，就算殺了人又怎會被現場拿住？

他當年為什麼一念之間竟沒有說實話？是怕阿玞打破砂鍋問到底的性子，還是她覺察出什麼？他已經不記得了。可此時，此刻，蘇瞻卻忽然鬼使神差地輕聲答道：「高似當年在宮中殺的也是一位帶御器械，是位契丹歸明人，意圖對陳美人不軌，被高似用弓弦絞殺。這位陳美人，就是陳太尉的親妹妹。可卻有女史指認意圖不軌的是高似。還有，陳美人卻認定高似就是恩人。」

九娘只覺得雙臂驟然起了密密麻麻的雞皮疙瘩。這幾句背後蘊藏的無數可能，的確是絕不可公布於眾的，可高似這事似乎和箚記和晚詩、晚詞並沒有什麼關係。

蘇瞻輕輕搖了搖頭，看向遠處的夕陽：「高似和我，是過命的交情。阿昉他——只是在生氣。」

夕陽無限好，只是近黃昏。阿玞，魂歸來兮——舊地，故人，還有你一直讚賞無緣結交的陳青也在這裡，還有阿昉和他的知交好友，還有他也許已經有了愛慕的少女。

阿玞，歸來兮——

蘇瞻默默上前，伸出手查看起葡萄來，葡萄生病了會是什麼樣子？他方才是說給阿玞聽的嗎？他也不知道。還有些事情，自然是萬萬不能說的。

九娘呆在原地，千絲萬縷，千頭萬緒，一時想不出關聯之處，也無心多看蘇瞻一眼，側身福了一福，飄然離開。

不遠處鞦韆架下，趙淺予正前盪，挺起了小肚子，伸直了雙腿，用力收起雙腿向後擺動。

「是這樣嗎？阿昉哥哥？」

「是——是——再用力些！」蘇昉和蘇昕站在一旁笑道。他們身後，一個瘦小的女孩兒，緊緊抓著乳母的手，一節節小小的手指用力到發白。

九娘站在小女孩的身後，鞦韆下的親友在朝自己招手。她緩緩地走過身旁驚喜莫名又失望之至的女孩兒，忍住自己想伸出的手，忍住想對她露出的笑容。王玞已經對這個人世間，對太多人，好過了頭，好得太過了。這個女孩兒再無辜，再值得可憐，她姓蘇，她娘是十七娘。

蘇瞻在葡萄架下深深歎了口氣，想不起來以前九娘說過要怎麼處理，希望王婆婆她們懂得收拾吧。

觀音院口夕陽斜，吃過第二碗餛飩的趙栩，不時張望著巷口。都什麼時辰了，她們怎麼還不回來！

凌娘子瞪了一臉不滿的自家漢子：「你幹嘛？」

漢子努了努嘴：「他怎麼還不走!?」

凌娘子往碗裡舀湯：「關你屁事！這麼好看的郎君，愛坐多久坐多久。你也不看看這兩個時辰，來了多少娘子、小娘子吃餛飩，就連門口賣符紙的婆子都來吃了一碗。」

漢子看看一邊快漫出來的銅錢碗，歎了口氣：「天下人都只知道好色！」

一個皂衫大漢快步走了過來，對趙栩一拱手：「殿下，他們留在蘇家用夕食了！城門口一直沒等到人。」

趙栩霍地站了起來，摸了摸懷裡的牡丹釵，隨手扔了半吊錢在桌上，拿起擱在桌上的尚方寶劍，甕聲甕氣地道：「走，出城，去莊子裡。」

明天自己就要出發了，這些個沒良心的，缺了他，竟然樂不思蜀了？虧得他還想著給她們見識一下自己的尚方寶劍！她們竟然要留在那裡吃好吃的！原先是一條兩條白眼狼，現在看看，這合計是一群白眼狼！趙栩深深擔憂起自己去青州後還有沒有人想得起自己。

第一百一十一章

夜幕漸漸低垂，狗吠聲，柴薪燃燒過後的味道，鄉間安寧又不失溫馨。面朝黃土背朝天的農人們終於歇了下來，三三兩兩地捧著碗，在曬穀場邊上的木凳上，說著田地裡秋收的事情。十幾個孩子捧著碗你追我趕地不安分，一會兒吃吃你家的菜，一會兒嘗嘗他家的飯。

一些趾高氣昂的雞在曬穀場上走來走去，看見搖搖擺擺的鴨子就去追上一追。十幾隻狗兒各自圍著主人不停叫喚轉圈搖著尾巴，企盼來上一根便宜的豬肉骨頭。

陳青和蘇瞻帶著各自的家人，揮別門口的僕從，上馬的上馬，上車的上車。那二三十個來幫忙做飯的長房舊僕們也笑著和部曲親衛女使們告別。

忽地，地面微微震動起來。

幾個親衛立刻伏在地上，還有一人取出了矢服伏地傾聽。

「報！來者一百多餘騎，馬上皆有人！」

陳青皺起眉頭，他在應天府外殺死了一個女刺客，另一個卻不曾露臉。今日特地帶足了親衛，也知會過城外的禁軍。照理說三十里外，就是西城班直軍營，怎麼可能從天而降一百多人馬，到了離金明池這麼近的地方還無人察覺？沿途驛站也毫無知覺？會不會是六郎帶人來了？

陳青沉聲道：「陳家部曲——」

二十多個太尉府的部曲飛奔過來。

「速速疏散百姓，退回屋裡，有地窖的全部進地窖。」

部曲們得令而去。

蘇瞻吃了一驚：「漢臣兄？」

陳青道：「未雨綢繆而已。和重你帶著婦孺先回屋裡，看看是誰來了再說。」他朝妻子點了點頭，無聲地說了四個字。

你在，我在。

杜氏和孟彥弼趕緊讓孟府的幾十個部曲守住院子門口。

高似皺起濃眉，劈手從馬上摘下了長弓，背起了箭袋，站到了蘇瞻身邊。陳青昨日遇刺，今日蘇瞻約他到田莊一晤雖說很隱秘，但有心人總歸不難找到陳青。他也是為了預防萬一才將長弓帶著，誰知果然派上用場。

蘇瞻面不改色，轉頭吩咐了蘇昉幾句，讓乳母、女使們帶著蘇昉、蘇昕和女兒隨杜氏、魏氏入院子。自己卻和高似帶著眾部曲站在陳青一應人等之後。

陳青一揮手，眾親衛取出袖弩，騰身上了曬穀場的三面土牆，趴在了牆頭上。陳太初吸了口氣，掛弓，摘銀槍。

得得的馬蹄疾馳聲由遠而近。陳青聽著絲毫未減速的馬蹄聲，提起長槍，對左邊的親衛點了點頭：「放——宣❶——！」

嗖的一聲尖嘯，空中騰起了橙黃色的亮麗煙火。

親衛騎著馬圍著曬穀場跑了一圈，大喊道：「來著是敵非友——是敵非友——備戰！備戰！」聲音高亢激昂。

幾十個部曲都手持朴刀長劍，牆頭親衛們的弩箭已上弦。百多人，嚴陣以待。

剛剛被急匆匆趕回屋內的農人們關起了大門，捂住了孩童們的嘴。曬穀場上狗吠得急，跳個沒完，那因為地面震感越來越強，雞群鴨群開始亂飛亂竄。

九娘在窗口望著那煙火信號，伸手摸了摸自己懷裡的那兩管趙栩所給的信號，吃不准要不要再放一枚，又慶幸趙栩不在。想到蘇瞻和陳青，九娘又是感慨又是擔憂。一百多人對一百多人，陳青在，大可無憂。可是竟然來了一百多匹的馬，這哪裡還是刺客，已經是軍隊了啊。這些人馬平時都藏在哪裡了！真是越想越讓人擔憂。

窗外的孟彥弼手持弓，背上箭袋裡滿滿的利箭，見她還靠著窗口發呆，輕輕伸手進去彈了彈她的額頭：「阿妧乖，去桌子下或床下頭躲起來吧。」這個時候還有心情說笑話的，除了孟彥弼真沒有別人了。

九娘噗嗤笑出聲來，彎腰摸了摸馬靴裡趙栩給的短劍，心裡稍微篤定了一些，才覺得自己手心濕漉漉的。轉頭看，大伯娘和魏氏正摟著蘇瞻的女兒和趙淺予在柔聲安慰。

趙淺予自從雨夜遇刺後，已經有些驚弓之鳥，此時一句不發，小臉蒼白，額頭上密密麻麻的全是細汗，人微微發抖，靠在魏氏懷裡，忽然說：「哥哥會不會來找我們？」

魏氏輕輕拍著她：「沒事的，舅舅舅母都在，你哥哥不會來的，你放心。太初哥哥也在呢。別怕。」

蘇昉取下牆上掛著的長劍，守在了房門口。蘇昕和九娘翻箱倒櫃找了兩把剪刀，和九娘靠在了一起。

一陣尖銳的嘯聲傳來，外面似有什麼重物崩塌了一般。

九娘幾個紛紛站到門口。

「二哥！外面怎麼了？」

「二哥？」

片刻後，孟彥弼從女牆上跳了下來，急急帶人打開房門：「快！快出來，到院子裡去！賊人用火箭，竟然還有神臂弩！這幫狗娘養的！那可是我們禁軍的神臂弩！」

外間已不斷傳來高呼呵斥聲，利箭破空聲，還有連續不斷的弦聲。四周火光已起，尖厲的孩童哭聲，婦人撕心裂肺的呼喊，紛雜一團。

高似將蘇瞻護在身後，一看到對方長弩箭刷刷入牆，那三面土牆瞬間崩塌，他就知道大事不好，胸口無邊的怒火滔滔湧起。刺客所用的竟然是神臂弩！

---

❶ 放—宣：「放」為煙火警示；「宣」為宣告主將命令。古代軍隊傳令除了旗語，近戰時有專門的傳令兵。

來的一百多人到了兩百步外，忽地人停馬止，射向兩邊民房的火箭也暫時停了下來。

周邊民房中的不少火花開始蔓延，秋日乾燥，不少院子中堆積著的乾草堆沾著一點火星立刻熊熊燃燒起來，卻沒有人敢出來救火。

四個大漢緩緩被簇擁著站到馬隊前面。手中的弓長三尺三，弦長二尺五，射程三百四十步！大趙禁軍野外戰和攻城利器——神臂弩，此時在夜色中裸露出來，帶著無邊殺意。

陳青看著對方全部在己方袖弩和弓箭的射程以外，甚至高似的長弓也力不能及，但己方卻全部在神臂弩的射程之內，當機立斷，深吸了口氣：「太初，立刻將屋中婦孺全部帶上馬，從後村尋路去西城軍營！」

「爹——！」陳太初不敢相信自己的耳朵。

「我們且戰且退，待西城禁軍來援。快走！」陳青猛然回頭：「和重！你和高似隨太初一起走！我把家小都交給你了！高似！陳某能否託付於你!?」

高似胸口一陣起伏，點了點頭。西夏梁氏竟然用上了神臂弩，在場所有人的生死，自然不在她眼內。他咬了咬牙，揮手讓自己的部下去屋內接婦孺出來。

土牆上的眾親衛已經背回袖弩，拔出他們日常專用的長刀，集合在了陳青的馬前。

趙栩剛過金明池，就看到了橙黃信號，心裡咯噔一下！刺客!?阿妧！

他揮手：「快，你們兩人持我的腰牌和尚方寶劍，去金明池調兵，就說我在蘇相的別院遇襲！

不不！就說我和蘇相同時被房十三反賊刺殺！快，調五百人剿滅反賊！不！一千人！重盾、神臂弩、連弩有什麼都帶上！」

趙栩再也顧不得其他，帶著十幾個隨從打馬狂奔。不會有事的，舅舅在呢，太初在呢，還有蘇瞻在的話高似也在，高似!?趙栩的心狂跳起來，恨不得將馬鞭都抽斷了，整個人懸空趴伏在馬背上，只恨自己沒有翅膀。

四張神臂弩的後面，緩緩出來一騎，上面的一名紅衣女子，高舉起手中一物，卻是今晨被掛在洛陽城頭的梁氏刺客的頭顱，她纖手一揮，厲聲喝道：「芃芃，你且看著！陳青今夜給你償命！陳青——！你也試試自己軍中的神臂弩！放——！」

四個大漢腳上用力，踩弩上弦，機關咯噔鎖住。他們大喝一聲，滿弓，每張弓上都是十幾枝寒光閃閃的三停箭❷，弓弦貼近了他們帶著面巾的臉。

四聲刺響。第二輪神臂弩的近百枝箭雨如電。

「棄馬！」陳青大喝一聲，縱身躍下馬，長槍橫挑豎撥，上擊下壓，十幾枝衝著他而去的箭無一得中。

這一剎，馬兒們悲鳴聲不斷，後邊來不及下馬的親衛有被瞬間倒地的馬兒壓到腿的，有被箭

---

❷三停箭：一種宋代短箭。《武經總要前集・器圖》云：「三停箭。三停者，箭形至短，羽、幹、鏃三停，故云三停箭。中物不能出，以短故也。」

刺傷的，卻無一人吭聲，院門前只有長刀砍斷弩箭的脆響，弩箭落地的聲音，還有肉體被刺穿的鈍聲。四五十人隊形不散，依舊站成兩排，保護著魚貫而出的蘇瞻、陳太初和婦孺一眾。

「護著大郎和孩子們！」一把蒼老卻堅定的聲音響起。跟著蘇昉等人出來的王翁翁、王婆婆，帶著長房的舊僕們，舉著抬著剛剛拆下的厚門板、飯桌，在那兩排親衛後面又站成了兩排。

趙淺予哭著喊了一聲：「舅舅——！」已被高似老鷹帶小雞一樣拎上了馬。高似飛身上馬，抱住趙淺予，幾下將她綁定了，不顧她含著淚瞪圓的大眼：「別怕，你舅舅把你交給我了。」

蘇瞻轉身朝王翁翁他們深深一拜：「我和九娘謝過各位！」抱起女兒，他翻身上馬：「走！孟二郎帶著人開路，阿似你和太初斷後！」

紅衣女子看著遠處持槍靜立如不動山嶽的陳青，眯起雙眼：「再放！」

四個大漢踩下機括，每張神臂弩上轉瞬又滿上了十幾枝三停箭，滿弓鬆弦！

第三輪兇悍無比的長三停箭呼嘯而出，伴隨著的，還有不斷往兩側民房射出的火箭和弓矢。

陳青對身後的親衛們比出手勢。七八個人縱身沒入兩側的民房裡，直往對面熊熊烈火裡去了，行至一半就被箭雨無奈地逼得連連後退，不能再前行。

高似大喝一聲：「走！」孟彥弼一夾馬腿，帶著杜氏、魏氏、六娘，跟著蘇瞻及護衛們往後村疾馳而去。

九娘勒住塵光的韁繩，陳太初扶住九娘的手臂，將她的腳放入馬鐙之中：「上馬！」

厲嘯聲不斷，噗噗兩聲響過，依然越來越近。九娘還未上馬，悚然回首，一根三停箭猙獰之極，穿過門板，穿透一名部曲的身子，仍不停歇，帶著血光直撲陳太初的背後。

「太初——！」九娘反手要去推搡他。推開他，自己或塵光會中箭，那也比太初中箭強！

陳太初卻紋絲不動，手上用力，把她直接推上了馬，左手一巴掌打在塵光的馬屁股上：「走！」人已順勢直往前撲倒，要避開身後利箭。

九娘淒厲地大叫起來：「阿昕——！」另一支箭如電急至，斜斜擦過塵光的耳朵。塵光一驚，豎起前蹄長嘶一聲，如閃電般飛奔開來。九娘險些被掀翻落馬，她緊抱著塵光的馬脖子，喊著：「吁！停下來！停下！阿昕——阿昕——。」

陳太初伏在地上，反手一攬，一個軟軟的身子已倒在他背上。

蘇昉紅著眼策馬而回：「阿昕！阿昕！太初！把阿昕給我！」

陳太初定睛細看，懷裡的蘇昕大概怕箭還會穿透，生生用右手死死握住了箭頭，露出了三寸有餘的箭頭，正在滴血。

從馬上翻滾下來的蘇昕，半邊身子已經麻木了，努力笑著伸出左手去推陳太初：「太初！」你有你要保護的人，我也有。太初，幸好我一直在看著你的背影。蘇昕眼一閉，直接倒在了陳太初懷裡。

不遠處的長房忠僕大多已經被神臂弩所傷所殺，可兩排門板、飯桌卻還豎立著。陳太初看不見父親此時的情形，神臂弩暫停了，卻聽見緩緩推進而來的馬蹄聲。

陳太初抬起眼：「阿昉！我來！你走！還有阿妧的馬剛剛受驚了！」他掰開蘇昕的右手，拔劍運氣砍斷蘇昕右肩前後的兩段箭桿，聽到蘇昕昏迷中痛得悶哼了幾聲，心想還有知覺就好，刷地撕下蘇昕的裙邊，將她抱上自己的馬，把她和自己牢牢綁在一起，掛槍換弓，朝蘇昉喝道：「走！還不快走!?」

帶著火的箭矢落得越來越近，有幾塊門板被射中了，燒了起來。

蘇昉死勒著韁繩，滿眼是淚，看著一地血泊中的長房舊僕，剛剛還給他們做了夕食的王婆婆坐在地上，背靠著門板，笑著正朝自己揮手示意他快走。

「婆婆——！」有火燒到婆婆的裙襬了！蘇昉一收韁繩，就要下馬。

高似帶著趙淺予，策馬上前，一鞭抽在蘇昉馬的屁股上，厲聲喝道：「走！快走！逃得一刻鐘，西城禁軍就能來！」

他們這最後三騎剛剛離開。百步外的紅衣女子瘋狂大笑著喊道：「出諸葛連弩！陳青——納命來！」曬穀場中屍骨遍野，在幾輪神臂弩下還倖存的親衛，早在陳青示意下沒入民房之中。她一揮手，百餘人紛紛朝兩側民房射出火箭。

十幾枝火箭先後落入蘇家的小院子裡，先是點點火星，再是一團團，瞬間連成一片，濃濃黑煙之中翻騰出一片火海，鞦韆架上的繩索著了火，宛如兩條火蛇上下急竄。神臂弩再一輪發射後，院牆轟然倒塌。更多火箭，從空中以流星一般的弧度下墜，正屋、書房，一一被火海吞噬。那些書和箚記，遇到火，立刻捲起了邊，瞬間變紅，變黑，變成灰色的紙蝴蝶，沿著火氣和夜風，四處飄落。

哭聲，喊聲，殺聲。焦味、火味、血腥味。方才寧靜安詳的村莊，已成地獄。那沿路殺來的女子，宛如羅剎。

紅衣女子看著那疾馳退走的幾騎，冷笑道：「有家小在，好極了。你們這隊人帶上一張神臂弩和一架連弩去追。」三四十騎立刻得令沿路追了下去。

她轉過身來，四處顧盼，面目猙獰恍如厲鬼：「其餘的人——屠村——！」

高似不再回頭。神臂弩加上諸葛連弩。縱然他殺回去，也是無力回天。懷裡的女孩兒被綁在他胸前，依然拚命掙扎，哭喊著舅舅。他必須走，他只能退！

蘇昉不再回頭，他的父親和妹妹在前面，阿昕身受重傷，危在旦夕。他必須走，他只能退！

陳太初握著韁繩的手還在發抖，身前的蘇昕無論馬怎麼顛簸，也沒了聲息。娘還在前面，阿妧還在前面，他的兄弟還在前面，他必須走，他只能退！

第一百一十二章

濃煙翻滾，火勢洶湧。男人女人的呼喊，孩童的哭聲，此起彼伏。不少百姓被親衛們拉到倒塌了一半的女牆後面，有些年輕男子手上拿著鋤頭，婦人手上拿著菜刀。目眥盡裂的有，神色驚恐的有，抱頭痛哭的也有。

陳青手持弓，身背長槍，在燃燒的民房屋頂、崩塌的牆體之間潛伏挪移，四個親衛貼身跟隨，不斷為他擊落火箭和弓矢，幾人終於靠近了對方。

自己最大的失策，是完全沒想到對方竟有禁軍專用的神臂弩和諸葛連弩。陳青咬著牙，雙目赤紅，伏在暗處，做了個手勢，當務之急，必須先解決對方的神臂弩射手。

五十步開外，一個大漢策馬緩緩上前，手上拿著一個看起來比袖弩大了許多，比神臂弩又小了許多的弩。

陳青注視著斜前方那張弩，皺起眉來。軍器所這兩年所特製的諸葛連弩，連發五十矢，但弩體中間的箭箱比他們手上的要薄了不少。

難道？他們手裡的不止裝了五十矢？

陳青見那人已經要上機括，不再猶豫，挺身而出，一弦六箭，開弓。

弦響，箭飛。四人眉心中箭，手上神臂弩轟然落地。一人右肩中箭，諸葛連弩卻已上了機括，箭矢亂飛，傷到了不少自己人。

紅衣女子一個急閃，右臂被陳青的箭穿透，捂著帶血的臂膀，她狀若瘋婦，竟大笑起來，指著來箭的方向：「陳——青！快！神臂弩再放！」

陳青伸手，再發六箭，又有六人倒地。但卻立刻有人又拿起了神臂弩。十幾騎將他們圍護在了中間，盲目揮舞著長刀。

袖弩厲嘯，趁機接近他們的親衛們從兩側毫不留情地連續射殺。對方終於開始亂了陣腳。可惜隨著神臂弩的三停箭再次離弓，兩側的民房矮牆，瓦房，紛紛頹然倒塌。火光下陳青和兩邊親衛們的身影立刻完全暴露。

被再次拿穩的諸葛連弩朝著兩側民房開始連射。

直到那一片瓦礫之中，再無站立之人。

陳青在一棵大樹後側身站著，四散開來的親衛輕傷了三個，他的右手臂也被擦傷了。這個連弩看來裝了不下百矢，這樣密集的箭雨中，他縱有萬般能耐，也出不去。

紅衣女子大笑起來：「陳青！當年你受傷瀕死，是我家娘子救了你一命！你竟罔顧救命之恩，罔顧我家娘子對你一片真心，不告而別！今日我殺了你這個負心漢，替我家娘子出氣！還要殺光這裡的男女老少！你可要記住都是被你害的！」

「放屁！仗著救命之恩就要人以身相許！你家娘子是比母豬還醜嫁不出去了嗎？」

不遠處傳來一個人穿雲裂石的高亢聲音。

「我家的百姓，你一個賤人憑什麼定他們生死!?」趙栩大喝著，帶著十幾騎從隊尾橫衝直撞進來，每人手上都是一根兩手合抱的粗長門閂，兩頭燃著熊熊烈火，見馬就砸，見人就掃。

這剩下的七八十名刺客，沒想到身後突然來敵，隊首的一眾人趕緊調轉了神臂弩和連弩，卻滿眼都是自己人，一時大亂起來。

陳青喝道：「六郎！快！」即刻帶著親衛們立刻飛身撲上。遠程弓矢之戰，終於變成了貼身肉搏戰。

趙栩狀若瘋虎一般，策馬一路衝到最前面，避開迎面而來的砍刀和長劍，門閂直接轟地砸向手持神臂弩和諸葛連弩的幾人，那幾人手持重弩行動本就不便，又要躲開陳青的長槍，砰的幾聲，重弩落地，拔刀相迎。

趙栩雙手一舉，將門閂丟向紅衣女子，卻縱馬直往蘇家院子門口而去，絲毫不顧身後的神臂弩和連弩。

陳青見對方丟下了重弩，頓時毫無顧忌，一杆長槍在馬匹人群之間幻出重重槍影，竟無人能在他手下走過三個回合。他一人當關，萬夫莫開，掩護著手下親衛將神臂弩和諸葛連弩搶了回來。可惜連弩之內卻已沒有了箭矢。

紅衣女子腿上連中了陳青兩槍，鮮血淋漓，一見重弩已失，咬著牙道：「殺不了陳青，殺一個大趙皇子也值！」

她高喊了幾句，立刻帶著十多騎朝趙栩追去。剩下四五十人糾纏住了陳青等十幾人，團團混戰起來。

趙栩一到院門口，就見火海一片，黑煙滾滾，那被桃源社眾人深深喜愛當成桃源的院子已不復存在。門口幾十人倒在血泊中，甚至有幾個人已經被燒得面目不清。趙栩頓時如墮冰窖，嘴唇直打抖，連阿妧兩個字都喊不出來。

他跳下馬，細細查找過去。

「他——他們去後——村了。」一個孱弱的聲音響起。

趙栩蹲下身子，手上剛出鞘的長劍發起抖來：「婆婆！婆婆！」

王婆婆努力轉過頭，看向火海中的院子，以微不可聞的聲音念叨著：「阿玞的花椒樹啊……阿玞的葡萄架……阿玞的鞦韆……阿玞的書！大郎該多難過啊……」

趙栩放下漸漸沒了聲息的王婆婆，紅著眼，轉身看向飛奔而來的十多騎，咬著牙，撿起地上的弓和箭袋，翻身上馬，沿著鄉間路往後村疾馳而去。

終於，悶雷一般的馬蹄聲從金明池方向傳來。

禁軍來了！終於來了！

村口傳來火光和高聲呼喝：「大趙禁軍奉旨剿匪，無關人等速速回避——！」

那女牆後頭、坍塌的房屋中藏著的農人們，看著陳青帶著十幾人壓著那些賊人打，不知哪裡生出了無邊的勇氣，握緊了手上的鋤頭木棍，不顧親衛們的阻攔，從黑暗中跑向了混戰中的人群。

「殺啊——！殺啊——！殺賊人！」

高似帶著趙淺予，馬上掛著好幾杆長槍還有他的長弓。陳太初帶著蘇昕。蘇昉的騎術又一般，所以三匹馬怎麼跑也快不起來。跑了一會，看不到前面九娘的塵光，反而身後的三四十騎越追越近。

嗖的一聲，十幾枝長箭急至。陳太初舞動長槍，護住人馬。高似雙手各持一杆長槍，擊落了來箭。

神臂弩的力道！以陳太初的臂力，依然覺得手心一陣發麻，心裡頓時焦急起來。敵方越追越近，又有神臂弩，自己五人實在很難堅持下去。

高似長長吸了口氣，事已至此，只能全力以赴了。他輕輕拍了拍趙淺予的胳膊：「公主殿下莫怕，小人把你送去大郎馬上。」他手下不停，已鬆開綁著兩人的布條，放在趙淺予手中，兩腿一夾，馬兒直直靠近了蘇昉。

「陳衙內！還請看護我們一二！」高似大喝一聲：「大郎！接住公主！」他鬆開韁繩，雙手握住趙淺予的腰，竟將她倏地提離了馬鞍，直接挪到了蘇昉的身前。

趙淺予哭著抖著手把布條拿起來。蘇昉吸了口氣：「阿予乖，你來綁布條，把我們緊緊綁在一起。阿昉哥哥騎術不精，不好意思。」

轉瞬，第二輪神臂弩的長箭又到。陳太初和高似全力護住了蘇昉和自己身下的馬。

趙淺予趕緊抹了淚，反手摸索著繞了兩圈，把自己和蘇昉緊緊捆綁在一起。轉頭去看高似，不由得大驚：「高叔叔——！高叔叔——！」高叔叔不會是壞人的！阿昉哥哥你看！

高似笑著朝她揮了揮手，已側身摘下一旁陳太初的箭袋：「衙內！請看顧好大郎和公主殿下！高某給你們殿後！」

陳太初略一猶疑，轉身一抱拳：「多謝！」打馬去追蘇昉了。

高似單手一撐馬鞍，雙腳離蹬，空中轉了個身，倒坐在馬背上，雙手持槍，擊落不少三停箭。他直直朝後下腰，仰面躺在馬背上，看前面的陳太初手上槍影重重，再前面的蘇昉也並無中箭的樣子，便放下心來。

他坐直身子，右腿離蹬，勾住右邊的長弓：「起！」長弓被他勾了起來，自空而降，橫在了馬背上，正橫壓在他的右腿之上。

追兵越來越近。

一百五十步，一百步！已在長弓射程內，追兵們遠遠看見高似一人一馬，紛紛大喊起來，箭雨紛至。神臂弩再次發射。

高似兩杆槍揮落箭雨，雙目凝神，看向追兵發射神臂弩的位置，再無半分遲疑，右腳斜斜向上伸直，和身體形成一個斜角，長弓依舊穩穩地橫置在腿上。

以腿立弓！橫弓！

高似左手長槍忽地一折為二，帶著槍頭的那半段立刻擱上長弓弓身。長槍的精鐵槍頭冷冷對著前方加速前來的幾十騎，慢慢地移動著方位，叫囂著無邊的狂傲，睥睨著來者。

以槍為箭！槍箭！

高似極速伸手，扣弦，後仰，人平躺於馬背之上，滿弓！

長虹貫日！

淡淡月光下，追來的四十多騎，只聽見一聲極尖銳的嘯聲，一道厲光迎面撲來。

手持神臂弩的彪形大漢根本未及反應，已被半段長槍穿心而過，直接抱著神臂弩摔落馬下。

其勢不慢，其勇未弱，其凶不減！長槍穿透第二人後，將第三人釘在了地面上，半段槍身猶自不斷顫動，發出嗡嗡的聲響。

厲嘯聲再響起。剩餘的刺客們慌亂成一團，人人都覺得那來箭是朝著自己面門而來的，紛紛側身低身躲避。

手捧諸葛連弩的大漢只來得及眨了眨眼睛，就覺得寒光撲面，他下意識用力抬起連弩機身想擋上一擋。

連弩從中離開，箭匣散落一地，還未來得及釋放威力，已被高似毀於一剎。弩毀，人亡，馬驚。

「小李廣！——是小李廣高似——！」似乎有人認出了高似，大聲呼喊起來。

高似冷冷地再次搭上半段長槍。他心底的那隻餓虎已經管不住了，見了血，便要瘋狂撲出來。宛如當年在戰場之上，停不下來，入了魔，沒有溫暖懷抱可以安撫，只能一路在地獄裡奔襲下去，任由血紅的彼岸花開滿心海。

再一聲弦響，又一匹馬轟然倒地，騎者明明已經騰身要下馬，卻依然被穿腹而過。

剩餘的幾十騎迅速分散開來，不少直接打馬下了土路，進了兩邊的農田中，迂回包抄，不斷朝高似射出弓箭。

天上月兒露出大半邊臉龐。中秋才過了沒多少天吧。高似架弓的右腿依然很穩，抽箭的手依然很快。農田裡不斷傳來哀嚎聲。殺人者被殺，很公道。

當年他剛剛逃來汴京的時候，在陋巷中疲憊不堪隨地躺著，一雙溫柔手，在那滿月夜，遞給他一盒中秋小餅，那漫天月華，都落在她眼中，她真如觀音般慈悲。

靠著那雙眼，他才沒有全然瘋狂吧。公主殿下的眼睛，和她真像啊，毫無雜質，滿是善意。

高似霍地眯起眼，追兵後面又有人來。一人，一騎。

趙栩的馬鞭已經抽斷，看著前面分散成扇形的刺客們，正朝著遠處一匹馬瘋狂射箭。他也要瘋了。

抽箭，滿弓。前面一人頹然落馬，周邊卻無人留意，都只盯著前面忽然減慢了馬速的高似，拚命射箭，拚命靠近。

又有幾個人陸續落馬。

趙栩離他們越來越近。刺客們距離高似也越來越近。八十步，七十步，六十步！

終於有刺客發現有趴在馬上的同夥是背心中箭，呼哨一聲，七八騎迎向了趙栩，射了幾箭，已近在眼前，只能舉刀相向。

燕王趙栩！孤身單騎！

高似胸口一陣血氣翻湧，大喝一聲，硬生生將身下馬勒停，調轉過頭來，竟朝刺客們迎面而上。掛弓，提槍，不退！不逃！迎敵而上！

趙栩在馬上，手中劍只盯著敵手的咽喉、心口、手腕三處，劍劍見血。直到見前面被追的人忽然迎上前來，馬上的人身型高大，雙槍勇猛，絕對不會是阿妧，才放下心來。下手卻更是狠辣。

高似和趙栩兩騎一個交會，彼此點了點頭，如虎入羊群，毫不留情。

剩餘的三四騎心生寒意，可身為死士卻不得不上。

第一百一十三章

村莊裡的血戰也已接近尾聲，農人和士卒開始協力救火，從瓦礫中挖人。

陳青左手持神臂弩，點了兩百將士，沿著後村的路疾馳而下。六郎一個人也太莽撞！剛才去追高似的那批匪人可是帶著神臂弩和諸葛連弩的！

趙栩和高似卻已經順利趕上了陳太初和蘇昉等人。

「阿妧呢！」看到妹妹沒事，趙栩總算放了些心。

「阿妧的馬受了驚，可能已經和二哥他們在一起了。但是——」陳太初心裡這麼期盼著。

趙栩皺起眉頭：「阿昕傷得厲害，你們沿著這條路上去，很快就到西城軍營，趕快讓軍醫替她救治！金明池的禁軍應該已經到了村裡，舅舅沒事的。我去那邊的小路看看。」

不等陳太初和蘇昉開口，他已經奪了高似的馬鞭，揮鞭而去：「高似！交給你了！」

高似看看蘇昉和趙淺予，再看看暗夜裡已疾馳而去的趙栩，只能提槍壓陣，繼續向前追趕孟彥弼一行人。

趙栩在夜空下細細分辨了一下方向，回憶了一下來路，正沿著幾條岔路看有無馬蹄印延伸出去。不遠處空中忽然亮起一朵絢麗煙花。

翠綠色！殿前司信號！

阿妧！趙栩不再猶豫，順著煙花方向揮起了馬鞭：「駕——！」

九娘緊緊抱著塵光的頭，狠狠咬著牙。阿昕你別死！王翁翁，王婆婆，求求你們，都別死！一個都不要死！

前路黑茫茫，不知從何時開始，塵光就跟丟了眾人，沒頭沒腦地在鄉間路上亂跑，火光，血光，喊聲都越來越遠，終於到了寧靜的夜裡。九娘用力回過頭，只看得到村莊上方的天空被暈染出一片微微的亮光，比此地月色下的天空亮了不少。

雙手已被轡繩勒得生疼，馬兒卻還不肯停。不知道跑了多久，牠終於慢慢安靜下來，在土路上緩步踏行，最後找了一棵大樹邊停了下來。

九娘強忍著渾身的酸疼和頭暈欲嘔的感覺，從馬上爬下來，勉強走了幾步，掏出懷裡趙栩給的一管翠綠色信號，向著那月亮舉了起來，顫抖的雙手用力拉出引線。

看到煙火綻放在高空，九娘跪倒在地，茫然看向來路。

來路也茫茫。

阿昕、王翁翁、王婆婆。如果不是她再活了一次，是不是他們不會死？是不是五年前蘇瞻就不會找孟建去處理青神的舊事？是不是王翁翁、王婆婆就不會來開封？是不是就不會有這樣的禍事？如果不是她，是不是就不會有桃源社？是不是阿昕會好好地坐在家裡等著嫁人，而不是在這裡被弩箭射穿？甚至陳青就不會身陷危難？還有阿昉、太初他們那許多人就都不會遭此災禍？

她的活，擾亂了這世間原有的步伐？

她的活，造就了別人的死？

命運究竟是誰在安排？如此無常，如此弄人！

九娘握緊了雙拳，站了起來。塵光在樹下扭過來頭，無辜地看著她。

不遠處，來路的方向，傳來隱隱的馬蹄聲，人還不少。

來得這麼快！不知道為什麼，九娘忽地想起了趙栩，人也來了些精神，生出了些力氣，她牽了塵光往來路慢慢而行，能感覺到自己腿內側的肉不聽使喚地抖著，能邁開腿實屬不易。

不多時，在月光下也能看見遠遠那個紅衣女子的身影，十幾騎正朝著這邊飛奔而來。

九娘趕緊拚命拉著塵光調頭。塵光調轉頭來，蹭了蹭她的臉，示意她快點上來。

剛坐穩，身後已有箭矢破空聲傳來。塵光一聲長嘶，屁股上中了一箭，瘋狂地跑了起來。

沒跑出去多遠，塵光一聲哀鳴，前腿一跪，將九娘直直地摔了出去。

九娘撐起身子，顧不上手和腿擦破的疼痛，看向早上還撒嬌想多吃幾顆糖的塵光。馬兒仰起腦袋不斷嘶鳴，似乎催促她快點逃離，前腿拚命蹬地，還想撐起歪在地上的巨大身體。

又有幾枝箭飛速而至，幸而沒再傷到牠。

九娘左右望了望，咬了咬牙，連滾帶爬地往左邊田埂下跑去。那是一片看著半人高的農田，密密麻麻，總比右邊的稻田方便藏匿。

九娘抬起手臂掩著臉，在粟田稈中快速穿梭，細長鋒利的粟葉不斷刮擦著，發出淅瀝瀝的聲響，跑，再快一點！再遠一點！

「只有馬——沒有人！」外面傳來粗聲大喝。

紅衣女子左右看了看：「走不遠！分開去田地裡搜！」

十幾人立刻下馬分成兩批，沿著田埂站成一排，手持朴刀往前搜索著。

九娘蹲下身子，藏身於粟田裡，屏息靜待，盼著有救兵能快點往煙火這裡來。月色下密密的沉甸甸的粟粒倒垂下來，彷彿也想替她遮擋上一二。

這樣的情形，似乎什麼時候發生過一樣。

她在跑，後面有人追。

九娘忽然一陣恍惚，有些壓不住的噁心。

「小娘子——我看見你了！還跑!?別跑！出來！」外面的大漢用朴刀粗魯地劈倒身前的粟米稈，大喊著。他們肆無忌憚，他們窮兇惡極。

九娘緊緊抱著膝蓋，將頭深深低了進去。疼！很疼！

有什麼事情似乎噴薄而出，前世有什麼事是她一直想不起來的，這一刻，似乎從那被封印的萬丈深淵裡咆哮著翻騰著，就要衝破那層層封印。

「快跑——！阿玞快跑——！」是誰在叫？十五翁還是十九翁？她想不起來。可是肯定發生過！

粟米稈一片片倒下去，被踩踏得東倒西歪，馬靴踩在葉稈上的聲音在夜裡格外地刺耳。

九娘卻似乎回到了四川，回到了青神。一草一木，無比熟悉。她漂浮在半空中，盛夏烈日灼灼，她卻感受不到一絲熱意。

她看見一個少女和一個老人在大樹下的溪水裡叉魚，笑語晏晏，旁邊的部曲和女使也笑眯眯地看著他們。

忽然來了一群人，打倒了那幾個部曲和女使，衝著溪水裡的少女而去。

忽然，九娘似乎身子從空中直墮下去，和那少女合二為一。身子沉甸甸的，陽光是滾燙的，溪水也是溫熱的。

「阿玞快跑——」老人的聲音那麼熟悉。

她赤著腳在溪水裡跑，跑到了對岸，盛夏午後的陽光刺眼，身後有惡意的笑聲，猙獰的叫聲：「跑啊——你跑啊！」

她赤著腳在農田裡奔跑，腳上被扎得劇痛，手上還拿著十五翁送給她的小魚叉。

她的頭髮被揪住了，被狠狠摔在田地裡，衣裳呼喇一聲被撕裂開來。背著光她看不清那人的臉，下意識地用魚叉戳了上去。

有血，滴在她面上，她眼睛裡。

正上方的太陽變成血一樣。

被太陽直射著的肌膚，滾燙的。

「殺人了——！」有人在尖叫。

她用力拔出魚叉，一片血噴了出來，濺了她一頭一臉。

一個沉重的身子倒了下來，壓在她身上。

她拚命推，推不開。

「讓開！」有人把那身子挪了開來，奪走了她拚命揮舞的魚叉，狠狠打了她一巴掌。

九娘猛地和那少女又分了開來，回到了空中漂浮著。她的心快跳了出來，她想叫喊，發不出聲音，想伸手，卻似乎根本沒有手。她無能為力，甚至連那些人的臉都看不到。

少女的衣裳又被撕開一幅。她隨手抓起地面的細碎泥土朝他們撒去，拚命翻身而起，要再往前奔跑，卻又被扯住一頭長髮揪了回來。

她白皙瘦弱的肩膀和鎖骨裸露在陽光下，筆直的長腿上滿是泥土。

她抬起臉，劍眉星目，眼角上挑，有些方正的下巴顯得格外倔強，滿臉的血，卻毫無畏懼之色，只有厭惡嫌棄和蔑視。

「看什麼看！最恨你這麼看人！你嫡出的了不起？你長房了不起？」

她又被打了一巴掌，轉過臉，卻還是那樣倔強毫不退縮地看著這群禽獸。

有人用力將她推倒在地上，頭直直撞在一個田裡的一塊石頭上，她暈了過去。

九娘在空中呆呆地看著，是我啊，真的是我啊……

六個男子圍著地上暈過去的少女。那被魚叉叉死的屍體仰面躺著，喉嚨上三個血洞還在汩汩冒血，雙眼瞪得極大，和空中漂浮的她四目相對。

是五房的一個庶出堂兄。九娘認得他。

「太瘦了一點！」

「太小了！你先來。」

他們似乎在買賣東西一樣評頭論足。太陽將他們的影子投在地上，短短的，黑黑的。

驀然，血光四濺。裸露的肌膚上濺滿了血珠。

打鬥瞬間結束，三個男子，兩個手持朴刀，幾乎一瞬間就殺死了那六個人。

一個站得稍遠的男子，脫下外衫，輕輕蹲下身，蓋在少女身上。

「把這些畜生都帶走，別嚇壞了她。」那人沉聲吩咐著。

聲音也有些熟，可是空中的九娘，看不清他的臉。

田地裡很快只剩下被土地吸掉的血跡，顏色發暗。

那男子站起身，拿起那柄有血的魚叉，蹲下身塞回少女的手中，低下頭去。片刻後他站起身笑了一聲：「王九娘啊，你做得很對，做得很好。」語氣中帶著真心的讚美。

九娘看不清他方才做了什麼，似乎在伸手擦去少女面上的血，又似乎只是輕輕碰了碰她的頭髮。

「快出來——！出來！」粟米稈倒下去的聲音越發近了。

九娘的腦中似乎也騰起了煙花，一片火熱，一片滾燙。一點，一線，一片，終於再沒有絲毫的斷裂和遺忘。

前世她遇險獲救，她一直想不起來自己究竟遇上了什麼險，又是被誰救的。她只記得她似乎殺人了。她醒來的時候，第一句話說的就是：「爹爹！我殺人了！我殺人了？」

「沒事了，沒事了。阿玞嚇到了。」爹爹摟著她輕輕拍著她。

可她的頭很疼很疼，想不起來了，怎麼也想不起來。只記得那血紅的太陽。她身上許多瘀青、刮傷，臉也腫了好幾天。

大夫說她跌落溪水裡，摔傷了，擦傷了，差點溺死，虧得十五翁救了她上來。

各房來探視她的堂姊妹們都小心翼翼，似乎是她們推了她一般。她一個個看著她們的眼睛，看不出，究竟是誰推了她。

有幾房裡的堂兄似乎永遠再沒有出現過。

以前跟著她的女使和部曲都不見了。晚詩和晚詞是那時候才來到她身邊的。爹爹放棄了京官的職位，直接帶著娘和她搬去了中岩書院。

現在，她想起來了，沒有人推她。她殺了人。不！她沒有殺人，她殺了禽獸而已。

原來前世，她還欠一個人一份救命之恩。

九娘伸手從馬靴中拔出短劍。

粟米稈下，寒光泠冽。

九娘！你做得很對！做得很好！

第一百一十四章

九娘微微側過身，傾聽著四周的聲音。

往她這個方向來的，最近的已經在十步以外。

她屏息，握緊了手上的短劍。趙栩說過，這把劍，削鐵如泥。來者更近了，五步、四步——

「在這裡——！」

淡淡的月光下，那人揮起朴刀大喊起來。

九娘霍地站起，不退反進，直往對方懷裡撞去。

那人一看到九娘，即便黑夜裡也被她灼灼芳華所震，手上的刀竟頓了一頓。

這是來求饒嗎？活捉比砍死要好吧？

只一剎那，他低頭看著撲在自己懷裡的少女，美豔絕倫的容顏冷若冰霜，她一臉的血跡？

九娘一劍得手，心如鼓擂，立刻轉身飛奔起來。身後的大漢喉間一個深深血洞，頹然倒在被他踩踏過的粟米地中。

兩個大漢跑了過來，彎腰查看了一下同伴，又驚又怒，大喊起來：「小心！她有劍！她殺了梁十三！」

右邊稻田裡的匪人們剛剛跑回路上，不遠處一騎疾馳而來。

弓弦聲連連響起，三四個人倒了下去。紅衣女子看了看來者，大笑起來：「身為皇子，憐香惜玉！來得好！快！抓住那個女子！要活的！」她左手持劍，劈落身前的箭矢，帶了五六個人，策馬迎了上去。

九娘匆匆回過頭去。

六郎趙栩！孤身單騎！

這時才有熱淚從眼中湧出。九娘腳下不停，拚命往前跑，粟米葉細長鋒利，手上不時傳來刺痛，她將短劍握得更緊。

趙栩遠遠地就看見月光下那個不斷奔跑著的小小身影，他心中一陣狂喜。

「阿妧——！」

我來了！趕上了！

手下的箭頭已經轉向左邊田地間離九娘最近的那兩個人。

一人後心中箭，砰然倒地。

一人手臂中箭，朴刀落地，矮了下去，淹沒在粟米稈裡，轉瞬又彎腰撿起朴刀直起身來，朝前面只差十來步就能抓到的女子追去。

紅衣女子越來越近，趙栩猛然收弓，往後狠拉右邊的韁繩，馬兒長嘶一聲，生生向右邊田埂下躍去。

滿弓！脫弦！

那眼看就要砍到九娘背上的朴刀，無力地落在了粟米稈中。

噗的一聲。

趙栩手中的弓也震了一下，又被他緊緊握住。一枝箭頭猙獰地穿過他的左臂。

馬不停蹄。

趙栩一個前俯，避開身後的來箭，扭腰，轉身。開弓！一弦三箭！

追下田埂的紅衣女子的瞳孔一縮，這個少年竟然也會陳青的獨門箭法！她一個後仰，避開一箭。身邊兩人猝不及防，登時摔下馬去。

馬兒們吃不消密密麻麻粟米葉的鋒利，拚命原地跳著，想脫韁而去。

趙栩極力穩住馬，再射出三箭。

一弦三箭！

追在九娘身後剩下的大漢中又倒下兩個，最後一個中箭後依舊不停，離九娘卻還有不短的距離。

趙栩拔出自己的短劍，唰地一下削斷左臂上的箭稈，飛身下馬，就往九娘跑去。身後卻疾風襲體。

他急忙擰身右避，紅衣女子的身影近在眼前。瞬間四個人纏鬥上了趙栩。

馬兒們沒有了韁繩羈絆，紛紛往田埂上跑去。

以一戰四！短兵相接！

刀來刀斷！劍來劍斷！

趙栩手下不停，又有兩人痛呼著倒地。他們從來沒遇到這樣的殺神，身法如風，招式如電，角度怪異刁鑽，防不勝防，比起陳青甚至更可怕。

紅衣女子左手持斷劍，不斷閃避，眼看著已剩下自己一人，她喋喋笑了起來：「你殺了我也沒用！總會有人給我報仇！」

趙栩寒聲道：「誰敢動我的人，誰死！」

矮身急閃，腳下不停，極快地和她錯身而過，反手一劍封喉，毫不停留，撿起地上的弓，往前方粟米田裡狂奔。

一片血光灑過地面，紅衣女子仰面倒在雜亂的粟米稈中，頸間裂縫噴出滾燙的血，在她手中黏糊著流淌而下，真狠啊這少年！她甚至有了一絲想再看一眼剛剛從她身畔掠過的少年的想法。漂浮的零星秸稈沾上了她的血，在月色下像極了紛飛的螢火蟲，她已說不出話來，從娘子傳令讓她回去那一刻，她不想，她不願。她早就瘋了。

似乎，死在他外甥手裡，也不錯。有這許多人給她們陪葬，也不錯。

九娘撥開粟米稈，前方已是盡頭，田埂斜坡就在眼前，她直直衝出了粟米田。

身後的大漢雖然已經中箭，已聽不見自己同伴呼喝。月光下死氣彌漫，似乎身後那地獄魔王正一步步靠近。身為一個死士，他從來沒發現自己也會有想活下去的時候，為了保命，或是為了給同伴報仇，又或一命換一命才划算，他更覺得需要抓住前面的女子，極力追上去，大喝一聲，揮刀就往九娘背上砍去。

聽著那喊聲似乎就在耳邊，勁風襲體，九娘本能地想起陳太初之前躲箭的姿勢，立刻整個人朝田埂斜斜的地面撲去，馬上往左邊滾了開來。

那人一刀砍了空，一怔，沒料到她這麼敏捷，想起剛才同伴就是死在她手上的，倒不敢大意，聽見身後已經傳來粟米稈被迅速撥開的聲音和腳步聲，不等九娘站起身，上前兩步，又是一刀全力當頭砍下。

九娘避無可避，下意識雙手握劍，咬著牙眼也不敢眨，使出全身力氣，橫劍朝前一擋！竟如削泥一般，毫無阻擋。朴刀從中而折，一半失力，落了下來，九娘拚命側身一讓，那半段刀落在她頸側，另一半還握在那大漢手中。

九娘跌落在斜斜的田埂上頭，虎口有裂開的感覺，短劍差點掉落下來，手臂顫抖得似乎已經不是自己的。

「阿妧！阿妧——！」趙栩的聲音越來越近。

九娘又驚又喜，鼻子直發酸，坐起身子，哽咽著大喊：「趙栩——！趙栩——！」無論前世還是今生，她的運氣，其實一直不壞。

那大漢再次上前，舉起半邊刀。

趙栩站定，滿弓！上劍！

他不能以長槍為箭，他能以劍為矢！

十五寸！徐夫人後代所鑄的削鐵如泥吹毛斷髮的利劍！

他的手極穩，極定，他苦練過黑夜視物，他苦練過蒙眼射箭，他苦練過飛衛的不射之射！他一定來得及！一定可以！

一聲弦響。大漢全身猛地一震，他低頭看著自己心口露出的半段劍尖。這是怎樣的劍，刺穿皮膚骨血肉時一點聲音都沒有！他再往前走了半步，殺了她！給自己償命！

再半步！殺了她！

九娘看著他猙獰的面容，怒目瞪著自己，歪歪斜斜地朝著自己壓了下來。

毫不猶疑，九娘雙手緊握的短劍直刺出去，一劍生生地頂住了還在喘著粗氣的大漢，不知從哪裡使出的力氣，將他推翻開。

大漢那龐然身軀頹然倒在九娘身邊，又慢慢從斜坡上滑落至田地裡。

九娘無力地靠倒在斜坡上，短劍卻仍然在手中未鬆開，整個人都脫了力，這時才開始發抖。

月光如水，溫柔輕撫著這個從修羅場裡倖存下來的少女。飽受踐踏的大地，也似乎鬆了口氣，開始釋放土地的芬芳氣息，擁抱著倒在自己懷裡的少女。

一切都過去了，空氣中飄蕩著成熟稻穀和粟米的味道，夾雜著隱隱的血腥味和遠處飄來的燃燒過的氣味。

微涼的夜風拂過，三四十步以外，半人高的粟米田裡，粟米稈輕微地起伏，一串串的粟粒飽滿豐腴，半彎折著腰，在月光下悠悠晃蕩著，如水，如波，如海。

一個少年，側身挺立，正在溫柔月光下慢慢放下身前的弓，他的右手還貼在臉頰邊，隨著他慢慢轉正身體，才緩緩放了下來。

趙栩這時才感到自己剛才很穩很穩的兩隻手開始顫抖起來。

他看見她了。她沒事。

她也看著他。他沒事。

你在，我在。

我在，你在。

趙栩開始邁開大步，他越走越快越走越快，胸口起伏不定，終於忍不住開始飛奔起來。

九娘眼中滾燙，卻看不清他的面容，只見他髮絲散亂，隨著他大步的奔跑在空中往後飄拂著。

粟米稈淅瀝瀝地不斷被他分開，如波浪一樣往兩邊倒下，又起來，倒下，又起來。

趙栩蹲下身子，月光越發清明，他看見眼前的少女整個人還在顫抖，髮髻早已散亂不堪，面上有泥有血痕，卻帶著一絲笑意。

九娘看著趙栩臂上的箭頭，衣裳被刀劍箭矢割破劃破無數，不少地方滲出血絲，他的手也在發抖，雙眼瑩瑩發亮，帶著無邊歡喜。

「你沒事吧？」趙栩拔出自己的劍，小心翼翼地蹲下身子。

九娘點點頭，喉嚨也灼燒得疼痛：「我殺了人，我殺人了！」

趙栩一怔，笑道：「是我殺的，你只是補了一劍。很害怕？」

九娘搖頭：「我真的殺人了！你來之前，我殺了一個，在田裡，叫梁十三。真的，我殺了他。」

她抖如篩糠，並不是害怕，就是忍不住發抖，咬著牙，瞪著眼，看著趙栩，還是不停地發抖。

趙栩湊近了一些，握住她的手，掰開她一節節已經發白的手指：「阿妧，你殺得好，你做得對！這些屠村的畜生，該死！」

九娘猛然一顫，手指鬆了開來：「屠——村？村裡呢？翁翁、婆婆呢!?阿昉、阿昕呢!?阿予呢？太初呢？高似做什麼了嗎？」

趙栩替她收好短劍，握穩她的手，她恐怕真是嚇壞了，哥哥姊姊都不喊了。趙栩凝視著她：「高似很好，他護住了他們。阿昉、阿予都沒事，阿昕被太初他們送去軍營了。但是阿妧，阿昉家的那些僕從們，還有婆婆和翁翁他們，都遇難了。」

九娘死死地掐著趙栩的手心。

她的眼淚呢!?她看見翁翁、婆婆他們扛著門板出來時就想哭了，看到阿昕中箭就要哭了，現在為什麼出不來眼淚!?阿昉會多難過多傷心！她的眼淚呢！明明心疼得無以復加，眼淚呢！

趙栩任由她掐著，反將她的小手握得更緊：「你哭出來，哭出來。」

阿妧喜歡王婆婆她們，他知道。在阿昉家那個院子裡，她更自在，她會在吃飯時不自覺地對著婆婆撒嬌，她和王婆婆說話眼睛閃閃發亮，滿是孺慕之情。那個王婆婆，可能和她身邊的慈姑有些像吧。

遠處馬蹄聲如雷，星星點點的火把如游龍一般，禁軍旌旗在火光下招展著。

「燕王殿下——！燕王殿下——！」

不斷有呼喊聲傳來。

趙栩手上用力，將九娘拉了起來，扶著她爬上田埂上的小路，看向不遠處的大隊人馬。

第一百一十五章

大半個村莊已被焚毀，還冒著青煙。

陳青帶著趙栩和九娘回到村莊時，蘇瞻、蘇昉等人都已隨著西城禁軍到了。

眾人站在蘇家院子門口，默默不語。彈指間灰飛煙滅，殘酷之極。

長房舊僕們的屍體一具具排在曬穀場上，七八個隨軍大夫蒙著半邊臉，戴著長長的皮手套，給他們拔除箭頭，簡單清洗傷口。後面有人替他們一一蓋上麻布。

蘇昉蒙起口鼻，端著水盆，也在其中忙碌著。

九娘用力撕下半邊衣角，裹住口鼻，接過一位禁軍手中的水盆和面巾：「我來。」

那是她的親人們，她和阿昉，當然要自己來。她細細地替王婆婆潔面，披散開頭髮，婆婆的腿腳被火燒壞了。她要記得給婆婆準備好襪子，不能赤腳。

蘇昉看著眼睛赤紅的九娘，輕輕地道了聲謝，告訴她六娘她們和阿予等一眾女眷都已經跟著高似、孟彥弼，由禁軍護送回城了。只有幾位女使不會騎馬吃了些皮肉苦，其他人都安然無恙。

九娘點點頭，抬眼問：「你爹爹——會送婆婆她們返鄉安葬嗎？」

蘇昉一愣，輕聲道：「我爹爹方才說了，這次遇難者眾多，打算直接在田莊上建一個義莊，為他們這些英魂建一個忠烈祠堂，日後世世代代享我蘇家子孫的香火。」他頓了頓：「他們這些老人家，在青神都沒牽掛了。」

九娘轉過頭看了看遠處和陳青在說話的蘇瞻，點了點頭：「這樣也好。」

開封府、大理寺、各部官員帶著人也陸續來了。開封府少尹的頭皮都炸了，曬穀場上屍骨壘壘，據說宰相家別院裡就死了三十幾人。遇到這樣的大案重案，若三天裡破不了案，他這少尹的位置恐怕也不用坐了。一聽到賊首伏誅，賊人全軍覆滅，他頓時鬆了一口氣下來。

開封府的仵作們，將蘇昉和九娘請到旁邊，開始俐落地辦公事。

賊匪們的屍首也從其他兩處被一一運了過來，待開封府、大理寺、禁軍和兵部聯合檢查確認後，統一焚毀，挫骨揚灰。

陳青親衛中死亡的十幾位，另外搬到了一間未塌的民房裡，留待一一送返故土安葬。陳青帶著眾人行過禮後，細細吩咐手下造錄陣亡名冊，留待上書授勳，領取撫恤，為他們的家人免除賦役差科，有女眷的請封誥命，有子嗣的請封蔭補。

有官吏開始清點各家各戶的名冊，核對有無人員傷亡，房屋損毀程度。

另有官吏和營造人員已經開始商討村莊重建如何上書，務必要讓蘇相和陳太尉他們滿意。

宮裡的人到了。太平盛世，天子腳下，光天化日，盜賊膽敢當眾刺殺宰相和太尉，不但人人有馬有兵器，竟然還持有禁軍重弩。官家在宮中大發雷霆，責令開封府速速查辦。二府的宰相們連夜被召入宮中，這般重大死傷，不知道哪位宰相要攤上責任，恐怕不辭官不行了。

九娘沒了手中的水盆和面巾，被安置在一旁，心裡空蕩蕩的。她茫然地看著幾百人來回匆匆忙碌著。蘇家院子邊上，滿是血汙的地上已經排起了被煙熏火燎過的木桌，蘇瞻和各部的官員已經在商議。趙栩和陳青在另一邊拿著神臂弩在說話。

「阿妧，」蘇昉擔心地拍了拍她：「你沒事吧？」

九娘靜靜地看著蘇昉，搖了搖頭：「阿昉——哥哥，幸好你也沒事。阿昕她怎麼樣？」

蘇昉看向曬穀場，深深吸了口氣，啞著嗓子道：「那樣的情形，能活下來就是老天眷顧了。阿昕她——太初——只是我二叔、二嬸——」

九娘聽著阿昉的語無倫次，心更痛。她明白，除了爹娘，蘇府裡和他最親的人，應該就是阿昕了。他心裡很怕，怕阿昕出事。

蘇昕為了陳太初擋箭，若是有個三長兩短，陳太初恐怕終生難以心安。阿昉他更是難以心安。若不是他這個哥哥，阿昕不會入桃源社。

阿昉也會和她一樣，會將不好的事怪責在自己身上吧。九娘看著阿昉，想起蘇昕，心如刀割。那個長得和阿昉七八分相似的女孩兒，前世曾經軟糯糯趴在她懷裡喊著大伯娘的女孩兒，撒嬌纏著她要那個傀儡兒的女孩兒；被阿昉推倒了，頭破血流哭鼻子的女孩兒，過了三天又抱住阿昉的腰喊著哥哥不放手的女孩兒。曾經她以為她會生一個阿昕那樣明朗可愛單純的女兒。

可她偏偏，什麼也做不了。

蘇昉轉過頭看著雙手合十默念經文的九娘，不禁也雙手合十起來：「南無大慈大悲救苦救難廣大靈感觀世音菩薩，請保佑阿昕平安無事！」

馬車穿過整個汴京，從西往東，經過州橋夜市的時候，九娘忽然掀開車簾。

「六哥？」

趙栩低下身子：「餓了？」

「我想吃鹿家的鱔魚包子。」九娘輕聲道。

趙栩想了想，讓人將馬車拐入炭張家停好，扶了九娘下來：「就在對面，咱們走過去吃，我也餓了。」

州橋夜市，熙熙攘攘的人群，笑鬧不斷。

九娘坐在鹿家包子鋪裡面，很快面前已空了一籠。

她一口一口地吃著，大口大口地吃著。右手拿著最後一口包子的時候，左手就已經伸出去拿下一個。

趙栩吃了一個就覺得過於油膩了些，勉強喝了兩碗茶。看著九娘卻已經吃了三個了，還沒有要停下來的意思。

他默默推過去一碗熱茶湯。

她好像在看著他，卻並沒有看著他。她什麼也沒有看。門外的熱鬧，鋪子裡的熱氣騰騰和說笑聲，似乎都離她千里之遙。那雙靈動的大眼有些呆滯，慢慢地騰起了霧氣，霧又慢慢積成了水。

大顆大顆的眼淚終於滾落下來，落在包子餡裡，落在她手上。她嗚咽著大口大口地吞下去，一直到再也吃不下去，眼淚鼻涕滾滾，鼻頭紅彤彤，腮幫子還鼓著，仍然拚命努力地咀嚼著。

三十多位長房的舊僕，當年被她狠心留在青神。她不是不想帶他們走，她只是想讓他們留在故土安享天年，想請他們替她守護爹娘的墳塋。卻不想今日竟全部無辜殞命在汴京，為了阿昉，為了她們。

這世始終拿她當妹妹一樣看待的阿昕，會在汴京小娘子們面前維護她的阿昕，會為了四娘拳打腳踢程之才的阿昕，風光霽月如菊似梅的阿昕，永遠笑嘻嘻的阿昕，心有陳太初卻無半絲雜質的阿昕，此刻生死未卜。

再多的難過，吃下去就好了。

這是她今世頭一回吃鹿家鱔魚包子。這是爹爹少年時候來汴京最愛吃的點心，尤其愛包子裡流淌出的油湯，鮮美異常。爹爹是用鱔魚包子把娘親騙到手的，曾經對她說過好多遍，逗得她笑個不停，口水直流。可青神的鱔魚包子，總是帶著魚腥味。前世有一段時間，有那麼幾個時候，她會讓人買上兩籠回百家巷。深夜裡她在廚下，自己蒸熟了，一口一口，大口大口。包子裡會流淌出滾熱的油湯，會想起爹娘的笑容，會蓋住心裡的淚水，會包住所有的難過傷心和痛苦。

鹿家的鱔魚包子，是會帶來好事的包子。這是爹爹告訴她的，是她告訴阿昉的，告訴高似的。

趙栩終於鬆了一口氣。哭出來就好了，讓她哭吧。

鹿家娘子端了冒著熱氣的一籠包子放在了他們桌上，瞟了趙栩一眼。

「這麼好看的小娘子，你怎麼捨得惹她傷心呢，唉！」

啊!?

鹿家娘子努了努嘴，柔聲道：「哄一哄啊，會嗎？哄一哄！」

看著趙栩依然默默注視著一邊吃包子一邊哭的小娘子，鹿家娘子心裡又好氣又好笑。長得好看有什麼用，也是個不解風情的呆頭鵝！

鹿家包子鋪忽然裝上了兩幅門板，不再迎客。被鹿家娘子用眼睛趕走的客人們紛紛搖頭歎氣。人家小倆口吵架，又關你鹿娘子什麼事！

鹿娘子上前來收走了空的蒸籠，低聲湊到趙栩身邊說：「去啊，坐過去，抱一抱，哄一哄，笨蛋！」

啊!?

她家鹿掌櫃歎了口氣，上了最後一幅門板。反正也已經亥正了，少做一夜生意也沒什麼。夫妻倆遣退了夥計幫傭，熄滅了大部分燈火，進了廚下說起悄悄話來。時不時偷偷朝外瞄一眼，鹿娘子一眼就喜歡得心都化了的兩個美玉一般的小人兒，一個還在邊落淚邊吃包子，一個依舊默不做聲，眼都不眨一下地傻乎乎看著。

鹿掌櫃嘀咕著：「啊呀，十幾歲的青春年華，能有什麼大事啊。」鹿娘子笑道：「長得好看才有青春才有事呢。就你！有什麼青春年華，有什麼好哭好笑的！」她輕手輕腳地收拾起來，生怕吵著外面的小兒女。

九娘嗚咽著，伸手又去拿包子。趙栩趕緊把蒸籠挪開：「阿妧！不能吃了，乖，再吃你要吐了。」

這話聽著也耳熟。九娘一怔。前世在杭州，蘇瞻煮的豬肉實在好吃，她忍不住多吃了好幾塊，被蘇瞻提醒「再吃你要吐了」。後來她夜裡真的吐了，蘇瞻氣得跳下床，直笑說可惜了他燒的好豬肉，又痛惜床單被面，自顧自去沐浴了。她氣得好幾天都不理他也不肯吃肉。後來她病得厲害，蘇瞻倒讓高似每晚都買鹿家的鱔魚包子，可惜她那時再怎麼努力也吃不下。

九娘抓住蒸籠搖著頭，趙栩，你不懂，我要多吃幾個，好事會來的，阿昕會好的。一切都會好的。

看著她眼淚一顆顆默默往下掉，趙栩無奈鬆開了手。

什麼時候周圍沒人了？趙栩轉頭看看空蕩蕩的鋪子，關閉了的鋪門，想到鹿家娘子的言語，不由得歎了口氣。

他走過去，扶起九娘，她一臉的眼淚鼻涕，一嘴的油，這時候的阿妧，說真的，有些醜，不過醜得也怪好看的。

九娘死死拽著他的袖子，抬起臉：「六哥！」淚光盈盈的大眼在燈火下似乎也搖曳起來。

「嗯——」趙栩心突然跳得快了起來。

「我——我想吐！」九娘來不及推開他，「哇」地已經吐了趙栩一身。

趙栩一怔，不禁自責起來。她頭一回殺人，頭一回被殺，頭一回親眼見到身邊的人死傷慘重，她才不過十二歲，再聰慧也只是個十二歲的女孩兒，所以想著她能哭出來就好也沒攔著，現在反倒又讓她吃了苦頭。鹿家娘子說得沒錯，他還真笨！

他顧不得一身汙穢，趕緊將她扶到一邊坐下，順了順她的背，給她倒了一杯熱茶：「來，喝兩口熱茶水，難受了吧？下回可不能這麼吃了，都怪我沒攔著你！這包子呢，味道是好，就是太油膩了些。你就算心裡難過，吃那許多下去怎麼受得了？剛剛那個我就不該由著你吃！你夜裡回去含兩顆梅子，讓你家的大夫來看上一看，開一些養胃的方子。還有，這幾天千萬吃得清淡一些。我明天去青州了，我讓阿予從宮裡給你送幾包藥，是我娘吃的。對了，聖人也吃那個方子。不過吐了也好，不然這麵食脹開來你會更難受。阿妧——」

他在亂七八糟說些什麼啊！想到上次社日舅母拍著阿妧的模樣，趙栩輕輕地伸出手，一下一下地拍著九娘的背：「你哭吧，阿妧，哭一下，大聲哭，像那天在阿昉家院子裡一樣，哭出來就好了。」

九娘就著他的手，喝了兩口茶水，用力壓了一壓反胃的感覺，看著一地的鱔魚包子，看著趙栩滿身的汙物，聽著趙栩不停地絮絮叨叨地自責，還有他拍在自己背上溫熱的手，一下一下，心裡有一堵不知名的牆被撞鬆了地基，有裂縫從地底緩緩蔓延開來。那拍著背的手，溫柔，甚至越來越輕。可那堵牆所承受的撞擊越來越重，再也支撐不住了，裂縫越來越大，突然終於瞬間崩塌！

九娘揪著趙栩的袖子，死命抱著他的手臂，宛如溺水的人抱著一根浮木，拚命壓抑著的嘶啞聲音低不可聞：「婆婆！婆婆！婆婆死了！翁翁也死了！三十幾個人！為了我！為了我們都死了！死了！是我的錯！怪我！都怪我！還有阿昕怎麼辦？阿昕！」

她承受不住了，她再也沒辦法獨自承受。她害怕，她恐懼，她也會懷疑。

趙栩一怔，默默站了片刻，靠近了九娘一步，伸手拂去衣服上的汙物，輕輕把她的手臂放到自己腰間，讓她靠得更舒服一些，哭得更舒服些。拍在她背上的手，越發輕柔。

「阿妧，前些時，有個很好的人，為了辦成我交代的事，不惜己身，在我眼前死去了。她，原本不用死的。可是我無能為力，只能眼睜睜看著。事後，我一直懷疑自己是不是錯了，特別難受，甚至想放棄一切，因為我心裡頭害怕還會有更多的人因為我去死，甚至還會有我很親近的人為了我——」趙栩慢慢柔聲說出自己的心事，這些，他從來沒想過有朝一日會說出來，更沒想過會對阿妧說。可是他懂得阿妧此刻的心情，這並不只是為了安慰她。

九娘點著頭哭得更厲害，是的，她是有這樣的自責和恐懼。如果是阿昉呢？如果是阿昉為了救她受傷甚至——她想都不敢想！那她重生一次算什麼？又有什麼意義!?她寧可從來沒有過今世，起碼她什麼都不知道！

趙栩柔聲道：「可是阿妧，你看，我寫字，我畫畫，一筆下去不滿意，我可以重新再寫再畫。但有些事，沒辦法重新來一次，我們不做這件事會變成怎樣？我們永遠都不知道。你聽著，今日這些遇難的人，如果有錯，不是阿妧你的錯，是我的錯，是我提議的結社，是我舅舅引來了刺客。阿妧，你怪我才是。你打我罵我都行，但是不要怪你自己，好不好？」

九娘搖著頭，手裡死死揪著趙栩的衣服，抽噎著說：「不怪你，不怪你！」長房的那些生命，怎麼能怪在趙栩身上？他不明白前世的因。

「也不怪你，知道嗎？」趙栩堅持著，重複了好幾遍，直到九娘終於點了點頭，才放下心來。

一時間，鋪子裡靜悄悄的。

鹿娘子抹了抹眼淚，這孩子原來不是呆頭鵝啊，還怪會體貼人的。旁邊遞來一塊乾乾淨淨的舊帕子，帕子一角是她笨手笨腳繡的小鹿，曾經被他笑著說像隻兔子。可做著鹿家包子店當家人的他，這麼多年，一直用著這樣的小鹿手帕，穿著這樣的小鹿襪子呢。鹿娘子接過手帕，鹿掌櫃低著頭沒吭聲。

一時間，廚下也靜悄悄的。

過了許久，感覺到九娘逐漸平復了下來，趙栩歎了口氣，輕輕伸手摸了摸九娘披散著的亂髮：「逝者已往，生者如斯。你放心，阿妧，血債血償，我們不會放過阮玉郎的！」

「那四張神臂弩，已經查過番號，都是河北路的。河北路這兩年軍中大多是蔡佑的人。除了阮玉郎，還有誰能從禁軍中神不知鬼不覺地把在編的重弩偷出來？靠西夏梁氏萬萬不可能。還有那些馬，都烙著鞏義所用夏馬的記號。阮玉郎勾結異族，行謀逆大罪，已經毋庸置疑。蘇相和舅舅準備連夜進宮，哪怕把汴京城翻個底朝天，也要搜出軍中重器藏在哪裡。」趙栩沉吟了片刻：「西夏梁皇后竟然有這許多死士在汴京，看來她和阮玉郎早有勾結。你們以後出入要倍加小心，多帶些人手。」

「鞏義的夏馬？」九娘鬆開趙栩，抬起頭低聲問道。

「不錯。一百多匹，都是從鞏義偷盜的。」

「在鞏義！」九娘忽地壓低聲音叫了起來：「神臂弩！連弩！床弩！一定都在鞏義！」

趙栩蹲下身子，凝視著她：「你怎麼知道的？為什麼在鞏義？」

前世我見到床弩了！九娘心底吶喊起來，她輕輕顫抖起來。在元禧太子的永安陵！她看到是分開的沒有裝好的床弩！她太傻了，壓根沒往那方面想！甚至那宮人回答她是元禧太子生前喜歡的一些木頭傢俱，她當時著了涼，又累又倦，根本沒有放在心上。她記得自己在箚記上寫過兩句，感歎元禧太子去世那麼久，還有人送舊傢俱去祭奠，可見也不都是世態炎涼！

趙栩看了她一會兒，點了點頭：「有道理！梁氏女不可能盜了馬，去洛陽偷了頭顱，還來得及去另外一個地方取重弩，還要尋找舅舅的蹤跡。你說得對，很有可能重弩都藏在鞏義！難道——？」

「藏在永安陵裡！」九娘脫口而出。

趙栩渾身一震，不可思議地看著九娘。

第一百一十六章

「阿阮？」趙栩喃喃地輕聲問：「你知道你在說什麼嗎？」

永安陵！那是元禧太子的陵墓。元禧太子——他爹爹的二伯父，成宗帝的二哥，是武宗皇帝最愛的兒子。當年他暴斃一案，牽連太多人致死，後來以太子之禮下葬，陵墓卻被武宗命名為永安陵。大趙歷來只有皇帝的陵墓才能以「永」字命名，禮部、臺諫多少人因不合禮法而上書，結果被貶被流放的超過十位官員。

誰也不能掘開永安陵去查看！武宗怕後人有異議，聖旨一道金牌一面壓在永安陵呢。

九娘想了想，她和蘇昉看劄記的時候，趙栩不在田莊，趙栩不知道劄記遺失的事情！

「榮國夫人遺留的劄記。她提到過元禧太子陵墓裡，熙寧元年，送進去一些像舊木床一樣的傢俱！」九娘再也顧不得別的了，謊言如果終會拆穿，那就拆穿的時候再說吧。

趙栩目不轉睛地看著九娘。

他喃喃地道：「的確沒有比永安陵更好的地方了。」

九娘點點頭，振奮起來：「如果刺客取出過重弩，一定會留下蛛絲馬跡，這樣的盜掘，官家必然——」

趙栩的嘴角輕輕地彎了起來。他的阿妧啊！真是聰明！

月光下的孟府角門，燈火通明。受命在翰林巷口候著的僕從們遠遠地見到掛著宮裡標識的馬車駛近，立刻有人往二門報信去了。

九娘下了馬車，轉過身，靜靜看著趙栩。

他比自己好不到哪裡去，滿身血汙，帶著鱔魚包子的腥味，髮髻散亂，左臂上厚厚的紗布包著，和上次那個佇立在碧水芙蓉間的少年郎，完全沒法比。上一次他最狼狽的時候，是五年前金明池救她的時候。

可他還在笑著。

九娘眼睛澀澀的。再也沒有比這個時候更好看的趙栩了。

趙栩點點頭：「進去吧，家裡人一定嚇壞了。」他頓了頓，輕聲道：「我明日去青州，不知道幾時回來。你替我探望一下阿昕——還有，阿妧——」

九娘輕輕點點頭，看著他等他說完。

趙栩伸手入懷裡，那只牡丹釵，雖然上次說了等她生日給她，可他此去青州也不知會發生什麼，不知道什麼時候能回轉，他今日特地帶在了身上。

「九娘子！——」角門處傳來撕心裂肺的大喊聲。

九娘一怔，轉過身。杜氏、孟彥弼、呂氏和程氏帶著不少人站在了角門外。六娘含著淚喊了聲「阿妧！」再說不出話來。

眾人上前給趙栩行禮。

趙栩苦笑了一聲：「免禮——阿妧，我走了——」

九娘福了一福，輕聲道：「六哥，你一路小心！」

看著他上馬，帶著馬車和隨從緩緩離開，九娘默默地合了合雙掌，趙栩，你要好好的，平安回來……

身後的燈火漸暗，人聲漸遠。趙栩在馬上回頭望去，孟府的角門處，只餘門上兩個燈籠在微風中晃蕩，兩圈光暈投在地上，空蕩蕩的。他不由得暗自嘲笑了自己一下，轉身攤開手掌，白玉牡丹釵在他手中盛放著，月光下更顯得晶瑩剔透，一夜浴血奮戰，絲毫未染血汙。

趙栩勾起嘴角，他會一路小心的。先讓今夜的大趙翻天覆地吧！

熙寧十年的八月二十，史書上也只含糊其辭地記載了一些片段。

可只有當夜身臨其境的人才知道，整個大趙朝堂經歷了怎樣的狂風暴雨風雲變幻。

京師著名的戲班子「玉郎班」連夜被查封，罪名是「串通反賊房十三，刺殺太尉和宰相」。班主和名震汴京的玉郎君被列為謀逆盜匪，畫像通緝。開封府開始通宵達旦挨家挨戶地持畫像搜查。

蔡家因與「玉郎班」的關係密切，引得官家雷霆震怒。蘇瞻上書，列蔡佑十大罪。當夜蔡佑被二度罷相。

因鞏義皇陵的貢馬被盜，守陵士兵死傷十幾人，官家特派太尉陳青，率領禁軍精銳騎兵一千人，連夜趕去鞏義，徹查皇陵村，竟然正遇上膽大包天的盜匪們第二次盜馬，人贓俱獲，還發現永安陵和兩座妃嬪墓慘遭賊人盜掘，震驚萬分。

官家下旨由陳太尉主持修復永安陵事宜。永安陵掘出的重弩和各色兵器、鎧甲，幾日後都被悄悄運回了京城。

官家痛心疾首之餘，又將蔡佑召入宮中，當著眾人罵得他狗血淋頭，直罵到哽咽難語。

蔡佑以額頓地，大哭起來：「陛下！罪臣年幼失怙，日子拮据，宗族裡無人幫襯，過得艱難。這輩子拚死效命官家，為朝廷出力，從沒想過搏一個賢臣之名流芳千古。罪臣目光短淺，就想多攢些錢財，好讓寡母有些依靠，讓子孫有些傍身之物。臣該死，臣貪財！臣罪該萬死！這才被逆賊蓄意利用而懵懂不知，實在有負皇恩，但臣對陛下和大趙丹心一片，天地可鑒，唯求一死以謝陛下！」

史官也帶著惻隱之心記下了一篇辭藻華麗的文章，意思是為相多年的蔡佑，因一時不察，存了貪財之心，禍及全家，今日面對陛下，愧疚難當，一夜白髮，哭到雙眼流血，兩次觸柱，滿面血汙，也是可歎。

官家掩面哭道：「蔡佑你有負於吾！有負於大趙，有負於天下！然誰能無過？你所犯之錯，自有刑律去定，豈可自絕於此，斷了君臣之義？」又命人將蔡佑押入大理寺獄中，讓人好好醫治他，免得他情緒激動再次自盡。

蘇瞻回到二府八位，和趙昪喝了一夜的悶酒。

趙昪憤憤不平：「百足之蟲死而不僵，這樣還能被蔡賊哭動了官家！」

想起太后氣得發青的臉色，蘇瞻也只能長歎一聲：「知官家者，蔡佑也！大趙開國以來，太祖極恨貪腐，不少官員因此被棄市。到了武宗時，最多也就是流放三千里。等到了成宗時代，連流放都沒有了。」

趙昇恨恨地道：「這幫狗殺才現在根本不怕。我帶著審計院十幾個人在他家盤查，實在清點不出太多財物，帳本上也都是普通往來。這廝也太狡猾了！」

蘇瞻皺起眉頭：「只怕雷聲大雨點小，很難根除蔡黨。」

兩人商議了一夜。

離青州還有百里路不到，隨行醫官方紹樸堅持要在前面的驛站住一夜：「殿下，這一路疾馳，您的手臂傷口總是裂開，再不好好休息，以後——」

看著趙栩冷冷的目光，方紹樸結結巴巴地道：「以、以後再難用、用弓！」

高似也道：「方醫官所言有理。張子厚吉人自有天相，殿下不急於這一時。」臨出發蘇瞻還提醒過他，務必等青州事完畢後再繼續北上。蘇瞻推測這次青州事件有可能是張子厚的苦肉計，為了擁立燕王，張子厚倒是做得出這種事的人。不過他一路上看著趙栩，可以確定兩人並沒有私下往來。

趙栩對高似的話倒從善如流起來：「好，那就歇一晚，明早再走。」

兩個隨行的樞密院支差房官員看著傳令官拍馬去前面的驛站送信，頓時鬆了一口氣。燕王殿下每天要走兩三百里路，他們的屁股和大腿早已經不是自己的了。開始還怯生生地問問他能不能歇上一歎，卻被他一句「張子厚的命重要還是你們的屁股重要」給撅了回來。

洗浴過後的趙栩，看著方紹樸細細地替他將傷口又細細包紮好：「聽說宮裡現在稱你為外科聖手賽華佗了？」

方紹樸歎了口氣：「為陛下清除毒瘡又不是什麼難事，細心而已。」這種捧殺，在御醫院也是常有的事。他家世代行醫，深知同行之間的紅眼病最是可怕。他自請隨燕王出行，也是想躲開一些是非。

「方神醫，我這傷究竟幾天能癒合？」趙栩笑了笑，這小醫官有時話都說不清楚，腦子倒很清楚。

他這一笑，璀璨不能直視，浴後的肌膚更是熠熠生光。方紹樸登時結巴起來：「殿、殿下要是能好、好、好好地坐臥休息，十、十多天也能長好，但、但三個月、月內不、不能用力，會裂！」

趙栩這幾天早就習慣了他時不時要口吃一番，收了笑問：「你去蘇相府上看過蘇娘子的箭傷，她那個幾時能好？」

方紹樸想了想：「好不了。」

看到趙栩的眼神，方紹樸定了定神，收拾起器具紗布來：「殿下您這是普通弓箭，射在手臂上，入肉三分。她是被三停箭射穿，三停箭！射穿！」他比了個長度，點了點關節處：「射穿這麼長，位置也不好，右肩筋脈盡毀。幸虧失血還不算多，不然救不了。現在保住命，但右手臂是肯定沒法用了，如果好好將養，一年半載後或許能自行舉箸。」

趙栩皺起眉頭來。三停箭的殺傷力之大，他當然知道，卻沒想到蘇昕傷得這麼嚴重。他不知道蘇昕是為了陳太初而中箭的，不免又深深自責起來。自己一己私念結了桃源社，卻惹出了這許多事。那夜，他開導阿妘的話，也是說給自己聽的。道理他都懂，前路他也會走，可終究還是心難安。

方紹樸對蘇昕倒是印象很深刻，就算用了他特製的麻沸散，拔那樣的箭頭也是很恐怖的事。十五六歲的女孩兒，背上的蝴蝶骨顫得比蝴蝶翅膀還厲害，卻咬著軟木只悶哼了幾聲，也不哭。他背起藥箱：「可憐的小娘子哦，快要說親了吧，現在──唉！」

趙栩一怔，更是愧疚，煩躁地揮揮手：「等青州回去京城，你再定期去幫她看診吧，診金我來付。」

方紹樸愣了一愣，出門去了。蘇家、陳衙內、燕王殿下。他這是會收到三份診金的意思嗎？除了陳衙內，難道燕王殿下也對蘇家娘子有意思？不過他說完蘇娘子的病情後，好像陳衙內看起來更加難過一些。患難見真情，蘇娘子這傷，也未必就只是壞事。

太尉府裡，暗夜無燈。陳太初枯坐在羅漢榻上，手中捏著從蘇昕肩上拔出的半段三停箭箭身。他也不知道為何要帶這箭回來。

那天，軍中醫官無人敢給一個弱質女孩兒拔除那麼深的三停箭，只敢先行止血，還是官家特地派了宮中的賽華佗方醫官來給蘇昕拔箭。他和蘇昉守在外間，卻沒有聽到蘇昕一聲哭喊，只有幾聲悶哼。倒是蘇昕娘親哭得厲害。

他沒有中過三停箭，卻也被箭射穿過。這攻城拔寨的利弩，就此毀了蘇昕的整條右手臂。到他和蘇昉進去探視的時候，麻沸散的藥性還沒過，蘇昕竟然還睜著眼，還能說話。她說：「娘，這次多虧了太初哥救了我。你們放心，我大難不死，必有後福。」

她娘哭著謝他。他竟然一時一個字也說不出口。

蘇昉拉著他出去後，淡淡地說：「阿昕的意思，她的傷和你無關，你不用管她。」

那天是他這麼多年第一次看清楚蘇昕的容貌。她撐著，就是為了說那句話吧，說話時是想要笑上一笑吧，但是太疼了，面容會有些扭曲。他拔過箭，就算有麻沸散，還是會疼。裡面，很疼很疼。

原來蘇昕長得和蘇昉真的很相似，有些清冷，骨子裡也一樣清高決絕。

和他無關？怎麼會無關呢？

他在簷下看到那盆還沒傾倒的血水，這斷箭在裡面閃著陰冷的烏光，鬼使神差，他伸手取了出來。

屋內忽然亮了起來。魏氏點了燈，慢慢走到兒子身邊。

「你爹爹讓人從鞏義送了信回來。」魏氏將兩張草帖子輕輕放到案上，拍了拍陳太初的肩頭：「你想怎麼做，我們都答應。」

一張是孟家送來的草帖子。另一張，是她合好八字後，準備要回給孟家的細帖子，上頭已經列清了聘禮。原本等收到孟府的細帖子，就要約定兩個孩子見面插釵了。孟府說明年行了定聘禮，先將婚書送到開封府，這親事就算定下了。待三年後再請期行禮。她還高興得很，想著三年裡無論如何元初都得娶妻了，陳家真是好事連連。

陳太初默默拿起兩張帖子。他打開孟家的草帖子。孟妧的生辰八字，三代名諱，官職。孟彥弼沒說錯，兩家是開始議親了。

他和阿妧，在議親了啊。

六郎又一次救到阿妧了，六郎很好。阿妧平安很好，很好。

和命運相比，他陳太初是不是總慢了一步？是不是總會錯過？

陳太初的手指緩緩地從孟妧二字上滑過，心中苦澀難當。

魏氏紅了眼睛。陳青的信上還說了一句話：救命之恩，可以命相報，萬萬不可以身相許。可她只能讓太初自己承受自己決定。她瞭解自己的兒子。太初的心，太軟了，太軟了。別人對他的好，丁點他都記在心上。這樣的恩和情，他怎麼跨得過去這個坎？

忽然，陳太初抬起頭：「娘？」

魏氏的心一緊。

陳太初輕聲道：「娘，對不起，兒子讓您費心了。」

魏氏含著淚點點頭，上前一步，將兒子輕輕摟入懷裡。

第一百一十七章

陳太初輕輕靠在母親身上，心裡很暖，也有些辛酸，更多歉意。

上一次這樣，是他去大名府禁軍後第一次返家。他那時還是馬僮，背上挨過不少鞭子，手上全是轡繩勒出的瘀青和清理馬蹄時的劃傷。因為一直跟著馬跑，靴子早破了，縫了又縫，補了又補，腳底也不免都是血泡戳破後的傷疤。他夜裡還要練功，除了臉，身上沒有一塊好皮好肉。娘細細查看後抱著他大哭了一回，連夜帶人給他做靴子。

四兄弟中，他是和爹娘在一起時間最長的，也是讓爹娘最費心的。大哥似乎從來沒讓爹娘操過心。兩個弟弟在軍營裡也順順當當的。只有他，從出生開始就讓娘吃足了苦頭，落下了病根。回到汴京，無論學武還是學文，爹娘總是先顧著他，現在因為和阿妧的親事，又幾次三番周折不斷。

陳太初輕輕歎了口氣。

魏氏鬆開兒子，坐到他身邊，柔聲問：「跟娘說說，你怎麼想的？」

陳太初猶豫了片刻，才問：「娘，阿昕為了我受傷致殘，日後生活起居也艱難。於情於理，仁義之道，我都該向蘇家提親才是。」

魏氏拉過兒子的一隻手，太初的手指最是修長好看，掌心卻也是薄薄一層繭子：「娘知道，你是覺得應該要照顧她一輩子才心安。」

陳太初點了點頭：「阿昕拔箭那天特意和她娘說是我救了她——」

魏氏一怔，疑惑不解。

「她是個有傲骨的女子，不屑挾恩圖報。」陳太初坦然看著娘：「若我因此求親，只會玷汙了她一片冰心。但我若不求親，卻又是不仁不義。兒子的兩難，難在情義不能兩全。」

魏氏握緊他的手：「太初，你心裡都明白就好。阿昕是個難得的好姑娘，她這般對你當真是情深義重，樣樣為你著想。正因為這樣，若你心裡沒有她的話，斷斷不能委屈了她，也不能委屈了阿妧，更不能委屈了你自己。你爹爹信裡說了，救命之恩，當以命相報，不能以身相許！男子漢大丈夫，頂天立地，有所為，有所不為，可也要知道，有所可為但不能為！」

陳太初慢慢地點了點頭：「娘，當下，這細帖子是不能給孟家的。我心裡頭過不去，總要等阿昕的傷好了再說。還有，雖說她家裡的人不在意阿妧怎麼想，可我在意。」他頓了頓，微笑道：「我和六郎有過約定，等阿妧長大了她來定。」

魏氏凝視著兒子：「好，按你說的做就是。可是太初，你別怪娘囉嗦，女孩兒和你們男子不同。你一直在原地等，阿妧那樣的性子，是不會朝你走過來的。你看見的阿妧和娘認識的不一樣。娘看到的阿妧呢，恐怕是小時候吃的苦多，她和六娘一樣，是那種堅守本心的女孩兒——」

魏氏輕輕歎了口氣：「也不一樣，阿妧那孩子和六娘還是不一樣，她是十二歲的人，長著十三四歲的模樣，有著二三十歲的通透，想著三四十歲才會想的事。看著最親切不過，其實是最淡漠疏遠的。她心裡只有家人，對男女情愛沒有半分期待。她啊，完全不像個小娘子。」

就算像自己這樣在西北邊陲長大的女子，年少時也會臉紅也會驚慌失措也會偷偷期盼，也會偷看對面那家的少年郎。可阿妧，無論看太初，看蘇昉，看六郎，那是看家人的眼神，沒有一絲害羞，沒有半分期盼。

陳太初細細咀嚼著娘的話，默默垂下眼瞼，看著孟家的草帖子。阿妧，不像小娘子嗎？娘口中的這個阿妧，是他知道的阿妧嗎？

魏氏輕輕拍了拍他的肩膀：「你和六郎能說開來，爹娘就放心了。」

她出門時不捨地看了兒子幾眼，才輕輕將門掩上。屋裡的燭火一晃，慢慢又恢復了穩穩的亮堂。侍女在外提起了燈籠。魏氏抬頭看看，天上殘月如勾，世上，有多少事能雙全呢？又有多少事能不經坎坷就順風順水的？月亮還會陰晴圓缺，太初也許會和自己和他爹爹一樣，先苦後甜吧。

許久以後，屋內的燈火一一熄滅了。

趙栩見到張子厚的時候，吃了一驚。

張子厚看到他身後的高似，也是一愣。

張子厚被「關押」在山上僅有的三間瓦房裡。屋裡乾乾淨淨，被褥疊得整整齊齊，兩個部曲在一旁伺候著，很周到。

趙栩想了想方才招安之順利妥貼，賊首們喜形於色，恭恭敬敬，再看著泰然自若的張子厚，笑了。

「你可真是好雅興！」

張子厚起身行了禮，親自取了個不缺口的粗瓷碗，倒了一碗茶：「千里之遙，殿下先去濟南府，再趕來青州。張某感懷於心，以茶代酒，敬殿下立下大功兩件！」

趙栩接過茶碗，也不細看，直接一口喝了：「招安救你，只能算一件而已。」

張子厚看了看高似。

高似知趣地退了出去。門外站著二十來個形貌普通的矮個子大漢，一律皂衫短打綁腿，戴著壓得低低的竹笠，腰間插著無鞘的朴刀。

看見高似出來，立刻就有四個大漢迎了上來，直接將他領到遠處的草屋前坐了。

高似冷眼看著這群人，並不像山上的盜匪，和他這些年來一直接觸的張家部曲也不同。最奇特的是腰間的朴刀，比起民間通用的朴刀，更長更窄，說是長朴刀，又有些像長劍，說是長劍，卻又背厚形彎。高似想起倭刀，心中一動。這樣的刀，確實更利於砍劈。張子厚是福建浦城望族的子弟……他喝著茶，仔細留心起這批人的步伐來，的確和中原的練武身法不同，行走時落地無聲。

若是這些「看守」張子厚的人，都是他的人。那麼蘇瞻說得沒錯，這次青州事變，是張子厚的苦肉計。張子厚雖然以前栽在過蘇瞻手裡幾次，可這些年，心機之難測，行事之詭變，對局勢掌控之嚴密，假以時日，蘇瞻恐怕絕對不是他的對手。蔡佑的倒臺，到底便宜了蘇瞻還是張子厚？高似微微歎了口氣，當真不得而知。

屋內張子厚笑道：「殿下既然特意向官家討了尚方寶劍，自然不只是為了去濟南府釋放那幾個匪首而已。」

趙栩微微眯起桃花眼，唇角勾了起來。看來張子厚在宮裡也有人哪。金牌的事他不知道，那麼他的人，就只是在福寧殿裡當差了。

張子厚撫掌道：「我原先還苦惱，萬一殿下不肯出面，這攤子恐怕還有點難收拾。不過，既然殿下在宗正寺裡，連那些個紈褲宗室子弟都肯結交了，想來也是有了定論。倒是張某白白擔心了。」

趙栩笑了笑：「那你以為本王討要尚方寶劍是為何事？」

張子厚起身推開沉重的木窗，後山的樹木雜亂叢生，幾隻小鳥倉促飛起，撲騰下幾片黃葉，飄落入窗來。

「若張某所料不錯，殿下必然是帶著支差房的官員、青州的官員、禁軍廂軍的人一起來的。」張子厚伸手拈起一片黃葉，用手搓了搓，山上潮濕，並沒有粉粉碎，反而成了一團。

趙栩笑著給自己加了一碗茶，茶葉是閩地的白茶，好茶。可惜沒有好水，泡茶的水溫也不對，糟蹋了。

「若張某是殿下，必然會就地將這五六千人編入青州廂軍，持尚方寶劍，率軍直奔兩浙路，剿滅房十三餘黨。這就立下了第二件功勞。這批盜匪一招安就都能立下軍功，蔭及家小，必然死心塌地跟隨殿下。」張子厚悠然地回過神，俊目含笑，神清氣爽。

趙栩和張子厚四目對視，片刻後兩人都哈哈大笑起來。

趙栩理了理袖子，掏出四百里加急文書：「本王欲率軍從青州往宿州南下，雖有尚方寶劍和金牌在手，還是要讓二府和爹爹知曉，才能更順利地調用青州軍糧，一路順暢。還請你辛苦一趟，做個監軍，陪本王走一遭。」

「固所願也！不敢請耳！」張子厚躬身一揖到底。一雙鳳眼深不見底，是該翻天覆地了！

張子厚取出自己早已經寫好的摺子，蓋上印章，交給趙栩。看著趙栩訝異的眼神，他笑道：「這摺子，自張某得知殿下從濟南府出發，就已經寫好了。若殿下要放這麼好的機會白白溜走，那張某恐怕也只能改弦易張去擁立最年幼的皇子了。」

趙栩哈哈一笑，將文書、摺子一起封了，讓外面的人進來，連同金字牌，快馬飛速往離此地最近的急腳遞送去。

趙栩想著張子厚此人，膽大妄言，愛劍走偏鋒，但確實是個痛快人、聰明人。他忍不住笑道：「不好意思，我來之前，見過你家張娘子——」

張子厚一怔，歎了口氣：「讓殿下見笑了。張某一心在外，家中無人教導，這個女兒，有些長歪了。殿下只管罵，無需給張某留臉面。」

趙栩搖頭道：「本王是罵了她不像你親出的，這話有辱於你，該和你說聲對不住才是。」他起身深深一揖。

張子厚趕緊扶住他，正色道：「季甫——殿下喚臣季甫就好，這是臣的表字。」

趙栩一頓，他還從來沒聽說過張子厚有個這樣的表字。

張子厚點點頭：「殿下沒有說錯，蕊珠並不是臣親出，只是她不知道而已。」

趙栩眨眨眼，自己這是鐵口直斷？可以去大相國寺賣藝了……

張子厚看著趙栩道：「臣既然身家性命皆託付於殿下，無事不可言。臣家中美妾如雲，不過是幌子而已。臣無所出，是因臣無需子嗣。」

趙栩皺起眉。

張子厚笑道：「臣早已從福建浦城張家族譜中出族近十年了，家中高堂有胞弟照料。我孑然一身，無牽無掛，如此，也才能隨心所欲。」他輕歎了一聲：「蕊珠她，和我一個故人有些因緣際會，當年我才收養了她。」

一晃十七年過去了。張子厚抬頭笑道：「這些都是小事，殿下知曉了就是，不必介懷。倒是高似，為何會隨殿下而來？高似此人，太過危險，殿下需要小心萬分！」

趙栩看著張子厚：「他拚死保護過我妹妹，我欠他一個人情。無需多慮，他就在此地和我們分道揚鑣了。」

「高似這是要去哪裡？」

趙栩想了想，告訴張子厚：「他要去女真部，聽說現在女真陳兵淶流河，怕是會對契丹渤海軍動手。」

張子厚霍地站了起來：「殿下，臣請殿下許可，立刻拿下高似！」

第一百一十八章

趙栩深深看著張子厚，不發一言。窗外卻忽地飛進來兩隻麻雀，一番撲騰卻飛不出去，在牆上撞了好幾下。趙栩隨手拿起兩個瓷碗，站起身來。

「殿下，於公於私，高似此人絕不可留。」張子厚跟在他身後道。

「為何？」趙栩抬腕兜了幾下，將兩隻雀兒兜住了，送到窗外一抖：「夠傻的，撞疼了吧？」

「在公，高似相助女真，和契丹為敵。這必然是蘇瞻的安排。契丹和我大趙自武宗朝立約盟誓以來，雖有邊陲小摩擦，卻一直是友非敵。壽昌帝親近我大趙，對崇王殿下也十分優待。若是蘇瞻有意相助女真和契丹爭鬥，一旦被契丹發現，便是我大趙毀約在先。契丹豈肯就此甘休？何況趙夏即將一戰，再和契丹起戰事實在不智！於私，蔡佑罷相，蘇瞻獨大，他必然會繼續擁立吳王，讓吳王獨獨依賴於他。既然早晚是敵非友，當趁此機會斷其得力臂膀。還請殿下當機立斷，以大局為重。」

張子厚語氣淡淡，緩緩分析，似乎說的並不是殺人奪命之事。

趙栩轉過身來，看著張子厚平淡表情下的殺機：「季甫，既然你和我不見外，那我也就不和你見外了。你要殺高似，恐怕也是為了你和蘇瞻的私怨吧？但你要借我的名頭殺他，卻是不必。我說過了，他救過我的人，我不想動他——」

「而且，就算高似沒有弓箭在手，你以為你殺得了他？」趙栩回到桌邊，端起茶碗晃了晃：「你外面的部曲雖眾多，不妨試上一試看看。雖然沒有彩頭，我也賭他贏。」

他那夜看到刺客被斷槍釘在地上，卻未親眼一睹高似的長弓風采。那夜舅舅再三強調了高似的箭法之高，叮囑他不可無防人之心。現在若有張子厚願意做試劍石，他趙栩也不會拘泥於道義二字，樂得靜觀其變。

張子厚看著神情自若的趙栩，這位以恣意猖狂、任性妄為、喜怒無常、眼高於頂、傾世容貌聞名汴京的趙六，毫無他所說的欠高似一個人情應該有的不安，倒有一絲好奇和探索，似乎這「試上一試」是什麼好玩的事情一樣。張子厚點了點頭，從腰間取下一塊玉玦笑道：「季甫有幸追隨殿下，自當盡力而為。這塊玉玦也算是個古物，入不了殿下的眼，權作個彩頭一娛。」

很好，這樣的趙六，他沒有看錯人。

趙栩拿起玉玦在手中掂了掂，似笑非笑地看著張子厚。

高似，究竟是友還是敵？高似，究竟厲害到什麼程度？他當然想看一看。張子厚那些腰插奇形怪狀朴刀的屬下，又厲害到什麼程度？他當然更想看一看。

張子厚出了門，吩咐了幾句。不一會兒，四個大漢進來，立於趙栩和張子厚身側護衛，又有四個大漢將高似請了進來。

高似恭謹地拱手道：「殿下。」

張子厚站起身，客氣地拱手笑道：「拿下。」復又淡然坐定。

趙栩也不免一驚。張子厚行事，果然出人意料，狠絕毒辣。

屋內寒光四起，前後兩片刀網毫無預兆地將高似捲入其內。

不過幾個瞬間，叮噹聲不絕，八個大漢手持斷刃退到了張子厚和趙栩身前，倒也不見慌亂，卻都改成雙手握在刀柄上，橫刀於側身前方。

趙栩大笑著站起身，拍起手來：「不射之射，小李廣名不虛傳！這下季甫可服氣了？」

張子厚起身喝退那八個大漢，恭謹地拿起桌上玉玦獻給趙栩：「殿下所言非虛，季甫願賭服輸，服氣得很。」他轉頭不悅地沉下臉：「你們幾個太過胡來！讓你們試一試我大趙第一神箭手的身手，怎麼下這樣的狠手!?呀，高兄受傷了，這山上沒有醫官，不如趕緊下山醫治？」

高似手臂上三道刀傷，前襟也裂開兩處，手上卻穩穩地拿著一雙木箸。方才就是他從外面帶來的這一雙木箸，擊斷了八柄朴刀。

高似幾步走到了張子厚前面，將木箸輕輕擱在桌上，轉頭看向張子厚，抿唇默然不語，身上的傷口這時才慢慢滲出血來。他身形高大魁梧，目光如電，如山嶽般壓迫，令人窒息。

張子厚卻依然笑眯眯地和他對視，毫無怯意。

趙栩好奇地伸手輕輕去拿那雙木箸，剛一拿起來，木箸已斷裂成數段，散落在桌上、地上，轉瞬成為粉屑。趙栩輕輕一捏手中的斷箸，一手的木粉，他歎氣道：「高似——」

高似退後了一步，躬身道：「小人在。」

趙栩走到高似身前，凝視著他：「你有這等身手，何不隨我南下剿滅房十三？我保薦你回軍中如何？」

高似低下頭：「多謝殿下好意！小人當年身陷冤獄，蘇相於小人，有活命之恩——」

他的話驟然停住，默默看著正對著自己心口的利劍，這樣的白天，劍尖依舊閃爍著寒芒，他感覺到胸口皮膚被劍氣激出的細微疙瘩，一片冰涼，全身毛孔緊縮起來。

趙栩的出手竟然快到這般地步！高似心中苦笑一聲。

張子厚大喜，霍地站起身來。

趙栩卻已經收劍入鞘，淡然道：「你對張子厚戒備森嚴，對我卻毫無防備？」

高似胸口劇烈起伏了幾下，想說什麼，卻還是垂首站立，沒有言語。

張子厚歎息一聲，欲言又止，無可奈何。

「高似，你護我桃源社兄弟姊妹一程，今日我也保你安然下山。咱們日後互不相欠了。」趙栩回身拿起玉玦，仔細看了看，收於懷中。

高似單膝下跪，對趙栩行禮道：「小人就此拜別燕王殿下！還請殿下一路多保重。」他頓了頓，看向趙栩的左臂：「殿下左臂傷口需千萬留意，日後才有機會和小人切磋。」

趙栩點點頭笑道：「好，我可不會手下留情。」

高似眼光掠過張子厚，露出一個難得的笑容：「後會有期！」

張子厚面無表情，莫名地覺得高似笑得十分詭異。

山腳下，被方紹樸包紮好傷口的高似，換了一身短打，披了涼衫，戴了竹笠，馬側的長弓引得趙栩多看了幾眼。

高似拱了拱手：「多謝殿下不殺之恩！」

趙栩哈哈一笑：「我心裡有數，當真出手最多只能傷到你而已。你多保重！」

高似看著意氣飛揚的他被一眾隨從簇擁著打馬而去，他身上的玄色披風迎風鼓起，更顯得英姿勃發。山路兩邊的樹葉，深深淺淺的紅橙金黃，宛如一條錦繡彩帶。秋日黃葉被少年的絕世容顏所驚，歎息一聲，飛落下來，想墜入他懷中，卻最終飄無定向，有些落在馬蹄下，連歎息都沒有了。

高似眼眶微紅，摸了摸長弓，忽地揚聲長嘯起來，揮鞭策馬，再不停留，一路向北。

趙栩放慢了馬速，側耳聆聽，山下的嘯聲並無怨憤，也無不甘，只有無盡的傲然。是，高似的身手，足以笑傲天下。

嘯聲漸低，宛如那夜汴河東水門的一曲〈楚漢〉完畢，透出了悲愴和蒼涼。

臨近重陽節，因玉郎謀逆案、蔡佑貪腐案牽涉到的文武官員已近四十多人。幸虧在吏部掛名翹首以盼等著職位空缺的官員不下兩百人。中書門下尚書省各部都忙得團團轉。

過了重陽節，前線傳來喜報，永興軍承宣使孟在會合青澗城種家軍，在原州大敗西夏軍，降服西夏大將韋名山，收服他旗下兵士一萬人，正往渭州馳援。官家大喜，下詔表彰。

九月底的汴京霜重秋寒，菊花待謝。孟府眾人和陳太初母子再次相約去蘇家探望蘇昕的時候，百家巷蘇府門上的白紙和白幡已經撤了。蘇昉親自在角門迎了眾人入內。

到了二門，王璎、史氏和魏氏、杜氏三妯娌相互見了禮。九娘看著史氏穿著素淨，兩鬢已有白髮，行完禮就默默跟在她後頭。

王璎見程氏竟沒給自己行禮，全然沒把自己這個首相夫人兼表嫂放在眼裡，心底惱怒，只是人多也不便說破。倒是呂氏上前笑著問她何時又要晉升品級，她笑著謙讓了一番。

蘇府正院裡，萬齡菊、金鈴菊堆成的菊山正盛放著，侍女們也都身著素服。

蘇老夫人穿了棗紅色聯珠紋錦的褙子，在正屋羅漢榻上和魏氏、程氏幾個說著家常。

程氏這次特地將十一郎帶上了，見他言行舉止十分得體，很是高興。蘇老夫人早聽程氏說了要將孟羽記為嫡子，看他半大不小還有些胖乎乎，說話卻一副老氣橫秋的模樣，忍不住牽著他的手問了好一會兒話。

蘇昕的兩個哥哥得知妹妹受傷，也都從書院趕回了汴京，正好留在家中，準備參加明年二月的禮部試，當下由蘇昉介紹和幾個表兄弟表姊妹相識。

蘇老夫人看著一屋子的人，想起孫女，落下淚來，握了九娘的手歎道：「你和阿昕素日是最要好的，有空常來陪陪她才好。」

眾人拜見過蘇老夫人，史氏帶著魏氏、程氏和孩子們去蘇昕的院子，杜氏和呂氏和王璎留著陪蘇老夫人說話。

百家巷蘇府本就不大，從正院走到蘇昕院子裡，不過短短半盞茶的時候。一路穿行來，秋意濃濃，楓葉紅，菊花黃，有兩株高大的銀杏被日頭曬得足，最上面的葉子已經轉了微微的金黃。

陳太初記得，上回月中來探望的時候，那銀杏葉還是全綠的。那次娘親陪他送了些御藥的外敷藥來，他在屏風外頭問候了幾句。蘇昕笑著答了，又問了問趙栩和趙淺予可好，再無他話。後來史氏親自送他們出二門，千感萬謝，又讓人送了好幾罈菊酒和不少鹹味的百事糕。沒想到這次來，那葉子都黃了。

侍女們打起簾子，眾人魚貫進了蘇昕的屋子。郎君們在外間坐了，娘子們進了裡屋。

蘇昕正躺在床上，讓女使給她讀時下最新的話本，聽到外面的人聲就高興起來，揚聲問：「是阿妧來了嗎？」

六娘和九娘繞過屏風，到了她床前，看到她的女使正將話本收起來。

「好啊，趁我們不在，你又偷偷看什麼好東西？」九娘笑著搶過女使手裡的話本，卻是一本《大唐三藏取經詩話》，講那高僧玄奘與白衣秀才猴行者克服種種困難，終於到達天竺取經的故事。九娘不由得心裡一個咯噔，看看蘇昕。蘇昕卻神色自若，微笑著答：「玄奘取經的故事，瞎看看的而已。」

程氏輕輕拍了九娘一巴掌：「你蘇姊姊最乖不過的，這個話本好，常來我們家的那位法瑞師父都看呢。哪像你和阿姍什麼亂七八糟的都看！」

魏氏坐到床邊細細打量蘇昕，見她面色比上次好了許多，笑容清亮，精神不錯，心裡也為她高興，拉過她的手細細問了問傷勢恢復的情況。

等她們都坐定了，侍女們奉上茶來。外面蘇昕的大哥蘇時就帶著人進屋，一一輪番在屏風外頭問候她。

孟彥弼問候完了又笑著喊：「妹妹，你快些好起來，趁著趙六不在，咱們桃源社要多吃點好的，多喝些酒，將他的份子錢早日花了才是！」

蘇昕卻朗聲道：「不要緊，六郎一貫大方，又有錢。倒是二哥你放心，誤不了參加你的親事！我可是早就備好禮了！」

孟彥弼一怔，聽到裡面三個小娘子笑成了一團。他這才明白過來，叫道：「哎？我是這麼小氣這麼窮酸的人嗎？」

「你就是！」裡面三個妹妹笑著高聲喊道。

稍後，陳太初溫聲問候了蘇昕，蘇昕笑著謝過了，又謝了他帶來的御藥。

十一郎上前問安，一口一個姊姊，叫得甜糯糯。蘇昕好久不見十一郎，問過了史氏，讓女使領著十一郎進來屏風裡頭說話。一見到他，蘇昕噗嗤笑出聲來：「這是十一郎？不和阿妧七八歲的時候一個樣？就是大了一號！」

九娘瞪起眼：「你莫胡說八道！我哪有十一郎這麼胖！」

十一郎笑嘻嘻地團團作揖道：「有其姊必有其弟。我長成這樣，就能時時提醒九姊少吃點。」

連程氏都笑了：「阿昕沒說錯！可不是一個模子裡刻出來的。當年阿妧啊，七歲了，還胖得那手臂一圈圈的，滾滾圓，跟個黃胖似的。我嚇得一天只敢給她吃兩餐飯呢。」

這時，外間匆匆來了個管家娘子模樣的婦人，朝蘇昉、蘇時行了禮，進了屏風裡，福了福，湊在史氏耳邊低聲說了幾句。史氏有些疑惑，對那娘子道：「家裡這些日子何曾發過帖子請人上門。你去回了她，就算是大嫂的妹妹，要來的話，也得先送帖子過來再說。」

「砰」的一聲脆響，程氏重重放下茶盞，站了起來，拿帕子印了印唇角，笑道：「二嫂別急。這帖子呢，是我送的。以前表哥常讓我過府裡幫忙設宴招待什麼的，多了幾張請帖，我擅自用了一張。這剩下的，今日正好交還給二嫂。」她揮了揮手，身後的梅姑上前，恭恭敬敬地將一疊蘇府的請帖送到了史氏手上。

眾人面面相覷，不知程氏葫蘆裡賣的什麼藥。史氏剛放下帖子要問她，程氏已拉了魏氏和她的手就往外走：「走走走，兩位表嫂，我帶你們去見一見了不起的青神王氏女！榮國夫人王九娘的好堂妹，也是我現今這位大表嫂王十七娘的好妹妹！」

第一百一十九章

上個月，趙淺予聽了陳青的話，在官家和聖人面前哭了半天。官家感歎蘇昕赤膽義勇為趙淺予擋了一箭，封了蘇昕為昭華縣君，還破例賜了一縣封地。禮部特事特辦，一個月不到就辦妥了，今日要來宣詔。蘇家因為剛辦完忠僕們的落葬，不想張揚，所以只說蘇昕傷勢漸癒，由蘇昉下帖子請了桃源社的兄弟姊妹來探望相聚。眾人心中有數才來得這麼齊全，哪裡想到半途殺出程氏這事。

「放心，耽擱不了阿昕做縣君！」程氏幾乎是拖著魏氏和史氏，風一般地捲了出去。

九娘向蘇昕剛說了聲對不起，蘇昕已經兩眼發亮：「這有什麼，你快替我去看看，你娘要做什麼。肯定是上次來過的那個小王氏！」

九娘和六娘帶著十一郎匆匆追出院子，就看著前頭一群人已浩浩蕩蕩地往二門去了。蘇昉、陳太初幾個都站在門口。蘇昉若有所思，孟彥弼摸著頭吃不准要不要去，蘇昕兩個哥哥更是大眼瞪小眼，只有陳太初泰然自若。

見到九娘出來，蘇昉笑了笑：「看來你娘是謀算好要收拾我的堂姨母們了？」

九娘原本還有些疑惑擔憂，倒被他一句話說得笑了。堂姨母們？程氏雖然潑辣，卻是個窩裡橫，在蘇瞻這裡借她一百二十個膽子，她也不敢耍潑。何況今日還是蘇昕被朝廷封為昭華縣君的好日子，不多時蘇瞻、蘇矚也快回來等禮部官員和宮中的天使了。她看著程氏的神情模樣，只盼著千萬別是自己想的那種事。青神王氏再不堪，那也是她前世的姓氏。

「阿昉哥哥，要不我們都去二門看看？」九娘提議道，又看向其他人。

「好。」蘇昉抬腳就走。眾人都跟了上去。

他們到了二門處，倒都一怔，這是個什麼事？九娘更疑惑，這不太像眉州阿程的行事啊。

程氏手上抱了一個男童，笑嘻嘻地正和一個穿鵝黃色瓔珞紋蜀錦褙子的年輕婦人說話。史氏和魏氏都有些神情怪異，見到孩子們也過來了，魏氏朝陳太初努努嘴，示意他們先在一邊等著。

程氏將男童放入梅姑懷裡，攜了王二十四娘的手，笑著就招呼著眾人往正院走：「呀，真是的，二十四娘你客氣什麼！你是大嫂的堂妹，自然也是我們的妹妹。哪些個不長眼的，竟敢把你們母子攔在外頭！回頭好好賞上十板子，才不至於壞了咱們宰相府的名聲。」程氏笑著指指蘇昉、九娘他們：「看，這許多侄子、侄女都急著來迎姨母呢，阿妧！你們急什麼急？走走走，都去正院，在老夫人面前一塊兒好好見禮！」

王二十四娘，閨名一個環字，正滿腹疑慮，卻只能笑著聽著應著。她上次來蘇府的時候，只見到了堂姊十七娘，連史氏都沒見到。這次忽然收到蘇府的帖子，邀請她來參加宴會。她喜出望外，以為上回託付王瓔的事有了著落，興沖沖地來，卻又被攔在角門外半天。正又羞又惱想要走時，倒又出來了這許多體面的娘子們自稱是姊姊、嫂子，把她親親熱熱地迎了進來。

王環聽著程氏的口氣，看她的年紀打扮，心裡就把程氏當成了史氏，更是客氣謙讓，又偷眼去看梅姑把兒子抱得十分穩當，路邊的七八個郎君小娘子個個面帶微笑，想著這次還能見到蘇老夫人，八成是堂姊出了力，家裡哥哥有望做官了，便定了心，忙不迭地誇起程氏來：「一直聽姊姊說多虧了二嫂辛勞，操持這麼大的家。難免有些下人陰奉陽違的，二嫂可別為了妹妹生氣。聽說官家和聖人今天要下詔封你家大娘做縣君，妹妹也備了一份薄禮來祝賀，還請您別嫌棄。」

程氏笑得意味深長，回頭看了看一頭霧水的史氏：「好妹妹！我可擔不起你一聲二嫂，不過阿昕今日受封做縣君，的確是大喜事。禮輕情意重，誰會怪你呢。」

史氏這才明白敢情這位王二十四娘把程氏當成了自己，正要上前分辯，卻被魏氏一把拉住，見她對著自己輕輕搖了搖頭，只能聽著程氏和二十四娘一路說說笑笑往正院去了。

九娘輕輕歎了口氣，她出嫁的時候，這個二十四娘怕才只有三四歲？今日這局面，程氏擺明了早有謀劃。她不想插手，也不願意插手。她看了看蘇昉，輕聲道：「阿昉哥哥，我娘萬一舊事重提，或是說到青神王氏什麼話，你不要放在心上。」

蘇昉卻面帶微笑：「我娘雖然是青神王九娘，長房早已絕戶，青神王氏和我已沒什麼干係。我無妨，倒是你和十一郎不要多想。」

陳太初也看出了些端倪，輕聲道：「阿妧，阿昉說得對，本朝對外室向來寬厚，外室子也能和嫡子庶子同分家產。只是若是鬧起來，你娘恐怕會白擔了善妒的名頭，要不要我和娘私下說——」

九娘搖頭：「不用了，謝謝太初哥哥。我娘別的不行，這些她心裡頭清楚著呢。我和十一郎都沒事。」

六娘想起成宗帝時有一家官宦人家的外室當街告御狀，說被正室一家欺負。最後官家親自過問，那正室一家受了不輕的處罰。她心裡替三嬸不值，更擔心阿妧會為林姨娘不忿，她牽住九娘的手，輕輕捏了捏。九娘回眸朝她一笑，也輕輕捏了她的手，讓她放心。

正屋裡，蘇老夫人正聽著杜氏在說籌辦孟彥弼親事的細節，感歎汴京和四川種種風俗人情的不同，看見程氏牽著一個年輕婦人進來，就停了下來，眯起眼：「這是又來客人了？」

王瓔轉頭一看，霍地站起身：「阿環!?」她看著程氏一臉的笑裡藏刀，只覺得頭皮發麻，腿都軟了。程氏一聽，心裡惱火更甚，原本她還吃不准十七娘是不是早就知道，現在可好，不打自招了。

程氏不理會王瓔，牽著王環的手到了蘇老夫人面前見禮：「來來來，先見過老夫人罷！」

王環到了羅漢榻前，強掩住內心的激動和歡喜，盈盈下拜：「青神王氏二十四娘拜見老夫人，老夫人萬福金安。」

蘇老夫人一愣，先看了看臉色蒼白的王瓔一眼：「哦，王家的娘子啊，又是個堂妹？」

程氏噗嗤笑了：「可不又是個堂妹！」她讓梅姑將那男童抱了上來給王環：「來，妹妹，讓小郎也拜見老夫人。」

王環抱過兒子，又拜了拜，柔聲道：「十二郎，來，拜見婆婆。」那孩子拱著手細聲細氣地說：「婆婆安康！」

蘇老夫人點了點頭：「乖，也是個好孩子。等下和二娘一起去玩。」讓身邊的女使給他個小荷包做見面禮。

程氏輕輕給蘇老夫人捶著肩膀，刀子般的目光掃向王瓔：「對了，大嫂，自從王九娘名揚天下，青神王氏女兒就從來不愁嫁，你這位妹妹嫁了汴京哪家高門大戶？快告訴我們，好讓我們走親戚也不至於拍錯門。」

她這一說，蘇老夫人也感興趣地問道：「怎麼從來沒聽十七娘說起過？你堂妹既然也嫁來汴京，是該走動走動，是嫁到哪家了？」她朝杜氏、呂氏和魏氏笑道：「保不齊和你們哪家還是親戚呢。」杜氏等人都微笑著點頭稱是。

王環自幼在青神長大，被選中了送來汴京，一番周折後才做了孟建的外室，只知道孟家是汴京的世家望族，郎君家中的正頭娘子極潑辣。平時她足不出戶，被人安排著來過一次蘇家，王瓔也再三告誡她少出門少和人往來。從沒人告訴過她蘇、程、孟三家的關係，孟建更加守口如瓶，所以甚至連蘇老夫人姓程她都不知道。她此時心裡極想說出來，卻又顧忌著王瓔的囑咐，登時漲紅了臉。

程氏見她不開口，就笑道：「這麼巧，我家有個十一郎，妹妹家就有個十二郎。你家十二郎姓什麼？說不定和我們這些嫂子姊姊們還是親戚呢。汴京城開封府聽著很大，論起來其實誰和誰都會沾點親帶點故的。」

王環抱著兒子，看看堂姊王瓔，咬了咬唇，見屋裡諸多娘子的目光都落在自己和十二郎身上來回打量著，堂姊又面色詭異。想著這一屋子的娘子，肯定都是來參加蘇家小娘子受封縣君一事的貴客，不免心中一熱，這些年來的不甘和委屈湧上心頭，更想借此捅了出去，若能借了堂姊的力搬進孟家，兒子還能夠順利認祖歸宗，日後也能分到一份家業。她便對程氏福了福，低聲道：「奴家是個命苦的，雖也明媒正娶有婚書，奈何郎君另外還有個大娘。奴的十二郎他姓孟，是翰林巷孟家的孩子，只是大娘兇悍，還不敢認祖歸宗──」

王瓔倒吸了口涼氣，手腳冰涼。只盼著宮中的天使快些來宣讀外命婦誥命冊封詔書。還有郎君怎麼還不回來等著迎接天使！蘇瞻在，程氏才能消停！

一語既出，滿堂寂靜。

杜氏和呂氏面色大變，齊齊站起身來。

程氏一臉不可置信，追問了一聲：「翰林巷孟家？」

王環怯怯地點了點頭：「正是。奴的郎君，是孟家的三郎君，託姊夫的福，在戶部任事。」

蘇老夫人一愣，顫聲問：「你嫁的人是翰林巷孟家的孟三郎？孟叔常？」

「是。」王環不解地看向王瓔。

蘇老夫人看向王瓔：「十七娘？你早就知道你妹妹嫁的是孟三郎？」

王瓔站起身：「娘，我家二房和青神諸房來往甚少，我──」

史氏淡淡地道：「前些時這位二十四娘不是還來探望過大嫂嗎？我身子不舒服沒有出來見客。拜帖可不會錯。」

王環不解地看向王瓔：「十七姊，我家三郎可有什麼不妥？上次你並沒說起啊。」

王瓔艱難地開口道：「不！我不知道，我不知道……」她搖著頭，只覺得百口莫辯。她真是冤枉得很，要不是王環忽然上門，她哪裡知道五房送了個女兒給孟建做外室。自從知道了以後她就心驚肉跳，也不知道埋怨誰去。

程氏已一頭栽倒在蘇老夫人身上。蘇老夫人趕緊掐她的人中，拍她的臉，哭道：「阿程！醒來啊，來人，快把那沒臉沒皮沒羞沒臊的女子打出去！」

程氏一把握住姑母的手，醒了過來：「姑母，可不能打！讓我先問個清楚才是。我死也要死個明白啊，回去見了阿姑也好有個說法！」

王環手微微顫抖著抱緊了兒子，不知所措。

程氏還沒開口，外頭的侍女打了簾子進來稟報：「相公和郎君回來了，孟家表姑爺也到了。」

蘇老夫人道：「讓他們都過來說話！來得好，來得好！」

蘇瞻、蘇矚和孟建剛進了垂花門，裡面程氏已一頭撞在王瓔懷裡：「你喜歡你姊夫，趁著姊姊屍骨未寒，就在靈前送茶遞水眉來眼去。你們青神王氏庶出的娘子都這般不要臉？專盯著有婦之夫往上貼？你一個不夠，還要把你堂妹往我家裡塞!?天下男人都死絕了不是？」

蘇瞻掀開簾子，沉聲喝道：「住口！」

第一百二十章

蘇瞻的一喝，把孟建嚇了一跳。程氏沒想到蘇瞻他們回來得這麼快，原本存心要大鬧一番，一見到蘇瞻的清冷面容，寒光四射的眼睛，不知怎麼就忽地洩了氣，鬆開王瓔，訕訕地收了聲。

十一郎瞪大了眼睛，他頭一回見到讓嫡母都害怕的人，這個宰相表舅，個子真高。九娘垂眸看著自己繡鞋上的彩蝶，姨娘的手還真巧，做的觸鬚像真的一樣，微微捲曲。程氏憑著胸口一個勇字，恐怕也只能鬧到這裡了。

蘇瞻靜靜環視了一圈，正屋裡悄無聲息。他微微側過頭：「二弟，你和阿時帶陳衙內他們幾個小郎去外書房坐坐。如是禮部來了人，知會我一聲。」

他又看向史氏：「還勞煩弟媳帶孟家幾位娘子和魏娘子去西花廳裡喝茶。呂夫人，稍晚宮裡的人來，恐怕要和我弟媳說上幾句閒話，你進宮次數多，還請多提點提點。」他一拱手，面上帶了少許笑意，姿態如仙。呂氏點點頭，同情地看了看程氏，和杜氏、魏氏魚貫而出。

一眾服侍的人也趕緊退了出去，恨不得自己沒有長耳朵，從未聽到那樣可怕的話。

九娘牽著十一郎的手慢慢走到程氏身邊，扶住了她，四隻水盈盈大眼看向父親孟建。

孟建入了門一看王環抱著十二郎含淚站在一邊瑟瑟發抖，程氏正拽著王瓔罵，好似那一直懸著的鍘刀陡然從空中落下，把他斬了個兩段，只剩下魂靈頭飄飄蕩蕩。等他清醒過來，看著九娘和十一郎的兩張小臉，既羞又慚，手足無措。

蘇瞻這才轉向孟建：「進來，坐下，好好說話。」

他上前給母親行過禮，徑直在左下首坐了：「程氏，你仗著是我表妹，如此恣意當眾辱罵從三品的郡夫人，目無法紀；汙蔑兄嫂清名，目無尊長，可知按律該當如何？」

程氏翕了翕嘴唇，一肚子的話全沒了頭緒。

九娘斜斜跨出幾步，朝蘇瞻一福：「表舅教訓的是，請恕九娘不敬之罪。我娘一向心直口快，理當受罰。」

「阿妧！」程氏氣得不行，虧她還想著讓九娘做記名嫡女，這個胳膊肘往外拐的白眼狼，從小就知道巴結蘇家！

九娘帶著微笑道：「表舅，我娘她目無法紀，理應報開封府才好，說一說郡夫人好心送堂妹給夫家的表妹夫做外室，竟然遭表妹辱罵，不知該按哪條律法如何處置？或者稍後宮中來人，稟告太后娘娘和聖人，榮國夫人、郡夫人所在的青神王氏，出了甘願做姻親外室的王氏女，而被正室辱罵，要對正室做何種申斥處罰？還有，我娘她目無尊長，請問是要用蘇家的家法處置，還是要送回孟家請孟家的家法處置？」她沉靜地回過頭看向孟建：「又或者父親已然停妻再娶，是給母親準備好了休書一封還是和離文書？梅姑，快派人請我程家舅舅來接我母親大歸罷。」

蘇瞻眼睛微微眯了起來，這個阿昉幾次說到的孟九，果真伶牙俐齒！

九娘不待蘇瞻開口，又退到程氏身邊：「娘，表舅說您汙蔑他夫妻清名，這個你倒是能在婆婆面前申訴一番。是黑是白，一清二楚。若您錯了，此刻就趕緊向表舅表舅母好生賠不是，自家親戚，想來表舅宰相肚裡能撐船，不會和您計較。」

王璎艱難地開口道：「算了，自家表親，何必弄成這樣難看？」

蘇瞻看了一眼面無表情的蘇昉，冷眼看向程氏。他問心無愧，清清白白，坦坦蕩蕩，倒是擔心剛才那樣汙糟的話入了阿昉的耳被他上了心不好。想到最近由於阮玉郎一案，阿昉和自己剛剛親近了不少，便道：「程氏，你把話說清楚，誰同誰在阿玞靈前怎麼眉來眼去了？你要敢信口雌黃，無論是去開封府還是請聖人申斥，我都不怕麻煩，總要治治你這張嘴。」

程氏捏著九娘的手，深吸了幾口氣。蘇老夫人知道蘇瞻說一是一的性子，便哽咽著問：「阿程，事關你表哥清名，你可不能胡亂猜測汙蔑他和十七娘。」她雖然不喜歡王璎，奈何程氏那幾句話太過驚心。

孟建上前拉了拉程氏的袖子：「娘子向表哥賠個不是，隨我回家去吧，我們的事回去再說。別誤了禮部和宮中來宣詔的大事。」

程氏甩開他的手，她不願！一個多月來她過的是什麼日子，心如死灰還是心如刀絞？夜夜看著孟建，才覺得什麼都不對了。過去的十幾年，她出錢出力出人，竟被枕邊人辜負至此。她派人跟著他，四處打探，竟然是青神王氏，又是青神王氏！她不甘心。要有十七娘撐腰，這個外室她還怎麼收拾！

程氏上前朝蘇老夫人一拜，哭道：「姑母，阿程不敢。當年阿玞表嫂去了，表哥連喪帖都沒給我一張。是我想著阿玞自來汴京就一直照應著我和家裡的孩子們，硬是厚著臉皮跟著大嫂來拜祭。那會我也剛沒了十二郎，心裡也苦，在靈前哭暈了，被扶到帳幔後頭歇著，親眼所見另一邊的帳幔後，十七娘湊上去給表哥遞茶倒水，溫言軟語。若有一字虛言，天打雷劈！阿玞啊，你在天之靈肯定看到了吧？對，阿昉也看見了！阿昉是不是？」她轉過頭看向不遠處靜立著的蘇昉。

帳幔下她見到的那雙小腳，赤腳穿著麻鞋，雖然很快不見了，只可能是蘇昉。

蘇瞻怒不可遏：「你簡直一派胡言不知所謂！當時阿玞的喪事是岳母和十七娘在打理，十七娘給我送一盞茶竟被你說得這般不堪，你該問問自己心裡為何如此齷齪才是！」他冷冷看了一眼九娘，對孟建道：「你將她們都帶回去。」他無比後悔當年一時心軟，讓程氏夫婦進了這個門。

「表姑沒有說錯，我是看見了。」

眾人一驚，驟然都沒了聲音。

蘇昉的面容上覆著一層寒霜，聲音更冰冷。他慢慢走到堂中，緩緩地問王瓔：「我是看見了。十七姨母，你關心我爹爹沒什麼，送茶水也沒什麼，我爹爹接了你送的茶水並沒什麼，可是姨母你為何會高興呢？你的眼睛在笑。」蘇昉一字一句地問道：「是因為你假託我娘的話，對我爹爹說我娘把爹爹和我託付給了你？還是因為蘇王兩家定下了你嫁給我爹爹？還是因為你能成為宰相夫人？又或者你高興我娘終於逝世了？」

「阿昉！」蘇瞻霍地站了起來。蘇昉已一撳下襬，跪了下來：「兒子忤逆不孝，不敬繼母，目無尊長，甘領家法。但還請姨母替阿昉拔了這八年的心頭刺，好讓阿昉心安。」

王瓔這幾年本就過得鬱鬱，不得夫君愛重，不得阿姑親昵，連親生女兒都有些怕她，聽到蘇昉這一連串問，句句敲在她心裡最害怕的地方，說破了那些最見不得人的隱秘，一個急喘，已軟軟倒了下去。九娘幾步上前，用力扶住了她，秋水瀲灩的雙眸似乎看盡她的心思：「表舅母，您還是別暈過去的好。」她笑著指了指頭上的翡翠喜鵲登梅釵：「這個戳人中，疼得很，容易見血。」

程氏兩眼放光，原先那一肚子的話又回來了。原來她冤枉阿妧了，好孩子！

蘇瞻緩步走到蘇昉面前，心中酸楚難當，卻一個字也難說出口。阿玞去了，靈前生出了阿昉的心頭刺？他以為十七娘才是最合適照顧阿昉的人，五年前阿昉的言語似乎又在耳邊迴響。「我娘親絕不會想看見您續娶十七姨……」

可他明明問過阿玞的。

「阿玞，讓十七娘照顧阿昉，你放心嗎？」他問過的。十七娘熟悉阿昉，性子溫順，二房和其他各房也沒什麼來往。是，他內心深處還有不能說出來的原因，十七娘有一些像早逝的蘇五娘。可他並沒有起過什麼不當的心思，只是待十七娘更溫和一些而已。

阿玞當時咳得厲害，半天才合上眼告訴他：「你放心就好。」

你放心就好。你放心就好。不是他想的這個意思嗎？不是讓他放心她的安排嗎？

蘇昉抬起雨後遠山般的面容，靜靜和父親對視：「父親要如何處置兒子，兒子都甘領責罰。只是王氏五房因何緣故要將女兒送給表姑父，還請父親留意查問。」

蘇瞻伸手把蘇昉扶了起來：「阿昉起來說話。你心裡有事，說出來就好了。」他看了看王瓔：「你十七姨心存憐惜，送茶水時流露一二，惹得你和你表姑誤會了。但我們清清白白，從無苟且。這個爹爹也能對著你娘發誓。」

他轉向九娘扶著的王瓔：「十七娘，五房的這個是怎麼回事？為什麼變成孟建的外室，你可知道？」

王瓔面如死灰，緩緩搖了搖頭：「我也能發誓的，我不知道怎麼回事。二十四娘上次來，和我說了，我才知道，也嚇了一跳。我不敢告訴郎君，不敢告訴你們。我真的不知道！我哪丟得起這個臉！我又怎麼會送二十四娘給表妹夫做外室？青神王氏怎麼丟得起這個臉！」她掩面痛哭起來。她愛慕蘇瞻有什麼錯，他竟然一點都不維護她？她等了他三年孝期，難產生下女兒，做夫妻快五年了，可他呢？他心裡只有九娘和蘇昉。他要對著王玞發誓他清清白白？他對她笑如春風，那麼溫柔的眼神，難不成都是她的誤會？

蘇瞻看了看懷抱兒子哭得不行的王環，轉向孟建：「你來說。」

孟建臉上青一塊紅一塊白一塊，頭大如斗，老老實實道：「表哥，五年前你讓我到青神辦事，有一夜，王家的五叔就送了二十四娘來，說來服侍我——」

他抬眼看了看程氏，立刻擺手道：「我不敢！我沒有。我立刻讓燕大他們好好的把她送回去了。」

王環哭聲漸響。

孟建垂頭喪氣地說：「後來我回了汴京，誰想到她爹爹那麼狠心，派了兩個婆子，把她扔在我衙門口，說有人見到二十四娘深夜從我房裡出來，壞了她名聲，王家留她不得，若是我不收留她，就讓她撞死在我面前以證清白——」

他瞟到程氏勃然大怒的神情趕緊說：「我不敢！我沒有——我可憐她孤身一人，無處可去，才給她安頓了一處住所。我給她爹爹寫了信，誰知道沒幾天那兩個婆子都不見了人影——」他羞慚地低下頭去。天下的男人，誰能一直柳下惠？

程氏跪倒蘇老夫人跟前：「姑母，孟叔常要不是為了表哥，五年前怎麼會跑去青神？又怎麼會惹來王家五房這一身騷？十七娘既然早就知道這事，為何不同我們說一聲？我不在這裡說理，去那裡說？您最知道我了，雖不是個讓人省心的，卻也不是什麼拈酸吃醋的人，家裡的姨娘最多，兒女也是最多。我可是個容不下人的？」

不等蘇老夫人反應，程氏哽咽著道：「就是我苦命的十二郎沒了，阿姑也答應把十一郎記到我名下。孟叔常現在和這小王氏明媒正娶還有婚書，為何不索性休了我或是逼我和離？她生的兒子竟然排在十二這個排行上，我的十二郎算什麼？」她轉頭問孟建：「你要納就納，要再娶就再娶，同我直說就是。你現在說清楚，休妻還是和離？姑母和表哥正好做個見證。不然等我哥哥來了，少不得往開封府告你一個停妻再娶！」

蘇瞻皺著眉，高似當年說過，青神王氏想送娘子給孟建，是為了長房的事，孟建明明拒絕了。這個小王氏入京，賴上了孟建，高似的人怎麼會一無所察？因為阿玞的嫁妝是孟建打理，這幾年他身邊就沒少過高似的人。

孟建不敢看一旁的二十四娘，唯唯諾諾地低聲說道：「哪裡有過別的婚書？五房上門來找我，寫了一張納妾文書，辦了一次酒席而已。我也是萬不得已，怕出人命才——」

那邊王環驚呼了一聲，抱著兒子就要往地上倒去。梅姑趕緊一把扶住了。

這邊程氏一掙袖子拂在孟建臉上：「萬不得已你倒生出十二郎這條人命了！呸！」

孟建又抓了她袖子：「原就是想著生了抱回來給你養的才喊了十二郎——」

程氏冷笑道：「孟叔常，你當你自己是什麼三品大員還是朝中名將？五房要巴巴地使這等下流手段把女兒塞給你？還不是為了你手上長房的那些東西！」她看向蘇瞻：「表哥，我知道男人三妻四妾養個外室不是什麼大事，可為了這麼個玩意兒，孟叔常挪用阿玞的嫁妝貼補五房，對得起表哥你嗎？對得起阿昉嗎？對得起死去的阿玞嗎？」

第一百二十一章

面對一屋人不可思議的眼光，孟建腦中嗡一聲，腿一軟，差點就跪在了程氏的面前。他看向妻子，阿程怎麼知道的？她這是鐵了心要收拾自己了？

蘇瞻皺起了眉。孟建手上的產業雖然是他在打理，長房的帳本卻是每兩個月就要送來百家巷總帳房核查的。挪用的事，高似和帳房都和他稟報過，因數目不大，隔月就補上了，他也只是讓總帳房提醒了一下孟建，卻沒想到他挪用的錢竟然是給了五房。難道是高似忽略了錢的去處？

蘇昉淡然看著孟建，不知道這位表姑父是太傻呢，還是太天真，抑或兩者兼是。

程氏卻看也不再看孟建一眼。她受夠了，她要這樣的丈夫做什麼？一事無成，靠著自己的表哥才做了個小官，外不能建功立業，內不能教養兒子。給錢，錢少，給心，心傷。還總吃著碗裡的，看著鍋裡的。她眉州阿程為何要一輩子維護這個唯唯諾諾一無是處的男人！

「姑母，表哥，孟叔常做出這樣的事，我也沒臉來見你們。十幾年夫妻，我在孟家沒有功勞也有苦勞，如今被他這樣欺負羞辱離心離德，實在咽不下這口氣。等我哥哥來了，還請你們做個見證，今日我要同他和離。他要抬王氏做正妻，也由得他去。我不稀罕這孟三媳婦的名頭！」程氏斬釘截鐵地終於把憋了幾十天的話甩在了孟建臉上。

九娘和十一郎大吃一驚：「娘!?」蘇老夫人也失聲喊道：「阿程！和重，你來說說——」

孟建失魂落魄地看著程氏，她嫁給自己後一直都對自己很好，從來沒讓他在翠微堂和青玉堂之間真正為難過，也沒有因為說親的人從二哥變成庶出的自己而有什麼屈就的心結，全心全意為了三房，哪怕倒貼嫁妝，她也就是嘴上抱怨，手下從不小氣。阿程此刻的厭惡憎嫌究竟是為了什麼，就為了自己外面多了個人生了個兒子？這些人又如何比得上她？他又怎麼可能以妾為妻？

九娘更是吃驚，看著程氏面上的蒼涼和失望，知道她不是以此要脅，更不是隨口說說，只怕她已經想了很久了。九娘從未想過程氏竟然能夠這樣狠得下心來，對她竟生出了欽佩之心。她看向皺眉不語的蘇瞻，黯然想起前世她也想過和離的，可是她只是想過而已，一念而已，她捨不得放不下割不斷。

蘇瞻輕歎了一口氣，只能先擱下心中疑慮，先來判這他向來最厭惡的家務事：「好了，阿程。你不要意氣用事。阿玞嫁妝的事和你無關，他挪用了少許，我也早就知道。錢的事情不是什麼大事，叔常也早已經填補上了。只是你為人妻為人母，怎麼能因妒生恨拋夫別子？我既然替王氏長房辦了絕戶，五房的事和我蘇家、十七娘毫無干係。你不用顧忌什麼，這不過是一個外室和外室子的小事，何至於要說出和離這種狠話？還當著兒女們的面，成何體統？你又把家中姑翁置於何地？要是真的和離了，你回到程家難道靠侄子供養你？你可曾想過？等你百年了，這世間只有子女祭拜父母，可沒有侄子年年祭拜姑母的。今日的事，在情在理，孟叔常都虧負了你，你寬厚些，他日後只會更加敬重你。做妻子的，豈可以後宅之事要脅你夫君？」

程氏被他一說，似乎句句在理，不由得又洩了氣。九娘心中冷笑起來，蘇瞻看似句句在為程氏著想，其實都在給孟建搭梯子下臺呢。

孟建如溺水之人得了根浮木，趕緊轉向蘇瞻：「表哥說得對，對極了。怎麼就至於和離呢？妻者，齊也，我——」

蘇瞻不耐煩地打斷了他：「好了，孟叔常，先說你的外室要如何處置，你難道還想要接回孟家？」

「萬萬不可！」堂上一人忽然發話，蒼老卻不失威嚴。

眾人看向蘇老夫人。

蘇老夫人看了看王環，對著蘇瞻沉聲道：「胡來！青神王氏，百多年的世家，昔日王家和我蘇家一同相助太宗平定四川，就約定蘇王嫡系一脈互為姻親，歷來青神王氏人才輩出，蘇王兩家的祖輩們輔佐過德宗，阿玞的祖父做過武宗的帝師，阿玞的爹爹也曾是元禧太子的伴讀，何等的清貴。這些年沒了長房，絕了嫡系，竟然崩壞至此。孟叔常既是和重你的表妹夫，怎可又去做十七娘的堂妹夫。他孟家、王家丟得起這個臉，我蘇家丟不起這個臉。阿程又怎麼在孟家立足？王氏女萬萬不能進孟家。」

九娘和蘇昉同時一震，齊齊看向蘇瞻。

前世裡爹爹曾是元禧太子的伴讀！她竟然一點都不知道！九娘腦中嗡嗡響起來，不，不對，有什麼不對的地方！

蘇瞻卻毫無異色，起身對蘇老夫人躬身行禮道：「母親說得是。兒子也是這個意思，才要替孟叔常拿個主意。」

蘇瞻知道爹爹曾是元禧太子的伴讀⁉九娘心神俱震。爹爹為何從來沒有告訴過自己？整個青神王氏也從沒人提起過此事，她嫁到蘇家十年，蘇家上下也從來沒有人提起。她看向自己前世的阿姑，蘇老夫人是因為長房已絕、王玞去世多年，才覺得說出來沒有關係了？

長房被其他各房一直盯著不放的原因究竟是什麼？爹爹給出了那麼多田產、物業、財帛，他們也不放手的原因到底是什麼？自己的嫁妝，最後應該也剩下不過萬貫，並不算什麼。但是蘇瞻看起來也完全不在意孟建的挪用，又是怎麼回事？難道爹爹臨終前特意單獨和蘇瞻說了會兒話，有她完全不知道的重要事情？

王環死死抱著兒子，跌跌撞撞走到王璎身邊，看著她一臉的冷漠，不得已又走向孟建：「三郎？三郎⁉」他們這是要對她們母子做什麼？

孟建不敢看她，看著蘇瞻，面帶哀求：「姑母說得對，是我錯了，錯得厲害。可是她母子孤苦無依——」

蘇瞻皺起眉頭：「既然連婚契都沒有，叔常你這就寫一紙文書，給些銀兩。我幫你派人送她回青神去任其婚嫁。我另寫封信給王氏宗族，量他們也不至於為難她。只是稚子無辜，又是叔常你孟家的血脈。阿程，孩子年紀還小，帶回家認祖歸宗，好生教養，也就算了吧。」

程氏咬著牙，沒點頭，卻也沒有搖頭。蘇瞻拿的主意，她還是心裡難受，但的確比她硬要和離好。想起七娘，程氏眼睛又濕了起來。她要是不和離，和孟建這輩子也不能夠再像以前那樣了，要真的和離，卻要和女兒生生分開。

九娘看著蘇瞻，心裡一陣迷茫。這是她熟悉的蘇瞻嗎？是她曾經深深傾慕過的君子嗎？他所謂的處置，不離理法，也挑不出毛病，甚至九娘自己當下也想不出更好的法子來。可是他的話，說得如此無情，如此功利，如此冷漠。無論是孟建、程氏、王環，命還是情，他其實都無所謂的。也許他原本就是這樣，只是自己一廂情願從未看清楚過？

王環大哭起來，匍匐在孟建腳下，拽著他的衣角：「三郎！你怎麼這麼狠心！奴已經被你騙了幾年，連婚契你都要騙奴，你這是要逼死奴嗎？」

孟建不忍直視，無顏以對，掩面道：「阿環，當日你就不該來開封的，我，我也沒法子！」

王環抱緊了兒子，環顧四周，哭道：「你們是宰相，是世家，是望族，是夫人，就能這樣欺壓奴一個弱女子？奴有什麼錯？在家從父，爹爹怎麼安排奴只能怎麼做。奴清清白白一個女兒家，被這樣一個負心的薄倖郎所騙，生了兒子，循規蹈矩，卻要被趕回娘家？好，好，你們既然要逼死奴，奴就死在你們面前，順了你們的意！你們想要分離我母子卻是不能。日後奴做了鬼，也不會放過你們！」

她摟緊十二郎，就朝外奔去。

「攔住！」蘇瞻冷聲喝道。他對青神王氏這些庶出的各房本就一絲好感都無，更不需要留任何情面。這樣輕浮不貞的女子，早該明白自己的結局不會好。

王環被屋外的兩個大漢攔住帶回正屋，眼睜睜看著兒子被奪了過去，放到了孟建懷裡，嘶聲號哭起來，痛不欲生。

程氏上前，含著淚看著王環，忽地啐了她一口：「呸！你若是清白好女子，但凡有些羞恥之心，在你那不要臉的爹爹讓你深更半夜去服侍有婦之夫時，你就該一頭撞死在他面前！你就算要死，也回了青神再死，我等著你變成鬼來找我算帳！」王環哭得不能自已，卻也無言以對。

程氏又轉頭看著王瓔哭道：「同樣是表嫂，當年你們王家三房四房，等不及要送女兒給孟叔常的兩個哥哥做妾，要不到帖子，厚著臉皮衝到孟家來給我阿姑賀壽。阿玞怎麼做的？她親自攔在門口，讓人把她們綁了立刻送回青神去！換了你十七娘，為何知道了也不同我說一聲，任由這等醜事拖到今天！」

她提到了王玞，膽氣陡然一壯，不敢看蘇瞻，直朝王瓔啐了一口：「阿玞又怎麼可能把表哥和阿昉託付給你，你也有臉睜著眼睛說瞎話！瞎子說給聾子聽，誰信！汴京城坊間說書說的小周后是誰？我都不好意思去瓦子！」

蘇瞻驀地一怔，為何這麼混帳的程氏都這麼說，阿昉也這麼說。難道是他想錯了？阿玞她當真不會這麼安排嗎？不會的不會的。阿玞萬事都未雨綢繆，大局為重，她讓他放心就好。他當然信。延續蘇王姻親，照顧阿昉起居，不是阿玞的意思，難不成還是他的意思？也只有二房還乾淨一些，才能替阿玞爹爹守住中岩書院。他答應過阿玞的爹爹，他盡力而為，他問心無愧！

王瓔臉色蒼白，任程氏嘲諷，見蘇瞻這樣竟然也不發一語，心裡說不出的刺痛，她忽地笑了起來：「小周后？說我是小周后？哈哈哈，我用過天水碧❶還是鵝梨帳中香❷？八年了，我的夫君成年累月的不是守妻孝就是守父孝，要麼就公務繁忙住在大內。我阿姑看不起我是王氏庶出二房的，阿昉從不曾稱我一聲母親。我生女兒的時候難產將死，我的夫君卻還在都堂議事。我被誰捧在手心裡過？人人都想著九娘，除了我爹娘，誰為我想過？我是小周后？」

她緩緩走到蘇瞻面前，蹲了下來，仰起頭看著蘇瞻：「夫君，你說你要對著九娘起誓，你和我清清白白。那阿瓔想問一問，我十三四歲每次暫住在你家時，你給阿昉和姊姊買的蜜餞，為何要獨給我帶一份其他口味的，還正好是我喜歡的？為何我十五歲生辰時，你特地寫了賀芳辰一闋詞給我？為何你見著我就會說上幾句話，笑得那麼溫柔？為何我爹爹和阿翁說起讓我照顧你和阿昉，你不假思索就一口應承？你不喜歡我為何要做這些事讓我開心，叫我誤會？難道不是你害得我一直以為夫君你對我有心？我嫁過來以後，因為阿昉幾句話，你就冷落我，疑心我害了姊姊，那你為何要娶我？是不是別人說什麼你都信？是不是有什麼事你也會像對二十四娘那樣對我？遣回娘家？還是休棄我？」

蘇瞻放在膝上的雙手緊握了起來。這是十七娘？這是阿瓔嗎？她竟然存著這樣的心思！他待她

❶天水碧：意指淺青色。相傳南唐後主李煜的姬妾染衣作淺碧色，經露水濕染，顏色更好，故名。

❷鵝梨帳中香：據說此香為南唐後主李煜夫人周娥皇所製。用鵝梨與沉香一起在火上蒸，讓梨汁之甜香浸潤沉香料，於床帳中所燃的香。

溫和親切，她就以為自己對她有情？他不可思議地看著眼前人，搖著頭道：「十七娘，你竟然？你是阿玞的妹妹，我自然也當你是親妹妹一樣厚待，不想這些舉手之勞的小事竟被你誤會至此——」

阿玞呢？阿玞會不會也誤會他了？想到這個，蘇瞻心如刀絞。還有阿昉！他看向蘇昉，蘇昉卻只看著地面。蘇瞻的手顫抖起來。

「我誤會了？我誤會了？」王瓔大笑起來，笑得卻比哭還要難看。

「你是誤會了。」蘇老夫人在上面淡然開口道：「和重自小溫和體貼，照顧他人。眉州蘇家一十五個堂姊妹，年年都會收到口味不同的蜜餞，人人過生辰都會收到他寫的賀芳辰。無論男女老少，只要是家中親戚，他都會溫和相待。獨獨你一個人誤會他對你有私情。還有蘇王兩家續親，是宗族的決定，不想斷了兩家的情分而已。十七娘，你想多了。」

九娘垂下眸子，微微勾起嘴角。那樣的微笑，那樣的溫和，那樣的眼神，可不是每個堂姊妹都看得到的，也許那位早逝的蘇娘子見到過。十七娘能不誤會？連她王玞都會誤會呢。原來蘇瞻和四娘一樣，連自己都不願意相信自己心底有那樣見不得人的念頭。是，他自然是位君子。

王瓔慢慢站直了身子，轉頭看了看蘇老夫人、程氏和蘇昉，咯咯笑了起來：「我是從小愛慕上了姊夫，那又如何？誰讓從沒有哪個男子像姊夫這樣對我好呢。我是假託了姊姊的話，又如何？我是一心一意想要替她照顧好你們啊。阿昉、程氏你們不信，可是姊夫你夫君你願意信啊。」她幾近瘋狂，在堂內轉起圈子：「夫君，你願意信啊不是嗎？我為什麼不高興？我和姊夫兩情相悅，姊姊和姊夫不過是蘇王兩家聯姻的夫妻，我能和心上人白頭到老，我怎麼不高興？阿昉你沒有看錯！我是在笑！」

「你瘋了。」蘇瞻閉了閉眼，一股難言的羞憤和恥辱急速蔓延開來，他不敢看蘇昉和母親，沉聲道：「十七娘，夠了！」

王璎笑得更是歡暢：「我是瘋了！可我要說！阿昉，你沒錯。我是巴不得姊姊早點逝世。她咳得那麼厲害，咳出那麼多血，從冬天熬到春天，她心裡眼裡都沒有你爹爹，可是她捨不得阿昉你啊，她還不肯走。我已經等到十七歲了呢！她那麼苦那麼累，我不忍心。我不過讓她走得輕鬆一些而已！」

她雙眼亮得驚人，笑得花枝亂顫。

蘇瞻顫抖著霍地站起身來。不！十七娘是真的瘋了！她是早就瘋了！不可能，那時候他還在察看二房，高似也一直看著她的！絕不可能，高似怎麼會騙他！

九娘和阿昉身不由己地都往前邁了兩步，心跳得極快。

第一百二十二章

王瓔笑得更加瘋狂，她走到蘇瞻面前，仰起早就不再發光也不再年輕的臉龐。

九娘只覺得呼吸都有些困難。她前世的死，她都不認為十七娘有這樣的膽子！誰會想到自己身邊一個十多歲的女孩兒，會因為妒意因為男女情愛，向一個病入膏肓的家人下那麼狠的手。那些皇榜上小報上偶爾出現過的命案，不過是坊間茶餘飯後的談資，誰又能料到有朝一日會發生在自己身邊。她都不會這麼想，蘇瞻更不會想到。阿昉，阿昉你不要太傷心了。

蘇昉的胸口劇烈起伏著，難掩激動，眼中卻只有悲沒有憤，只有悲慟。

王瓔伸出顫抖的手，想要摸一摸蘇瞻的臉龐，見他眼中的憎惡之情，又無力地垂落下來：「姊夫，不是你要我替姊姊煎藥的嗎？難道你不是這個意思？不是你要我讓姊姊好過一些嗎？」

蘇瞻如遭雷擊，半輩子的涵養都壓不住內心的怒火，他驟然一把掐住了王瓔的脖子：「你發過誓絕無害阿玞的心思！你怎麼敢！你竟然敢？」他赤紅了雙眼，他竟然將這樣蛇蠍心腸之人放在身邊，放在阿昉眼前，還信任她，維護於她！她竟然敢將她的狠毒拿他做藉口！他還一心盼著學過煎藥的她能幫到阿玞！

不對，高似看著她煎藥的！蘇瞻手下一鬆。王瓔彎腰摸著喉嚨劇烈咳嗽了幾聲，嘶啞著笑道：

「姊夫，你是在想高似嗎？你不放心我爹爹兄長，你處處留意，你還讓高似暗中看我煎藥，是吧？」

程氏料不到自己一罵竟然罵出了驚天秘聞，死死地抓著九娘的手，才發現九娘竟然也渾身顫抖著。她憐惜地摟住九娘的肩膀，壓低了聲音道：「阿妧別怕，她瘋了。」程氏也不知道是該趕緊離開這裡還是繼續逗留，心裡怕得厲害，想走，奈何腿腳發軟，邁不動步。

蘇昉慢慢上前幾步：「姨母，我早猜想是你害死了我娘，今日你自己承認了也好，此間人證也不少。為人子者，當為母伸冤，爹爹，兒子今日要去開封府敲登聞鼓❶。」

「且慢——」蘇老夫人和蘇瞻同時喊道。

蘇瞻拉住蘇昉，看著王璎：「你說實話罷，是你自己的主張還是你爹娘授意的？你究竟做了什麼會讓高似一無所察？你又為何要下這樣的狠手？阿玞——」他哽咽道：「阿玞生前待你如親生的妹妹一般——」

阿玞！阿玞！怪不得你不肯入我夢來，我竟然娶了害死你的人，我害得你魂魄不安！是我不經意讓這毒婦生了誤會，起了心思，是我害了你！一把刀在蘇瞻心頭來回地割，慢慢地凌遲著，血肉模糊，荊棘密布。

王璎目光散亂，含淚笑道：「我做了什麼？我怎麼會害她？我在幫她啊。姊姊最怕苦，那藥裡有一味太苦，我不放進去，她就能好好喝藥了。對了，高似？哈哈哈哈。」

---

❶ 登聞鼓：古代於朝堂外懸鼓，百姓若有諫議或冤屈要上達，即可擊鼓以申。

王瓔笑得更淩亂：「夫君，你這輩子最信的人不是姊姊，是高似吧？他說什麼你都信，可他有沒有告訴你，他和姊姊有私情？」她兩頰潮紅，似乎終於說出了一件可以打倒眼前父子倆的秘事。

滿堂之人，呼吸都停頓了一般。高似和王玞有私情!?九娘幾乎不敢相信自己的耳朵。蘇昉赤紅了眼睛，他第一次有了想殺死一個人的念頭。此時，此刻，此地！

「他深更半夜帶著刀，守在那棵樹，那棵合歡樹，那棵我告訴你我願意一輩子照顧你和阿昉的合歡樹下面，跟個傻瓜似的守著，整夜整夜地也不走開。他是盯著我，他用銀針試，還親自嘗藥。他怕我下毒，怕我會害了姊姊。他還去給姊姊買鱔魚包子。還好他不懂藥物，哈哈哈，可是我怎麼會害姊姊？整個青神王氏三十幾個小娘子，姊姊只待我一個人好呢。我只會幫她啊。藥不苦了她喝得快多了。對了，姊姊去的那夜，高似失魂落魄，姊夫你都沒留意嗎？這樣的姊姊，夫君你念了這麼多年，你傻不傻？哈哈哈。」王瓔惡意地笑著，歡暢無比。

蘇瞻拉住要衝上去的蘇昉，深深吸了口氣：「王氏，你太會偽裝，我和阿玞竟以為你心思單純，性格柔順。我們看著你長大，一心善待你。你卻心思齷齪至極，在你眼裡就什麼都是見不得人的私情。我以兄妹之情坦蕩待你，你生出不該有的心思，由妒生恨害死阿玞，釀成我終身憾事。高似敬重阿玞，你朝他們二人身上潑髒水。你錯了，你休想。高似守著，是因為有人私闖後院翻動我和阿玞的文書，那期間我還被人刺殺了一次。他嘗藥是因為我讓他看著你。他買鱔魚包子也是受我之託。這麼多年，是我瞎了眼，阿玞的清名卻不能被你這樣的毒婦褻瀆！」

蘇昉鬆了口氣，趕緊問：「晚詩和晚詞是不是因此被你陷害的!?」

王瓔喃喃地搖著頭：「他們肯定有私情！你不信我而已。晚詞？真是礙事，她竟然收了最後一次的藥渣！不過還好，姊夫，你那時候就很信我的不是嗎？晚詩的確是偷了東西，她偷了姊姊的書要燒，哈哈哈哈。高似還打了晚詩一巴掌呢。沒有高似，你也不肯把她們送官吧？打得好，誰讓她們背後嚼舌頭說我勾引姊夫你，明明我才是被勾引的那個！」她掩面哭了起來：「我比她年輕！我比她好看！我滿心都是你！你明明是喜歡我的——」

九娘一呆，笥記？難道晚詩要燒的是笥記？為什麼？死去的晚詩從沒有說過此事。高似呢？

蘇昉忽然想起五年前那個春夜，高似在父親書房外的言行，蘇昉還記得他眼中的無奈和傷懷。他遊歷四川時，身邊總有高似的手下明裡暗裡的保護。在田莊遭到刺殺時，高似不惜以身犯險，力抗神臂弩。高似，真的沒有害過娘親嗎？

蘇瞻閉上眼長吸了口氣，再睜開眼時臉上已經沒有了波瀾：「王氏，你想錯了。我蘇和重從來沒有喜歡過你，選你做繼室，只是因為你看起來合適而已。是我誤會了阿玞的意思，我誤會了是她選了你。我蘇和重，這一輩子，心悅的只有阿玞一人而已。」他聲音如冰，言辭如刀。

九娘默默看著蘇瞻清冷的面容哀慟的眼神。原來她重生而來，會聽見蘇瞻說出這樣的話，不知為什麼，卻有一種荒謬絕倫的感覺纏繞在心間，又似乎終於有什麼蒸騰而起，悄然而去，不再盤旋在她心中。

「你、高似，你們一個個，都喜歡王玞。為什麼？」王瓔喃喃地問：「你們不知道吧？」她壓低了聲音，看著蘇瞻和蘇昉，目光中有壓抑不住的幸災樂禍：「王玞她以前在青神被五房的庶兄帶著好些族兄輪流蹂躪過，長房把那些人都殺了，屍骨無存，提也不許人提。可是，誰不知道呢？她被那許多男子——？」

「啪」地一聲，蘇瞻渾身發抖，放下發麻的手，看著匍匐在地上不停笑著的王瓔，嘶聲道：「此生我都沒有見過惡毒成你這樣的女子！竟敢汙言穢語壞阿玞的清白名聲！」

他慢慢抬起頭，他不能亂，他不能亂！這裡還有這麼多人在。阿玞的清名，絕不允許毀於這個毒婦之口。

蘇瞻環視了一圈堂上眾人，目光從孟建、程氏、九娘、十一郎臉上掃過：「阿玞十五歲嫁給和重，清白之軀，天地可鑑。不容這瘋婦詆毀。表妹謹記在心就好。」

孟建和程氏趕緊點頭，垂首不語。比起王十七娘因嫉恨竟然在蘇瞻眼皮底下害死王九娘，他們屋裡這外室的事算什麼。程氏忽然一個激靈，她當年也收到過表哥送的蜜餞、茶葉，收到過他寫的賀芳辰，她已經不記得自己對表哥最初的愛慕之情是不是和十七娘一樣，因為他溫和笑語，因為他殷勤體貼。後來她看到表哥對蘇五娘的笑，才明白不一樣在哪裡，她哭了又哭，也因此做過混帳事，她常夢見蘇五娘，她害怕。程氏不敢再看十七娘，也不想再看蜷縮在旁的二十四娘，只抓緊九娘不放手。

「來人。」蘇瞻輕喚。外面守著的章叔夜帶人進來行禮。

「將她送進後院的家廟，派兩個婆子看著。」蘇瞻冷聲指了指地上二十四娘，又道：「叔常，你們一家先去西花廳稍作歇息。」

九娘掙了掙，她看著地上一個笑一個哭的兩個女子，都是前世她的堂妹。她還是被程氏拖著去了。她回頭看蘇昉，蘇昉正看著王瓔出神。

正堂上再沒了外人。

蘇瞻朝蘇老夫人深深一揖：「十七娘已瘋，還請母親代和重教養二娘，兒子不孝，有眼無珠，被她矇騙多年，害死阿玞，悔恨不已，只恨無回天之術。只能勞煩母親了。」

蘇老夫人掩面哭了起來：「阿玞死得太冤了——和重你也太苦了！」

蘇瞻慢慢轉向蘇昉：「阿昉，爹爹錯了。是爹爹錯了。你要報官便報官，都由你定就是。我對不起你娘，對不起你。」

娘說得對，阿玞太冤，他太苦。阿昉更苦！他竟糊塗成這樣，他信了十七娘，五年前又信了她一次，是真信還是不得不信？他不敢不信！他不敢相信一個十多歲的小娘子會因妒忌因情愛去害自己已經垂危的家人，他把所有的相信都寄託在高似身上。無毒，少藥，怪不得高似都查不出，怪不得阿玞時好時壞，怪不得他毫無所察。他和害死自己最心愛之人的兇手竟然做了多年的夫妻，還生育了一個女兒！

阿玞！魂歸來兮！你回來！阿玞你回來啊，求你魂歸來兮！打我罵我唾棄我嘲笑我吧。

蘇瞻合上眼，渾身顫抖著跌坐至椅中：「是我害死了阿玞！我萬死難辭其咎。阿昉，是爹爹錯了。」

「爹爹縱橫朝堂，恐怕忽略了呂雉之妒，武后之毒……」五年前蘇昉還略帶稚氣的聲音在蘇瞻耳邊振聾發聵，似滾滾雷聲。

芳魂已渺，徒留悔恨。

蘇昉看著瞬間蒼老了許多的父親，強作鎮定的語氣掩不住他悲痛欲絕悔恨交加。他再看看依舊在癡笑的王瓔，哭泣的祖母，黯然道：「母親沉冤得雪，在天之靈恐怕也不願看到蘇家因此蒙羞。阿昉也不願母親的清名淪為坊間茶餘飯後的談資。她既然已經瘋了，還是爹爹看著處置吧。我不打算報官。」

蘇昉深深行了一禮，昂首往外走去。母親的死因終於水落石出，害死她的人也已瘋癲，可是母親再也回不來了，再也回不來了。父親他，此生也再也回不去了。他，蘇昉，還不知道該如何面對父親和那個妹妹。

淚水終於洶湧而出。蘇昉站在廊下，抬起頭，天上藍天依舊晴朗，白雲依舊悠悠，廊下的畫眉鳥依舊婉轉吟唱著。

雲就是雲，泥就是泥。阿昉，挺直腰往前走，不要被泥裡的人絆住。

好，娘，沒有什麼能絆住我。

我要去四川去眉州去青神，拿回外翁送給我的中岩書院，去找找那裡究竟藏了什麼，讓那許多心懷叵測之輩不肯罷手。我要去看看。外翁，你留下了什麼？

大門處的鞭炮響了起來。禮部官員和宮中天使到了。

百家巷蘇府敞開大門，不過短短幾個時辰，已然翻雲覆雨，物是人非。

正堂上，被押走的王瓔，笑聲依然繞樑。蘇老夫人看著蘇瞻一步步走近，緩緩跪在自己膝邊，一雙多情溫柔眼中無盡悔恨。她伸出手，輕輕撫摸著兒子的鬢髮，這幾年已經飛了星點寒霜。

「不怪你，和重。不怪你，」蘇老夫人低聲道，「你別太傷心了。事已至此，得好好和阿昉說清楚才是。娘知道你的，後宅陰私防不勝防，不怪你。」

蘇瞻木然搖頭：「不，娘，怪我，是我剛愎自用，是我偏信則暗，是我有眼無珠，是我自以為是，都是我的錯。我沒臉對阿昉，更沒臉死後去見阿玞，我當黃紙覆面，稻糠塞口，披髮赤足——！」

蘇老夫人一把抱住他哭了起來：「你胡說什麼！你胡說什麼！阿玞一直愛你敬你助你幫襯你，怎會怪你！你好好的，和重，你要好好的！還有阿昉呢。」

章叔夜沉穩的聲音在屋外響起：「稟告相公，宮中又來了天使。官家急召您入宮。西夏兩浙路的兩份急報一個時辰前剛剛快馬送入都堂。」

蘇瞻挺直了腰，拍了拍母親的手臂：「兒子先進宮去。娘，家中還請您多看顧一些。」他撣了撣緋色公服微皺的下襬，理了理寬袖，往外而去。

生老病死，愛別離，怨憎會，求不得，五陰熾盛苦。人皆有之。不缺他蘇瞻一個。苦海無邊，回頭無岸。如果這就是他蘇瞻的命，他受著，他只能受著。

第一百二十三章

九月底的趙夏之戰，傳來渭州大捷。太尉陳青之子陳元初率領三千騎兵，從秦州突至，夜襲西夏大軍後營，一杆銀槍三進三出，殺入西夏中軍，連殺七將，重創夏乾帝本人。西夏退兵一百二十里，梁皇后垂簾聽政，上書求和。十幾日後剩下西夏五萬大軍已乖乖退回了韋州。官家大喜，召陳元初進京封賞。

十月中旬，陳元初入京當日，萬人空巷。他一身銀色軟甲，頸繫紅巾，不戴頭盔，一頭烏黑長髮隨意用一條紅布紮著，隨風而舞。一張無暇的俊臉和他父親陳太尉是一個模子裡刻出來的，卻眼角含情，雙眸帶水，嘴角帶笑，春色無邊。汴京城的男女老少十幾年都沒見到過陳太尉和燕王殿下一絲笑容，哪裡禁得起他這般春風撩人。不過幾霎，這支進京受封的秦鳳路兩百多員精兵強將，就差點被路邊紛紛投擲來的香包熏暈了。

陳元初來者不拒，甚至隨手解下身上紅色披風，策馬靠邊，笑著兜了一披風的女孩兒心意，倜儻風流得不行，有兩個小娘子激動得差點當場暈了過去，他還朝著小娘子們頻頻招手。

一條御街還沒走到州橋，太初社、東閣社的小娘子們已經合在一起成立了元初社。陳元初前腳剛進宮，外頭那「汴京四美」的座次已經塵埃落定：陳元初、趙栩、陳太初、蘇昉四人，當以元初為魁首。官媒們更是紛紛摩拳擦掌，誓要拿下陳元初這門親事給自己長臉。

陳元初受封了四品上輕車都尉、秦鳳路禁軍副都指揮使，官家特地留他在汴京過完年再回秦州。他跟那海邊颶風似的，幾天就把汴京城刮得一片凌亂，走到哪裡，身後的貴女、世家女、小娘子們都是百來號人跟著。以為京城女子總會比西北女子更加矜持的陳元初，沒幾天就領教了厲害，又被陳青沉著臉打了好幾板子，再也不敢招蜂惹蝶，乾脆跟著魏氏去福田院幫忙，去孟家見親戚，又去蘇家走動。

這位天魔星長得好看，嘴還甜，說起西北的土話趣事幾籮筐幾籮筐的，又全然沒有汴京郎君們的矯揉造作之態。梁老夫人愛得不行，心裡只怪陳青夫妻為何不早點想辦法把這個寶貝弄回來，這是個多好的孫女婿啊，六娘那樣的性子，就得陳元初這樣的哄著才好。

陳元初和孟彥弼一見如故，兩兄弟好些天一起混跡勾欄瓦舍夜市茶坊。孟彥弼十一月底的婚禮又多了一位「御」。杜氏高興得不行，全汴京城娶新婦的都沒有比她更有面子的了。只看看陳元初、陳太初、蘇昉和趙栩四位「御」，誰家能有這樣的陣仗？

陳元初又跟著魏氏、陳太初去蘇家。蘇家愁雲密布了幾十天，只半天就被陳元初照得陽光燦爛起來。蘇老夫人被他逗得前俯後仰，笑得眼淚直流。史氏這麼端方的人，聽他說起他和太初的兒時趣事也忍俊不禁。蘇昉和蘇昕的兩位兄長更是欽佩他上得戰場、入得廳堂，哄得住婆婆，逗得笑老娘。

等探望蘇昕時，陳元初大大方方地提出見一見蘇昕。史氏也不避嫌，引他進了屏風裡。

陳元初規規矩矩地問候過蘇昕，請了罪，親自在她肩膀、背部和手臂各關節處查驗了一番，取出自己早準備好的牛筋做的寬帶，替她綁在雕花衣架上面，細細教給蘇昕一套動作，如何利用這寬帶練習握拳、平舉、上舉、下拉、側拉，又細心地讓女使學著如何幫助蘇昕。

反覆教了幾次，陳元初才笑道：「妹妹不要著急，這套動作你每日三次，練上半年，手臂就會漸漸聽話。若是它敢不聽話，你寫信來秦州，我日行八百里來替你收拾它。」

蘇昕心中感激，也坦然笑道：「多謝元初大哥，阿昕這些日子都在練習用左手，若是右手不聽話，我先讓左手收拾它，若是再不老實，還有阿昉哥哥和自家兄長能收拾它，實在不行，就只好再請大哥您出馬了。」

陳元初早聽母親說過蘇昕和陳太初、孟九娘、趙栩之間的糊塗官司，卻想不到蘇昕一個宰相家的小娘子這麼樂觀風趣，倒對她刮目相看起來，哈哈大笑道：「好，你放心，我陳元初出馬，一個就頂你三個哥哥。」

陳太初在屏風外面，含笑聽著哥哥和蘇昕說話。他知道蘇昕現在行走已經自如，在學著用左手拿箸執筆。他之前特地送了一些竹箸、木箸給蘇昕用，比家裡用的要粗糙些，不易滑動。那牛筋寬帶是他去趙栩庫房裡找的，做弓用的極好材料做的，那套復原手臂的動作，也是他請教了好些醫官，和方紹樸仔細斟酌後定下來的。他特地請哥哥教蘇昕，是為了讓蘇昕更自在一些。這些日子蘇昕雖然並未刻意疏遠他，但他明白蘇昕不想他對她有歉疚。

回去的路上，陳元初笑眯眯地拍拍陳太初：「二弟，幸不辱命。」他伸出手掌。陳太初歎息一聲笑著搖頭，往兄長手中放了一個沉甸甸的荷包。

「娘，我去買些好酒——您放心，少不了您一罈子！」陳元初哈哈大笑，策馬慢慢地往楊樓街方向去了。

魏氏看著長子遠去的身影，那張揚的紅色髮帶在初冬的陽光下格外耀眼。唉，這個元初，才是她最操心的！

九月底伴著渭州大捷同時傳來的還有兩浙路大捷。

燕王趙栩率領招安來的六千京東東路廂軍，日行百里，一路南下，連接攻下婺州、衢州，全殲房十三餘黨。只這日行百里，就已經令朝野震動。

大趙立國以來，大軍行軍速度最快的紀錄是太尉陳青，當年奇襲蘭州時的日夜兼行六十里。這幾千人的輜重、搭營、埋鍋造飯種種，早上卯時出發，走到申時大軍必定要紮營安寨，就是當年太宗親征，大軍也不過日行一舍（三十里）而已。連帶著樞密院和兵部因為這日行百里個個臉上生光步履帶風。

隨著兩場戰爭的結束，十月底女真忽然出兵，占領了寧江州，大敗契丹渤海部。契丹求助大趙共同對付女真，願請大趙派遣使者接回今上的三弟崇王殿下，還承諾一旦剿滅女真各部，願以瀛州、莫州、涿州三州為酬。

這秋冬之際，大趙可謂喜事連連，坊間也傳出了「蔡佑倒，大趙好」的俚語。

一進十一月，今上身體全然康復，太后撤簾還政，又是一大喜事。朝廷賜新曆，定下明年改元為「皇佑」。

若要論當下最炙手可熱之人，自然是燕王趙栩。他十月裡得勝歸來後，被加官為開封府尹。跟著吳王遷出皇宮，開府，行了冠禮。燕王卻還留在宮中。

緊跟著又是朝中重臣的一系列大變動。

陳青辭去了樞密院副使的官職和殿帥太尉的官職，封了齊國公，在官家的再三挽留下，繼續留在京城。張子厚因為招安和剿匪有功，升為樞密院副使，終於官拜使相。另一位和趙栩也算表親的永興軍承宣使孟在，也進了樞密院，眼看幾年後必然也是要拜相了。

這些退和進，稍有些見識的士庶百姓都明白官家這是要立燕王為皇太子。誰能想到往日那性子乖戾，不解風情的燕王趙栩有朝一日會當皇太子？等到宮中陳婕妤也升為陳德妃後，連市井裡賣菜的菜農都知道六皇子要往上走了。人人眼睛都盯著燕王，連著十一月頭上三公主趙瓔珞嫁給了開封豪富帽子田家的嫡長孫，都沒什麼人留意。

等到十一月冬至節，正逢三年一次的南郊祭天。這日天不亮，官家御駕返回，不停地有快馬奔回稟報官家已經到了哪裡。御街幾十里路的黃色帳幕步帳後擠滿了士庶百姓。

趙栩和陳太初雙騎並肩，剛進了南薰門，兩側的百姓已經歡呼雷動。陳太初身披玄色披風，溫和從容。趙栩卻還是豔若桃李，冷若冰霜。不過這當下，再沒人會議論這位汴京城最不解風情的郎君多麼無禮多麼乖張了。稍微長著腦子的百姓都知道，大趙皇太子，非燕王殿下莫屬。這位殿下不苟言笑，眼高於頂，真好，可不能給西夏契丹什麼好臉色！

「對了，元初大哥今日會在哪裡？」趙栩隨御駕往南郊祭天，已經五六日沒見到陳元初，很是掛念。

陳太初想了想：「大哥若不是在孟家，就應該和阿昉在田莊裡。」兩人對視一眼，都有些無奈，頗不是滋味，都苦笑起來。現在人人眼裡似乎只有陳元初了，就連九娘也對他推崇備至，稱元初大哥「真性情，真風流，真豪傑」。陳元初索性自稱起「三真散人」來。

不遠處匆匆奔來兩個趙栩的部下，到了馬前低聲稟報起來。

趙栩和陳太初面色凝重起來。

「如何得知是阮玉郎的屍體？」趙栩皺起眉。阮玉郎此人狡詐無比，雖然多方通緝，和他相關的人卻都蹤影全無。

「是蔡佑的兒子蔡濤親自告發，玉郎班的班主做了指認。」

趙栩和陳太初對視了一眼，留了人去後面報信，策馬往西城而去。

第一百二十四章

開封城西，金梁橋外，因冬至節，所有店鋪都閉門歇業三天。一條巷子中，兩邊或坐或蹲或躺著兩三百來個筋疲力盡的潛火軍兵❶，個個身上帶著水，臉上身上都被煙熏火燎過，也沒一人喊冷。看上去城西一大半軍巡鋪❷的官兵都聚集在此了。他們身邊大小水桶、灑子等救火的家什東倒西歪著。看見趙栩、陳太初率眾而來，都掙扎著起身行禮。趙栩和陳太初立刻下了馬，撫慰眾人，一路喊著免禮，快步走進了巷子。

巷子深處，簇擁著不少開封府的衙役和內城禁軍，刑部、大理寺還有皇城司的人也都在。幾方官員正圍在一起竊竊私語，感歎著自己不走運，難得過節卻要來負責這人命官司，遠遠地看見趙栩來了，紛紛整理衣冠，肅立兩側。

趙栩和陳太初和眾官員一邊見禮，一邊步入這個不起眼的小院子。

原先三間正房，一半已坍塌，冒著黑煙，散發著奇臭。所幸早有準備，並未波及鄰里。幾個仵作正在檢驗幾具燒得焦黑的屍體，旁邊排著七八具身中利弩的屍體。那剩下的半邊屋子也早已焦黑一片，被禁軍和衙役們圍著，還無人入內。

陳太初沿著土牆慢慢細查，這院子的土牆上已經裂痕無數，輕輕一推應該就會倒塌，上頭插著數百枝神臂弩專用的三停箭。陳太初伸出手，略一用力，拔出了一枝，旁邊的土塊登時淅瀝淅瀝滾落了一地。

「是神臂弩。」他轉身回頭對趙栩肯定道。

已經有人搬進兩張長桌和幾張官帽椅進來，開封府的文書備好了文房四寶，準備隨時記錄趙栩所言。

趙栩大馬金刀地坐下，環顧四周一圈後，沉聲道：「拆房，要見平地。小心一些。」

那帶隊的禁軍副都頭本來就興奮異常，一聽指令，立刻帶著三十多個禁軍，戴上長手套，去清理那已倒塌的房屋。開封府的衙役班頭也不能放過這立功機會，手一揮，二十多個衙役從另一邊小心翼翼地進入半邊苦苦支撐的房屋裡，開始往外清理。

不多時，官家派人來問了事情經過，二府也各自來人問了一遍，工部派了幫手帶著器具推車過來。那清運廢物的，安慰周邊百姓的，都進奏院來等消息的，紛沓而至。開封府少尹過來一看，這位親王府尹已經當仁不讓地在幹活了，樂得全部託付給趙栩，自回開封府歇泊。倒是整個金梁橋一帶被圍得水洩不通。

---

❶ 潛火軍兵：北宋專門從事滅火的消防隊員，經過嚴格訓練，並備有多種救火器械，諸如水桶、麻搭、斧頭、鋸子、火叉、大索、梯子等。

❷ 軍巡鋪：北宋時期專職的消防隊。汴京城中，「每坊巷三百步許，置軍巡鋪屋一所」。軍巡鋪「於高處砌望火樓，樓上有鋪兵卓望」，晝夜輪班更替，風雨寒暑不避。

到了午時，章叔夜帶著陳元初和蘇昉也來了。他們進了院子，見院子裡堆滿了焦黑的木樑瓦礫，官兵衙役們忙忙碌碌還在清運，原先的正房已經夷為平地。

被清理出來的兩架已經燒毀的神臂弩、兩張諸葛連弩正放在趙栩的面前。趙栩和陳太初正彎腰細細查看著。

「這個連弩的箭匣是人為損壞的。」陳元初看了兩眼就斷定道。

「我們也這麼想。看來阮玉郎是不想這連弩落到我們手中，」陳太初點了點頭，「神臂弩燒毀之前也已經機關盡毀。」

趙栩轉頭問章叔夜：「你去過刑部大牢了？」

章叔夜點了點頭：「小人去見了蔡濤，共審問了三回，一回讓他順著事情說，一回讓他從雙方動手倒回去說，一回小人隨意打亂了問。蔡濤都沒有前後矛盾，說是阮玉郎主動邀約他，要拿回以前託付給蔡濤的半邊印信。大概是要去南通巷交易金銀彩帛。蔡濤為了戴罪立功，暗中告發到開封府和內城禁軍。」

趙栩深深看了看章叔夜，到底是舅舅手下得力的幹將，只這種審問法子就看得出他不比高似差，怪不得短短兩個月，蘇瞻已經離不開他了。

「蔡濤可見到了阮玉郎本人？」趙栩問他。

「見到了，還一起喝了酒，他和阮玉郎有些特殊的關係，所以絕對不會認錯人。玉郎班的班主跟著阮玉郎來，送蔡濤出門，就被拿住了。禁軍等蔡濤一出院子立刻動的手。」章叔夜謹慎地道，「幸好禁軍也帶了神臂弩，破門而入後才發現阮玉郎持有重弩。禁軍輕傷一十七人，重傷二人。阮玉郎最終抵擋不住，引火自焚。屋裡大概有些容易燃燒的東西，燒得不可收拾，直到早間才滅了火。」

開封府的左軍巡使和戶曹趕緊上前稟報：「殿下，幸好今日是冬至，各坊巷的軍巡鋪和望火軍人本就不敢懈怠巡邏不斷，因此撲滅得及時，才沒有禍及鄰里。整條巷子早間已經都按照戶籍細細盤查過，沒有發現可疑之人。」

趙栩點了點頭：「潛火軍兵們功不可沒，理當好生獎賞。」

他們四個步入已經夷為平地的正屋處，周邊地上不少地方還濺著點點黑漆。

「舊說『高奴縣出脂水』。」蘇昉蹲下身子，伸手刮擦了一下那黑漆，聞了一聞：「這個叫做石油，應該是鄜州、延州境內採來的。阮玉郎果然厲害。」

趙栩和陳太初對視了一眼，也各自蹲下去刮擦了一下那黑漆。

陳元初在那焦黑一片的平地上來回踱步了許久，忽地停在一處，抽出佩劍，蹲下身用劍柄敲了幾下，笑著看向趙栩和陳太初。

「挖開此地！」趙栩毫不猶豫，沉聲吩咐。

不多時，眾官兵敲開地磚，撩開浮土，見下面埋了兩個大箱子。

打開來看，裡頭是各色戲服。趙栩用劍鞘挑出幾件戲服。身邊諸人立刻都倒吸了一口涼氣。這幾件華麗戲服下竟然是滿滿一箱金銀珠寶。趙栩凝神看了看，認出有一個黃金花冠是中元節阮玉郎演目連之母時戴過的。他伸出手拿起來掂了掂分量，點了點頭：「一一清點，登錄好了就封箱，連著清單一併送往大理寺去。」

身後十幾人趕緊忙碌起來。

趙栩想了想，讓人乾脆將前院後院的地底下都翻了遍，卻再無所獲，也沒有地道暗門之類。

傍晚時分，那玉郎班的班主發著抖，被帶到趙栩他們面前。院子裡已經清理得差不多了，閒雜人等也都全部退了出去。

趙栩指著眼前兩具焦黑屍體道：「你去認一認，哪一個是阮玉郎。」

班主去到那裡，看了一會，搖了搖頭：「這，這兩個，都不是，都不是！」

趙栩點了點頭，讓人掀開旁邊的麻布：「你再仔細看看，這裡頭可有阮玉郎？」

班主細細分辨了片刻，指著其中一具：「這是玉郎，這肯定是玉郎。」

「為何？」趙栩抬起眼，目光冷厲。

「玉郎幼時受過傷，他左腿比右腿要短一些。」班主極力讓自己的聲音不發抖：「這裡面，只有這個的左腿骨頭短一點——」

陳元初「噫」了一聲，隨手撕下陳太初的小半幅披風裹了雙手，蹲下身拽住那具屍骨的雙腿腿骨併攏了一拉。

「真的短——兩寸三分。」陳元初拽著兩根骨頭，歪過頭笑問班主：「平時他走路演戲，是不是完全看不出來？」

班主忙不迭地點頭：「看不出看不出。玉郎走路還特別好看，跟仙女似的。蔡東閣一見腿都軟了！」

陳元初點點頭鬆開手，順手又把那小半幅披風遞還給陳太初，一看陳太初一張黑臉，哈哈笑了兩聲，隨手揉了揉，將之扔在地上：「別急別急，哥哥賠你一件好的，裡頭給你縫上狐皮。乖啊，對了，你別老穿這麼素淨，紅的好，送你件大紅的怎麼樣？包管顯得你臉更白！」

陳太初默默解下身上的半截披風丟在兄長身上，不再理會他。

讓人把那班主帶下去後，趙栩蹲下來看了又看，側過頭問章叔夜：「蔡濤有沒有提到過阮玉郎的腿疾？」

章叔夜虧得臉上膚色不白，也看不出紅了臉，蹲到趙栩身邊，壓低了聲音道：「並沒有，那蔡濤有個見不得人的癖好，每次都被這阮玉郎鞭打，只說阮玉郎有些特別的手段能讓他快活得要命，實際上卻從來沒和他真正那個過，說不出阮玉郎身軀有什麼特別之處。」

趙栩疑惑地側過臉盯著他。

章叔夜頗為狼狽，只看著趙栩白玉般的修長雙手，眨了眨眼，又看了看趙栩的手。

趙栩背上一寒，皺起眉頭，甩了甩自己的手，又覆上袖子蓋上不給章叔夜看，才覺得沒那麼難受了：「只憑班主一面之詞，恐怕難以斷定這就是阮玉郎。此人心機極深，善於藏匿，竟然這麼容易死在蔡濤手上，有點難以置信。」

他們幾個連同陳元初都卯足了勁，不僅把這汴京城各行各業都翻了個底朝天，福建、西北、榷場，只要有線索的地方，更不知道派出了多少人，蘇瞻、陳青和孟在更是鼎力支持他們，私下派給桃源社好幾百可用之人。只這許多人盯著的商家、彩帛鋪就超過五十家，每日整理的線索也上百條。如今突然輕飄飄地發現這個敵人死在這裡，這樣的死法，不禁都有種千鈞之力打了一個空的失落感。

奈何人證、物證俱全，大理寺和刑部恐怕不可能不結案。

蘇昉站在那被指認為阮玉郎的屍體前，緩緩舒出了一口長氣。田莊的翁翁、婆婆，三十多位忠僕的英靈終於能夠安息。

趙栩和陳太初無奈地看著對方。接下來這許多人該收回來，還是繼續鋪在外頭，也是難事。心存懷疑還要不要繼續防備？長輩們借給他們的人手又當如何調配？

「防人之心不可無嘛。」陳元初從懷裡掏出幾顆糖，囫圇放入口中嚼了起來：「你們那些人，也該好好練練手，能賺錢的賺錢，能出力的出力。總不能老花六郎的錢。六郎賣字賣畫做生意再厲害，也架不住這麼個開銷法。」

趙栩和陳太初都笑了。前幾天陳元初還給了趙栩不少錢，是他這次入京帶來的皮子，賣了個好價錢。

陳元初眨眨眼：「至於爹爹、蘇相還有表叔那些人呢，不花你們錢的，就繼續用著。花錢的，就趕緊還給他們。」他忽地話鋒一轉：「今日過節，我還要陪著娘去接蘇家、孟家的妹妹們往相國寺燒香，忙得很，就不和你們一道陪死人了。走走走，阿昉，咱們一起先走。」

他扯著蘇昉，風一般地捲了出去，留下一句話：「哎——你們倆別來啊，別擋著我相媳婦！」

趙栩和陳太初愣了愣，才反應過來。

蘇家、孟家的妹妹們？別擋著他相媳婦？

明明是冬天，卻被陳元初撩撥得似春日的汴京城裡，有抵抗得住他的小娘子嗎？

外面已經站了一天的開封府官員們、刑部、大理寺及各部的辦差人員，終於在日落前等到了燕王殿下的一聲令下。眾人有條不紊地開始往外搬屍體，給這院子團團貼上開封府的封條，灑石灰，清水沖洗，四周坊巷貼上安民告示。

兩浙路謀反案、蔡佑貪腐案、玉郎班謀逆案、西夏入侵。今夏開始的種種內憂外患，終於在冬至節偃旗息鼓，劃上了句點。

第一百二十五章

宣德樓前。從相國寺出來的九娘她們，由陳元初和蘇昉領著，到了齊國公府的看棚裡時，文武百官、各國來使、宗室親王、各州朝貢使、汴京城知名的僧道、年長有德者，早已被有司引入預設好的各個看棚。

等鞭聲傳來，宮樂聲大作，眾人肅靜迎駕。不多時，樂聲停了，鐘聲響起，遠遠能看見御駕的黃傘登上御樓。二府諸位相公分列兩班，恭立於官家身邊。

門下中書令高唱：「有赦立金雞！」廣場上，十幾丈的雞竿立了起來，高聳入雲，上面的大木盤裡放著萬眾矚目的金雞。那金雞嘴裡銜著紅幡，寫著「皇帝萬歲」四個大字，木盤下面有四條粗繩索垂下來。

九娘她們跟著陳元初和蘇昉走出看棚外，正見到四個戴紅巾的禁軍沿著四條繩索往上爬去。宣德樓前瞬間萬人無聲。那四人身手敏捷，緣繩而上，有一人飛快地爬到了頂端，單手抓著繩索，雙腿一絞，騰空倒翻上去，搶先一步拿到了金雞嘴裡的紅幡，在半空中晃蕩著，舉起紅幡高聲大呼：「皇帝萬歲！」樓下百姓一片歡騰，跟著歡呼起來，「皇帝萬歲」響徹雲霄。

六娘和蘇昕都是第一次見到常赦，雖然從書上看到過，卻想不到現場這麼壯觀轟動，都感歎起來。

「若是元初大哥去爬那繩索，肯定能拔個頭籌，得個銀碗。」六娘笑道。

「我看不行。」蘇昕調皮地眨眨眼。

其他人都轉過頭看她，陳元初也「咦」了一聲。

蘇昕一本正經地看著陳元初：「元初大哥爬到一半，恐怕就會被漫天飛來的香包雨給砸下來，哪裡來得及去搶紅幡？」

眾人想著那情形，都不禁大笑起來。陳元初從懷裡掏出一顆乳糖，拆了米紙，隨手當暗器丟進蘇昕笑著的嘴裡：「丫頭！吃了我的糖，記得下回嘴軟一些甜一些！」

蘇昕一嗆，笑得咳嗽起來。陳元初不免又被魏氏訓了幾句。杜氏忙著給蘇昕拍背，也笑得不行。

九娘低聲問起蘇昉年後要回四川的事，自從十七娘瘋了後，九娘還沒機會和蘇昉好好說說話，每次探望蘇昕，看他神色，知道他已經放下了心結，又擔心他會放不下中岩書院和長房嫡系隱藏的往事。

蘇昉坦然告訴九娘：「是要回青神中岩書院住一段時間。上次回川，只是略作了參觀，見了幾位先生，沒有機會細細探訪外翁、外婆和我娘的往事。現在書院還是十七姨的哥哥擔任院長，也不合適。爹爹已經寫了信，這次回去正好收回書院。」

「你十七姨做的事，究竟是她一人所為，還是二房合謀，還不得而知。阿昉——哥哥你回去千萬要小心一些，多帶些人手。」九娘叮囑道，青神王氏不只是沒落墮落了，恐怕更多的人已經喪心病狂。她看著蘇昉，又忍不住加了一句：「你不要記恨你爹爹，就是你娘，恐怕也想不到她會做出那種事來。」何況，少一味藥也不算什麼，畢竟她那時候自己清楚自己的身子。

蘇昉苦笑著點點頭又搖搖頭。九娘不會懂的，他所傷感的是父親從沒真正懂過母親，還有父親義正言辭裡流露出那一絲不自然，他不願多想，俱往矣。

這時宣德門前特地搭出來的金鳳彩樓上，有司唱畢，通事舍人高舉起手中的赦書。廣場上逐漸寂靜下來。這次常赦乃近十年來頭一回，開封府和大理寺的罪人們，都穿了紅線縫製的黃布衫，早早排列在一旁。獄卒們穿得光鮮亮麗，頭上都簪著花。

「蔡佑！快看，那不是蔡佑嗎？」不少百姓議論紛紛起來。

九娘和蘇昉對視一眼，趕緊出了看棚。陳元初等人也跟了出來。

大理寺一眾罪人裡，一個憔悴消瘦的男子，戴著木枷，正含淚看著宣德樓上。

陳元初仔細看了看，笑了：「若沒有阿昉你爹爹和我爹爹在，蔡佑也算是百官裡的美男子了。」

蘇昉已經習慣了陳元初和常人完全不同的言行方式，也不以為怪。九娘歎了口氣，這次因那批瘋狂的西夏刺客，朝堂上蘇瞻大獲全勝。但如今阮玉郎已死，蔡濤立功，蔡佑貪腐案牽連雖廣，卻又沒有找到多少贓物和實證，今日蔡佑又能得赦。蘇瞻如果不好好防範，百足之蟲死而不僵，蔡黨根深蒂固盤踞各部已久，又深得聖心，很難說他會不會東山再起。

鼓聲大作，通事舍人展開手中的赦書，開始宣讀起來。九娘她們細細聽來，赦書引經據典，行文樸素，條目繁多。兩浙路的賦稅減免，招募流亡的百姓回鄉耕墾，都茶場和榷場的也有不少內容，鑄錢一事也有。等讀到「咸赦除之」，那簪花的獄卒們就取下了一眾獲赦罪犯的枷鎖。罪犯們依次走到廣場中唱喏，三呼萬歲，再魚貫退下。

不多時，宮樂聲再起，鐘聲宣告著常赦儀式的結束。御駕黃傘下了宣德樓。各州進奏院的人早已經等著赦書。急遞鋪的軍卒們背後插著黃旗，腰間繫著金鈴，接過各州赦書，等那太平州、萬州、壽春府的鋪兵先行，應了「太平萬壽」的好兆頭，這才各自一一出發。御路上頓時金鈴脆響，引來路人紛紛側目。

陳元初和蘇昉約定了明日再聚，在宣德門前揮手道別。

九娘疑惑地問他：「元初大哥，你和阿昉哥哥約了明日做什麼？」

陳元初笑眯眯地說：「明日慶祝我在你們桃源社裡做了大哥，約在阿昉的莊子裡過夜。我弄了兩隻小羊羔，明晚要自己動手烤羊，好好喝上一回酒——」他看看母親的臉色，把「賭上一回錢」硬是咽了回去。

看到六娘、九娘一臉的豔羨，陳元初得意洋洋地伸出雙手，戳了戳六娘和九娘的雙螺髻：「來，叫聲好哥哥，我明日就去你家把你們兩個丫頭也帶上。別梳這個頭，看著像兩坨屎。」

六娘又羞又氣，瞪了他一眼轉身上了車。九娘趕緊福了一福：「好哥哥，請帶我們去罷！」她還有好多話要和阿昉說，還想再去拜一拜長房的英魂們。沒有面子大過天的陳元初，她們哪裡能在外面過夜。

陳元初笑著點頭應了，催車夫揚鞭駕車。天色已暗，華燈初上，汴京城各街巷已經酒香醉人，賭錢聲不絕。

趙栩忙完手頭諸事，和陳太初仔細推測了一番，生怕阮玉郎假死，兩人列出了幾條他出逃的路線，安排部下多加留意，又讓人繼續仔細盯著那些商家財路和榷場貨物走向，蔡濤和玉郎班的班主自然也不能放過。

趙栩和陳太初回宮的半路上就得了消息，說陳元初帶著蘇家、孟家的女眷們，在宣德樓看完常赦已經各自回府。又說起今天開封府和大理寺的罪人們當場脫枷而去的四十七人裡，的確有蔡佑。幾個月來，趙昪找不出多少贓物，貪腐案牽連廣，獲罪的大多是六品、七品小官，雷聲大，雨點小。替蔡佑上書求情的官員也不少。蔡佑被列在獲赦名單裡，也不奇怪。趙栩不由得扼腕長歎，今日阮玉郎一「死」，蔡佑更容易脫罪。如果這是阮玉郎以退為進的計策，此人真是算無遺策，對人心，尤其對官家的心更是瞭若指掌。

兩個少年在馬上並不沮喪，反而為之一振，相視而笑，鬥志滿滿，越發覺得阮玉郎未死。只要阮玉郎不放棄蔡佑這根線，就不怕找不到他的蹤跡。

趙栩想了想，又讓陳太初回家別忘記盯著陳元初這幾天的行蹤。陳太初搖著頭笑了起來。兩人揮手道別，分頭帶人策馬，各往東西向而去。

皇城內張燈結綵，福寧殿裡人頭濟濟。穿著朝服的幾位宰相從早間忙到現在，還未停歇，正在和官家商量著高太后去鞏義祭陵和去西京休養的事情。見到趙栩，各自行了禮，又開始繼續商議隨行人員之事。

趙栩上前給官家和太后還有趙棣分別見了禮，簡略地稟告了阮玉郎一案。

官家雖然十分疲累，依然打起精神問了趙栩不少事，最後才點點頭：「此人不死，總是心腹大患。」又讓趙栩早些上書，好論功行賞。

高太后接過趙棣手中的參茶，慢慢喝了一口。那人總算死了，總算太平了！

蘇瞻和趙昪卻都暗呼可惜。阮玉郎一死，就更難找到蔡佑參與謀逆的證據了。那些被盜的重弩兵器盔甲，都有了自首之人，均言是貪財導致，和蔡佑關係不大。河北兩路軍也整頓甚嚴，今天蔡佑獲赦，真有放虎歸山之感。

高太后歎了口氣道：「好了，這又是件大喜事。諸位相公也不要再爭了。算來老身好些年沒去鞏義。今年皇陵出事，老身也該去好好祭拜請罪才是。就讓五郎陪著我去吧。官家，這樣吧，老身去西京就住一個月，不在那裡過年了，你可放心了？等過了年你們再讓五郎去契丹出使，把崇王接回來就是。」

張子厚站起身，施禮道：「吳王殿下一貫仁孝，陪著娘娘前往鞏義和西京，是再好也不過的。但是去契丹出使，還不僅僅是接回崇王而已，更牽涉到軍政大事，幾國對壘交戰，臣以為，還是有臨陣對敵經驗的燕王殿下去更合適。」

看來這個話題已經爭論了不少時間，高太后很不高興，皺起眉看著這個倔強得厲害的新任樞密副使，這人比陳青討厭多了。起碼陳青為了避嫌，從來不會開口替趙栩爭什麼。這個張子厚，一力主張五郎出宮的也是他，一力主張五郎加冠的也是他，一力主張加封六郎為開封府尹的還是他。現在只要看見張子厚這臉，她就渾身不舒坦。從她做皇后開始，還從來沒遇到過這樣一個敢處處和她對著幹的宰相！

蘇瞻起身道：「以臣之見，吳王殿下出使契丹，代表宗室接回崇王更合適一些。燕王殿下如今身兼開封府尹，理應多多在朝堂上觀政，熟悉各部。何況燕王殿下的性子，恕臣直言，還缺圓通二字，在兩軍之前，易衝動。不如樞密院派一位熟悉兵政的簽書院事，跟著吳王前往契丹，各行其職，相得益彰。」

官家點了點頭：「和重此言甚合吾意。」這兩個月，太后已經退讓了許多，撤簾、接回三弟、五郎出宮、六郎加封。他不能再逼迫她老人家了。

蘇瞻開了口，官家點了頭。參知政事曾相、尚書左僕射呂相也起身表示贊同蘇瞻的說法。樞密院裡的其他兩位使相也覺得蘇瞻的法子兩全其美，還免得太后和官家再起矛盾。

張子厚默然歸座不語。

趙棣心中苦澀得很。他搬出皇宮，開府加冠，六郎卻還留在宮裡，又加封為開封府尹。他實在不懂張子厚為何獨獨看中了趙栩，但眼下情勢，原來支持他的蔡佑雖然獲赦卻遠離朝堂，蘇瞻近兩個月也不再提擁立一事。他也只能聽娘娘的話，韜光養晦，最苦的是想盡法子也見不到張蕊珠一面。

等諸位相公都離去後，高太后看了看趙栩和趙棣，才轉頭對官家說道：「六郎今年立功不少，是該賞。但他才十五歲，就擔任開封府尹著實不妥。只是官家你和相公們都固執得很，老身也沒有法子。明年若是五郎從契丹歸來，官家你看看可不是就為難了？封賞薄了，會被議論為不均不公，可又還能怎麼封賞呢？」她歎了口氣：「你父皇在的時候，武宗封賞他，向來留有餘地，他二十出頭才封王呢。」

官家無奈地道：「娘娘說得有理，但六郎所立的都是軍功，也是比照太宗朝的規矩來加封的。若是五郎契丹一事順利，回來後，比照德宗一朝的舊例，再加封一個王位可行？」

高太后想了想，點了點頭：「是有這先例，倒也可行。但明年選秀後，六郎也該出宮開府才是。」

官家歎了口氣：「娘娘，如今五郎出宮了，瓔珞嫁人了，我和五娘想留著六郎在宮裡多住幾年。」

高太后看著官家：「你和五娘既然都這麼想，老身也由得你們。但選秀的事情，陛下可是應承過老身的，切莫忘記了。」

官家想起太后提了幾次孟家六娘的事，便點了點頭：「選秀一事，都由娘娘做主就是。」

高太后叮囑官家早點休息，帶著趙棣走了。官家喝了口參茶，又把趙栩留下來說話。

第一百二十六章

熙寧帝看著趙栩從早上三更天忙到現在，依然精神十足，感歎到底是年輕人精力旺盛：「娘娘心裡不爽快，要去西京休養個把月，你五哥也跟著去服侍她，瓔珞又剛出降❶。如今住在宮裡的皇子、皇女，數你為長，你記著多去坤寧殿給聖人請安。」

趙栩躬身應是，看到官家案頭的金碗很眼熟，就笑了：「爹爹那碗裡，可是阿予包的餛飩？」

官家也笑了：「可不就是她敬獻的，聽說一大早就親自包了好些不同顏色的。你殿裡也少不了她的心意，難得她今年給我還做了雙襪子。對了，娘娘提過好幾回了，你五哥已到了婚配的年紀，過了年禮部就選上幾十位世家女入宮。娘娘說明年也先給你選上幾個合適的，都留在宮裡好好教導幾年。到時候你自己也看一看，要有喜歡的不要害臊，同娘娘說就是。」想到該給自己敬獻鞋襪的兒媳婦一個都沒有，官家心裡也頗不是滋味。

趙栩一怔，拱手道：「多謝爹爹和聖人關懷兒臣，臣年紀還小，過幾年再說也不遲。」

趙栩把自己和陳太初懷疑阮玉郎假死一事說了。官家皺起眉頭來：「你五哥午後來說了這事情，蔡濤應該不會說謊。皇城司也一直盯著他的。不過有備無患，此事不可宣揚，你和太初兩個留意著吧。」趙栩看他神色，似乎並不在意阮玉郎是不是和郭真人有關係。

「爹爹，契丹一事，兒臣願為爹爹分憂。聽聞壽昌帝格外愛好詩詞書法繪畫之道，若能投其所好，必然事半功倍。此外，這次招安盜匪，往兩浙路剿匪，兒臣自覺得對兩軍對陣也有了些心得，如果能助契丹順利打退女真，未必不能從契丹嘴裡把燕雲十六州多弄幾州回來。」

官家看他躍躍欲試的模樣，不由得笑了起來：「你啊，今年已經立了數件大功：剿滅西夏刺客、招安、救了張子厚、行軍百里、剿滅房十三餘黨。現已經加封了開封府尹，這要再立功，爹爹可沒得封賞你了。」

趙栩心中一動，笑著上前幾步，撲通跪倒在地。官家嚇了一跳，搖著頭離座來扶他。

趙栩卻沉著身子不肯起來，仰面笑道：「兒臣要搶五哥的功勞，確實有一私事要求爹爹應允，還請爹爹恕罪！」

官家拉不起他，只能拍了拍他的手臂：「這麼大了，還調皮犯渾。又想要什麼畫還是字？你從孟家過雲閣偷了和重家的喪帖，以為失主不知道嗎？」

趙栩臉一紅：「兒臣早就還回去了，還賠了一幅張正道的〈金明池爭標圖〉呢。」

官家失笑道：「你啊，還有那個孟二都不是個好的。說吧，這次你想要什麼？」

趙栩朗聲道：「兒臣若能立功歸來，斗膽想求爹爹賜一道聖旨，能讓臣自己選燕王妃！」

❶ 出降：在古代，公主出嫁又稱「出降」。如唐代詩人李商隱的〈壽安公主出降〉，描寫的正是唐文宗將壽安公主下嫁王元逵。

官家怔了一霎，順手就拍了兒子一巴掌，奇道：「方才說到選秀的事，你明明推託自己年紀還小，要過幾年再說。怎麼一眨眼忽然又討起賜婚聖旨來了？你是皇子，豈能任性而為？燕王妃肯定得要娘娘和皇后替你選，還得宗室和禮部來定才行。你這是看中誰了？莫非這個小娘子是平民出身？這出身又有什麼關係，做不得你燕王妃，做個侍妾總可以，哪需要請旨？」

趙栩順勢起身，臉越發紅了，耳朵根都發燙：「爹爹！兒臣求旨，只是想請爹爹允許兒臣以燕王妃虛位以待而已。兒臣情有獨鍾，決不能委屈了她，更不能勉強於她。」

情有獨鍾？決不能委屈了她，更不能勉強於她？

官家看著兒子臉似紅霞，正是少年懷春，滿腹憧憬的時候。

趙栩滿懷期望地看著官家：「兒臣有了您的旨意，才好謝過明年選秀時娘娘和聖人的好意，免得她們在兒臣身上費心勞神。」

熙寧帝轉開眼神，福寧殿裡也布置著諸多喜慶之物，琉璃燈敞亮，燭火搖曳不定。忽地金水門外瑤華宮裡的種種苦寒暗黑滲進他心中。他慢慢地轉過身，步履沉重地走回御座。

他對那個人，何嘗不是情有獨鍾？從少年開始，幾十年，心裡也只有她一個人。可是他依然委屈了她，勉強了她，害苦了她，害死了她。他對她所有的好，都變成了她的罪。他沒法子，就算是重來，他能做什麼？如今這情有獨鍾又落到六郎身上，他身為一國之君，難道要看著六郎重蹈自己的覆轍？

官家看了一眼趙栩，垂目取過趙淺予送來的金碗，揭開蓋子，早已沒了熱氣。六隻餡兒不同顏色的餛飩，胖嘟嘟地睡著，跟花兒似的。

他小的時候，那個人也總是會做上十幾種不同顏色的餛飩。給他的，為著避嫌，總是擱在銀碗裡頭。那時候他等不及想長大。

熙寧帝抬起眼，不置可否地道：「你啊，還是這個性子，愛胡鬧，是要好好磨練磨練。這件事爹爹心裡有數了，擱在我這裡。你可不許跟娘娘和聖人胡說，要不然休想爹爹幫你一句。」

趙栩大喜，心滿意足地退了出去。

看著趙栩翩然如仙的背影，熙寧帝舀起一顆蝦仁餡的餛飩，放入口中。冷了以後有些腥味，有些難受，他卻還是吃了下去。這才想起來，忘記問趙栩看中的是哪家的小娘子了。算了，拖一拖，他未必還會這麼上心。六郎他還不懂，等著等著，人會變的。君生我未生。造化弄人。誰能萬事都如願？他將來若要坐這個位子，早點明白該捨棄什麼，只能捨棄什麼，必須捨棄什麼，未必不是好事。

杜氏帶著六娘、九娘回到翠微堂，拜見了老夫人，稟報了給相國寺敬供的香油香燭數字，將方丈開光後的一串菩提子數珠呈給老夫人。

呂氏嘴上嘖嘖稱讚，心裡卻算著今年的敬供，抵得上前五年加在一起的總數了。程氏帶著四娘、七娘坐在一邊，含笑不語。

梁老夫人細細看了看手裡的一百零八顆數珠，上面還雕著羅漢像，不由喊了聲阿彌陀佛，感歎道：「可有替我好好謝過大師？」

杜氏笑道：「謝過了。」

六娘和九娘把陳元初、蘇昉說的阮玉郎身死一事也稟報了。堂上眾人都一驚。四娘驟然一震，幾乎不敢相信。這個「舅舅」終於死了嗎？她看著九娘平靜的神情，又看向老夫人。

梁老夫人撫摩著手中的數珠，半晌才歎了一口氣：「再多的算計，最後也還是枉送了性命。人死燈滅，以後總算太平了。」

九娘輕聲道：「青玉堂那邊？」

老夫人搖搖頭：「過幾天皇榜就該告示了。該知道的總歸會知道的。」

四娘覺得跟做夢似的。自從阮玉郎出現後，她的日子就變成了一團糟。學堂不能去了，姊妹間疏離了，被陳太初羞辱，被禁足，姨娘現在還被關在西小院裡，爹爹養了外室，家裡又多了個弟弟。整個下半年，三房就沒有發生過一件好事。幾天不出事，人人都提心吊膽覺得不正常。以後就太平了嗎？她和九娘、七娘、六娘還回得去以前嗎？她看向九娘，九娘卻看著老夫人。她看向七娘，七娘卻冷笑著轉開眼。

冬至夜，團圓飯。廣知堂裡燭火通明，炭火燒得屋裡暖暖的。孫輩的小郎君們在偏房擠作一堆，打趣即將成親的孟彥弼。孟在三兄弟陪著老太爺在正堂上喝茶，說著明年孟氏族學裡有多少人要參加禮部試。孟老太爺把二房要參試的四郎孟彥翰叫了過來，問了一些話，又問起孟建：「今日早上宗祠祭祖，你也聽見了。十一郎既然已經記在了程氏名下，以後就是你三房的頂樑柱，你可得好好花些心思教導才是。族裡的幾位先生早上也都誇了他吧？」

孟建笑道：「是，兒子記住了。還要多謝二哥，給十一郎取了彥樹這個名，開封府的戶籍文書節前就辦好了。學裡的先生們也說十一郎明年應該能考入甲班。他的書讀得好，以後能像大郎那樣順順當當進國子監，考入太學，我也就放心了。」

孟老太爺歎了口氣：「這孫輩裡頭，九個小郎，只有彥弼還隨了我。本朝重文輕武——唉。」

孟建尷尬地輕聲提醒父親：「十個，十個小郎。」

孟老太爺抬了抬眼皮：「啊，你那外頭接回來的十三郎，聽說不會說話？」

「會說會說。」孟建趕緊解釋：「只是前些時嚇到了，又換了個地方，有些怕生，是個聰明孩子來著。九娘也是三四歲才開口的，七歲就進了乙班呢。」

孟老太爺呵呵了兩聲，見小廝們把屏風架好了，就問孟存：「老二你前幾天被留在宮裡鎖院了三天寫赦書，這次常赦都有些什麼大事？」

孟存起身笑道：「二府幾位相公這次列了六十多項條目，都是國計民生的事，以兩浙路的安撫為主。不過蔡佑這次倒被常赦了。」

「早晚的事，」孟老太爺點了點頭，一雙總有些渾濁的老眼忽地清明嚴厲起來：「老二，你現在是天子近臣，無論如何不要摻和他們新黨舊黨的破事裡去。還有，記住了，萬萬別想著從龍之功，」他聲音冷厲起來：「你和老大，越走越高，更要千萬小心。我們家和燕王殿下，因為陳家的關係，總是割不開扯不斷的。你們越發要謹慎些，不要往上湊。」

孟在和孟存趕緊站起身，恭敬地應是。

百年世家，已經毀過一次，不能在他手中再毀一次。梁氏再怎麼幫著太后，在這件事上和他想的是一樣的。二弟、三弟在天之靈，看著呢。那許多人命，都看著呢。他欠的還沒還清，兒子們不能再牽涉進去了。

第一百二十七章

外面傳來娘子們的笑聲，穿紅著綠的四個小娘子，簇擁著梁老夫人進了廣知堂。呂氏脫了大披風，忙著安排開席。偏房裡的小郎君們也過來給長輩們見禮，兄弟姊妹們再互相見禮，一時間，廣知堂裡熱鬧得不行。

四娘領著妹妹們給孟老太爺、梁老夫人敬獻了鞋襪，磕了頭。管事娘子過來請他們入席。照慣例，郎君們隨老太爺坐在屏風左邊，娘子們隨老夫人坐在屏風右邊。因十三郎才兩歲，被乳母抱著坐在了九娘下首。

阮姨娘得了老夫人的恩典，解了禁足，也穿了一身新襖，和其他幾位姨娘，挽著袖子，捧著酒壺，伺候在一旁，只是胭脂薄粉下還透著面容蒼白愁絲孀孀。

不多時，小郎君們就過來屏風這邊給婆婆、娘親們敬酒請安。剛滿十歲的十郎自從十三郎回了三房，每回請安，見著他總要下手欺負一番，捏幾把掐幾下罵幾聲是常有的事。現在看到這個外室子在乳母懷裡，一雙眼只盯著碗盞裡，像模像樣地喝著湯羹。十郎越看越生氣，再轉頭看見姨娘含著淚想說什麼又一句都不敢說的模樣，更是氣得要命。都怪生他的狐狸精將爹爹迷暈了，若是爹爹多放點心思在家裡，又怎麼會護不住姨娘？竟害得姨娘這麼傷心。爹爹肯定是暈頭了，才會把十一郎那個胖子變成了三房嫡子，連著九娘都能越過四姊成了嫡女。

十郎擠到十三郎身側，一手舉起裝著果子酒的酒盅，嘴裡和哥哥們一起喊著「恭祝婆婆萬福金安」，另一隻手卻在十三郎後腰上狠狠擰了一把。

他正得意著，不防十三郎頭一轉，烏溜溜的雙眼看著十郎。十郎笑嘻嘻地看著他。呦，還敢瞪我？十郎索性又伸手擰了他一把。

「哥哥？」很少開口的十三郎忽然開口叫道。抱著他的乳母高興得厲害，十三郎說話了叫人了呢！

「怎麼？」十郎得意地靠過去，這小東西肯定是想求饒吧？

他剛靠近，十三郎伸出小手，猛地一抬，他乳母手裡的半碗湯羹全潑在十郎頭上身上手上，還濺了些在九娘衣裙上頭。

十郎猝不及防，驚叫了起來。一桌人紛紛側目，九娘也站了起來。

阮姨娘趕緊上來拿帕子給十郎擦拭，看著他臉上手上已經紅了起來，眼圈就更紅了，因是冬至過節，又不敢掉眼淚。

程氏淡淡地吩咐：「十三郎既不愛吃這個，就換別的餵給他吃。十郎不要怪你十三弟，他還小，不懂事。讓人送個藥膏過來擦一擦就好。」

十一郎看到九娘衣裙上也有些髒，便走過來拿出帕子想遞給九娘，卻被十郎用力推開：「滾！誰要你假情假意的來獻殷勤？你巴不得我被燙死吧？最好三房就剩你一個兒子，你就開心了？」

九郎走過來順手又推了十一郎一把：「假惺惺的做給誰看？你改了名字也還得喊我們哥哥！這就要來顯擺威風？想得美。」

在一邊伺候的林氏趕緊放下手裡的酒壺，扶住十一郎，接過他手中的帕子，去給九娘擦拭衣裙。孟彥弼大怒，挽起袖子就要收拾九郎、十郎，卻被杜氏揪住了胳膊肉動彈不得，二房的四郎、五郎也過來勸他。長房的八郎和二房的六郎在學裡就看九郎、十郎不順眼，巴不得孟彥弼去揍他們一頓，七嘴八舌地慫恿起來。

四娘不敢偏幫九郎、十郎，又不想再得罪九娘，只垂首不語。七娘卻冷笑著不說話。六娘輕聲問九娘可有被燙到。九娘搖頭，想著剛才明明聽見十三郎喊了一聲哥哥的，就留心起十三郎的一舉一動，見這個兩歲的小童正埋首躲在乳母懷裡，小手緊緊揪著乳母的衣裳，不哭不鬧。

一片混亂嘈雜聲裡，梁老夫人啪的一聲，將銀箸拍在了桌面上。

隔壁的孟建趕緊過來，拎著九郎、十郎的後衣領就往外去。十郎索性大哭大鬧起來：「爹爹你偏心，你偏心！偏我姨娘生的做不得嫡子嫡女？」

安頓了九郎、十郎，孟建回來給老夫人請罪。老夫人歎了口氣：「家和萬事興，你和阿程夫妻一體，當好好理一理木樨院才是。」

程氏也起身請罪，卻不多看孟建一眼。

這夜，廣知堂亮燈到亥時，孟府家規森嚴，即便是全汴京城的百姓都在街上喝酒賭錢，孟家的兒郎們卻不許出門玩耍，更不許碰那些賭博物事。只准留在廣知堂喝些米酒果酒，行一些酒令。孟彥弼手癢得很，想著明晚就能去蘇昉的田莊上和陳元初賭個痛快，心裡才好受一些。

到了亥正時分，九娘給程氏請過安，去東小院探望林姨娘。林氏笑嘻嘻地獻寶，她已經開始給九娘縫製春衫了。粉紅、桃紅、真羅紅，選的都是極鮮的顏色。肚兜上繡著牡丹、海棠、芙蓉，旖旎豔麗。

九娘笑著讓玉簪拿出一雙繡鞋，遞到她手裡：「姨娘，這是我孝敬你的。你可不要嫌棄我的繡工。」她兩世都不曾花時間在針線上面，雖然能繡些小東西，卻遠遠比不上針線房的繡花娘子的手藝。這幾年冬至，她都給林氏做的襪子。這雙鞋她做了一個多月，納鞋底鞋面就費了好些時間，廢了好幾雙。

林氏看著繡鞋上的朵朵綠萼梅，高興得厲害，恨不得抱著九娘親上兩口。今天開始，自己生的一雙兒女，終於成了三房的嫡子嫡女。這種想都不敢想的好事一來成雙，她喜不自勝，偏偏到了程氏跟前卻又笨拙地說不出什麼感激的話。

「九娘子，」林氏捧著繡鞋，認真地把自己想了好些天的話說了出來：「你看，娘子待你們這麼好。奴雖然不懂嫡庶有多大不同，可郎君是庶出的，就樣樣都不如大郎君、二郎君。可見這嫡出的還是不一樣的。你呢，成了三房嫡出的小娘子，以後也省得被那些不長眼的人家挑挑揀揀。姨娘心想啊，你和十一郎還是少到奴這裡來，你們多去陪陪郎君和娘子說話。娘子也是可憐人，七娘子那麼不省心，還多出來個膈應人的十三郎。奴也會關起門好好過日子，多給你們做些衣裳，你放心，我不會和阿阮來往的。唉，她也可憐得很。」

林姨娘看著九娘臉上沒什麼不高興，才接著說：「你看，姨娘臉上一點疤也沒留下來，已經好了。你就不要再怪七娘子了，她也不是有心的。你小的時候，我還經常掐你兩把，想替你把肥肉掐掉一些呢。娘子那麼豐厚的嫁妝，原先都是留給七娘子一個人的，現在平白要分給你和十一郎。不看僧面看錢面，娘子這麼費心，你也要領情才是，你和七娘子好了，也顯得你們懂道理，知道感恩戴德，名聲才會好——」

九娘仔細看著林姨娘，看得她有些毛骨悚然起來。林姨娘趕緊看看自己胸口，摸摸自己臉上：「九娘子？你看什麼呢？」

九娘忽地伸手輕輕摟住林姨娘，靠著她輕聲喊了一句：「娘——！」

林姨娘如遭雷擊，立刻伸手捂住九娘的嘴，看了看一邊的寶相和玉簪，搖著頭說：「九娘子她喝醉了，喝醉了喝醉了——你們沒聽見啊，沒聽見啊。我什麼都沒聽見！」

寶相和玉簪相視一眼，笑著福了福退到外間去了。

林姨娘任由九娘抱著，眼淚忽地止不住。原來她還能聽見自己生的孩子喊自己一聲娘呢。原來被稱作娘是這種滋味。

「九娘子？」

「嗯。」姨娘身上的香味真好聞。原來有人總為自己著想，是這麼美的事情。

「你可不能再犯這種傻了啊！不合禮法不合規矩呢。」

「嗯。」是不合禮法不合規矩，可是合情合理，合乎自己的心意呢。九娘心裡有一種痛快，偷來的痛快，格外的舒暢。

「下雪了！下雪了！」外間的玉簪和寶相笑著進來稟報。九娘爬上羅漢榻，把木欞窗朝外推開一點點，一陣寒風撲面而來，她打了個寒顫。林姨娘趕緊給她披了件自己的小襖。兩人頭靠頭地往外看，廊下燈籠暖暖地照著，半空裡碎碎墮瓊芳，似花似蝶的碎玉紛紛杳杳而來。這個暖冬的第一場雪，竟然在冬至夜降臨了。

林姨娘笑著喊寶相去熱一壺酒要兩個小菜來，九娘笑倒在榻上：「姨娘今夜要打誰罵誰嗎？」

林姨娘一愣，紅著臉把九娘送的繡鞋往腳上套：「高興不行嗎？高興！奴高興得很！」

是夜，青玉堂的燈火一直燃著。三更天的時候，青玉堂忽然喧鬧起來，兩盞燈籠伴著油紙傘飛奔到二門處，又往角門而去。過了兩刻鐘，那燈籠從角門匆匆回轉到二門來，又進了青玉堂。到了五更天，一輛馬車停在了角門處，幾個人護著一頂油紙傘從青玉堂出來，上車的上車，上馬的上馬，大雪紛飛中，漸漸遠去了。

翠微堂掌起了燈，梁老夫人聽貞娘回稟完畢，匆匆起身穿衣，趕往青玉堂。

孟老太爺斜靠在床上，看見梁老夫人來了，也不說話，逕自合上了眼。身邊伺候的小廝們行禮退了出去。貞娘想了想，也退了出去，輕輕合上門，守在了門口。

梁老夫人在床頭定定地站了片刻，才開口問：「孟元！你怎麼敢？」聲音卻有些啞。

孟老太爺睜開眼：「我已經遞了摺子，待宮中宣召，自會去向官家和娘娘請罪。」他轉開眼不看老夫人：「那人已經死了不是嗎？你們還有什麼不放心？」

「太后娘娘有旨，阮眉娘終生不得離開青玉堂一步！你怎麼敢抗旨送走她？她去哪裡了？」

孟老太爺掀開自己身上蓋著的被子。梁老夫人低聲驚呼起來：「你——！」

孟老太爺垂首看著胸口包紮好的傷口：「她用金釵給了我一下子。」他指了指傷處，看著梁老夫人：「所有的事，我才是始作俑者，我欠她太多太多。我早該去死的。就這樣她也沒殺了我。」

孟老太爺看著梁老夫人：「她手下留情了，要讓我看著彥弼成親呢。」

老夫人頹然坐到床邊：「她要去哪裡？她能去哪裡？天下之大，除了這裡，還有哪裡能容得下她？你還動用了過雲閣的護衛……」

「那幾個人，原本就都是老三的部下，當年護著她出宮的，自該隨她而去。她要去哪裡，她定。」孟老太爺苦笑道：「等我領了罪，就把老二過繼到二弟名下，把老三過繼到三弟名下。他們後繼有人，我才放心。」他頓了頓，歎氣道：「雖然終究還是我孟家欠了你，但你我這輩子是敵非友，我是不會感激你的。」

梁老夫人看著他，半晌才搖了搖頭：「是我一時不慎，害了你兩個弟弟的性命，我答應了二郎的事，我做到了。你我各為其主，願賭服輸，無需怨尤。我不用你感激我。」

孟老太爺點點頭：「願賭服輸，我已經服輸了半輩子。但阿梁，你不能把阿嬋推進火坑裡去。」

梁老夫人含淚顫聲道：「阿嬋是我的親孫女，嫡親的孫女，我一手養大的孩子，我願意嗎？我捨得嗎？太后娘娘是念著當年二郎捨命救護了她和官家，要給你孟家免死金牌！這一大家子，將來要靠阿嬋才能護著孟家！現在是太后仁慈，官家仁德，以後呢？你我閉眼去了，要是有人翻出舊帳呢？兒子們怎麼辦？孫子們怎麼辦？你孟家在汴京的近千族人怎麼辦⁉」

孟老太爺無力地合上眼，兩滴老淚從眼角慢慢滑落。他是個懦夫，從前是，現在還是。

梁老夫人拭了拭淚：「我已經讓老大告訴彥卿了，讓他就留在江南。日後各房的兒郎們，要是出仕，都往南邊去吧。留在江南，不要再回汴京了。」

孟老太爺睜開眼，緩緩道：「還是你有心。」他當年如果留在四川，留在眉州，二弟、三弟是不是就不會死，陳氏是不是就不會死，孟家是不是就能太太平平？

他永遠不得而知。

第一百二十八章

地白風色寒，雪花大如手。這一夜的雪竟不肯停。汴京城已然銀裝素裹，粉妝玉砌。大街小巷裡跺腳揉手掃雪者眾多，不少孩童大笑著在雪地裡奔走，互相投擲雪球，散落的雪屑一蓬一蓬的。沒有了平日自五更天就開始忙碌的茶飯攤、煎藥攤，坊巷裡少了嫋嫋的熱氣，只有行人互相招呼時口中哈出的團團熱氣，如雲霧般蒸騰一下，被寒風大雪挾裹而去。

九娘昨夜陪著林姨娘喝了兩盅熱酒，反而比平時睡得沉。因這幾天過節，木樨院和翠微堂都免了她們姊妹早間的請安，她一直睡到辰正才醒來。見到雪還這麼大，擔心今天恐怕去不成蘇家的田莊。

玉簪帶著侍女伺候她穿戴洗漱完畢。綠綺閣的侍女已經引了肩輿，說六娘子請九娘子過去說話，見她正準備用朝食，告了罪去外間自去等著。

「翠微堂可出什麼事了？」九娘蹙起眉問。

玉簪將食籃裡溫著的雞湯和米糕並四色小菜擺上桌，遣退了侍女，才回道：「聽說青玉堂的阮姨奶奶天不亮就離了府。老太爺和老夫人半個時辰前剛剛奉召入宮。大郎君和二郎君陪著去了，郎君和娘子們都在翠微堂等消息呢。」

九娘嚇了一跳，阮姨奶奶牽涉了先帝和今上糾纏不清的兩代宮中秘事。誰敢由她離開青玉堂？「二門和角門都說用了青玉堂老太爺的對牌。還有幾位過雲閣的老供奉也一道走了。」玉簪輕聲道：「慈姑一早就趕去翠微堂了，九娘子別急，用了朝食再去綠綺閣吧。」

九娘的心亂跳起來，慌慌地懸在半空。急急地喝了幾口湯，便讓玉簪取過大披風穿了，就往綠綺閣去。玉簪急忙給她戴上貍帽，又披上風帽，塞了個熱熱的梅花純銅手爐在她手中，讓侍女們千萬留意九娘子不能凍著。

九娘一出門，被廊下的寒風一吹，鎮定了一些，回頭輕聲叮囑玉簪：「今日我爹爹在家裡，燕大肯定在車馬處候著。你拿上半貫錢，讓他去各城門看看，可打聽得出阮姨奶奶往哪裡去了。再讓他把這信兒送去陳家給太初表哥知道，還有，請陳家的大表哥別來我們家了。」玉簪趕緊輕輕重複了一遍，九娘聽著無誤，才上了肩輿。

聽香閣的西暖閣，木櫺窗緩緩推開一線。四娘靜靜地看著院子裡遠去的肩輿，慢慢地伸手將窗又推開了一些。寒風呼嘯著竄進來，十幾片雪花穿過廊下，搶著往這溫暖的地方鑽。四娘伸出手，似花似梅，似梅似花，她抓住了兩三朵，展開時，只有稍微的濕意。她禁不住打了個噴嚏，身後的女使趕緊過來將窗合攏了。

池塘邊的幾株臘梅，被白雪輕掩，依然暗香浮動。

九娘先到翠微堂裡請安，廊下看見慈姑，朝她點了點頭。進了屋見到杜氏神色還算平靜，呂氏所知不多，只有些微愁意。孟建心神不定愁容滿面，在翠微堂中踱來踱去。程氏的嘴角卻依舊掛著一絲冷笑，偶爾抬眼掃過孟建一眼，也是說不出的疏離。

杜氏還笑了一笑打趣道：「阿妧來得正好，阿嬋一早就在念你了。你才回聽香閣住了幾天？她就想你想成這樣。」

九娘笑著福了一福告退去綠綺閣。六娘正在屋裡急得團團轉，見到九娘就告訴她：「婆婆說是去宮中請罪，怎麼辦？翁翁做的事，萬一娘娘怪在婆婆身上如何是好？」

九娘安慰她道：「六姊別擔心。不要緊的，昨日元初大哥不是說阮玉郎已經死了嗎？阮姨奶奶一個老婦人，又能做些什麼？翁翁放她走，肯定也是有他的理由的。再說，娘娘仁慈，又怎麼會殃及婆婆呢。」

六娘眼圈紅了起來：「翁翁心裡難道就只有姨奶奶一個人？為了她，連你爹爹都不管了，甚至連全家和全族的安危都不顧了！」她實在傷心之極，連她一個女孩兒都知道宗族第一，家族在先，把自己放在最後頭。可這位一家之主如此抗旨妄為，讓人寒心得很。

九娘牽起她的手：「翁翁、婆婆、姨奶奶他們之間的事，我們知道的實在太少，東拼西湊起來的線索，不足以窺全貌。你看一邊是郭太妃和崇王，阮姨奶奶和阮玉郎；另一邊是婆婆和太后娘娘、官家、先帝。咱們孟家究竟因為怎樣的事才被牽扯到其中，只有他們心裡清楚。想來太后娘娘不會因為翁翁的糊塗而怪罪婆婆和孟家的。不然大伯和你爹爹的仕途哪可能這麼順當？你別太難過了。」

六娘落下淚來：「阿妧，雖然太后娘娘對我很和藹，待婆婆和我們孟家極好。可是我知道，娘娘也是有霹靂手段的——」

九娘歎了口氣：「後宮之中，若沒有霹靂手段，娘娘又怎麼能坐得穩皇后之位，又怎麼能扶持官家登基，垂簾聽政十餘年？但娘娘心裡自有乾坤，我們多慮也沒有用。」這幾句話，九娘自己都覺得安慰不了她什麼。兩姊妹對坐著發了一會呆。九娘索性取出兩本經書，勸六娘和自己一起抄經。

她心中所憂慮的，比六娘更甚，昨日沒有見到趙栩和陳太初，九娘總覺得阮玉郎不會這麼輕易就死了。陳元初和蘇昉所說的人證物證，似乎來得太不費功夫，而阮玉郎，苦心經營十幾年甚至幾十年，怎麼會這麼不小心？偏偏在同一天，蔡佑獲赦，跟著阮姨奶奶竟然離開了孟家。九娘緩緩地磨著墨，心裡卻已經開始籌謀萬一孟家因此獲罪出事，會牽連到哪些親族，又有誰能伸出援手，怎麼救才能不觸犯太后娘娘的忌諱。

孟建的隨從燕大，這些年給九娘打探市井消息，著實存了好些銀錢，雖然大雪紛飛，還是樂顛顛地揣了半貫錢，跟車馬處的管事打了個招呼，心裡算計了一番，先往城西陳家去了，想著送完信還能得上幾個賞錢，夜裡賭錢又能多些膽氣。

巳正時分，燕大披著蓑衣好不容易走到陳府所在的街巷，身上暖得很，腳上的棉靴卻已經被雪浸濕了，著實難受。一看街巷裡竟然停滿了牛車、馬車，行人出入都很不便。他往裡走了幾步路，就聽見一陣歡呼聲。

「元初元初——！陳元初！」此起彼伏的嬌笑呼喊從車裡響起。不少牛車、馬車都打起了厚厚的簾子，雪花亂舞，往車裡的娘子們面上撲過去，車內的熱氣也拚命往外四散。

巷子那頭緩緩出來兩騎。當頭一人披著紅色大氅，雪天裡也不戴竹笠風帽，朱紅色髮帶在寒風白雪中更是耀眼。他一張俊臉帶著笑意，正朝一路的小娘子們拱手道謝：「多謝各位美嬌娘！元初今日要出城，你們早些歸家，晚間可別再過來受凍了！」又吩咐他身後的兩位「提茶瓶人」給車內各位小娘子送上熱茶，更惹得這一路的小娘子們不停尖叫歡呼起來。長得這麼好看還這麼體貼入微的郎君，全天下只有一個陳元初，嫁人當嫁陳元初！

陳太初一身玄色大氅，戴了斗笠，哭笑不得地看著前面的大哥。早間大哥蹲在大雪蓋著的牆頭看著遠處街巷裡的盛況，得意洋洋地炫耀自己「萬花叢中過，任由葉沾身」，被爹爹打了好幾板子，催他過完冬至就趕緊滾回秦州去。結果大哥抱著娘好一頓掏心掏肺，哭訴這輩子還沒和爹娘一起過上幾次年，惹得娘哭了一場，和爹爹還起了口角。

陳太初歎了口氣，每逢爹爹出門，這些小娘子們也肆無忌憚地笑鬧高喊大哥的名字，爹爹再怎麼擺出冰山臉也沒用。大哥還高興地說冰山也凍不住春心，戲謔爹爹每日花海中擠進擠出，連馬兒都擠瘦了。爹爹怕是真的生氣了，這世上，能讓爹爹生氣、敢惹爹爹生氣的人，好像也只有大哥一個。

燕大一看見陳太初，趕緊迎上去對陳家的部曲道明自己的身份，被帶到陳太初跟前，將兩條口信低聲稟報了，果然得了十文賞錢，樂呵呵地趕往順天門去打聽了。

陳太初和陳元初商議了一下，兩人出了街巷，陳元初往城西蘇家田莊而去，陳太初轉往宮中去會合趙栩。

趙栩正在坤寧殿陪向皇后說話。孟老太爺和梁老夫人幾乎是宮門一開，就奉召進了慈寧殿，跟著慈寧殿就派人去福寧殿請官家。這宮裡說大不大說小不小，這樣的大事自然極快就傳到了趙栩耳中。不多時，宮外一直守著孟府的部下也送進了消息：阮姨奶奶離京了，離京前馬車先去了金水門，在瑤華宮的宮牆外有人下車磕頭。隨後馬車出了衛州門，上了官道往大名府方向而去。已經派了人一路尾隨，但她身邊有幾位高手護著，不敢跟得太近。

坤寧殿裡溫暖如春，向皇后正和陳德妃捧著茶盞商議臘月裡的各種安排。因太后要去鞏義和西京，吳王趙棣和吳王生母錢妃都一路隨行。這臘月準備過年的大事就全落在向皇后一人身上。向皇后按例就讓陳德妃過來，看看這六尚二十四司二十四典二十四掌中，有些不那麼要緊的，就交給陳德妃去打理。

趙栩聽著她們商議，時不時給她們遞個水果，出個主意。向皇后見陳德妃並不推託，趙栩的主意也十分巧妙，更是高興得很。

趙栩因外命婦覲見一事，不經意地就提起孟老太爺和梁老夫人進宮的事：「兒臣聽聞梁老夫人是為了他家的侍妾阮氏離府一事入宮請罪的。一個侍妾而已，何須大張旗鼓至此？這孟家百年世家，怎麼這麼不知輕重？娘娘理當好好降罪才是。」

向皇后一怔，搖了搖頭笑道：「六郎還是孩子心性呢，哪裡就至於要降罪了。我聽官家提起過，孟家當年是有過救駕之功的。雖然沒宣揚也沒封賞過，官家和娘娘一直都記在心裡呢。你看看孟大郎、孟二郎，一文一武，都算是官家重用的人了。」

「救駕？」趙栩疑惑地問：「爹爹從未親征過，孟家怎麼會有救駕之功？還不封賞？」

向皇后歎了口氣，片刻後才輕聲道：「官家當年登基時也著實驚險萬分。」她指了指腳底下：「不是外邊，是這裡。」

趙栩出了坤寧宮，在廡廊下默默站了一會兒。大雪終於停了，日光越發亮了起來，眼看就要出太陽了。他出了會神，讓人先往孟家給九娘送信，才出宮會合了陳太初。兩人並轡往西，一路商議起來，更肯定了阮玉郎未死。陳太初笑道：「幸虧你一直派人盯著孟家和程家，只要阮姨奶奶這根線不丟，總能找得到他。」趙栩臉微微一熱，他的人盯著孟家好些年了，倒不是因為阮玉郎的緣故。

大雪初晴的午後，蘇家的田莊迎來了暖房的貴客。趙栩和陳太初帶著一眾部曲下馬後，四處環顧，恍如隔世。

工部的人極為賣力，按照蘇昉給的圖紙，兩個月就把田莊重建辦得妥妥當當。村民們無論原先是草房還是木屋還是瓦房，都建成了清一色的磚瓦房。此時過節，家家張燈結綵。雪地裡兩隻狗兒朝著來者一陣狂吠。三四個穿著紅襖帶著棉帽的孩子正在太陽下頭玩雪，看到他們來了就喊：「大郎家來客了——大郎！」

離上次險些被屠村的驚魂夜只不過隔了三個月，這些孩童們早已經恢復了平時的歡快。幾個婦人急忙從院子裡跑出來，領了自己的孩兒回家去，只有她們依然心有餘悸，新房子、朝廷給的銀錢也填不平心裡的隱隱恐懼。

蘇昉帶著蘇昕的兩個哥哥親自出了大門迎客。進了院子，趙栩和陳太初都一愣，這個院子，和當初他們來的全然不同了。沒有了葡萄架，沒有了鞦韆，沒有了老樹，也沒有了菜園。

蘇昉淡然一笑：「有些東西，沒了就是沒了，再來也是枉然，還不如放在心裡。」

忠烈祠堂就建在後院，趙栩和陳太初先繞去後面拜祭了王氏忠僕，替六娘、九娘、孟彥弼也上了香。一行人回到正屋，看到陳元初正歪坐在新建的炕邊，正在給蘇昕表演手剝核桃殼，史氏心疼地道：「這有小銀錘子，敲開就是，仔細把手指甲剝裂了。」

趙栩和陳太初上前給史氏行了禮。史氏和蘇昕聽說孟家出了事，九娘她們不來了，都擔心起來。趙栩安慰了她們幾句，便準備和蘇昉去書房裡說話。

陳元初忽地眉頭一揚：「哎！太初的細帖子還沒送去孟家，這下恐怕又得拖上許久，娘肯定又要擔心了。太初，你最好給九娘送個信，免得孟家誤會咱們家是因為怕事才拖著的。」

他說完話，也不管這一屋子裡的人都沒了聲音，徑直指上用力，手中三個小核桃的殼脆脆地齊齊碎了。他將核桃殼挑揀了出來，把核桃肉送到蘇昕面前：「阿昕，看大哥厲不厲害？」

蘇昕一雙清澈眼看著陳元初，陳元初卻滿臉微笑。她默默低下頭伸出左手，將手中的小碟子抬了起來。

史氏一怔後笑道：「太初是要和阿妧訂親嗎？我是聽阿妧她娘提過你們兩家要結親，沒想到已經換了草帖子了。」

陳太初還未作答，陳元初又捏了一把小核桃在手裡，笑道：「可不是早就換了！我看了阿妧的草帖子，才知道原來阿妧的祖父以前是眉州的馬軍都虞侯，回京後還任過眉州防禦使。可巧我爹爹也加封過眉州防禦使。對了，阿昉，你蘇家不就是眉州大族？會不會以前和孟家就認得？」

蘇昉、趙栩和陳太初一驚，他們從來沒留意過孟老太爺的往事，更沒有想到孟老太爺竟然也在眉州軍中任過職。

趙栩看著陳太初，突然笑問：「這麼快？」

陳太初溫和地搖了搖頭：「還要再等等。」兩人都又點了點頭，心照不宣。蘇昕抬起眼看了陳太初一眼，又垂下了眼瞼。

蘇昉略一思忖，卻問起史氏：「二嬸以前在眉州，可有聽說過孟家？」

史氏想了片刻，搖頭道：「不曾，我嫁進蘇家不到半年，就舉家一同進京了。不過當時要給你表姑說親，還是你翁翁一眼替你表姑看中了孟家的二郎，也就是現在的孟大學士。後來雖然換成了庶出的孟三郎，你翁翁也沒說什麼。」年代久遠，她早已記憶模糊，而且她當時和王玞兩個忙著收拾百家巷的屋子，買奴婢隨從，置辦家私，連插釵都沒有陪著程氏去，更無從得知蘇家和孟家老一輩是否相識了。

蘇昉和趙栩、陳太初三個就待行禮告退。

「娘，我有幾句話想私下和陳二哥說。」蘇昕忽然抬頭對史氏道。

史氏一愣，手在炕桌下面拉了拉女兒的衣袖，剛要搖頭。陳元初卻笑眯眯地道：「儘管去，好好說。對了，外頭雪剛停，冷得很，有些地方結冰了，你穿多點。來來來，手爐拿好。伯母，您看，我這指甲還真裂了，您可有剪刀？」

史氏手忙腳亂中，蘇昕已經下了炕，大大方方走到陳太初跟前福了一福：「陳二哥這邊請。」

陳太初一怔，自從上次去蘇家探望過她，又有十幾天沒見了，越發清瘦的少女更顯得和堂兄蘇昉極為相似。

蘇昉和趙栩對視一眼，拉了蘇昕的兩個哥哥往後院書房去了。蘇昕的兩個哥哥猶自回頭不已，連聲問著蘇昉什麼。

蘇昕的乳母趕緊上來給她穿上一件大紅的厚絨披風。蘇昕笑著對陳太初點點頭，出了正屋，往右邊廡廊下緩步而行。

陳太初深深看了看嬉皮笑臉的兄長，對史氏作了個深揖：「請伯母放心。」他也正好說清楚自己的心意，俯仰無愧天地，褒貶任由他人。

屋外大雪未止，那新移過來的老梅樹，還未修剪妥當，幾根枝丫伸到了廡廊簷下，上頭堆積著的雪，已經硬了。簷下的冰凌在剛剛放晴的日頭下緩慢地滴下透明的水珠，有些幻出七彩的光暈。

前面慢慢走著的少女，停了下來，仰著臉看著那滴滴消融的冰凌。

陳太初心頭慢慢湧上一絲愧疚。有些情意，太重，他承受不起。他要說的話，恐怕免不了會讓她難過。

蘇昕轉過臉，看著他一步步走近，露出了笑容。

「陳太初！」脆生生的聲音落在廡廊的青磚上，像冰塊碎裂。並無半絲惱意，帶著平時蘇昕的一貫的爽脆靈動。

陳太初腳下一頓，低低的「嗯」了一聲。蘇昕從來沒有連名帶姓喊過他的名字。陳二哥，或者太初哥哥。

「陳太初！」蘇昕笑得越發燦爛起來，又喊了一聲。現在不多喊幾聲，以後恐怕再也沒機會了。

「阿昕——」陳太初在她身邊站定，看見蘇昕，幾近透明的肌膚下，眼眉之間的青色紅色血管格外清晰，使她的一雙鳳眼有些格外決絕的味道。他要說的一句對不住和謝謝，不知為何竟說不出口。

蘇昕仰起臉，聲音清越輕快：「陳太初！你不是喜歡阿妧的嗎？為何還要拖著？」

陳太初一震。一眼就能望到底，蘇昕的清澈，毫無雜念。

「你本來就可以躲開那枝箭的，是我笨，越幫越忙而已。你不用歉疚什麼，」蘇昕看著眼前溫和英挺的如玉少年郎，笑道：「還有，我蘇昕是堂堂汴京蘇郎的侄女、小蘇郎的妹妹，用不著你可憐我。我的意中人，一定是位不遜色於我哥哥的郎君，而且他心中只會有我一個人。」

陳太初心中一陣酸澀。此刻他終於仔細看清楚了蘇昕的模樣。她不同於趙淺予的嬌憨天真，不同於六娘的典雅端莊，更不同於阿妧的美豔靈動。她女生男相，酷似蘇昉，是典型的蘇家人長相。長眉入鬢，鳳眼上挑，薄唇，精巧的下巴微微有些方，中間還凹陷下去，平白多了份倔強和清冷。此時的她唇角上勾，帶著些微自嘲和自傲，如寒梅傲雪，無懼冰霜。

蘇昕轉開眼，伸出左手，接了一滴冰水，合起手掌，坦然道：「以前我自然是喜歡你陳太初的，這種喜歡，和這冰一樣，清清爽爽的，沒什麼見不得人的。」

她轉過頭看向他：「現在或許還有些喜歡，可以後就不一定了。」

陳太初溫潤的面容越發柔和。他還需要多說什麼？說什麼都是多餘的，都是褻瀆了眼前的少女。

「我不會委屈自己，也不要你委屈自己，更不能委屈阿妧。所以，不要拖了。陳太初，趕緊送帖子吧。」蘇昕含笑道：「多謝你做的那牛筋帶子，多謝你那些助我康復的動作，多謝你送來的那許多禮物。今日說清楚了，日後你無需避嫌，我們還是桃源社的兄妹，親如兄妹。」

她上前一步，極認真地仰起臉看著陳太初。這個她深深喜愛的少年，此時面上有敬重有欽佩，眼中有歉疚有溫柔，獨獨沒有她奢望的，一絲一毫都沒有。

陳太初溫和地抿了抿唇，並不回避她的眼神，坦坦蕩蕩，任由她看個夠。這樣的蘇昕，值得一個人全心全意愛慕呵護。他後退一步，深深一揖及地：「阿昕高義，太初願以命相報。日後凡有差遣，莫敢不從。」

陽光下蘇昕的倔強慢慢緩和下來。她也退後一步，福了一福，柔聲道：「陳二哥無需客氣。阿昕只願你心想事成，平安順遂。」

少女的大紅披風，帶著風和梅花幽香，從陳太初眼前漸漸消失在廡廊盡頭，轉過彎不見了。

陳太初仰頭看向那簷下的冰凌，有一根，忽然從中斷了，跌落在院子裡，碎了一地，半途撞在那梅枝上，灑落一蓬雪在廡廊的地上。梅枝如釋重負，彈了幾彈，逐漸恢復了靜止。

蘇昕一邊笑，一邊快步穿過小花園，緊緊地抱緊了懷裡的暖爐。她腳下越走越快，眼前卻越來越模糊，想伸手去抹，右手卻始終抬不起來。忽地全身脫力，她踉蹌了兩步，跌坐在一棵梅樹下的石凳上。

淚眼婆娑中，一陣熟悉的竹葉香漸近。

「快些起來，這上面怎麼坐得！濕冷入體受了寒是大事。」蘇昉趕緊把蘇昕拉了起來。

「大哥！」蘇昕如夢初醒，忍不住靠在蘇昉胸口埋頭抽泣了起來。

蘇昉輕輕拍著她的背，一句寬慰的話也說不出口，這世間的苦和痛，哪有什麼感同身受。

哭了片刻，蘇昕抬起紅紅的眼：「我沒有丟蘇家的臉，大哥，我沒有——」

蘇昉澀然啞聲道：「你很好，阿昕你很好——只是蘇家的臉面不需要你來撐，不應該由女子來撐。阿昕，家族的名聲其實一點也不重要，真的，你只管做你想做的事，說你想說的話。」

蘇昕怔了一剎，咬著唇點了點頭，旋即又忍著淚搖頭道：「我要是說我真正想說的話，定會遭人厭棄，連我自己都會厭棄。」

蘇昉一愣。

「我心裡也盼過陳太初開口說要照顧我一輩子，其實如果他真的這麼做了，我一定會拒絕的，大哥，你相信我嗎？」

蘇昉：「我信。」

蘇昕：「我有過這樣的念頭，你會不會看不起我？」

蘇昉緊緊握住她的手：「當然不會！你這麼想是人之常情，你不是聖人，不用裝好人。」

蘇昕淚流滿面：「可、可我甚至也想真的做個壞人，做個要挾陳太初的壞人。」

蘇昉一呆。

蘇昕卻又笑了：「大哥你放心，都過去了，我現在好多了。我只是很後悔，後悔自己一時糊塗，害得娘和爹爹還有哥哥們爲我憂心傷心。如果重來一次——」她慘然看向遠方：「我只知道我還是會撲上去擋那一箭。」

蘇昉長嘆一聲，想了想，從懷裡掏出一樣物件：「這塊玉璜可祝禱辟邪，甚是靈驗，阿昕從此定然萬事如意一切順遂。」

蘇昕緊握玉璜，含淚點頭。

第一百二十九章

夕陽漸漸西下，太陽不過出來了幾個時辰，院子中的積雪已經消融了大半，沿牆角一溜新種植的常青松柏都露出了深綠。不遠處炊煙嫋嫋，偶爾傳來幾聲狗吠，隱隱還有孩童的嬉鬧聲。

陳元初在院子裡開始生火烤羊，木炭劈里啪啦地燃燒著，火星四濺。一隻小羊羔被串著架在火堆上面，隔一會兒就隨著陳元初的手，緩緩地翻個身。陳太初在一邊不時遞給他一個酒葫蘆和一些作料，笑著看他引頸暢飲，也跟著喝上一口烈酒。蘇昕的兩個哥哥簇擁在火堆前，烤著手，聽陳元初說話，直笑得停不下來。

趙栩和蘇昉坐在廊下，察覺到天色已暗，才放下他們手中的輿圖，上面正是他們一群人商議出來的阮玉郎可能藏匿的路線。兩人看看陳元初幾個，說起了閒話。

「阿昉，真是對不起你。若不是我要起社，若不是桃源社定在你這裡相聚，若不是因為我舅舅，你娘留給你的東西也不至於都毀於一旦。阿昕更不會因此受傷。」趙栩誠意說道。自他離京，還沒有機會好好和蘇昉說起這件事，雖然蘇昉看似平靜，但自從當年相國寺相見，炭張家爭鬥，他很清楚對於蘇昉來說，他娘親對他有多重要。蘇昉不願意恢復這處原來的模樣，是怕觸景傷情吧。還有蘇昕，手臂受傷難以復原，和太初談過以後，只怕心裡的傷更難恢復。

蘇昉淡然笑道：「六郎，別這麼說。一草一木，一物一人，都有註定的命運。阿昕的傷，也是她的命。她明白的，你不用負疚。她和太初，已經說開了。」

「說開了也好。太初心中沒有她，若為了恩義，只會委屈了阿昕。」趙栩說完，又覺得不太合適，加了一句：「阿昕若有用得上我的地方，阿昉你儘管告訴我。」

蘇昉笑了笑：「好。不過六郎你和太初也該早些說開來，畢竟阿妧只有一個。陳家既然已經要送細帖子了，你何不就此放手？免得傷了兄弟情分？」

趙栩一怔，看著院中仰頭喝酒的陳太初，搖頭道：「若是阿妧心裡沒我，我自然不會糾纏她。但若只因為太初要送細帖子，我是萬萬不會放手的。太初也知道這個。我們光明正大，各憑本事，不會傷了兄弟情分。」他想起昨日爹爹答應他的事，自信地看向蘇昉道：「沒人比我更懂阿妧。太初也不行。」

蘇昉失笑道：「六郎，光是懂阿妧就能讓她動心嗎？」他意味深長地說：「你知道嗎？我從第一次見到阿妧，就覺得她很親切，可是我卻從來都看不透她。她的聰慧、好學，和我娘很像，可是她這樣的人，就免不了太過操心，你看看她，連那樣爛透了的木樨院，那樣的姊妹，她還想著要維護。她若是和你在一起，要面對的是什麼？你想過嗎？」

趙栩抿唇不語。他自然想過的，可是他能護著她的，他能夠做到。他會不讓她多思多憂，會讓她也有個這樣的小院子，葡萄藤花椒樹鞦韆架，兩隻小狗幾隻小貓，讓她白白胖胖下去。

蘇昉歎了口氣：「你身為皇子，如今又是皇太子的人選。你和阿妧，真的不合適。她若是和你在一起，不是勞心得厲害，就是會毀於後宮陰私手段之中。她太過心軟了。」他轉頭看了看面無表情的趙栩，說道：「六郎，太初比你更合適阿妧，阿妧嫁到陳家，才會有她心中所期盼的日子。你舅舅舅母夫妻恩愛，陳家有即便無子也永不納妾的家規，如今你舅舅又交出了兵權，能保陳家的平安。太初對阿妧也是一心一意，連阿昕這樣的心意，他寧可以命相許，也要婉拒阿昕。六郎，你自己想一想，什麼樣的日子才是對阿妧好。若喜歡一個人就是要將她占為己有，我也就不跟你說這些了。你兩次捨命救阿妧，自然是盼著她能快活平安。可她究竟是因為什麼因為誰才會兩次險遭不測的？你想過嗎？」

趙栩看著蘇昉，眼中漸漸燃起了兩簇小小火焰，胸口也不定地起伏著。蘇昉和他靜靜地對視，毫不退縮。

趙栩深深吸了口氣，倏地站了起來，拱手道：「不說這些了。這次多虧了你娘的箚記，我們才從永安陵找到了阮玉郎藏匿的重弩。我還沒有好好謝過你。今日我有事先走，改日再好好謝你。告辭！」

趙栩極力保持著風度，才不至於拂袖而去。

蘇昉一把拉住了趙栩的衣袖。趙栩轉過身來，正待發火。卻見蘇昉一貫淡然的面容上滿是不可置信，幾乎是一字一字地問出來：「六郎！你剛才說什麼？我娘的箚記幫你們找到了永安陵裡的兵器？」

趙栩愣了片刻，點點頭：「不錯，多虧了你娘的箚記上記載了她在永安陵看到像舊木床一樣的傢俱。就是因為你娘的劄記，我們才想到永安陵藏匿著床弩的。」

蘇昉的手不自覺地抖了起來：「你們？你們是誰？是誰看到了我娘記載了永安陵之事的劄記？」他的聲音漸低。

趙栩皺起眉：「阿妧看到後記在心裡的啊，刺客來犯那夜，她才想到你娘說的所謂的舊木床應該是床弩的一部分。你娘的劄記，不是你給她看的嗎？」想起那夜的鱔魚包子，趙栩慢慢鬆開了蹙著的秀眉。是了，蘇昉怎麼會明白，他和阿妧共同經歷過的一切，他們說過的話，共用的秘密，她對自己的信任和依賴。蘇昉完全不懂。

蘇昉一怔，揪著趙栩的袖子依然不放。

趙栩掙了掙竟然掙不開，他看看蘇昉，似乎有什麼不對？怎麼了？

蘇昉心中一團亂麻，轉頭看了看院子裡的火堆，燒得正旺。他仔細回憶了一番出事那天九娘所有的言行。九娘看著娘留下的劄記，神情是很奇怪。

「阿妧她在說謊。」蘇昉看著趙栩，一字一字地道：「我從來沒有給過她那兩本劄記。因為我娘最後半年的兩本劄記，有著鞏義祭陵之事的劄記，早就不見了。」他轉過頭看著趙栩：「我以前是給過她一些劄記，但都是吃食方面的。我娘去鞏義祭陵的劄記，早就不見了。連我都沒有見到過——」

趙栩的心忽然慌了起來，似乎吊上了半空，落不到實處，空蕩蕩的。蘇昉這是什麼意思？那阿妧是從哪裡知道的？她那麼肯定，她不會說謊的。她一直在幫他，竭盡全力地幫他。

那她究竟在哪裡看到劄記的？

兩個人就這麼靜靜在廊下對視著。陳元初和陳太初看著兩人，剛想招呼他們。趙栩卻已經一甩袖子，大步下了臺階，喊了一聲：「我有事先走！」眨眼間就出了垂花門。身後十幾個侍衛立刻拱手告辭，跟著他去遠了。

蘇昉渾身的血液都叫囂著，他也要去，要去問個清楚。九娘她究竟知道些什麼!?開寶寺上方禪院裡那張肥嘟嘟的小臉，每次看見他就忍不住流淚，後來的騎烏龜的畫，相國寺裡牽著他的小手和依戀的目光。凌家餛飩攤前那句「你別難過，我陪你」。那些寄到眉州抄寫工整的過雲閣典籍。一幕一幕，在他腦海中翻騰。

孟妧，你為什麼知道我娘的劄記內容？你為什麼又假裝什麼都不知道？為什麼又會對六郎說起？你究竟知道多少？你到底是誰!?

蘇昉走進院中，對著陳元初施禮道：「昉臨時有急事，請恕不能陪兄長盡興。請將此處當成自已家，不要客氣。」他轉向蘇時兄弟兩個：「阿時，實在對不起，還請你們替我一盡地主之誼，多謝！」

他不再猶豫，不等他們幾個說話，就大步出了院子。不等部曲們跟上，匆匆出門打馬而去。十幾個部曲慌亂中也紛紛一湧而出，各自上馬追趕蘇昉而去。

陳元初和陳太初趕到門口，正碰上匆匆出來的史氏：「怎麼了？大郎出什麼事了？」兩人面面相覷，不知該如何回答。

村中大路上，是連串的馬蹄踐踏過的殘雪，趙栩、蘇昉等人的身影早已不見。

午後雖然放了晴，翰林巷孟府裡的人卻都只草草用了些午飯。孟在和孟存派了隨從回來稟告暫時無事。孟建急得一頭的汗，想起自己那個不省心的生母，恨不得頓足再罵幾句糊塗的親爹。

綠綺閣裡的九娘，接到趙栩書信，反反覆覆看了好幾遍：昔日禁中，救駕有功，未賞，勿憂，少思。

六娘疑惑道：「救駕？誰救了誰？今上？還是先帝？還是太后娘娘？為何當初沒有封賞？」她看向九娘。

九娘也蹙起眉。她又怎麼可能少思呢，這封信這條線索太過寶貴，趙栩一定費了不少心思才得來的。既然說孟家有救駕之功，那救的一定是太后娘娘或官家。地點在禁中，又沒有封賞，那一定是宮變時的救駕，還是一場贏了也不能張揚的宮變。但以此推論，孟家也應該會深受寵幸。可孟老太爺卻只任了一個六品武官閒職，阮氏出宮還投奔了孟家，做了老太爺的侍妾以求庇護。救駕的到底是孟家的何人？

「六姊，你可知道二老太爺、三老太爺為國捐軀是哪一年的事？在哪裡？哪一場戰爭？」九娘低聲問。

六娘一驚，仔細想了想：「這個家裡從來沒人提起過，只知道他們兩位二十歲不到還沒成親就以身殉國了。族裡也從來沒人說起。」她頓了頓：「大概是怕翁翁難過吧。那兩位叔翁都是被翁翁帶著從武的，二老太爺好像還是位少年進士呢。」

九娘的心狂跳起來，昔日的往事似乎已經越來越清晰。但是，孟老太爺那一輩的三兄弟，究竟是誰謀逆，誰救駕？當年的事，總會有人知道的。婆婆不會說，那婆婆身邊的人呢!?好不容易有了一個關鍵的線索，九娘細細盤算著如何才能一擊即中，得到自己想要的答案。想了又想，才定下心，眼看已經黃昏，宮中還沒有音信傳回來，她不再猶疑，讓人去翠微堂請慈姑過來。

慈姑被請到綠綺閣裡時，看到六娘和九娘兩人正襟危坐，她剛想開口安慰幾句。九娘卻已經起身盈盈下拜，嚇得她趕緊衝上去一把扶住，自己就跪了下去：「九娘子這是做什麼！」

九娘無奈又無助：「慈姑，你陪著婆婆在宮中好些年，有些事你自然是知道的。可我問了你好幾個月，你總不肯說上一兩句。現在翁翁和婆婆在宮中請罪，覆巢之下安有完卵？若是慈姑能為我們解惑一二，我們也好知道因果，不至於做個糊塗鬼。難道要等宮中降罪，你才肯說給我們知道？」

慈姑默默搖了搖頭：「請恕老奴不敬之罪。慈姑不能說。」

「我孟家昔日未獲封賞的救駕之功，恐怕也抵不回阮姨奶奶離府之罪，對嗎？」九娘低聲問她。

慈姑一震：「九娘子！你！你怎麼知道的？」

六娘點了點頭說：「我們已經從別處知道了許多，依然有些地方不明白，才想慈姑為我們印證。」

九娘輕聲道：「兩位叔翁雖然身死，卻不得其所。族人不知其因，家人不知何故。如今若孟家獲罪，兩位叔翁在天之靈怕也不得安息！」

慈姑思忖了片刻後堅定地搖頭道：「雷霆雨露，皆是天恩。兩位小娘子請放心，孟家不會有事的。老夫人當年答應了二老太爺，會替他守護孟家一輩子，定然會做到的。」她眼中慢慢濕了：「太后娘娘也說了會蔭及子孫，不會錯的。你們別怕，孟家不會有事的。」

九娘心念急轉，靈光一閃，脫口而出：「可翁翁畢竟犯下了謀逆大罪——」六娘一驚，看向九娘。

「不！當年太后已經赦免了老太爺！」慈姑急道。

九娘極快地說道：「翁翁當年參與謀逆篡位，惹來滅族之禍，是兩位叔爺拚死救駕，以兩條人命才換來他和孟家沒事的！如今他維護阮氏，私自放走她，太后娘娘再仁慈，恐怕也難容翁翁這根心頭刺再次抗旨妄為！」

慈姑臉色蒼白，嘴唇翕了翕，竟說不出話來，也沒有任何想要否認九娘所言的意思。六娘手足冰冷，阿妧怎麼猜得到的！翁翁！他怎麼膽敢!?

九娘已證實了自己大多數心中猜想，她默默看著慈姑，忽然問道：「郭氏究竟是誰？」

郭氏是否並非大趙子民？才會以那樣的身份入宮，又和那所謂的郭家從無聯繫，那般被成宗獨寵，才會被太后恨極。南唐遺脈？西夏貴女？契丹公主？阮姨奶奶上次在青玉堂提到的遺詔，一定是成宗遺詔，說不定就是廢太子或者廢皇后改立崇王的遺詔。遺詔可能被阮氏帶了出來，所以宮變之後，高太后也不敢定郭氏的謀逆罪，還只能忍聲吞氣地把郭氏當作太妃供養起來。

慈姑腿一軟，如遭雷擊，跌坐到地上，喃喃道：「九娘子——你——你如何得知——？」

九娘蹲下身，凝視著慈姑：「她不姓郭！她姓什麼!?李？耶律？拓跋？段？」

慈姑抬起頭，看著自己一手撫養大的九娘，忽然回過神來，自己一時慌張，竟被她套出了許多話。她輕輕鬆了一口氣：「九娘子你——你既然知道了那許多當年事，何必再問老奴？老奴已經多嘴了，自當向老夫人請罪去。」

慈姑起身，恭敬地行禮，不再看九娘和六娘，徑直退出了綠綺閣。

六娘抓住九娘的手：「阿妧！你！」

九娘輕輕吁出了一口氣：「不要緊，沒事的，不會有大事。」看來她最後一句問錯了。雖然還有謎團未解開，但孟家應該不會出大事。

玉簪見慈姑出了綠綺閣，趕緊進來，行了禮，告訴九娘：「燕王殿下來了，在擷芳園裡等著見您。大娘子正陪著呢。」

九娘一喜，正好，她要把孟家糾纏在郭氏和太后娘娘之間的往事告訴趙栩。

第一百三十章

玉簪提了燈籠，和兩個侍女陪著九娘穿過翠微堂，見堂上廊下都已亮起了燈火，各房的僕從們都肅立在廊下候著，鴉雀無聲。

擷芳園裡的立燈也已經都亮了，杜氏帶著幾個侍女正在岔路口等著九娘。

「恐怕是宮裡有了什麼消息。」杜氏在翠微堂裡還繃得住，看到趙栩這麼晚還火急火燎地跑來，又不肯去堂上用茶，不免心慌起來，強做鎮定地叮囑九娘：「你別急，聽燕王殿下好好說，聽全了，再告訴我們。」

九娘點了點頭，緊了緊身上的披風，讓玉簪和侍女們留在杜氏身邊，自己提了燈籠往池塘邊走去。趙栩的隨從守在路邊，紛紛對她躬身行禮。昏暗天光中，隱約可見趙栩立在池塘邊的樹下，似石像一般對著池塘一動不動，她心裡頓時忐忑不安起來。

「六哥？」

趙栩回過神來，微側過身子，見到九娘一身丁香色寬袖對襟杏花紋大披風，提著一盞風燈，巴掌大的小臉上帶著些許疑惑和焦慮。他方才一路疾馳，身上的薄汗在這裡站了片刻已涼透了下來，對著這曾經碧水映紅花的池塘，回味著秋日紅霞下在此處和九娘的每一句話。可她就在眼前了，他滿腹的疑問，卻忽然問不出一句來。

「我婆婆她們可是出事了？」九娘雖然猜測不會出事，看到趙栩這般難以啟齒的神情，依然覺得舌頭都有些打結。

趙栩一怔，搖了搖頭：「不會出什麼大事的，你收到我的信了嗎？」

「收到了。」九娘的心一寬，趕緊將自己從慈姑那裡印證的線索和郭氏肯定不姓郭的事情說了，儘量說得詳細周全一些。

趙栩仔細聽著，時不時問上幾句，最後皺起眉頭：「對了，你翁翁以前在眉州任過馬軍都虞侯，照理說應該和眉州大族蘇家認識才對，可是阿昉的二嬸卻說蘇家不認識孟家。」他把元初的話和史氏的話一一說給了九娘聽，連著細帖子的事也沒有隱瞞。

九娘先是一愣，什麼時候陳家已經要遞細帖子了？這麼快？自己下個月才滿十三歲，離《昏禮》所定的女子十四至二十可成婚的年齡還有一年呢。她不及細想，又驚疑不定起來，她在孟家這許多年，從來沒人提起過老太爺往日的官職，整個孟家都是圍著翠微堂、長房、二房轉的。

九娘悚然一驚。這個情形，豈不很像前世她爹爹的樣子？整個王家和蘇家也從來無人提起爹爹以前是元禧太子的伴讀。孟家也從來無人提起過翁翁在眉州軍中任過職。蘇家和王家又都無人提起孟家。這些若不是有人刻意約束，又怎麼能讓小輩們毫無所知？前世蘇瞻幫程氏相看夫婿時，的確沒有提過其他同科進士就直接相中了孟存。看似不經意結成了姻親的孟家、程家、蘇家，究竟是不經意還是刻意的？若不是阮玉郎，若不是他們每個人都在上下求索，是否這些前塵往事就漸漸湮沒在歲月長河之中了？

九娘將蘇老夫人說起的蘇王兩族往事，悉數告訴了趙栩，也說出了自己的疑惑。

「你覺得蘇、王、程、孟四家老一輩的當年在眉州應該互相認識？」趙栩皺起眉：「你怎麼知道王家也沒人提起過孟家？又怎麼知道王家一直極力掩蓋阿昉外翁擔任過元禧太子伴讀一事？」想到阿昉所說的箚記一事，趙栩心中疑團更濃。

九娘一愣，隨即淡淡道：「我猜測的。」她垂下眼瞼：「在阿昉娘親的箚記上，從來沒有提起過這兩件事。」

趙栩深深吸了口氣，轉過身看向池塘。兩隻水鴨子從池塘裡慢慢踱上了岸，抖了抖一身的水，悠哉悠哉地鑽入木屋裡去了。

「六哥？」九娘說完半天不見他有反應，提了提燈籠，趙栩的臉就亮了一亮。

「阿妧。」趙栩側過臉龐，輕聲喚道。

「嗯？」九娘見他神色極為柔和，眼波被那燈光一映，說不出的旖旎。她的心猛然劇烈跳動了一下，下意識就垂下眼瞼看著手中的燈籠。

「阿妧，你可知道，人但凡說了第一個謊言，就不得不說一百個謊言來圓這個謊？」趙栩憐惜地問。不要緊，她到底看到什麼，知道了什麼，害怕著什麼，不敢說出口，他都會護著她。

九娘手中的燈籠一晃，池邊地上的光影搖曳了幾下。她抬起眼看向趙栩。

「阿妧，你可遇到了什麼事，特別為難，又讓你害怕，不敢說出來？要不要和我說說？」趙栩柔聲問道。

九娘垂下眼，羽睫覆蓋住內心的翻湧：「六哥這是什麼意思？阿妧不明白。」

「阿昉娘親的劄記。阿妧，你可有什麼瞞著我嗎？」趙栩儘量放緩了語氣。

地上的光影又搖曳了幾下。九娘霍地抬起眼來看向趙栩：「六哥你想說什麼直說就是，何必拐彎抹角？」聲音卻已經冷淡了許多。

趙栩看著她冷淡的神情，不知怎麼，心裡就痛了起來，有些委屈，有些難過，更多的是憐惜：「劄記的事，榮國夫人的劄記，阿妧，阿昉跟我說了。」

「他說什麼了？」九娘背上一陣發寒，聲音越發低了，一雙美眸深不見底起來。

趙栩看著昏暗裡九娘眼中慢慢升起的防備，輕歎了一聲：「阿昉說，你在說謊。他母親的劄記，記載了鞏義之行的劄記，早就不見了。你究竟在何時何地看到過那劄記的？」

九娘慢慢轉過身，看向池塘，淡淡地問：「六哥，我問你，阮玉郎藏匿的兵器，可在永安陵？」

「在。」

「可有床弩？」

「有。」

「我說的話，可有幫上忙？」

「有。」一句句，趙栩卻覺得眼前的九娘離自己越來越遠，忽然他有那麼一點後悔自己為什麼要來問她。

「那為何還要追究箚記的事呢？我怎麼知道的，不過是過程而已，結果是好的，不就行了嗎？」

九娘極力讓自己鎮定下來，那夜之後，她是想出許多理由的，可在趙栩面前她一句也說不出，她也不想說。她頓了頓，苦笑著問：「還是你和阿昉疑心我和他母親的死有關？又或者，你們疑心我和阮玉郎有關？」說到這句，她的聲音不禁高了起來。

趙栩看著毫無徵兆就變得像刺蝟一般的九娘，更是心疼，搖頭道：「自然不是，怎麼會呢？可是你怎麼知道那箚記上記載的事情的？阿妧，這事太過蹊蹺，就算我不問，阿昉也會來問的。那箚記和他娘的過世可能也有干係。你若是不說出來，我怎麼幫你？」

九娘笑了一聲，手中的燈籠握得更緊，她正要開口，就看見垂花門處有幾個人提著燈籠匆匆走了進來。老遠就聽見孟建大聲喊著：「大郎大郎，別急，你慢一點。小心地上有冰會滑。」

九娘深深吸了口氣，對趙栩福了一福：「六哥，您請先回吧。怕是來找我有事的。」早晚總會有這麼一天。

趙栩搖頭道：「我不走，我陪著你。你別擔心。」

蘇昉已看到池塘邊兩道挺秀的背影，便向杜氏行了一禮：「還請伯母見諒，昉有要事，需問阿妧幾句話。」

杜氏丈二和尚摸不著頭腦，不知道今天是不是又出了什麼其他大事。孟建笑著說：「沒事沒事，你儘管去問。姑父我在這裡等著。大嫂，今天冷得很，您先回翠微堂等消息吧。這裡我來！我來！」

杜氏歎了口氣，看著蘇昉的身影也慢慢到了池塘邊，站在了趙栩和九娘的身邊，便先行帶著侍女們回翠微堂去。孟建慢慢也靠近了池塘，不時和趙栩的隨從們點點頭，一邊搓著手，一邊來回踱步。爹娘應該沒事的，燕王殿下和大郎都來了，一定是知道了什麼消息，就算有什麼，蘇家、陳家也不會袖手旁觀的。

看著蘇昉一步一步靠近，趙栩自然而然地上前一步，擋在了九娘身前：「阿昉，你慢些說，別逼阿妧。」

九娘卻繞過趙栩，站到蘇昉的面前，仰起臉，凝視自己兩世裡都心心念的孩子，心潮起伏。她已經不會一見到他就忍不住淚水了。他不再是那個賴在她懷裡不肯搬去外院的阿昉，不再是因為一個傀儡兒會幾天不同她說話的阿昉，不再是哭著喊娘你別丟下我的阿昉。他已經長大了，一步一步，穩穩當當。他有蘇瞻和自己兩個人的長處；他有自己的主見；他睿智又決斷；他有擔當。他先是蘇昉，才再是她王玞的兒子。

「阿妧，你究竟是誰？」蘇昉一字一字地問出口，幾乎有些咬牙切齒。九娘手中的燈籠倒映在他瞳孔中，似幽幽燃燒著的兩團火。

「孟氏九娘，孟妧。」九娘一字一字地答。

「你何時何地見過我娘的最後兩本劄記？那天在書房為何不提？」蘇昉聲音有些嘶啞。

九娘雙手攏在袖中，極力壓抑著自己，儘量平靜地看著蘇昉：「此事說來話長。」

「我洗耳恭聽。」

「此事過於驚世駭俗。」九娘輕輕側過頭，眼風掃過站在一邊抿唇不語的趙栩。

「出你口，入我耳，再無人知曉。」蘇昉說完，轉向趙栩。

趙栩搖了搖頭毫不猶豫：「我不走。阿妧你儘管說。我擔保只有天地鬼神你我他知曉。」他握緊了雙手。蘇昉在阿妧心裡，才是那個與眾不同之人。他，原來只是別人之一而已，一種難言的鈍痛驀然湧上心頭。但他不想走，不能走，不會走。

九娘沉吟著，慢慢理了理自己心中演練過無數次的話，這樣的場景，這樣的對話，這樣的疏離，都和她設想的不一樣。但她要說的話，沒有猶豫，無需思量。她已經在心中說過無數遍。阿昉他還有屬於他自己的路要走，很長很長，會有人同他攜手前行，那個人，不會是她孟妧，也不能是前世的王玞。

「阿妧七歲那年，生了水痘。」九娘轉過身，慢慢走到池塘邊，池水平靜無波瀾，和她的語氣一樣。

「其實那次我已經被痘娘娘帶走了。雖然後來我一直說自己是死而復生，可惜家裡沒有人信我，只說我童言無忌。」九娘抬起頭，方才昏暗的天色已經全黑了。

趙栩和蘇昉不禁面面相覷。被痘娘娘帶走了？死而復生？阿妧這是在說什麼？兩人身不由己地往前跨了一步，生怕聽漏了什麼。

九娘的聲音清冷，似從遙遠的地方傳來，卻平緩清晰：「我的魂魄幽幽蕩蕩，漂浮起來，看見自己在東角門邊上竹林裡的一間雜物間裡，沒有紙帳，連張藤床也沒有。屋子裡有些放雜物的架子，破破爛爛，桌子上放著藥碗。慈姑大概守著我好些天了，累得在榻前趴著睡著了。那木門被人反鎖了，大概是怕痘娘娘逮到三房其他的孩子吧。」

她似乎在說著別人的事，毫無怨尤，也不帶悲憫。趙栩卻已經要狠狠吸了口氣，才讓自己平靜下來。他知道她兒時過得不好，卻沒想到慘成這樣。蘇昉怔住了，心中慢慢平靜下來，生出了一股憐惜之情。

「我飄出那木門，看到我姨娘在竹林裡轉來轉去，一直哭。我想抱抱她，卻碰不到她，想和她說話，她什麼也聽不到。我跟著她去了木樨院，看著她求我娘，可是我娘卻說家裡迎痘娘娘的孩子都是這樣過來的，姨娘她若是要去看我，就也要和慈姑一樣，同我鎖在一起，直到送走痘娘娘。十一郎一直哭。姨娘就抱著十一郎哭。」九娘看著水面，依舊平靜地敘述著。是啊，這些都是她親眼看著的。那小人兒一直扯著林姨娘的衣裳，依依不捨，含著眼淚，看著她想讓她幫幫她。

趙栩和蘇昉看著她的背影，都默然不語。

「後來，我飄著飄著，就真的過了鬼門關，飄上了黃泉路。」九娘的聲音輕了下去，慢了下來，彷彿隔著千山萬水，遠遠送入趙栩和蘇昉的耳邊。兩人不由得又朝她走了一步，目不轉睛地看著在水邊提著一盞燈籠的少女。

「黃泉路上，果真開滿了血紅的曼珠沙華，極美極美，如火如荼。」九娘幽幽歎了一聲：「見花不見葉，見葉不見花，接引眾生，除去萬惡。然後在那路盡頭，我看見了忘川。」

九娘抬手指了指暗黑的池塘：「也是像這般，昏沉沉，卻是渾濁黃色的河水。水中有萬千隻手伸了出來，拚命抓著，都一無所獲。」

趙栩和蘇昉都不寒而慄，伸手可及的少女，披著寬袖大披風，似乎就要乘風凌波而去，沒入她所說的忘川河裡。

趙栩心一跳，猛然上前了一步，伸出手想拉住她。九娘卻突然轉過身來，雙眸在夜裡閃閃發亮：「那河上有奈何橋，橋上的孟婆正在和一個婦人爭論。我心中好奇，就沿階而上。見那婦人個子高挑，雖然在爭論，卻笑得很溫柔。她又高又瘦，眼睛極亮極亮，左眼角下有一顆不太顯眼的淚痣，下巴頜有些方。我看著就覺得很親切。」

蘇昉屏住了呼吸，眼中發熱。鬼神一說，太過玄妙，他從不敢妄斷有無。但九娘所言，若非她親身經歷，怎會如此真實到這麼驚心動魄？她說到的婦人，是娘親啊。左眼角下有一顆極不顯眼的淚痣，長著淚痣卻從來沒掉過淚的娘親，是他蘇昉的母親王氏九娘！不會錯，阿妧記事後應該就沒有見過母親，那淚痣，她更不可能知道。

九娘看著蘇昉，柔聲道：「那婦人忽然朝我招手，喊著小九娘過來。孟婆就說哪裡又來了一個九娘，要過這奈何橋總要喝這碗湯，惦記那許多前世恩怨作甚，快喝了轉世投胎去罷。她卻說恩怨情仇她都不在意，可是不能忘記她的阿昉啊。她對著那忘川河水輕聲喊著：阿昉——阿昉——」

她學那孟婆的口氣，滿是悲憫。可最後那兩句阿昉，卻發自內心，是她重生以來心中喚過千萬聲的。蘇昉全身一震，心中大慟，眼中的淚終於跌落下來，無聲地喊了一聲：娘——！是娘！阿妧是見到死去的娘親了，只有娘親，在喊他阿昉的時候，尾音會調皮地轉個彎，微微上揚。

「她喊了幾聲，就笑著說：孟九娘命不該絕，我王九娘心有不甘。等我把我的阿昉託給她照看一二，再喝你這碗孟婆湯，可好？」九娘凝視著蘇昉：「她說完就忽然摘下頸中的一枚玉墜，似是兩條魚的模樣，朝我心間一塞。」

「雙魚玉墜!?」蘇昉大步向前，哽咽道。娘去世後頸中戴著的是爹爹身上那枚玉墜。

「那玉墜突然大放光芒，我睜不開眼，只覺得又飄飄蕩蕩，直飛上了天。最後身子一輕，睜開眼，就見到了慈姑。」九娘輕聲道。這幾句，確確實實，是她親歷。

趙栩和蘇昉久久不能言語。驚世駭俗，何止驚世駭俗！趙栩看向蘇昉，就知道阿妧所言非虛，心中更是憐惜她。

九娘輕歎道：「我醒來後，不知為何，就知道了那婦人就是表舅母榮國夫人，她放心不下的阿昉就是表哥你。還有她經歷過的一切，似乎我想知道她什麼事，就馬上能知道。所以她箚記上寫過什麼，其實我不用看，就都記得。你們要問我何時何地見過箚記，我卻無法回答你們。」

九娘朝蘇昉走了一步，柔聲道：「你問我究竟是誰，我有時也會疑惑。可是你娘，真的很惦念你。」她的聲音忽然明朗高揚起來：「阿昉！不如我們躲到房裡關上門窗，看你爹爹打那蜂窩？阿昉——不要不高興，我們去屋頂看星星去，誰也不帶。阿昉你可還記得，世上有三香，書香最香，太陽香最暖，青草香最甜。阿昉，那松煙墨你可會做了？阿昉，你的孔明燈可能帶你飛起來？」

九娘恢復自己的語氣：「每次看見你，我就替她心疼，才會忍不住要哭上一哭。又忍不住羨慕你。若是我真的跟痘娘娘去了，可會有人這般惦記著我呢？」

趙栩的心一慌，就想上前安慰她。九娘卻伸出手，輕輕替蘇昉拭去淚水：「阿昉哥哥，雲就是雲，泥就是泥，你娘說得對，好好地走你自己想走的路。阿妧看見的，你娘都看得見。」

蘇昉伸出僵硬的手臂想要抱一抱她。她的語氣，她的話，千真萬確都是娘。可是她的面容，卻是阿妧。這一聲娘，怎麼也叫不出口。

「你，你為何不早說？」蘇昉語不成調，淚眼模糊。為何不早說？為何不讓他知道娘親在天之靈一直都在？他眼前的人一會兒是阿妧，一會兒是娘親。他僵在半空中的手臂，不知道該合攏，還是該放下。

九娘後退了兩步，歎了口氣：「你們可記得熙寧五年春天，有位官家小郎君自稱能知道三百年後的事，還說大趙不出十年將有亡國之禍？」

趙栩和蘇昉一愣，點了點頭。

「那位小郎君被司天監活活燒死了。我很害怕。鬼神一說，人多信之，卻不能容之。」九娘平靜地說道：「阿昉哥哥，六哥，阿妧言盡於此，信與不信全憑你們，若是要將我送去司天監，也悉聽尊便。」

第一百三十一章

趙栩嚇了一跳，這怎麼可能！卻見九娘和蘇昉同時看著自己。九娘面容無波，蘇昉目露懇求。

趙栩苦笑道：「你們把我當成什麼人了？」他怎麼可能傷害阿妧一絲一毫！阿妧你怎會有這樣的念頭!?

蘇昉鬆了一口氣，對趙栩拱手道：「多謝六郎！我有些話想私下同阿妧說。」

趙栩看九娘並無異議，點點頭，看到孟建還在另一頭來回走著，便默默走進另一邊枯枝疊嶂的木芙蓉樹林。他心中百感交集，一不留神，頭上玉冠撞到一根暗處的枯枝，那枯枝因沒照見陽光，上頭還有些許硬雪，從枝頭墜落在他髮間，一些雪屑滑入他頸中，涼涼的。他倒覺得這涼絲絲的十分舒服，索性站定了，轉過身默默看向湖邊的蘇昉和九娘。

阿妧原來真的死而復生過，她兒時竟那般可憐。趙栩冷眼看向路邊的孟建，越發厭棄他。這樣毫無擔當的父親，那樣市儈勢利的母親，傻不愣登的姨娘，阿妧該早些離開木樨院，離開三房才是！趙栩皺了皺眉，梁老夫人也是在阿妧進入女學乙班後才對她特別照顧的吧。哼，孟家就沒幾個好的！阿妧乾脆早些離開孟家才對！

難怪在阿妧眼裡，蘇昉總是不一樣的。難怪在阿妧眼裡，有那許多不符合她年齡的心思。榮國夫人在天之靈想必也給了她許多助力，進學、捶丸、關心朝政百姓，難怪她如此聰慧剔透又過於成熟。難怪她從來不在意她兩個姊姊待她怎麼不好。難怪她那麼關心蘇家的事。趙栩心裡更疼了，原本就聰慧多思的阿妧，多擔待了榮國夫人的遺願，豈不更累更辛苦！可是這就是阿妧啊，她受了榮國夫人的恩，死而復生，所以她盡心盡力地在報恩呢。這個傻子！

忽然想起金明池水中救了她以後，說起榮國夫人救他這個「小娘子」的往事時，阿妧笑得那麼暢快，笑得眼淚都出來了。趙栩的臉在黑夜中騰地燒了起來。這個鬼精靈！

想著想著，趙栩心中又有些高興。不管蘇昉和阿妧如何親近，多了這層關係，阿妧再待蘇昉不同，她和他也是絕不可能有什麼的。原先顧慮阿妧年紀太小，不想和她說起將來的事情，現在有了榮國夫人在天之靈庇護著她，她也不是什麼都不懂的小娘子了，是不是可以直接說了呢？趙栩的心狂跳起來，想起陳太初的細帖子，蘇昉那些話，想到阿妧髮間依然插著的喜鵲登梅釵，他心裡那念頭再也壓抑不住，如火星燎原般，占據了整個腦海。

趙栩只覺得臉燒得滾燙，黑夜裡聽見了極響極快的心跳聲，耳中都隨之震動起來。趙栩伸手摸了摸身邊的矮枝，撈了一把雪，印在自己面上。

蘇昉漸漸平靜下來，注視著九娘，漸漸露出笑容：「阿妧──」

九娘欣慰地笑了：「阿妧在。」

「我娘還說過什麼嗎？上次十七姨的事情，她在天之靈知道嗎？」蘇昉柔聲問。

「她知道的。」九娘輕輕提起燈籠照亮自己的面龐：「她想告訴你，不要怪你爹爹。」

蘇昉怔怔地看著九娘。

九娘歎了口氣：「你娘說，你爹爹也是個可憐人，他辜負了誰，就會念著誰，念著前一個，又會辜負眼前人。他才是最苦的那個人。」

蘇昉看向湖面。娘真的是這麼想的嗎？她這是全然放下了才會不在意爹爹那隱秘的心思，還是不想讓自己難過？

「你娘還說了，她也不知道你外翁曾經是元禧太子的伴讀，更不知道那往事和現在的我們又有什麼干係。但是青神王氏已經潰爛得無藥可救了，你要是去中岩書院萬萬要小心。」九娘實在不放心。

「你上次讓我小心，是我娘要你說的？」蘇昉轉回眼，看著九娘，露出笑容。

九娘用力點點頭：「阿昉哥哥，你娘讓我死而復生，我也當你是我至親之人，知無不言。」

九娘又把懷疑孟蘇王程四家早有交集的事告訴了蘇昉。蘇昉若有所思：「我年後回中岩書院會好好查訪的。你讓我娘放心，爹爹已經安排了章叔夜陪我去青神。年後高似應該要回京來了。對了，阿妧，我娘有沒有說過高似什麼？」

九娘將田莊裡蘇瞻所說之事也一併全盤托出。

蘇昉眼睛一亮：「難怪高似那夜極在意阿予的安危！」兩人面面相覷，都想到了一個極不可能的可能，同時轉頭看向那片暗黑的芙蓉林，靜默下來。

蘇昉一轉念，叮囑起九娘來：「阿妧，你千萬記住，絕不能對他人洩露我娘和你的事。」

九娘點頭應了。

蘇昉心中百味俱全，可還是忍不住說道：「你和我娘因緣際會，淵源極深，我也不可能只把阿妧你看成遠房表妹。你可知道陳太初的細帖子就要送往你家了？」

「先前我剛從六哥口中得知了。」燈籠光影又搖曳不定起來，九娘心中一陣煩躁不安。

蘇昉看了一眼芙蓉林：「你雖然還小，但極其早慧，又身負鬼神之道，我就直言不諱了。恐怕你心中也清楚，太初和六郎都對你格外的好，如今陳孟兩家既然在議親，你不如早些回絕六郎。你既然知道我娘的過往，也知道一旦牽涉到宮廷朝政，是多麼傷神。」他頓了頓：「阿妧，太初很好。六郎雖然捨命救了你兩次，但你千萬不要有以身相許報恩的念頭。你要是吃不准，不妨問問我娘。」

九娘臉一紅，完全不知道如何應答。這算什麼事？做兒子的在給娘參謀未來的夫君？九娘哭笑不得，只能點點頭，她深悉高太后的脾氣，深知六娘日後入宮之路的方向，從未想過自己會和趙栩有什麼，被蘇昉這麼一說，反而尷尬得不行。

垂花門那邊匆匆來了幾個人，走到孟建身邊行禮稟報了幾句。孟建匆匆衝著池塘邊大聲喊道：「宮裡來消息了，平安出來了！平安出來了！」

九娘大大鬆了一口氣，笑著看向蘇昉。蘇昉欣慰地點點頭，他今夜驚喜萬分，心中的激動無以言表，想和阿妧說的話實在太多，此刻卻不方便再多說了。他舉起手中的燈籠，對著芙蓉林招呼著。不多時，趙栩緩步走近。

「婆婆和翁翁平安出宮了。」九娘笑道。

「你們家中肯定還有的要忙，我們就先告辭了。阿妧你好好保重。」蘇昉點頭，看向趙栩。

趙栩看看蘇昉：「我也有幾句話要和阿妧說。你先回去吧。」

蘇昉猶豫了片刻，看到九娘對自己點點頭，才拱了拱手，往孟建那裡走去，因不放心九娘，乾脆拉著孟建說起娘的產業來。

孟建先前出來，連件大披風都沒穿，寒夜裡凍得不行，好不容易看到蘇昉過來了，卻見趙栩又和九娘站定了在說話。他心裡叫苦不迭，卻還要專心應付著蘇昉有一搭沒一搭的問話。

趙栩看著九娘，只覺得耳中的心跳聲越來越響，他深深吸了口氣：「阿妧，若是太初的細帖子送過來，你就和你婆婆說先不要換帖。」

九娘一怔。

「我已經和爹爹說了，若是我出使契丹，幫契丹打敗女真，拿回三州，爹爹會給我賜旨，由我自己選燕王妃。」趙栩的臉紅似秋日晚間的木芙蓉，一雙瀲灩眸子卻深深看著面前的少女：「你等一等我。」

地上那一圈紅色的燈影，被凍結住了一樣，紋絲不動。九娘捏著那風燈的竹柄，似乎整個人也被趙栩這句話定住了。

片刻後，地上的燈影忽地劇烈搖曳起來。九娘退後了一步，福了一福：「六哥，對不住。」

趙栩耳中嗡嗡響，對不住？對不住……

九娘定了定神，才覺得手指尖都麻了。她又福了一福：「六哥，你幾次三番救回阿妧的命，這世上，再沒人比六哥你待我更好的了。可阿妧縱然粉身碎骨怕也沒法報答你的救命之恩。」

趙栩搖搖頭，他什麼時候要阿妧報答自己的救命之恩了？「阿妧——」

「我對你並無男女之情。」九娘垂下眼簾。

趙栩手足冰冷：「阿妧——你，你可是心悅太初？」

九娘搖頭道：「我對太初也無男女之情。無論父母和哪家議親，要將我許配給誰，並無區別。倘若能夠不嫁作人婦，我也甘之如飴。」

趙栩喃喃道：「阿妧，我同你——我也同旁人並無區別嗎？」

九娘輕聲道：「六哥你同旁人自然不一樣，你我多次共過生死。可是，我當你是恩人，是好友，是知己，是兄長，只能辜負六哥厚愛了。」

趙栩眸中翻滾起不知名的情緒來，他低聲道：「阿妧，你現在還小，不懂男女之情很平常。你先等我一等。我也會等上你三四年。若三四年以後你還這麼說——」

九娘柔聲打斷了他：「我年紀雖小，並不懵懂無知。阿昉的娘親也教給我許多。男女之情不過如此，縱然似她和表舅那樣的夫妻，世人稱讚，也不過是貌合神離而已。」她反問趙栩：「太后娘娘應允了你加官開封府尹，應允吳王出宮開府，官家必然也會應允明年選秀由娘娘做主對嗎？」

趙栩一愣，點了點頭。

「六哥可知，無論日後誰是皇太子，娘娘屬意的皇太子妃都會是我六姊？想來官家和娘娘也早已有了默契。」

趙栩急道：「所以我才會向爹爹求旨——」他早已察覺，才會未雨綢繆。

「六哥，不論我六姊日後嫁給哪一個皇子，我都只能是你的姻親。」九娘語氣溫和：「更何況，我並不願和皇家有其他關係。」

趙栩心中刺痛，不願和皇家有其他關係？也就是不願和他有任何關係的意思？他後退了一步才勉強站穩。片刻之前在芙蓉林中的狂喜，全然消退，只餘茫茫冰原，寒徹心骨。

九娘又福了一福：「六哥，若是我先前有什麼言行惹得您誤會，都是我的不是，也怪我沒有早些說清楚。還請六哥日後不要再送禮物來了。阿妧在姊妹之間甚是為難，也會引來娘親的不快，甚至殃及姨娘受傷，不免自責不已。」

趙栩眼中澀得厲害。他讓她為難了，令她自責。他對她的好，成了多餘，已是負累。

不遠處，池塘上掠過兩隻晚歸的水禽，嗚咽了幾聲。

第一百三十二章

燭火透過風燈，映在趙栩面上。他微微垂眸，永遠微微上揚著的下頜漸漸低垂下來，極秀美的線條似乎拖動著千斤重，緩緩彎向一個陌生的角度，脆弱得似乎即將折斷。

即使在生死關頭的趙栩，也是張揚的怒燃的火，而不是這般無力無望無奈，像燃盡後的灰。九娘心中一痛，可就是這樣莫名的一痛，令她更恐懼自己心底未知的陌生感受。她咬咬牙，抬腕拔下頭上的喜鵲登梅釵，上前半步，送到趙栩跟前，輕聲道：「還請六哥收回此釵，阿妧愧不敢當。」

好似有什麼砰然碎裂了。趙栩連後退的力氣都沒有，他抿唇垂眸看著那隻玉雕般的小手裡的喜鵲登梅釵。這是他第一次做髮釵，廢了好些玉料。第一次看見阿妧頭上戴著這根釵子的時候，他高興了許多天，又畫了好些新髮釵的圖樣。還有那枝白玉牡丹釵，他一直以為她很喜歡的。中元節那夜，他替她解開纏繞的髮絲時，兩人近在咫尺，看到她臉紅，刹那間心意互通的感覺，原來只是他一廂情願胡思亂想。

她遠在天涯，心靜如水；他隔山望海，自說自話。趙栩眼圈漸漸紅了，沉聲道：「我趙六送出去的東西，你可以扔了，卻不能送給別人，也不能還給我。」

九娘深深吸了口氣，將釵子斜插入趙栩的衣襟中，福了一福：「六哥，對不住。」真的對不住，她有愧。

趙栩胸口激烈起伏了幾下，慢慢伸出手，取出釵子，不再言語。半晌後手腕一揚，直往九娘身後擲去。

地上的燈火搖了一搖，歸於寧靜。池塘邊的水面，無聲地泛起一圈漣漪，漸漸重歸平靜。

九娘抬起眼，胸口有什麼她快要壓不住了。趙栩靜靜看著她，眸中如深淵般晦暗。枯枝，沉水，光影，一切似乎都凝固了。

眼睛越來越熱越來越燙，鼻子尖發酸。九娘剛想轉身望一眼池塘，趙栩終於點了點頭，啞聲道：「好，我知道了。」他深深看一眼九娘，匆匆轉身而去。他越走越快，越走越快。路邊的隨從們一頭霧水，趕緊匆匆跟上。

九娘看著他遠去的身影，眼中不受控制地漸漸浮起霧氣。

孟建和蘇昉一直在看著他們，忽然見趙栩面色鐵青地快步離去，一聲告辭都沒有。孟建嚇了一跳，喊了一聲「殿下」，趕緊跟著送趙栩去了。

蘇昉快步走到池塘邊，見九娘依然一動不動地站立著。猜測她大概聽進去了自己的話，和趙栩說清楚了，心中雖然覺得有些對不起趙栩，可也鬆了一口氣。他絕對不會任由阿妧重蹈母親的覆轍，她該輕輕鬆鬆地過日子。

看著趙栩被眾人簇擁著消失在垂花門，九娘忽地轉過身，快步走到池塘邊上，蹲下身擱了燈籠，寬起寬袖，伸手就往那水中撈。

水沒有她想像中的徹骨寒冷，撈了好幾手的淤泥雜草，也沒有撈到釵子。她又移進去一些，水立刻漫上了鞋子，這才感覺到冷了。在金明池中看見趙栩向她游過來的時候，都沒覺得這麼冷。

趙栩的身姿，在這被岸邊燈籠光影暈染成一片深深淺淺翻滾著的紅色水中突然顯現了出來，他朝她伸出了手，烏髮如水草般散亂不堪，眼睛血紅，他拽住了她就不肯再鬆開。那屢屢糾纏在她夢中的伽南奇香，白玉牡丹釵，令她臉紅心跳的一息。那秋日晚霞夕照時，他怪她不愛惜自己，笑著誇自己厲害極了。還有那一片緩緩起伏的粟米田中，他渾身血汙，朝自己奔跑過來，越跑越快，越跑越快。還有鹿家包子裡他被自己吐了一身毫無怨言細細叮嚀。他笑起來的時候，太過耀眼，她看也不敢多看幾眼。

是的，再沒有人比他更懂她，更愛護她，待她更好了，好到可以連自己的命也不要。可她承擔不起那麼重的情義。被攪得渾濁一片的水面，悄無聲息地容下了空中落下的淚水，一滴兩滴三四滴，再多，也依然似海納百川悄聲無息。

「你這是做什麼？」蘇昉急切地問道。

九娘咬著唇，只埋頭奮力撈著。

蘇昉搖頭輕歎了口氣，也捲起袖子蹲下身胡亂撈了起來。

玉簪和幾個侍女提燈下來，輕聲喚著九娘：「九娘子，九娘子！老夫人進府了，快去二門吧。」

九娘急切起來，眼中有什麼開始打轉，她深深吸口氣，細細地探得更深，冬日無浪，不會隨波而去的。

手中忽然一痛，九娘立刻握緊了那細細尖尖之物，將它撈出水面。釵尖戳破了她的掌心，一絲殷紅滲了出來。蘇昉一愣，看著那滿是淤泥看不出花色的釵子，默默掏出帕子遞給了九娘。

「多謝。」九娘將釵子包進帕子裡，放入衣襟，站起身來，才覺得半邊身子都麻了，頭也一陣眩暈。蘇昉和玉簪趕緊一左一右扶了她。

「我沒事。」九娘笑道：「走，趕緊去二門等婆婆。」是的，她沒事。她從無貪念，又怎麼會有事。可是，心裡的刺痛，似那夜在鹿家包子店裡心裡的那道裂縫一般，蔓延得極快。

老太爺和老夫人進了府，面色疲憊至極，卻只說無礙，娘娘和官家仁慈，並未降罪，就讓眾人各自回房歇息。

三更天的時候，聽香閣東暖閣才熄了燈。九娘側身躺著，將那銅腳婆抱在懷裡，摩挲著，燙得厲害，許久，她才吁出一口氣，伸手將枕邊的木盒合上，喜鵲登梅釵在傀儡兒和黃胖之間，依舊璀璨流轉。

過了兩天，翠微堂悄聲無息，青玉堂閉門不出。阮姨奶奶一事，似乎就這麼被遺忘了。宮裡也無人前來問罪。府裡各房的人這才漸漸放下心來。

眼看著孟彥弼成親的日子漸近，范家遞了帖子，定下成親前一天要來鋪房。闔府張燈結綵，畢竟孟彥弼才是長房正妻嫡出的郎君，比起族譜上記名的嫡長子孟彥卿成親時又要隆重了許多。

這夜九娘在綠綺閣和六娘看書，準備月底的女學甲班考核。忽地幾位女使匆匆進來說：「不好了！兩位郎君在翠微堂打起來了！」兩人嚇了一跳，趕緊往翠微堂去。貞娘正把原先等候在廊下的侍女僕從們往外趕，見到她們倆想攔住，卻沒攔住。

六娘和九娘進了翠微堂，見孟建衣襟不整，眼下一塊紅腫。長房的孟在皺著眉，擋在兩個弟弟之間。坐在上首的孟老太爺氣得渾身發抖，正拍著桌子在罵孟存：「好你個老二，當著我的面也敢打叔常！你這個忤逆不孝之子，我要開家廟請家法收拾你！你以為你當個知制誥，就能在家裡橫著走了？」

六娘上前拉住父親：「爹爹，爹爹！你有話好好說，怎麼動起手來了？」她看向上面垂目無語的婆婆。

九娘剛上前拉住孟建，外頭喧囂起來，卻是杜氏、呂氏、程氏、從各院得了這天大的消息，也趕了過來，七娘和四娘也跟在程氏身後。

孟存快四十歲的人，竟一把抱住女兒：「阿嬋啊，你翁翁婆婆不要我們了！要把我們送人了！」

滿堂皆驚。孟建梗著脖子喊：「父母之命不可違！你抗命不遵，還毆打親弟，明日臺諫就該彈劾你不孝不仁！」

梁老夫人沉聲對老太爺道：「好了，既然各房都在，你當面說個清楚罷。」

孟老太爺跟拉風箱似的呼哧呼哧了片刻，看了看三個兒子，又看看三個媳婦，嗡聲道：「都坐下說話！」

杜氏三妯娌也趕緊行完禮，在下首依次坐了。九娘站到程氏身後，七娘悄聲問她：「二伯這是瘋了嗎？」這些天好不容易九娘日常裡開始願意和她說話，七娘自在舒服多了。九娘默默搖搖頭。

孟老太爺聲音有些嘶啞渾濁：「當年呢，我有兩個弟弟，沒來得及成親生子就為國捐軀了。過兩天，禮部會下旨追封他們。為讓他們後繼有人敬奉香火，我和你們母親決定把仲然過繼到我二弟名下，把叔常過繼到我三弟名下。族裡也已經都同意了。他們當年名下都有些產業，一直是族裡託管著的，也要交回給你們各自掌管。」

呂氏和程氏都懵了，這又是什麼事？追封？過繼？

孟存站起身，大聲道：「兒子不明，兒子不服。為何要將我們弟兄二人過繼出去？以後要改叫母親為大伯娘，改叫父親為大伯？我們做侄子的，不一樣每年都在祭拜叔父們嗎？家廟中的先祖，哪一個少了香火？就算二叔三叔名下要有子孫，我有四郎、五郎、六郎三個兒子，選一個過繼給二叔。三弟也有四個兒子，選一個過繼給三叔不行嗎？為何偏偏要過繼我和三弟？」

「啪」的一聲震響，孟老太爺一巴掌拍在案几上頭：「選你就選你了，你這是要忤逆嗎!?」

孟建站起來說：「二哥！你不肯就不肯，可別把我帶上。我聽爹的。這是忠孝雙全之事，是好事。再說爹娘總是我們的爹娘，我們照樣孝敬二老就是，只是記名，做個文書，日子還是一起過的嘛——」

孟存鄙夷地看了看孟建一眼，懊惱剛才那一拳打得實在太輕了：「老三！你貪圖叔叔們追封後的那點子產業和蔭補，連親生父母都能捨棄，真不愧是阮氏所出！呸！我真是羞於你這樣的人做兄弟！」

孟建臉漲得通紅，看了看妻女們，跳了起來：「好，既然你也動了手，咱們去院子裡就痛快打上一場。二哥虧你還是堂堂大學士，卻拿自己的庶母來說道！這般羞辱我忍不得，今上都是以仁孝治天下，爹爹您可別怪兒子不顧兄弟──」

「夠了！」梁老夫人沉聲喝道：「叔常說得不錯，父母之命不可違。仲然，你不要鬧了。過繼一事不會變。這也是官家的意思。」

孟存和孟建一怔，都跪了下來。

「你們二叔、三叔當年有救駕之功，因牽涉宮闈，未曾封賞。官家和娘娘一直都記著他們的功勞。」梁老夫人緩緩道：「如今年代久遠，沒了忌諱。官家體恤他二位忠義，才下旨追封，也想讓他們能後繼有人。你們有幸過繼到他們名下，是全了忠孝仁義的大事，是天大的好事。仲然不要再強了，過繼後難道你就不孝順我和你爹爹了？」

孟存急忙跪了下來：「兒子絕無此意！」

孟老太爺從身旁的高几上取出幾疊文書：「這不就行了!?這些，是我名下的產業，一分為三，你們三兄弟各持一份。咱們孟家的祖規，分產不分家。你們以後還都住在一起。伯易，以後你母親就靠你了。」孟在躬身應了。

梁老夫人也從手邊拿起幾份文書：「這些是我的嫁妝產業，一分作了四。叔常你雖然不是我生的，但你子女眾多，這份是給你的。你以後記得好好待阿程，理好木樨院，管教好子女們，切不可再拈花惹草傷她的心。」

孟建膝行上前，接過那份，就抱著老夫人膝蓋哭了起來：「娘——！」程氏也趕緊帶著小娘子們跪了下去。九娘心裡卻咯噔了一下，有種不祥的預感。

梁老夫人扶了孟建起來，又將孟存喚到身邊：「仲然，這兩份，一份給你，一份是娘留給阿嬋的嫁妝。伯易和叔常要怪我偏心也沒法子。阿嬋自小是我養大的，我也沒法子不偏心。」六娘被呂氏牽著跪在父親身邊，呆呆看著婆婆，還沒回過神來，眼裡已經落下淚來。梁老夫人強忍著不看她，對孟存說道：「你要怨，就怨娘好了。」

孟存搖搖頭：「娘，兒子不敢。」

六娘上前撲到老夫人懷裡，小聲問：「阿嬋以後還能喊您婆婆嗎？我不想喊伯祖母。」她話音未落已泣不成聲。梁老夫人緊緊擁了她：「傻孩子，自然還是叫婆婆。四娘、七娘、九娘，小郎君們，自然都還是叫我婆婆！」

眾人退散了以後，梁老夫人還默默坐在羅漢榻上，摩挲著手中的菩提數珠。

「老夫人，日後二郎會明白您一片苦心的。」貞娘輕聲勸慰她。

梁老夫人挺了挺背脊，低聲說道：「母債子還，他再怨我，也沒有法子。」當年的故人一諾，她盡力了。

第一百三十三章

又過了些天，孟府處處張燈結綵，喜氣洋洋，開始置辦孟彥弼的親事。

成親的前一天，九娘姊妹幾個跟著杜氏簇擁在長房孟彥弼的新院子裡，看范家的人鋪房。范家來的是范娘子的三個嫂嫂，帶著十來個女使侍女、婆子僕婦，喜氣洋洋熱熱鬧鬧地開始掛帳，鋪設房臥。九娘看著范娘子家鋪在床上的十八層錦被，層層堆疊，最上層已經齊了新設的百子百福紙帳的帳頂，不由得和六娘相視而笑。

范娘子的長嫂笑嘻嘻地指揮僕婦又把那十幾張毯褥鋪設出來，又把新房裡的帳幔都換成了羅綺帳幔的，玉鉤、金鉤、銀鉤幾十副，那夏季用的玉枕也六七個。六娘都不禁悄悄問九娘：「范家竟然這般有錢嗎？」

九娘笑道：「范家的家風其實很清儉，但是汴京富嫁女兒已經是百年風俗，范娘子又是家中獨女，這般豪華也不奇怪。」

七娘好不容易這些天能和九娘說上幾句話了，聞言撇了撇嘴道：「你們懂什麼，二哥送到范家的聘禮才叫厲害呢，大伯娘可是把壓箱底的寶貝都拿出來了。若女家拿不出這麼多東西，豈不讓自己女兒給別人看不起？」她湊過頭低聲道：「我娘說，范娘子的嫁妝不比她當年少呢。這個數！」

她伸出兩手晃了晃：「不過我娘那時候的這個數，放到現在得翻好幾個跟頭才是。六姊，你的嫁妝肯定比范娘子的要多上許多！」她話一出口，趕緊輕聲解釋：「六姊，我沒有眼熱你的意思！」

六娘抿唇笑了：「我知道。」九娘看了七娘一眼，微歎了口氣，現在還算知道自己哪些話說得不好聽和不該說了。

四娘裝作端詳那些物事的樣子，默默地退了開來。她們三個都是嫡女，她是不好和她們比的。嫁妝按例最多也不會超過五千貫。看著范家三個嫂嫂一臉的喜氣，四娘心中一陣酸澀。姨奶奶就這樣丟下姨娘和她不管了。姨娘小心翼翼如履薄冰。九娘自從記到母親名下，和七娘就開始有說有笑的，卻依然不理自己，平日什麼清高什麼光風霽月，還有誰比她更會裝腔作勢呢？若不是自己現在是唯一的庶女，她們三個又怎麼會視自己為無物。突然，她想起那個死去的「舅舅」，若是那時答應了他，嫁給吳王或者嫁去程家，總比現在這般情形好吧？自己究竟怎麼就鬼迷心竅了呢？一心一意戀慕著陳太初，卻徒遭羞辱。若不是她一時糊塗，「舅舅」和蔡相現在應該還是好好的吧。四娘打了個寒顫，不敢再想下去了。

外面翠微堂的一個女使匆匆進來，朝杜氏福了一福，低聲道：「禮部來人到咱們家宣旨了！老太爺、老夫人、郎君和娘子們都去廣知堂了。老夫人請您和六娘子也趕緊去廣知堂，范家的娘子們交給四娘子她們。」

六娘和九娘、七娘三個人面面相覷，不知是福是禍，想起就這麼走掉的阮姨奶奶，都有些心驚肉跳。四娘捏了捏手中的帕子，走到七娘身邊：「大伯娘，您儘管帶六姊快過去。這裡交給我們，您放心。」

六娘匆匆跟著女使走了。四娘和七娘上前招呼三位范家的娘子們去長房正屋裡喝茶。九娘安排人打賞范家來鋪房的十幾位僕婦侍女，再讓長房的女使招待這些人去偏房裡喝茶吃點心。

兩盞茶剛喝完，長房派去廣知堂等信的兩位女使一臉喜色的回來了，激動得話都說不清楚。

「老太爺被加封了爵位！二老太爺被追封了，三老太爺也被追封了！二郎也升官了，還有六娘子也被封了縣君呢！」

四娘和七娘愣了一愣還沒回過神來，范家三個嫂嫂已經笑容滿面地站起來連聲賀喜了，大趙百年來非卓著軍功者不予封爵，這可多虧了自家的小娘子八字大吉大利，明日才過門，就已經這麼旺婆家，以後婆家能不千寵萬捧？

九娘看堂上一片歡騰，待眾人重新坐定後，才笑著問那兩個女使：「你們別急，慢慢說清楚，都封了哪些人，什麼爵位，有無食邑，家裡娘子們可有封贈？」

兩位女使臉一紅，重新團團福了福，鎮定下來細細稟報：「老太爺被加封為從三品安定侯。二老太爺因軍功被追封為從三品開國侯，由二郎君按世襲降等任了開國伯，食邑八百戶！」雖然是二房的事，可兩個女使也不禁聲音微微顫抖了起來。

此言一出，滿堂又沸騰起來。這憑藉軍功追封爵位倒不稀奇，歷來多見，但有食邑的食實封，可就稀罕了。九娘心知這必定是救駕之功，便笑問：「六姊可是因此封贈了外命婦誥命？」

兩個女使點頭道：「正如九娘子所說，六娘子因二郎君襲爵封贈了大縣君，封號淑德，食邑五百戶！綾紙錢就給了六貫四百五十文呢！」

四娘和七娘都露出了豔羨之色。范家娘子們又趕緊起來熱熱鬧鬧賀了一通喜。九娘心中有數，淑德二字，隨了公主們的封號，禮部萬萬不會犯這樣的錯誤，必然是高太后特賜的，看來太后無意讓六娘參加選秀入宮。

兩位女使又福了福：「三老太爺被追封為正四品忠義伯，恭喜三位小娘子，由三郎君按例繼任了忠義子，食邑也有五百戶。」卻沒有提到程氏和她們有無封贈。四娘和七娘高興之餘，不免有些失落。九娘又笑問：「二哥哥被封了什麼官？」

女使喜笑顏開道：「二郎也被封為從四品的輕車都尉，宮中特賜了范家娘子一副鳳冠霞帔呢！」范家的娘子們大喜，不得了，孟家這一門，既是世家，又是勳貴了，放眼全汴梁，也沒一家能比得上的。自家小娘子以後一個縣君的誥命是跑不掉了。真是鮮花著錦，烈火烹油，好運擋也擋不住。

這些極大的變動和青玉堂、阮眉娘有沒有關係？九娘壓下心中疑慮，和四娘、七娘謝過范家娘子們的賀喜，又給范家的侍女婆子們多打賞一份上等的紅封。

到了晚間，孟府祖孫三輩，從宗祠辦完了孟存、孟建兩人的過繼，返轉回府，齊聚家廟。家廟中張燈結綵，燈火通明。女眷們披著大披風，恭恭敬敬地在院子裡的軟墊上跪下。老太爺帶著郎君們進了家廟，叩拜了聖旨，將過繼文書也供了上去，才緩緩地轉身告誡兒孫：「皇恩浩蕩，垂憐我孟家。孟家上下當肝腦塗地，報效國家。仲然、叔常，以後你們當好生祭拜供奉你們的父親，守好他們留下的家業，約束好子孫，莫令他二人蒙羞！」

眾兒孫跪地高聲應是，院子中的女眷們也垂首稱是。

木樨院裡夜間也一片喜慶。

孟建今日收到了族裡託管的三老太爺的名下產業，在羅漢榻上劈里啪啦打著算盤，仔細核了一核，心裡實在高興。二哥口中的那點子產業，哼，這能叫「那點子產業」嗎？他把那疊文書中內城三間鋪子的契約抽了出來，遞給程氏，語帶討好地說：「這三間鋪子，以後留給阿姍做嫁妝，娘子你收好了。」

程氏正在翻看帳本，聞言抬了抬眼，伸手接了過來。這三間鋪子，分別在相國寺附近、百家巷、蔡相府邊上，倒都在寸金寸土之地。有了這三間鋪子，七娘這一世也可吃穿不愁了。她面色就稍霽了一些。

「這些錢財也都請娘子掌管。」孟建將那文書裡的兩萬貫交子也遞了過去。

程氏也不推辭，一併收下了，讓梅姑去取夜宵，面上依然淡淡的，問道：「我看還有不少眉州的田地，郎君作何打算？若是要賣，不如託給我哥哥去辦。」

孟建一愣，他是看到有三千畝眉州的良田，卻不知道誰在眉州打理著，那負責這些產業的族兄也只說每年自有人將田地的出息折成交子送來給他。

程氏抬了抬眼：「又或者郎君是要自己去，再帶一個什麼三十四娘十四郎的回來？」

孟建一個哆嗦，頭皮都麻了，手下已抽出了田契：「全憑娘子做主就是。」他下了榻，挨到程氏身邊，將田契放到她手邊，順勢握住她的手低聲道：「千錯萬錯，是我的錯，這都好幾個月了，娘子寬宏大量，就饒了為夫吧。我保證日後再也不犯渾了，更不會再心軟。你看看我這十幾年，除了爹爹娘親給的，可動過家裡一個女使侍女？」

程氏的眉毛一豎，冷笑著正要發話。孟建伸手將那疊文書都攏了過來：「上次娘給的嫁妝我也都交給了娘子，這些統共也有十幾萬貫的產業，都給娘子做賠罪，我也任由娘子差遣。只求娘子你打我幾下罵我幾聲，不要再這麼不理我。我們夫妻十幾年，眼下好不容易我也有個正五品的爵位在身，自當給娘子請個誥命，一起好好經營我們三房才是，為了那不值當的玩意傷了情分，豈不可惜？如今家中也不缺錢了，表哥也沒怪罪我，年後述職，我在戶部說不準還能再往上走一走。十一郎讀書也好，阿姍也懂事了。日子眼看著越來越好，娘子你便原諒了為夫這回可好？天這麼冷，外書房裡睡到三更天我總要被凍醒，只要娘子點頭，你讓我在房裡跪上一跪也行。只要不趕我出去，我心甘情願！」

程氏眼眶一紅，脾氣發不出來，眼淚倒流了出來，只背轉了身子不理他。梅姑提了食籃進來，又趕緊輕輕退了出去。

聽香閣的西暖閣裡，阮氏帶著女使進來的時候，四娘正在抄寫經文。

「姨娘？」四娘擱下筆，站起身來。

阮氏脂粉不施，讓女使將懷裡的包裹放在桌上，親自打了開來：「這是姨娘給你做的春衫，你讓人收起來。」

四娘將女使侍女們遣了出去，和阮氏坐下，翻了翻包裹裡的春衫，眼中漸漸浮起了淚水：「姨娘辛苦了，多謝姨娘費心。」

阮氏歎了口氣：「四娘子，都怪姨娘沒用。往日你姨奶奶一再要把你九弟記到娘子名下，恐怕她早知道你爹爹有朝一日會襲爵。誰想到如今反而便宜了十一郎。」她伸手替四娘拭了拭淚：「如今姨奶奶走了，你爹爹襲了爵，三房好歹也不比長房二房差了。你記得好生討好娘子和七娘，你爹爹一貫喜愛你，總不會任憑娘子將你許配給門第太差的人家。」

四娘掩面哭道：「不怪姨娘，是我自己豬油蒙了心，害得舅舅沒了，姨奶奶走了，都怪我才是！」自己會去求九娘，不就是因為還存有一絲期望？以為她是個好的，卻不想被她攪得事情越來越糟，最後反而害了自己和兩個弟弟，被九娘和十一郎得了全部的好處。想到今日在二哥院子裡看到的那些，四娘又悔又恨，伏案大哭起來。

阮氏由著她哭了會兒，才站起身上前摟了她：「你心裡明白過來就好，姨奶奶走之前留了信給我，萬事由人不由命，你放心，姨娘拚死也要讓你大富大貴一輩子！」

大富大貴？若和那人此生無望，大富大貴總要抓在手裡才對，總不能一無所有。四娘伸出手輕輕攬住姨娘，哭著點了點頭。

阮氏鬆了一口氣，姑母說得對，一條路走不通，還有別的路呢。來日方長，不急。

（未完待續）

story 056

汴京春深 卷三 風波起

作者 小麥｜**策劃暨編輯** 有方文化｜**總編輯** 余宜芳｜**主編** 李宜芬｜**特約編輯** 沈維君｜**編輯協力** 謝翠鈺｜**企劃** 鄭家謙｜**封面設計** 劉慧芬｜**內頁排版** 薛美惠｜**董事長** 趙政岷｜**出 版 者** 時報文化出版企業股份有限公司 **地址** 108019台北市和平西路三段二四〇號七樓 發行專線—（02）23066842 讀者服務專線—0800231705（02）23047103 讀者服務傳真—（02）23046858 郵撥—一九三四四七二四時報文化出版公司 信箱—一〇八九九台北華江橋郵局第九九信箱 時報悅讀網 http://www.readingtimes.com.tw 法律顧問—理律法律事務所 陳長文律師、李念祖律師｜**印刷** 勁達印刷有限公司——初版一刷 2023年5月12日｜**定價** 新台幣350元｜缺頁或破損的書，請寄回更換

時報文化出版公司成立於一九七五年，一九九九年股票上櫃公開發行，
二〇〇八年脫離中時集團非屬旺中，
以「尊重智慧與創意的文化事業」為信念。

有方文化

汴京春深．卷三，風波起 / 小麥作．-- 初版．-- 臺北市：時報文化出版企業股份有限公司，2023.05

面； 公分．--（story；56）

ISBN 978-626-353-764-4（平裝）

857.7 112005692

ISBN：978-626-353-764-4
Printed in Taiwan